KB092892

양의 표현

양의 표현

이우환 지음

성혜경 옮김

현대문학

차례

IV

V

I

초봄 잡목림의 하늘

동지가 지나고 얼마 안 있으면 옷을 껴입은 몸이 근질근질해지기 시작하고, 멀리서 불가사의한 생명이 다가오는 기적을 느낀다. 잠에서 깨는 게 점차 빨라지고, 해가 뜰 무렵 산책하러 나오면 얼얼한 냉기가 아쉬워진다. 얼어붙은 나날에 몸도 마음도 움츠리고 떨고 있었을 터인데 마음이 흔들린다. 그토록 몸치장을 하고 뽐냈던 오버코트를 이제는 벗어버리고 경쾌하게 걸어야만 한다. 추위와 고독이 떠나는 계절이 찾아오고 있는 것이다.

3월 초순의 도쿄는 때때로 기상 변화가 심해 온화한 나날인가 싶다가도 갑자기 눈이 내리기도 하여 아직 한겨울인가 여겨지기도 한다. 그래도 대지와 공기에는 확실히 봄의 숨결이 감돈다. 시험 삼아 공원에 서 있는 큰 나무에 가만히 귀를 갖다 대보라. 나무에 따라 다르지만 신기한 소리가 달리는 것을 듣게 될 것이다. 가을부터 겨울에 걸쳐 아래로, 아래로 내려갔던 것이, 봄이 다가옴에 따라 이번에는 위로, 위로 필사적으로 올라오는 소리다. 나무의 내부에 작은 시냇물이 흐르고 있는 듯한 싱그러운 웅성거림이다.

마치 마른 가지처럼 경직되어 있었던 가지가 눈에 띄게 윤기를 띠면서 바람도 없는데 낭창낭창 흔들리기 시작한다. 겨울 동안 한산하고 고요했던 공간을 작은 새들이 지저귀며 넘나들고 있다. 그렇다고는 해도 가지에 난 잎의 싹은 막 부풀어 오르려 하는 참이라, 잎이 벌어지는 것은 아직 한참 후의 일이리라. 그런데도 말이다. 멀리서 잡목림을 바라보고 있노라면 하늘로 뻗은 무수한 가지들 끝에 희미하게 녹색으로 물든, 팽팽하게 긴장된 공기가 넘실거리고 있다. 믿기지 않아 눈을 씻고 보아도 역시 보인다.

이것은 눈의 착각인가, 아니면 상상력의 발동인가. 지인인 식물학자에게 물어보니 꼭 환각이라고는 하기 어렵다. 곧 녹색을 띤 나무의 생명이 일제히 내뿜고 있기 때문에 그 기운이 넘치는 현상이며, 착시감이라고 간단히 몰아 치울 일은 아닌 모양이다. 물론 나는 머지않아 가지가 뻗고 녹색 잎이 한창 자라나 봄의 제전이 잡목림을 일렁이게 할 것임을 안다. 그렇기에 지금은 풋풋한 예감 속에 있으며, 암시에 걸린 상상력이 아득한 공중에 소원하는 광경을 보고 마는 것이라고 할 수도 있겠다.

나는 가끔씩 이런 징조를 마주하면 참을 수 없이 흥분되고 가슴이 설렌다. 하늘을 향해 환희의 아우성을 외치는 듯한 이상한 광경을 바라보고 있으면 어째서인지 불현듯 영문 모를 웃음이 복받쳐 오르고 정체를 알 수 없는 광기가 치민다. 내 내부의 겨울잠을 자고 있던 것이 때를 만나 눈을 뜨고 발정하는 것일까. 자연의 보이지 않는 힘에 떠받쳐져 무언가 자꾸만 보이는 것이 되고 싶어 하는 것이다.

1989년 / 2018년

파편의 창

황량한 사막에 흩어져 있는 유적의 파편을 눈앞에 바라보고 있자
니 숙연해져 말을 잊는다. 한때 번영을 자랑했던 거리는 폐허가 되
고, 사람들도 동물도 식물도 모두 사라졌다. 가까스로 남은 토담이며
부러진 돌기둥, 그리고 갖가지 그릇 조각이 바람에 흩날리는 흙먼지
속에 보이다 말다 한다. 한동안 이 광경에 몸을 맡기고 있노라면 지
금은 날냄새 나는 나 자신도 한 개의 덧없는 파편에 지나지 않는 존
재라는 생각에 이르게 된다. 시간이 더 지나면 파편 같은 것조차 사
그라져 한없는 모래의 세계만이 펼쳐지고, 바람만 휘휘 사납게 불어
댈 것이렸다.

시간이라는 것은 무섭다. 지구에는 시간을 견딜 수 있는 것이 없
다. 모든 것은 변하고 또 변한다. 태어난 것은 성장하고 어언간에 죽
는다. 있었던 것, 만들었던 것은 언젠가 반드시 멸한다. 오늘 번성했
던 문명도 내일은 폐허인 것이다. 그런데, 사라졌다 싶었는데 거기에

마침내 또 다른 것이 나타나 번성한다. 시간은 멸할 뿐만 아니라, 반드시 잉태한다. 만물은 끊임없이 유전流轉한다. 시간은 어찌하여 생하고 멸하는 반복을 되풀이하는 것일까. 한순간의 생명을 부여받은 나 또한 죽어, 무언가로 다시 태어날 수밖에 없는 명운命運인 것인가.

하나의 작은 파편을 손에 드니 무한無限이 보인다. 원래의 완벽한 모습일 때는 잘 보이지 않았던 것이 시간의 세례를 받게 되자 끝없는 변화의 도상途上을 새겨낸다. 지나가는 것과 다가오는 것을 암시하는 예감으로 가득 찬 창. 그리는 회화나 만드는 조각은 아득한 우주의 반짝이는 파편이런가. 언젠가 이 사막에 또다시 강이 흐르고, 숲이 생겨나고, 생물이 돌아올 때가 올 것이다. 생겨나는 것과 사라지는 것의 양의兩義의 문에서 그것이 보인다.

1998년 / 2016년 10월
파리에서

잡념 예찬

나는 때때로 이런저런 생각을 한다. 이를 소리 내어 이야기하거나 글로 써서 출판하기도 한다. 가끔은 그림으로 표현하거나 노래로 부를 때도 있다. 다시 말해, 나의 내면에 싹튼 무언가가 외부로 모습을 드러내는 것이다. 머릿속에서 생각하던 것이 외재화外在化되었을 때, 사람들은 나의 생각들과 만나고 이를 하나의 존재로서 받아들인다.

그런데 내 안의 생각이 외재화되는 것은 극히 일부에 지나지 않는다. 입 밖으로 꺼내지 않고 글로 적지 않은 수많은 생각들. 시선이 무언가와 마주쳤을 때, 눈을 감고 있는 동안, 책을 읽거나 다른 사람의 이야기를 듣고 있을 때, 또는 그 어느 쪽도 아닌 사이사이에, 생각들은 주로 말로, 또는 환상으로, 또는 이미지로 떠오르지 않는 흐릿한 무언가로서, 끊임없이 떠올랐다 가라앉기를 반복한다.

이를 편의상 '생각'이라고 일괄해서 말했지만 실제로는 의식적으로 하는 생각은 적고 대부분이 매우 자연스럽게 또는 제멋대로 나타났다 사라지는 생각 같은 것들이다. 엄밀히 말해서 어디까지가 나의 생각이고 어디까지가 소재 불명의 생각인지, 또는 언뜻 눈에 들어왔던 것인지 구분이 가지 않는다. 대체로 외부에 의해 생겨난 것과 내부에 의해 생겨난 것이 있으며, 두 가지가 교차되어 말이 되는 경우도 있다. 의식의 절정, 무의식의 깊은 곳에서는 아마도 자타의 구분을 뛰어넘은 카오스상태의 마그마가 소용돌이치고 있는 것임에 틀림없다. 어쩌다가 눈에 보인 것, 또는 순간의 환상은 대부분 말이 되기 이전의 것이며, 그것이 머릿속에 떠올랐다가 사라지는 상념들과 이어져 '생각'에 이르게 된다. 이처럼 떠올랐다가 사라지는 생각의 현상만 해도 무수히 많은 하이어라키hierarchy가 존재하는 듯하다. 의식과 무의식의 틈새에서 벌어지는 수많은 사건들의 세계는 실로 무질서하며 혼란스럽고 폭력적이고 정체를 알 수 없으며 광활하고도 깊다.

저 팔랑거리는 건 뭐지? 구름이 떠가는군. 총탄을 맞은 벽은 아프겠지? 색깔이 나타난다. 할아버지 주머니에 구멍을 냈었던가? 빌어먹을, 죽어버려. 냄새나는 놈이군. 옆집의 그 고양이는 이제야 죽었나? 용서할 수 없어. 하늘에 구멍을 뚫는 프로젝트. 유령세계와 싸우는 사람들의 대서사시 구상. 이 개미는 뭔가를 고민하는 것 같군. 네 몸에서 방사능이 흘러나오고 있어. 가로수여 달려라, 등등. 이것저것 머릿속을 빙글빙글 돌다가 끝내 바깥으로 나오지 못하고 잊히고 사라져버리는 것 또한 얼마나 많은가? 아무런 맥락도 없이 나타났다가 순식간에 끊어지는 것이 있는가 하면, 지속적이고 끈질기게 하나의 사념思念이 팽창하고 깊어지는 등 생각과 공상은 실로 다양하다.

　이들은 일부 예외를 제외하고는 대체로 외재화될 필연성이 낮은 잡념이나 사념邪念의 부류에 속한다. 아마도 정신분석의 소재는 될 수 있겠지만 꿈과는 다른, 이렇다 할 단서조차 되기 힘든 생각의 편린들이다. 그런데 정신위생 또는 종교적인 관점에서 보면 이들은 결코 좋은 마음의 양상은 아니다. 보통 건강한 정신이란 잡념에 좌우되지 않고 생각이 통일되어 마음이 정화된 모습을 말한다. 생각이 하나의 커다란 콘텍스트에 통제되어 절대자에게 수렴되는 정신상태에서는 번잡한 사념이 나타나지 않는다. 종교적 수련과 정신 통일을 이루기 위해 노력하는 것은 모든 생각을 통일시켜 잡념을 끊어내기 위해서이다. 모든 잡념의 싹을 뽑아버려 마음을 비우면 깨달음의 세계가 열린다고 불교는 가르친다.

　나는 다소의 좌선 경험과 교회에 다니는 생활을 한 적이 있다. 그리고 이와 관련된 책을 꽤 많이 읽은 편이다. 그 때문인지는 모르겠지만 가끔 마음이 가라앉고 정신이 투명함으로 충만해지는 순간을 느낀다. 평안하고 밝고 모든 것이 흐뭇하게 느껴지곤 한다. 사람들은 이러한 마음상태를 좋아하고 이상화하고 싶어 한다. 그리고 이 길을 통달한 사람을 '성인' 또는 '선인'이라고 부르는 것이다.

　그러나 나는 지극히 일반적인 범인凡人임을 자인하고 있다. 투명한 무심無心의 상태는 지속되지 않고, 한순간에 일상의 파도가 밀려오면 아무 일도 없었다는 듯이 번잡한 생각으로 가득한 평범한 인간으로 되돌아온다. 짧은 판단일지 모르겠지만 나는 이를 인간에게 주어진 하나의 구원이라고 생각한다. 아무것도 생각하지 않는 투명한 무심의 상태가 이어진다면, 이는 이른바 광기의 이상異常상태이며 결코 정상적인 정신의 모습이라고 할 수 없다. 비일상적인 투명한 순간이 있다면, 일상적인 번잡한 때도 있는 것이 인간 마음의 양의성인 것이다. 아무 생각도 하지 않는 무심의 상태로 있다고 생각했는데 눈 깜짝할 사이에 잡념이나 다양한 생각들이 샘솟는다. 그 반대의 경우도 있다. 무심을 음(-)이라고 하면 잡념은 양(+)이 되겠다.

다만 일상생활에서는 번잡한 사념에서 헤어나지 못해 마음의 정화를 얻기가 어려울 때가 종종 있다. 양의성이 기능하지 않고 균형이 유지되지 않는 것은 분명 문제다. 그러므로 인간은 다양한 수단을 통해 정신의 안정을 바라며 잡념을 줄이기 위해 끊임없이 발버둥치는 것이다. 나의 경우 그림을 그리거나 조각을 만들 때의 정신적 긴장감은 그야말로 아무것도 생각할 수 없는 비일상적 광기의 차원이라고 할 수 있다. 그러나 나는 일찌감치 일상으로 되돌아와 곧바로 잡념의 세계 속을 노닌다.

여하튼 문득 떠올랐다가 다시 가라앉는 생각들을 모두 쓸데없는 잡념이라고는 할 수 없다. 생각의 불꽃, 반짝이는 섬광일 경우도 많다. 멋진 착상이었지만 깜박하는 사이에 빛을 보지 못한 채 어둠 속으로 사라져 없어지기도 한다. 별 뜻 없이 떠오른 생각이 발단이 되어 원대한 사상이 전개되는 경우도 있다. 설령 그것이 하찮은 잡념이라 할지라도 내면 우주에서 일어난 일이라는 사실에는 변함이 없으며, 이것이 한순간의 생명의 탄생이라고 생각한다면 무시하거나 부정할 수만은 없다. 애초에 대우주 속에서 한 인간의 존재 같은 건 작고 작은 티끌과 마찬가지가 아닌가. 그 하찮고 작은 존재의 내면에 그보다 더 찰나적이고 비밀스러운 무언가가 태어났다가 사라지는 것은, 생각하기에 따라서는 불가사의하고 경이로운 광경이라는 생각이 든다. 잉태했지만 태어나지 못하고 죽어버린 수많은 생각들의 슬픈 운명을 떠올리면 말로 표현하기 힘든 탄식이 나온다.

어쨌든 머릿속에 문득 떠오른 것이 외재화되지 않는 경우, 이는 존재하지 않은 것이 된다. 그 사람의 머릿속에서만, 그것도 그야말로 한순간, 누구도 알지 못하는 내면 공간에 나타난 것에 지나지 않는 무수한 사상事象들. 이는 한 인간의 것을 넘어서 인류 내면의 보이지 않는 공간에서 점멸하는 어마어마하게 광대한 존재하지 않는 것의 존재이다. 프로이트식으로 말하자면 이는 무의식의 바다를 수놓는 숨겨진 파도라 할 수 있을 것이다.

전파에 관한 책을 읽었더니 미래에는 과학기술의 발달로 아득히 먼 과거에 사라져버린 대화, 가령 공자나 플라톤이 남긴 말이 재생되는 날이 올지도 모른다고 적혀 있었다. 뇌과학과 인공지능이 한층 더 진화하면 머릿속으로 상상하던 세계의, 그리고 이미 잊힌 생각의 파편들도 기적적으로 되살아나 눈앞에 펼쳐지는 일이 일어날 수 있을까? 언뜻 난센스처럼 보이는 이런 일들이 현실이 된다는 생각을 하기만 해도 소름이 끼친다. 상상의 성에 갇혀 있었던 세계가 만약 한순간에 홍수가 밀려오듯 외재화된다면 그야말로 전 세계가 충격에 빠질 것이다.

인간은 어쨌든 자신의 생각을 드러내고 싶어 한다. 인간은 상상의 실현에 특별한 의미를 부여한다. 이는 분명 다른 생명체에는 존재하지 않는 인간 특유의 기능이라 할 수 있다. 그러나 오늘날의 문명이 보여주는 모습을 보면 맹목적이고 제한 없는 상상의 실현화로 지구는 지금 그야말로 패닉상태에 빠져 있다고 할 수 있다.

머리로 무언가를 떠올리고 상상하든 굳이 겉으로 드러내지 않는 미학이 있어도 좋지 않을까? 대자연의 순리처럼 생겨났다가 사라지고, 사라졌다가 생겨나는 다양한 사건, 무한성의 관점에서 보면 모든 것이 제행무상諸行無常이라는 사실을 깨닫지 않을 수 없다. 근대라는 표상에 의한 생산주의의 가치관은 미증유의 부를 만들어냈지만, 지구를 파괴하고 인간을 탐욕의 화신으로 만들었으며 돌이킬 수 없는 마음의 황폐화를 초래하여 시들어가고 있다. 그럼에도 인간에게는 다행히 내면의 잡념 공간이 살아 있다. 갑자기 떠올랐다가 그대로 사라지는 것, 아무도 모르는 사이에 잊어버리는 것, 그리고 없앨 수 있는 것이 있다는 것은 인간적인 슬픈 비밀이자 자연의 섭리라는 점에서 감사한 마음이 더해간다. 헤라클레이토스는 이렇게 갈파했다, "본질은 숨기를 좋아한다"고.

2016년 9월 25일
파리에서

나의 작은 책상

나는 집에 있으면 그림을 그릴 때 외에는 대체로 책상 앞에 앉아서 생각을 한다. 무언가를 쓰고 있을 때가 아니더라도 습관적으로 책상 앞에 책상다리를 하고 앉아서 차를 홀짝인다. 때론 볼펜으로 책상을 두드리며 혼잣말도 콧노래도 아닌 소리를 내며 흥얼거리기도 한다. 가끔은 책상에 머리를 얹고 선잠이 들었는가 싶다가 갑자기 엉엉 울 때도 있다. 나의 이런 모습을 책상은 항상 조용히 지켜볼 뿐이다.

가끔 책상에 눈길을 주는데 꽤 낡았다는 느낌이 든다. 그러나 이상하게도 반짝반짝 윤이 나고 사랑스럽다. 마치 나의 분신이 거기에 있는 듯하다. 아내는 책상에서 나의 체취가 풍기고 그 안에 혼이 깃들어 있는 것 같다고 말한다. 그저 단순한 물건이 아니라 살아 있는 물신성物神性을 느끼는 것 같다. 높이 30센티, 폭 35센티, 길이 80센티, 두께 3센티 정도의 소나무 판으로 만들어진 작고 나지막한 책상이다. 가로로 긴 나무판 양 끝에 판을 끼워 고정하고 안쪽 중간에 얇은 선반 널을 걸쳐놓은 지극히 단순한 구조이다.

이 책상은 어렸을 적 할아버지에게 물려받은 것인데, 할아버지 말씀으로는 증조부께서 어렸을 때 쓰시던 것이라고 하니 200여 년은 된 셈이다. 초등학교 때까지는 매일 이 책상에 앉아서 하루를 보냈다. 그 후에는 시골을 떠나 부산, 서울, 도쿄, 유럽을 전전하며 나이를 먹으면서 책상에 대해서는 완전히 잊고 지냈다. 그사이에 6·25전쟁이 일어나고 그 후로도 몇 번이나 이사를 하는 등 많은 우여곡절을 거쳤다. 그러다 40여 년 전쯤에 생각지도 못하게 시골의 친척 집에 책상이 보관되어 있다는 사실을 알고 일본으로 옮겨 와 다시 내 곁에 둔 게 지금에 이른다.

자세히 보면 크고 작은 상처나 손때가 책상 여기저기에 묻어 있다. 책상 표면이나 모서리, 테두리에는 적당히 쓸린 자국이 있고, 바닥에 닿는 왼쪽 다리 일부분에는 상처와 벌레 먹은 자국이 눈에 띈다. 이런 상처나 얼룩이 언제부터 있었던 것인지는 짐작도 가지 않지만, 옛 기억을 더듬어보면 내가 막 쓰기 시작했을 때는 이것보다는 조금 더 깨끗했던 것도 같다. 지금 보이는 흔적들은 내가 어렸을 때 책상을 얼마나 험하게 다뤘는지를 선명하게 남기고 있는 것이리라. 이 또한 나의 성정性情이자 책상의 연륜이라 하겠다.

나는 마음이 내키면 행주로 먼지나 때를 닦아내곤 하는데 그 외의 손질은 한 적이 없다. 내 책상은 아무도 손을 대지 못하게 하기 때문에 여행에서 돌아오면 책이 펼쳐진 채로 먼지를 뒤집어쓰고 있을 때도 있다. 할아버지는 매일 아침 정성껏 책상을 행주로 닦으시고 나서 그다음에 나를 책상 앞에 앉혀주셨던 기억이 떠오른다. 그 덕분에 책상의 촉감은 검은빛을 내며 상처나 얼룩을 엷어 보이게 하는데, 그게 오히려 시간의 풍경이자 나의 자부심이라는 생각이 든다.

나의 책상뿐만 아니라 한국의 옛 목공품을 바라보면 깊고 은은한 시간의 향기가 풍긴다. 목공木工이 하나의 완성품으로 충분히 잘 만들어낸 것이기는 하지만, 물건이 놓이는 공간과 사용하는 사람과의 교류 속에서 시간과 함께 조금씩 숙성되어간다. 공기에 노출되고, 행주로 닦이고, 사람과 물건과 부딪히고, 사람들의 이야기와 다양한 바람 소리가 스며든다. 물건은 모든 것을 전부 받아들이기라도 하듯이, 마치 살아 있는 생명체(생물)처럼 시간을 새겨간다. 쇠퇴하는 것처럼 보이기도 하고, 반대로 성장하는 것처럼 보이기도 하는데, 이는 아마도 끝없이 이어지는 시간의 여정이 지닌 양의적인 모습일 것이다.

중국의 옛 가구는 다소 낡아지기는 하지만 언제까지나 완벽함을 자랑한다. 일본의 가구는 조금은 변하지만 역시 형식은 남는다. 양쪽 모두 시간의 경과가 작용하지만 만들어진 콘셉트 쪽이 더 강해서 인간의 의사나 자기주장을 무너뜨리지 않는다. 그러므로 만들어진 물건은 존재성이나 대상성이 또렷한 반면, 주변의 공간과 시간을 부각시키는 매개체로서의 속성은 약하다고 할 수 있다.

그러나 한국의 물건은 만들어지는 과정이 다르다. 공간적이라기보다는 시간적이며, 인간적이라기보다는 자연적인 쪽에 가깝다. 그러므로 한국의 옛 물건은 유구한 시간 속에서 물리적으로는 닳아 없어지고 깨지고 흩어지며 사라져서 소멸되는 이미지가 강하다. 이집트나 그리스의 석조 문화처럼 언제까지나 형태와 이념을 유지하고 거기에서 영원을 보는 듯한 작품과는 차원이 다르다. 목공품뿐만 아니라 천 년이 넘은 신라의 석불에서도 시간을 엿볼 수 있다. 경주 남산에 있는 엄청난 석불군은 오랜 시간 무너지고 이지러지면서도 끝없이 만들어져가는 듯한 양의적인 변화를 보여주며, 그 주변에는 시간의 무한성이 감돈다.

왜 한국의 옛 물건의 존재 양식은 양의적일까? 나도 잘은 모르겠다. 남과 북으로부터 셀 수 없이 많은 외침을 받으며 반전을 거듭해온 역사 때문인가. 아니면 동북아시아에 위치한 반도 특유의 몬순기후의 자연환경 때문인가. 그렇기에 명료한 관념과 형식으로 가로막기보다는, 유연한 어중간함에서 비롯된 변화나 양의적인 정신이 살아남는 지혜로서 배양된 것일까. 나아가서는 중앙아시아와 남아시아로부터 밀려오는 힘이 서로 부딪치며 만나는 장소로서, 그 왕래와 힘겨루기가 어느 사이에 한국풍의 흔들림의 DNA가 된 것이라고나 해야 할까.

어느 쪽이든 간에 한국의 옛 물건은 이러한 양의성 위에 역사의 내음이 더해졌다. 여기서 말하는 역사란 연대기적인 의미가 아니라, 소복소복 쌓이는 시간의 물신성을 말한다. 이는 인간의 지식이나 의지로 만들어져 유지되는 그런 발상의 것이 아니다. 신들린 물건과도, 자연적으로 만들어진 물건과도 다르다. 야나기 무네요시(柳宗悦)는 조선의 목공품과 도자기를 보고 인간이 아닌 누군가가 만든 것 같다고 쓰기도 했다. 나무와 흙, 불과 사람의 선명한 만남과 지칠 줄 모르는 대화 속에서 물건이 만들어지는 모습을 포착한 것이다. 인공적이라거나 자연적인 것과는 다른, 불가사의한 자유자재의 모습을 거기서 보았던 것이리라. 이것이 시간과의 교류 속에서 마침내 뭐라 말로 표현하기 힘든 역사를 보여주는 것이다.

인간의 관점에서 보았을 때 물건으로서는 완성도·확정성이 약하고, 끊임없는 외부세계와의 관계와 변화가 암시된다. 다시 말해, 오브제로서는 자율적이지 않고 불완전하며 어중간한 것으로 비치기 쉽다. 그러나, 아니 그렇기 때문이라고도 하겠는데, 가장 인간 친화적이면서도 가장 인간과 동떨어진 것이기도 하다. 안과 밖이 왕래하고, 자기 자신보다 커다란 세계가 열린다. 완벽이라기보다는 완벽함을 초월한 것이라고 말하고 싶을 만큼 무한한 상상력을 샘솟게 한다. 이 안과 밖의 열림이 인간으로 하여금 머나먼 과거로부터 아득한 미래의 시간에 잠기게 한다.

나의 책상은 그야말로 완전함·완벽함과는 거리가 멀다. 근대적인 관점에서 보면 크기도 비율도 애매하고 완성도도 어중간하다. 그러나 나는 이대로가 정말 좋다고 생각한다. 상처나 불투명한 빛깔, 약간의 뒤틀림, 다소의 불편함마저 마치 목공이 예상하고 만든 듯하다. 시간 속에서 사물은 어떻게 존재해야 하는지를 심사숙고해서 만든 것임을 알 수 있다. 시간을 멈춘 듯한 완성도를 목표로 하지 않고, 아득히 먼 저 너머를 바라보고 있다. 스스로를 닫아버리지 않고 다양한 시간을 품으며, 사용하는 사람과 함께 영글어가기를 바라며 만든 것임이 전해진다.

이는 일종의 수동적인 발상인데, 외부세계와의 적극적인 관계를 갈망하는 마음에서 보면 남에게 떠넘겨버리는 것이라고만은 말할 수 없다. 필요 최소한의 심플한 디자인과 부드러운 소나무의 질감, 목공의 절묘한 대패질 등이 서로 조화를 이루며 책상은 다소곳하면서도 독특한 색조와 숨결을 간직한 채 나의 상상력을 자극한다. 무기물임에는 틀림없지만 주변에 고요한 여백이 펼쳐지게 한다. 그래서인지 책상 앞에 앉으면 마음이 차분해지고 동서東西의 여행지에서의 만남이 생생하게 떠올라 펜이 미끄러지듯이 움직인다.

이 책상 위에서 얼마나 많은 꿈을 그려왔으며, 얼마나 셀 수 없을 만큼 많은 작품을 구상해왔던가. 상처로 가득한 낡고 작은 책상. 그럴듯한 모양도 기능성도 떨어지는 책상. 그럼에도 항상 나를 기다려주며, 다시 돌아오게 되는 공간. 여행지에서 일이 잘 풀리지 않거나 컨디션이 나빠지면 빨리 돌아와 만나고 싶어지는 물건. 물건임에도 불구하고 말없이 내게 말을 걸어주고 영감을 주는 나의 책상에게 나도 가만히 말을 걸으며 앞으로도 마음을 담아 정성껏 손질해야겠다고 생각한다.

1998년/2012년

아기의 웃는 얼굴, 사자死者의 미소

건널목 신호를 기다리는 유아幼兒의 어머니 옆에 자그마한 유모
차가 있다. 유모차 안에는 아기가 방글방글 웃고 있다. 태어난 지 두
세 달쯤 되었을까. 이쪽을 향한 눈빛이 맑고 투명해서 눈이 부시다.
신호를 기다리던 몇몇 사람들은 모두 유모차 안을 들여다보고, 입가
엔 미소의 꽃이 핀다. "웃는 얼굴이 어쩜 이렇게 귀여울까." "까꿍―,
안녕." 이윽고 신호가 바뀌고 유모차도, 사람들도 그 자리를 떴다. 그
광경 속에 있던 나는 모두가 건널목을 건넌 후에도 멍한 상태로 그
곳에 있었다. 30여 년 전에 봤던 전쟁영화의 한 장면이 떠올랐기 때
문이다. 전장의 길목에서, 갑자기 총을 맞아 쓰러진 여자 옆에 유모
차가 있었다. 유모차 안의 아기는 무슨 일인지 까르륵 소리를 내며
웃고 있었다. 총을 쏜 병사는 두려움에 떨며 달려와서 아연실색한다.
"오 마이 갓, 어쩌지……. 미안해요, 어쩌지……"라고 말을 더듬으면
서, 병사는 유모차 옆에서 무너져 내렸다. 설명이 안 되는 아기의 웃

음이, 나중에 결국 병사의 운명을 바꿔버리는 영화였다고 기억한다.

아기의 웃는 얼굴. 순진무구하다고 할까, 천진난만하다고 할까. 형용하기 어려울 정도로 맑고 숭고하다. 인간의 아이이면서, 인간 이전의 고귀한 그 무언가인 것 같다. 완전히 무방비상태의, 그 어떤 흥정도 욕심도 느껴지지 않는, 그야말로 웃음 그 자체이다. 이는 어떤 특별한 유아가 아니라, 대부분의 유아 전반에게서 볼 수 있는 표정이며 현상이라 할 수 있다. 때때로 이런 아기의 웃음을 마주하면 나는 몹시 행복한 기분이 든다. 짜증이나 고통, 분노가 순식간에 사라진다. 무의식중 아기의 웃음에 웃음으로 답하고 있다. 아니, 아기의 웃음 속에서 웃는다. 이러한 웃음과의 조우야말로 비할 데 없는 은총이며 궁극적인 해후가 아닐까. 할 말을 잃고, 생각이 끊어지고, 아기의 웃음에 마음이 깨끗해져 웃는다. 아기의 웃음 앞에서는 나도 너도 없다. 하지만 문득 제정신으로 돌아오면 고집이 일고, 대립이 생겨난다.

인간에게는 다양한 웃음이 있다. 밝은 웃음, 어두운 웃음, 순진한 웃음, 음험한 웃음 그리고 축복의 웃음, 원망의 웃음, 연인 사이의 웃음, 원수지간의 웃음, 성공한 자의 웃음, 실패한 자의 웃음. 어른의 웃는 얼굴은 왕왕 주름이 지고 일그러지며 밸런스가 무너진 표정이 된다. 웃는 얼굴은 어딘가 이상한 얼굴이다. 지그문트 프로이트는 쾌락이 웃음을 일으킨다고 했고, 베르그송은 우스꽝스러움이 웃음을 낳는다고 했다. 어느 쪽이든 모든 웃음 중에서 아기의 웃음을 능가하는 웃음은 없으리라. 그것은 단숨에 모든 것을 날려버리고 모든 것을 품에 안으며 초월하는 가장 근원적인 것이라 여겨지기 때문이다.

애당초 어째서 인간에게 웃음이 있는 걸까. 다른 동물에게도 웃음은 있겠지만 식물에게도 웃음이 있는 걸까. 나아가 흙이나 돌 등에도 웃음은 있는 걸까. 가령 모든 것에 웃음이 있다 하더라도, 인간의 웃음만큼 선명하지는 않을 것이다. 아마도 웃음의 진화로 인해 인간은 다른 존재들로부터 특화되었다. 웃음은 울음과 함께 훌륭한 의사 표시이며, 말을 뛰어넘는 신체적 언어다. 웃음은 무엇보다도 얼굴 표정 중 하나다. 괴로운 얼굴, 떨떠름한 얼굴, 우는 얼굴, 무표정한 얼굴 등 각양각색의 얼굴 중에서 웃는 얼굴만큼 매력적이고 인간적인 표식도 없을 것이다. 그중에서도 갓난아이의 웃음이 최고위이다.

어른이 아기와 같은 웃음을 지을 수 있을까. 신선이나 성인에게조차도 그것은 무리일 것이다. 그들은 어른이기에, 시간에 절고 의식이나 경험에 너무도 물들어 있다. 물론 그들은 시간의 경과나 의식의 축적 속에서, 지혜나 수행을 통해 마음의 침정승화沈靜昇華를 꾀하고, 욕망의 절정 또는 무無의 경지에 이르렀는지도 모른다. 하지만 그것은 극복의 차원이지 알기 이전, 경험 이전의 상태가 아니다. 극복의 차원은 인간적으로 멋진 세계이기는 하겠지만, 이 때문에 시원始源으로부터 멀어진 차원이라고도 할 수 있다. 다시 말해 의식에 의해 열린 세계는 의식을 뛰어넘기는 어렵다. 그 점에서 미숙한 아기가 아기이기에 지니는 순수함은 특별한 것이라고 하지 않을 수 없다. 거의 수동적인 시간 속에 있는 기간이기 때문이다. 역으로 말하면, 그것은 인간 존재로서는 미숙하다는 한계를 보여주는 것과 다를 바 없지만 말이다.

그런데 아기의 웃음은 정말로 순수하고 무구한 것일까. 대부분의 생리학자는 그것은 어떤 형태의 욕구의 표현이며, 외부를 향한 반응이라고 한다. 아마도 성장의 과정으로서는 그 말 그대로일 것이다. 하지만 나는 오히려 그것이 순진하게, 무구하게 비쳐지는 사실에 주목한다. 이런 인상을 주는 것은 아마도 아기의 웃는 얼굴의 근원성에서 유래한다고 생각된다. 물론 어머니나 외부를 식별하기 시작할 때부터, 웃음이 능동적인 욕망의 표현임을 부정하지 않는다. 그렇다 하더라도 아기에게는 웃음의 근간이 되는 것이 갖춰져 있을 것이다. 나의 관심은 아기의 웃음 그 자체이다. 아기의 원초적인 표현 중에서 웃음과 울음은 생명의 본능적인 사인sign의 발로이리라. 특히 웃음은 우스꽝스러움이나 욕망의 표현이기 이전에, 생명 그 자체의 표정이다. 희대의 해부학자 미키 시게오(三木成夫)는 온갖 생물의 기저를 꿰뚫고 있는 것은 우주의 거대한 질서이며, 그 이어짐은 경이롭고 아름답다고 강조한다. 내 식으로 바꿔 말하면, 만물은 모두 있어야 하기에 있으며 그 있음새의 가지런함은 아름다우면서 미소롭다. 이 발상에 비춰 보면, 아기의 웃음은 생명의 근원적인 희열에서 오는 표정이라는 이야기가 될 것이다.

아기의 웃는 얼굴에 대해 생각하는 동안 나는 문득 죽은 사람의 얼굴에 대해 언급하고파진다. 지금까지 나는 이런저런 사자死者의 얼굴들을 봐왔다. 젊은이의 죽은 얼굴, 노인의 죽은 얼굴, 병사한 얼굴, 사고사한 얼굴 등 가지각색의 얼굴들을 마주했다. 나이 들어 평온하게 죽은 사람, 스스로 목숨을 끊은 사람, 전장에서 총에 맞아 죽은 사람 등 제각각 다르게 죽은 사자의 모습이 떠오른다. 노쇠해서 죽은 사람 말고는, 몇몇 예외를 제외하고는 죽은 직후의 얼굴은 경직되고 대부분 괴로워 보이거나 일그러져 있거나 무서운 표정이다. 그중에는 분노에 찬 얼굴도 있다. 그런데 그것이 점점 누그러져간다는 사실을 알게 된다. 숨이 끊어지고 몇 시간 후 또는 하루 정도 지나면, 어찌 된 일인지 안색이나 표정이 전혀 달라지는 것이다.

나에게는 사자의 얼굴에 관한 잊히지 않는 기억이 있다. 벌써 20여 년도 전의 일이다. 어느 여름날 밤, 친구가 위독하다는 소식을 듣고 급히 달려가, 그대로 임종을 마주하게 되었다. 친구는 급작스러운 병으로 돌연사했다. 여러 가지 갓 시작한 일이나 염원하던 꿈도 많았을 텐데 무척이나 원통했을 것이다. 그 때문인지 숨이 끊어졌을 때 그의 얼굴은 불만과 고통으로 가득 차 있었다. 눈은 크게 뜬 채로 입이 비뚤어져 있었다. 내가 손을 눈꺼풀에 대주자 비로소 눈을 감았다. 그리고 나는 일단 집으로 돌아와 다음 날 아침 다시 친구가 있는 곳으로 갔다. 그러자 친구의 얼굴이 바뀌어 있는 게 아닌가. 몹시 평온하고 입이나 얼굴 전체의 표정이 희미하게 미소 짓고 있는 듯이 보였다. 신기한 일도 다 있음을 절절히 느끼지 않을 수 없었다. 나는 안도하고 합장했다.

사자의 얼굴은 점차 평온해진다. 평안하고 아름다운 얼굴이 되는 것이다. 물론 예외적으로 경직된 상태로 있는 경우도 있지만, 내 경험으로는 편안한 얼굴이 대부분이다. 진정으로 평온하며 웃고 있는 듯한 얼굴도 보인다. 지인인 장의사에게 묻자, 사람은 죽으면 서서히 근육이 이완되어 본래의 얼굴로 되돌아간다는 것이다. 본래의 얼굴, 그것은 아름답고 미소로운 것이다. 이런 얼굴을 보며 가족이나 지인들은 마음이 놓여 사자가 성불했다든가, 천국으로 갔다고 생각하면서 평온을 얻는 것이다. 사자의 웃는 얼굴은 이를 바라보는 사람의 마음에 스며들어 청아한 슬픔을 마주하게 한다. 이러한 사자의 표정은 왠지 그가 살아 있는 듯한 착각을 일으킨다. 자연현상으로 보면, 사실 사자는 사자로서 살아 있다고 말할 수도 있을 것이다. 그것은 자연스러운 우주의 생명현상의 모습이기 때문이다.

숨이 멎으면 의식도 없어진다. 이른바 죽은 것이다. 하지만 숨이 멎고 바로는 생태학적으로 생명은 완전히 사라진 것은 아닌 게 아닐까? 숨이 멎고 한동안의 얼굴 표정은 의식 작용 안에 있을 터이다. 그래서 죽은 지 얼마 안 되었을 때는 죽음을 받아들이기 힘들어 불만스러운 표정인 채로가 많다. 그것이 시간의 경과와 함께 근육이 풀어지고 의식의 잔해도 사라진다. 그리하여 신체의 목숨은 의식으로부터 해방되어, 미키 시게오의 말을 빌리면 우주 자연의 질서로 돌아가는 것이다. 본래로 돌아가는 것이다. 사람에 따라 정도의 차이는 있더라도, 사자의 얼굴이 평온하고 미소 짓는 것처럼 보이는 것은 바로 이 때문일 것이다. 사자의 얼굴이 아름다운 까닭은 실로 신비하기까지 하다. 의식의 강을 건넌 사자의 웃는 얼굴은, 깊은 곳에서, 저 아기의 웃는 얼굴과 이어지는 것이리라 생각이 든다.

2019년 11월

기다림에 대하여

"해안가에 배 한 척이 / 바다를 향해 멈춰 서 있다 / 영원이 그곳에 있었다." 출항에 대한 기대와 가능성 속에서 언제까지나 그 순간이 찾아오지 않음을 노래한 옛 그리스의 짧은 서정시의 한 구절이다. 사무엘 베케트는 아무리 기다려도 상대가 오지 않음을 『고도를 기다리며』라는 작품을 통해 보여주었다. 한국의 옛 민화에는 일본으로 건너간 남편이 돌아오기만을 기다리며 바다 위 언덕에 서서 바다 너머를 하염없이 바라보다 마침내 돌이 되고 말았다는 전설이 있다. 이러한 기다림은 손꼽아 기다려온 희망이라는 공통점이 있다. 그러나 기다림에는 기대감만이 있는 것이 아니다. 듣기 싫은 결과를 기다려야 하는 일도 있는가 하면, 나의 감정과는 상관없이 정해진 결과를 기다리는 일도 있다.

기다림에 대한 감정이나 행위는 다양하다. 만나기로 약속한 연인을 기다리는 시간은 가슴이 콩닥거린다. 도예가가 구워진 가마를 열

때까지 기다리는 시간은 심장이 쿵쾅댄다. 정원에 심은 감나무 열매가 빨갛게 익기를 기다리는 시간은 즐겁다. 길을 가다가 빨간 신호에 걸음을 멈추거나, 역에서 전철을 기다리고, 레스토랑에서 주문한 요리를 기다리거나, 홍차에 넣은 설탕이 다 녹을 때까지 기다리는 일은 정해진 결과를 믿고 조금만 참으면 일정한 시간이 지난 후에 대체로 생각한 대로 일이 이루어진다. 이러한 일상적인 기다림은 초조함이나 불안감에 휩싸이기보다는 오히려 당연한 흐름이 주는 충족감 때문인지 즐겁기도 하다.

반면 친척의 장례식을 기다리는 시간은 슬프다. 입학 또는 입사 시험 결과를 기다리는 시간은 괴롭다. 검진 결과를 기다리거나, 콩쿠르에 출품한 작품의 심사 결과를 기다리거나, 전쟁터에 끌려간 남편의 소식을 기다리거나, 범죄자가 재판 결과를 기다리거나, 국민이 전쟁이 끝나기를 기다리거나, 시민들이 대형 지진 예보를 듣고 지진이 일어날 것을 기다릴 때는 분노와 초조함 나아가서는 공포심에 휩싸이기도 한다. 기다림의 끝에 무엇이 있을지 상상이 가지 않는 시간만큼 견디기 힘든 일도 없으리라.

또한 기다린 결과가 정해진 대로 흘러가는 것이 일반적이라고 할 수 없으며, 예상과 기대에 어긋나는 경우도 있으므로 일상적인 기다림이건 비일상적인 기다림이건 방심할 수는 없다. 감나무 열매가 이제야 다 익었다고 생각했는데 까마귀가 쪼아 먹어버렸다거나, 입학 또는 입사 시험에 자신이 없었는데 합격 통지서가 날아오는 등 의외의 결과에 희비극이 교차해 당황하는 경우도 있다. 결과가 나오면 끝나는 것이 아니라 계속해서 영향을 미쳐 뒷맛이 개운치 못한 경우도 적지 않다. 그러나 기다리는 동안 대부분의 사람은 결과를 신경 쓰면서도 그 후의 일을 생각하거나 그다음 일에 마음을 빼앗기는 일은 많지 않다. 그만큼 훗일에 대한 생각을 가로막는 기다림의 차단력은 강하다.

기다림이란 어떤 결과가 나올 때까지의 시간을 말한다. 이 시간은 어떤 결과가 나올 때까지의 과정, 도정, 그 직전까지를 말하며 앞을 향해 진행 중이라는 가능태적可能態的 성격을 지닌다. 또한 기다림은 감정이 일상에서 비켜나 점점 에어포켓같이 되어 특수한 폐쇄적인 공기로 팽창한다. 심각한 상황인 경우 기다리는 동안은 초현실적인 긴장감을 품은 시간이 되거나, 반대로 현실성이 희박해져 망상 공간 속으로 무너지고 마는 경우도 있다. 어느 쪽이건 기다림 자체는 결과 이전의 일이기 때문에 복잡한 마음의 움직임과는 반대로 내용이 없고 공허하며 의미를 부여하는 것조차 어렵다. 기다림이라는 개념에서 봤을 때 이는 무언가가 아직 도래하지 않은 부재의 시간, 그 직전의 허공에 매달려 있는 시간의 이미지를 갖는다.

기다림은 기다리는 사람의 성격이나 그 내용과도 연관이 있으나, 어떤 마음으로 기다리느냐는 그 사람의 기량을 가늠하는 기준이 되기도 한다. 기다리는 방법은 사람과 내용에 따라 달라지더라도, 기다림은 반드시 어느 한쪽 길을 선택하게 된다. 멍하니 시간을 보내건 일을 하면서 보내건, 어떤 형태로든 생각과 행동을 취하고 있는 것이다. 그러나 절실하고 농밀한 생각임에도 불구하고 스스로 결과를 정할 수 없는 과정이기에 자신의 대응력이 결과에 영향을 미치기는 너무 어렵고, 그렇기 때문에 스스로가 어떤 길을 선택했다는 느낌이 잘 들지 않는다.

기다림은 구조상 측정하기 어려운 거리감이 있는 간격, 그리고 자신의 의지와는 상관없는 반대쪽 타자와의 간격이며, 그렇기 때문에 적극적인 대응이 제한된 수동적인 시간이다. 기다림의 대부분은 타자와 외부에 결정권이 있기 때문에 내가 멋대로 행동한다 한들 어떻게 할 수 없는 시간이다. 그것이 제도나 정해진 규칙 안에서라면 안심할 수 있지만, 상대방이 눈에 보이지 않거나 예측이 어려운 상황인 경우에는 초조함과 불안함이 더해간다. 그러므로 타자에 의한 중대한 결과를 기다릴 때는 불안함을 넘어서 심한 고문을 당하는 듯한 고통 속에 빠지기도 한다. 전쟁은 그 이상의 패닉을 일으킨다.

인간은 자기의 판단과 행동의 능동성이 제한을 받으면 받을수록 자기 상실감에 빠진다. 신뢰하고 한 일이 상대방에게 통하지 않고 배신당하거나, 잘되길 바라고 한 일이 모든 결과를 엉망으로 만들었다면 절망에 빠지고 망연자실하게 된다. 기다림에 크건 작건 조바심이 동반되는 이유는 자신의 존재성이 무시당하거나 인정받지 못한 채로 결정이 내려지기 때문이리라. 중대한 결과를 기다릴 경우, 마음이 약해지면 아무것도 생각하지 못한 채 일도 손에 잡히지 않으며, 매일 불안함에 시달리다 점점 숨이 막혀 우왕좌왕하게 된다. 이는 불투명한 타자, 또는 어찌할 수 없는 외부의 존재 때문에 일어날 수 있는 가위눌림 현상이라고 할 수 있다.

의식이 오로지 기다림의 결과로만 향하면 이처럼 종종 움직일 수 없는 심정이 된다. 결과에 사로잡혀서 옴짝달싹하지 못한다고 믿고 만다. 이러한 심적 현상은 평상심이라고는 할 수 없으며 일종의 강박관념과도 같은 것이다. 이것이 심해지면 심신을 좀먹는 병이 된다. 기다림에만 모든 신경이 쏠려 주변도 그 이후의 일도 보이지 않고 어찌할 방도가 없다고 느낀다면 이는 역시 병이다. 집중력을 한 가지 일에 수렴해가는 것이 아니라, 스스로를 포기했을 때 저항하기 힘든 무언가에 빨려 들어가는 신경쇠약증의 일종이다. 기다림이 결과에 지나치게 기댄 나머지 일상의 현실성이 무너지면서 나타나는 증상이라고 하겠다.

나의 경험에 비추어 보았을 때 자신의 현실성이 흔들리거나 약해졌을 때는 기다림에 주의해야 된다. 지금 하는 일이 좌절되거나 잘 풀리지 않을 때 우리를 노리는 것이 기다림의 환상이기 때문이다. 반대로 말하면 일상의 현실성이 순조로울 때는 기다림이 거의 영향을 미치지 않는다. 어느 쪽이든 상관이 없기 때문이다. 그럴 때는 정신을 차리고 보면 어느새 기다리던 일이 이루어지고, 그리고 끝나가고 있음을 알게 된다. 좋건 나쁘건 기다림은 왔다가 사라진다. 이는 기다림이 부재와 허공에 매달려 있는 시간이 아닌, 연속성 속에 일상이 있음을 분명하게 말해준다. 그러므로 중요한 것은 일상의 현실성 회복이며, 그곳에 있는 일상의 시간이 가진 열린 다양성을 깨닫는 것이라고 할 수 있다. 하루하루의 일상 속에서 일어나는 일이나 주어진 일을 충실히 해나가는 가운데 기다림을 포함한 다양한 색깔의 시간을 맞이하며, 이를 미래로 이어갈 수 있었으면 하는 것이 나의 바람이다.

문제는 기다림의 결과가 아니라 기다림이 지나간 뒤에 인정해야만 하는 나의 모습을 직시하는 것이다. 나는 '지금'을 잊지는 않았는지, 망연자실해서 아등바등하지는 않았는지, 진지하게 자신의 일에 임했는지, 기다림과는 상관없이 내 자신을 잃지는 않았는지를 묻지 않을 수 없다. 이렇게 보면 우리가 기다림을 통해 보게 되는 것은 인간의 어찌할 수 없는 실존 그 자체라는 생각이 든다.

나의 평범하고 당연하기 이를 데 없는 기다림의 방법과 달리, 세상에는 빛을 발하는 시간을 보여주는 위대한 사람들이 많다. 한국의 시인 김지하가 그중 한 명이다. 그는 1960년대 중반에 군사정권을 격렬하게 비판하는 시를 썼다는 이유로 사형선고를 받고 옥중에 갇혔다. 매일 죽음을 직면하면서도 가슴을 울리는 시와 에세이를 썼다. 초봄의 추운 어느 날, 그는 높고 작은 창가에 민들레꽃이 핀 모습을 보았다. 밖에서 날아온 식물의 씨앗이 얼마 안 되는 흙먼지에 몸을 맡긴 채 강인하게 싹을 틔우고 아름다운 꽃을 피운 모습을 발견한 것이다. 극한의 상황 속에서 생명의 위대함과 만나는 순간을 그는 전해주었다. 진실된 그의 삶이 이처럼 멋진 순간을 발견하게 하였음이 틀림없다.

누구든 기다리는 동안에도 현실이 있고 만남이 있다. 나의 헤아릴 수 없이 많은 작품 활동은 이런저런 것을 기다리면서 그때그때 다가온 작은 만남들의 산물이자 그 축적이다. 화가인 나는 흰 캔버스 앞에 서면 항상 심장이 두근거리고 새로운 세계와 조우한다. 그림을 그리는 일은 같은 행위라 할지라도 끊임없이 신선한 감각과 두근거림이 찾아오지 않으면 계속할 수가 없다. 어떠한 기다림의 순간이라도 일하는 현장에 있는 나의 모습으로 존재하고 싶다.

2002년 / 2016년

표현으로서의 침묵

　침묵이란 일반적으로 아무 말도 하지 않고 잠자코 있는 것을 뜻한다. 입을 굳게 다문 채 말을 하지 않는 것, 또는 말과는 다른 차원에 놓인 채 아무 말도 하지 않는 것 등 침묵을 가리키는 내용은 가지각색이다. 보통 혼자 가만히 있을 때를 침묵이라고 하지는 않는다. 그러나 깊은 명상에 잠긴 상태는 침묵과 통한다고 할 수 있을 것이다.

　두 사람 이상이 같이 있으면서 무언의 시간이 지속되면 종종 침묵이 생겨난다. 서로 아무 말도 하지 않는 경우가 있는가 하면, 상대방의 발언에 무언으로 대응하는 경우도 있다. 침묵이라는 말은 사람 사이에서만 생겨나는 것은 아니다. 사람이 동물, 식물 또는 산이나 바다, 바위나 대지, 벽이나 빈집 등과 서로 마주 볼 때도 침묵이 생겨난다. 사람들 사이에서도 적대관계, 친구관계, 남녀관계, 서로 모르는 사이 등 어떤 관계냐에 따라 침묵의 정도와 느낌이 달라진다. 눈앞에 믿기 힘든 광경이 펼쳐져 할 말을 잃는 경우가 있는가 하면, 의견 대립이 심해지고 격렬해지다가 끝내는 말문이 막히는 경우도 있다.

석가모니가 사람들 앞에서 말없이 들어 올린 연꽃에 제자인 가섭이 미소로 대답했다는 유명한 비유는 말을 뛰어넘는 무언의 소통을 의미한다. 반대로, 예수는 십자가에 못 박혀, 하늘을 우러러 '아버지여 나를 버리시나이까'라고 울부짖어, 신의 침묵의 암시를 받는다. 또, 예전에 영화에서 본, 무고한 죄로 사형선고를 받고도 묵묵히 죽음을 선택하지 않을 수 없는 장면이 떠오른다. 이처럼 언어나 변명이 단절되는 침묵도 있다. 무언으로 서로 통할 때도 있지만 불분명의 대응일 수도 있고, 거부이거나 불통일 경우도 있다.

다시 생각해보면 침묵은 일체의 언어를 부정하는 경우도 있지만, 침묵이라는 방식을 통해 말을 할 때도 있음을 알 수 있다. 의사 표시에 침묵이라는 방식이 있다는 사실은 언어에게는 위협이기도 할 것이다. 언어론자의 입장에서 보면 침묵은 음성도 기호 표시도 없기 때문에 언어도 아니며 표현도 아님에 틀림없다. 그러나 단적으로 말해서 침묵을 비표현시한다든가 무시할 수는 없다. 때로는 침묵의 부정과 긍정의 양의성은 어떤 말보다도 고도의 표현력의 증거가 된다. "침묵은 금이다"라고도 한다.

침묵이 로고스와 대비되는 경우가 있더라도 침묵은 말의 반대 개념이 아니다. 침묵도 하나의 태도, 입장 표명이며 말과는 다른 표현 방법이다. 말만이 의사 표시가 아님은 말할 여지도 없다. 상대방의 말보다도 오히려 눈빛이나 낯빛 또는 행동으로 더욱 정확한 판단을 내릴 때도 있다. 스포츠나 춤, 음악, 미술, 제스처 등은 말이 아닌 표현임은 물론, 그것들 또한 말 아닌 더 웅변적 언어임에는 설명이 필요치 않다. 말을 깊이 파고들다 보면 마침내 말이 막히게 되는 때가 있는데 이처럼 말에는 한계가 있는 것이다. 말이 막힐 때는 침묵할 수밖에 없다. 그런데 생각을 곱씹다 보면 끝내는 말이 끊어진다. 하지만 또한 궁극적이며 결정적인 순간에 맞닥뜨리는 침묵에는 무한의 암시가 있기도 하다.

나는 아티스트로서 침묵에 대해 생각한다. 아트에서는 보통의 말과는 다른 침묵의 모습과 조우한다. 음악은 청각을 매개로 하는 데 비해 그림이나 조각은 시각을 매개로 한다. 언어와 관련된 침묵과 비언어적인 귀나 눈길의 침묵은 당연히 다르다. 언어와 관련된 침묵은 말의 끊김이 특징이지만 귀나 눈길의 침묵은 오히려 말로 나타낼 수 없는 것과의 만남인 경우가 많다. 말로는 전하지 못하는 것이 음률이나 화면에서는 직접 전해지기도 한다. 게다가 직접성이 강한 것일수록 언어로 대체 불가능하다.

바흐의 「평균율 클라비어」의 먼 우주에서 전해 오는 것 같은 피아노 음률의 흐름은, 거의 무인無人 공간의 떨림이라 해도 좋다. 또 베토벤 고향곡 제5번의 서두는 침묵이 전제여서 돌연 그것을 깨트리는 데서 시작한다. 그리고 마지막은 격렬한 음률을 절단하는 식으로 끝난다. 나는 생각건대, 대저 음악이란 침묵을 베이스로 하지 않으면 성립하지 않는다.

엘 그레코의 성화聖畵에는 거친 붓 터치로 그린 검푸른 빛깔의 불온한 하늘과 그곳에 배치된 두려움에 떠는 듯한 인물의 형상 등으로 화면에 으스스한 침묵이 감도는 것을 볼 수 있다. 그리고 공현(龔賢, 1620-1691)의 산수화에는 먹물을 짙게 여러 겹 겹쳐 그린, 무인의 검디검은 산과 강이 마치 소리를 죽인 듯이 고요하게 펼쳐져 있다. 양쪽 그림 모두 말이 은폐되어 있거나 무음화無音化되어 있는데도 정체를 알 수 없는 울림이 묵직하게 전해져 온다.

그런데 음악이나 그림의 대부분은 침묵이나 무언이기는커녕 오히려 문학적이다. 음률이나 그림이 스토리나 상황을 이야기하듯이 구성되어 있는 것이다. 종교적인 음악·미술, 또는 혁명이거나 전쟁에 대해서도, 일상생활을 그린 작품 등에서도 의사언어疑似言語 표현에 가까운 것이 많다. 그러나 언어의 대용화代用化가 진행되면 될수록 음률과 그림이 본래 지니고 있는 표현력이 약화되거나 사라져서 재미없는 설명이 되고 만다. 표현의 매개는 역시 가능한 한 그 자체의 성격을 살린 전개일 때 더욱 강력한 힘을 발휘한다. 그리고 음악과 그림에서 말이 점점 멀어져 갔을 때 그곳에 침묵이 나타난다.

현대의 경우, 넓은 캔버스에 예리한 칼로 찢은 모습을 보여주는 루초 폰타나의 그림이나, 적갈색 또는 암갈색을 문지르거나 마구 덧발라서 어슴푸레하고 망양茫洋한 색면色面을 펼쳐 보인 마크 로스코의 그림에서는 깊은 침묵이 감돈다. 그림의 침묵은 말의 끊김과는 달리 눈길이 만나는 미지의 펼쳐짐이라고 할 수 있다. 부언하자면 말이 끊긴 침묵이 있는가 하면, 말을 뛰어넘은 것과의 눈길의 응답도 있다.

사람들은 나의 많은 작품에서 침묵을 느낀다고 한다. 둔중하고 폭이 넓은 철판을 벽에 세워두고 그 앞에 커다란 자연석을 놓은 작품에서는 공간과의 울림에 무언의 메아리를 본다. 그리고 커다란 캔버스에 평필平筆로 흰색에서 흑색으로 펼쳐지는 그러데이션의 스트로크를 한 개 또는 두 개 그린 그림은 긴장과 해방이 서로 겨루는 공간이 되고, 이것이 침묵의 파동으로 다가온다. 이는 나의 작품이 말이나 음성의 끊김과 함께, 말로 표현할 수 없는 것과의 만남, 그리고 무언의 응답을 불러일으키는 것임을 나타낸다고 하겠다.

나의 작품이 보여주는 침묵의 성격은 아마도 비인간적인 것이리라. 그것은 작품이 특정한 소재나 방법의 구사는 물론이거니와 역시 발상의 근간이 자연이나 외부와의 관계에 있기 때문일 것이다. 나는 인간의 말을 거부하는 것은 아니나 인간 이외의 소리나 목소리에 귀를 기울이고 싶다. 그것도 귀에 전해지거나 눈에 비치는 소리나 색채와 형태를 뛰어넘어 광대한 우주에 가득 찬 울리지 않는 소리, 들리지 않는 말과 만나고 싶은 것이다.

아마도 음악가의 궁극적인 관심은 음의 저편에 있을 것이다. 나의 관심도 이와 비슷하다. 그림을 통해 말로 할 수 없는 것, 보이지 않는 것의 차원을 열어가고 싶다. 나의 작품의 파장은 아직 인간의 말의 영역에서 멀지 않다. 어디까지 갈 수 있는지, 침묵의 저편은 멀고도 깊다.

2018년 8월 17일
파리에서

무의식에 대하여

경직된 의식의 합리화밖에 인정하려 들지 않았던 시대가 근대다. 다시 말해 의식의 표상화에 의해 구축된 현실이 세계인 것이다. 따라서 의식이 미치지 않는 곳은 세계가 아니다. 이러한 생각이 산업사회를 형성하고, 제국주의와 식민지주의를 낳았음은 두말할 나위도 없다. 의식은 의식을 부르고, 그 막膜을 넓혀갈수록 외계外界는 점점 억압되며 내몰리게 된다. 팽창한 의식세계가 마침내 펑크 나기 시작했을 때, 무의식의 존재를 깨닫고 그것을 끌어냈던 것이 프로이트다. "무의식은 외계의 현실적인 것과 마찬가지로, 그 안의 성질로 봐서 우리에게는 미지의 것이며, (……) 의식의 온갖 데이터에 의해서는 불완전하게밖에 주어지지 않는, 참으로 현실적, 심리적인 것이다"(『꿈의 해석』)라는 것을 보여주었다. 그리고 의식의 전면화, 폭주화에 의한 문명병(분열병)을 무의식의 억압에 의한 것으로 해석했다. 이 지적은 토마스 만으로 하여금 가히 '혁명적'이라 감동시켰다.

인간에게 있어서 무의식의 존재가 크게 부각된 셈이다. 단, 프로이트의 무의식 개념은 의식의 심층—내부성에 그치며, 외부성이 결여된 것과 다름없다. 꿈의 연구로부터 무의식을 발견했던 경위로 보면 이는 당연하다고도 할 수 있다. 그럼에도 불구하고 그는 마침내 개개인의 무의식으로부터 사회 집단적 무의식의 존재로까지 분석을 진행해 초자아를 알아내기에 이른다. 그는 '자아론'에서 "의식되지 않는 것이 모두 억압되었다고는 할 수 없다"고도 말한다. 하지만 기본적으로는 평생 무의식을 의식의 전 단계 또는 억압된 것으로 보는 관점을 지양하지는 않았다.

나는 생각한다. 전의식前意識이나 억압에서 벗어나도 무의식은 널려 있다. 역으로 말하면 무의식의 세계는 훨씬 더 넓고 깊은 것으로 의식에 의해 통째로 포착하거나 억압할 수 있는 것이 아니다. 하늘이 있고 태양이 있는 것이나, 먼 우주가 있고 발밑에 대지가 있는 것도 무의식인 것이다. 자연현상뿐만 아니라 인류의 역사나 우리가 살고 있는 거리의 풍경 또한 무의식이다. 다시 말해 상상력의 근거율根據律이 되는 모든 것은 무의식이다. 이것들의 존재가 무의식인 것이 아니라, 음으로 양으로 의식과 관계하면서 작용·반작용하는 것으로서 그것은 있다. 그런데 프로이트가 해명했듯이 인간은 의식의 확장을 이루고자 하면 특정한 무의식의 작용을 거부하고 배제할 수밖에 없다. 거기서 필연적으로 무의식은 억압당하는 것이 된다. 이때 무의식으로 말할 것 같으면 의식의 대립물, 욕망의 대상으로서 가로막는 외부다. 그러므로 억지로 외부를 내면화해 의식의 왕국을 구축하려 하는 데서 외부는 억압의 무의식이 되는 것이다. 인류는 의식의 특이한 확대의 역사로 하여금 감각이 무뎌지고 무의식의 은폐가 심화되면서, 무의식적인 예지나 그 암시력이 약화되었다고 할 수 있다.

의식의 집약으로서의 자아의 확립이 근대인의 본질을 이룬다. "나는 생각한다, 고로 나는 존재한다"는 데카르트의 존재정위存在定位가 그것을 잘 나타내고 있다. 생각하는 것, 곧 의식하는 것에 모든 것이 수렴된다. 이 발상으로 보면 외부는 애당초 억압의 대상일 뿐이다. 하지만 아무리 생각을 확대한들, 하이데거가 말했듯이, 인간은 어차피 이미 세계에 짜 기워져 살고 있다. 의식하든 안 하든, 자아가 있든 없든, 인간은 세계 내의 존재다. 이것이 무의식의 증거인 것이다. 그렇기에 근원적으로 인간은 무의식 내의 존재라 하지 않을 수 없다. 그런데 프로이트부터 라캉에 이르기까지, 정신병의 원인을 자아분열이나 결함에서 찾는 경우가 많다. 따라서 그 치료는 부서진 자아를 수복修復하거나 재확립하는 것으로 향하게 된다. 아직도 카운슬링의 대부분은 이런 방향으로 진행되고 있다고 생각된다. 근대사회의 토대에서 보면 당연한 선택임에 틀림없다. 그러나 이러한 자세로는 근본적인 치료는 무리일 수밖에 없다는 것이 나의 생각이다. 특히 비유럽계, 근대의 경험이 적은 지역에서는 자아에 주안점을 두는 것 자체가 오히려 병세의 악화를 불러일으키지 않으리라고는 단정할 수 없다.

라캉에게 자극을 얻고 일본의 철학자 니시다 기타로(西田幾多郎)의 감화를 받은 세계적인 심리학자 기무라 빈(木村敏)은 분열병을 완전히 반대 입장에서 파악하고 있다. 환자의 치료 방법으로 그가 선택한 길은 자아에서 해방시키는 방향이다. 그는 유럽에서 치료를 받고 점점 증상이 악화된 환자들을 소개받아 자신의 방식으로 고쳤던 여러 가지 증례症例들을 보여주고 있다. 자아의 확립이 아니라 외계에 마음을 여는 태도를 권했던 것이다. 어떤 의미에서 무의식의 활성화를 꾀했다고도 할 수 있다. 내게도 마음에 짚이는 경험이 있다. 젊었을 때, 우울증으로 괴로워하며 몸이 쇠약해져가는 것을 견디다 못한 나는 한방의학자로 유명한 이자와 본진(伊沢凡人) 선생을 찾아갔다. 선생은 내 얼굴을 보자마자 "그렇게 고집부리지 말고, 조금은 자연을 즐기면 어떤가"라고 말했다. 그리고 일련의 진찰을 마치자 도쿄에서 200킬로미터 정도 떨어진 산속의 농가를 소개해주었다. 그곳에서 3주 정도 밭일에 열중하는 동안 건강해져서 집에 돌아왔다. 이러한 예로 모든 일이 해결될 리는 없다. 하지만 외계로 몸을 데리고 가서 무의식을 즐기는 것으로 마음이 안정되는 것은 부정할 수 없다. 일상에서도 짬짬이 일에서 손을 놓고 느긋이 차를 마시고 있을 때는 아마도 무의식과 의식이 서로 뒤섞인 상태가 아닐까.

무의식이란 어떤 의미에서 자연 우주의 운행이며 섭리인 것이다. 당연히 인간도 그 일부의 존재이다. 그러므로 그것을 아는 길은 능동적인 의식의 작용이나 지적 탐구보다도 신체를 활용해서 수동적 수용을 하려는 방향으로 열려 있다고 생각한다. 수도승들의 수행이 지향하는 지평은 명백히 의식과 무의식의 경계를 허무는 시도이리라. 이때, 말보다 호흡이나 신체의 리듬을 정돈하고, 마음을 가라앉히고, 무아無我의 상태가 되려고 한다. 선禪이 바로 그러하다. 여기서 중요한 것은 마음이 아닌 외부로서의 신체다. 이를 내 것에서부터 자연의 파상波狀으로 연동함으로써 무의식의 차원에서 노니는 것이 가능해진다고 한다. 프로이트도 "무의식은 의식의 작은 세계를 자기 안에 품은 큰 세계다"(『꿈의 해석』)라고 말하고 있다. 인간은 의식 존재라고는 하나 별도로 수행이나 훈련을 하지 않더라도 문득 제정 신을 잃고 무의식의 경계에 가 있을 때가 있다. 자기도 모르는 사이 의식이 빠져나가 우주의 섭리로 해방되는 순간이 있는 것이다. 이는 인간 존재의 근원이 다름 아닌 이것에 기인한 것이라는 사실임을 보 여주는 것이다. 칸트는 『실천이성비판』의 결론 부분에서, "내 머리 위의 무수한 별들로 빛나는 하늘과 내 마음속의 도덕률은 감탄과 경 외심으로 마음을 채운다"라고 적었다. 이는 의식이나 의지 이전에 이미 선견적先見的으로 무의식과 통하고 있음을 암시하는 구절로 읽 을 수 있다. 이 말에 이어, 칸트는 인간이 우주와의 무한성과 연결된 존재라는 것을 감동적으로 전하고 붓을 놓았다.

1973년 / 2019년

억눌려 있는 것

내 그림은 이미 선택한 모티프에서 출발하지만, 그 외에도 시스템이 있고 순서가 있고 호흡이 있다. 그래서 완성된 그림은 언뜻 질서감과 생명감을 느끼게 한다. 그런데 제작 과정의 나의 내부를 들여다본다면 이 화가가 과연 정상인가 의아하게 느껴질지도 모를 일이다.

매일같이 신경을 곤두세우고 정해진 대로 그림을 그리고 있노라면, 왜인지 갑자기 흐트러버리거나 뒤범벅을 하거나 드디어는 찢어버리고 싶을 때가 있다. 그런가 하면 조용히 집중하여 한참 그림을 그리고 있는데, 난데없이 아랫도리가 뻣뻣이 서면서 40여 년 전의 그 여자가 어른거려 그림을 망가트리고 만 적도 있다. 또는 그리고 있는 화면이 어느 순간 나와 맞서는지라, 붓을 든 손이 떨리면서 돌아버릴 것 같아 큰 소리를 지르고 말 때도 있다.

이것은 분명히 정신이상이다. 친구 되는 정신과 의사와 누차 상의

한 바 있지만, 크게 문제될 것이 없다고 타이른다. 극도의 피로와 과잉 집중에서 오는 정신의 자기반란쯤으로 해석하고, 그런 현상은 쉬라는 신호라는 것이다. 프로이트식으로 보면, 내가 하는 일이 의식으로 하여금 특수 영역으로 극렬히 몰아붙임으로써, 억눌리는 무의식이 폭발하려는 증세의 나타남인지도 모르겠다.

비단 제작 과정에서만이 아니라, 생각을 골똘히 끝없이 밀고 나갈 때 실마리가 흐트러지고 앞이 안 보이게 될 때도 이런 현상이 나타난다. 소위 말하는 광기다. 인간에게는 질서나 계산을 따라야 하는 면이 있는가 하면, 어느 순간 깨부수어 헤쳐버리고 싶은 충동의 양면이 있는 모양이다. 이것은 어쩌면 섭리인지도 모른다.

작가에 따라서는 어떤 광기를 표현의 일부로 활용하는 이도 있지만 나는 그러고 싶지는 않다. 다만 나의 작업은 지극히 부자연스럽고 자기억제가 심한 쪽이기 때문에 거꾸로 무의식의 광기가 감춰진 채로 숨 쉬고 있을 것이 분명하다. 나는 도가 트지 못하니, 앞으로도 부글부글 끓는 보이지 않는 마그마 위에서, 불안에 떨며 기를 쓰고 작품을 해나갈 수밖에 없을 것 같다.

그래도 나는 작품은 태연해주기를 비는 심정이다. 나아가 화면의 힘이 고요한 숨결로 여울졌으면 한다.

서정주는 이렇게 읊었다. "산덩어리 같어야 할 분노가 / 초목도 울려야 할 서름이 / 저리도 조용히 흐르는구나"(「학」에서).

2012년 5월

물리학에 대한 우문

나는 아티스트로서 때때로 물리학이나 생물학과의 접점에 흥미가 솟구친다. 생각하거나 경험한 것으로부터 콘셉트를 세우고, 그것을 토대로 제작에 도전한다. 그런데 문득 정신이 들고 보면, 하고 있는 일이 어딘가 물리나 생물의 원리나 그 있음새와 닮아 있다. 나는 물리학에도 생물학에도 문외한이며, 소년 시절 이후 이에 대해 관심을 가져본 적이 없다. 그런데도 내 작업을 본 사람들로부터 물리적 현상의 예술적 표현 같다는 지적을 받을 때가 있다. 내 회화에서 스트로크와 스트로크가 대응의 구도를 이루거나, 이들이 호흡하고 있는 것처럼 느껴진다는 것. 또한 조각의, 소재와 소재의 연관이나 그들의 위치, 장소가 역학 관계 같다거나, 산 것들의 있음새같이 느껴진다는 것 등이 그러한 인상을 주는 것이리라.

물리학은 일상적인 물질의 역학, 공간 현상에서 우주의 터트림까지, 그 있음새의 원리를 해명해준다. 예를 들면 빗방울은 중력에 의해 낙하하는 것인데, 엄청난 속도가 되어 위험할 터이지만 공간(공기) 저항과의 균형으로 그 힘은 0이 된다는 것. 또한 공을 벽에 던지면 튕겨져 돌아오듯이 그 어떤 힘에도 반작용이 있으며, 작용·반작용은 쌍으로 생긴다는 것 등등.

내 조각작품에는 이러한 현상을 방불케 하는 것이 많다. 사각의 철판 한 면을 움푹 팬 듯이 도려내고, 그 앞에 커다란 돌을 놓아둔 작품이 있다. 이는 마치 돌의 힘에 의해서 철판이 밀려 들어간 듯한 느낌을 준다. 이 작품을 본 천문물리학자 고다이라 게이치(小平桂一)는, 이것은 그야말로 우주의 현상을 시각화한 것으로, 지구에서는 인력이나 다른 힘의 작용으로 그것이 미세해지고, 육안으로는 보이지 않을 뿐이라고 설명해주었다. 나는 그런 것도 모르고, 사물과 사물, 사물과 공간과의 관계는, 이를테면 인간관계에서처럼, 이렇게 되리라고 하는 철학적(?)인 해석으로, 그것이 보일 수 있도록 만들었다. 그런데 우연히도 내 생각과 우주의 현상이 같은 것이라는 사실을 알게 된 것이다. 이는 아마도 자연의 터트림이 알게 모르게 나의 생각에 영향을 미친 결과일 것이리라. 나는 우주에서 일어나는 것은 반드시 인간에게도 일어난다고 믿는 사람이다. 덧붙여 말하자면, 그렇다고 해서 인간의 생각이 우주를 바꾸는 일 따위는 있을 수 없는 일이다.

그런데 물리 현상은 알고 보면 실로 이치에 맞게 되어 있다. 지구의 자전·공전으로 낮이 되었다가 밤이 되고, 활동하다가 쉬는 시간을 맞이한다. 생물은 탄생하고는 얼마 후에 죽는다. 사물도 나타났다가 머지않아 사라진다. 생물도 사물도 이를 반복한다. 주위를 바라다보면, 높게 솟아오른 곳이 생기면 깊게 팬 곳이 생긴다. 밝은 곳이 있으면 어두운 곳이 있다. 이러한 현상이나 그 역학이 당연한 것이라는 사실 자체가 신비하게 여겨진다.

그러나, 하고 나는 때때로 묘한 의문을 가지곤 한다. 물리학에 대해서는 멍텅구리인 나의 빗나간 우문임에 틀림없으리라. 단적으로 말하자면, 인간의 상상력이나 무의식적인 행위와 우주의 역학은 어떤 관계에 있는 것인지. 혹은 우주의 역학에도 상상력과 같은 것이 갖춰져 있는지 어떤지. 바꿔 말하자면 우주의 현상에, 시간의 축적이나 이런저런 요소의 혼합 속에서 발효나 성숙, 또는 정화나 비약과 같은 것은 일어나는 것인지. 인간의 사상 속에서는 직관이나 심사숙고로 당초의 생각이 끊임없이 깎여나가거나 깊어지거나 아득히 멀어지기도 한다. 다른 생물의 경우 이러한 사고思考의 터트림은 어떻게 나타나는 것일까. 내가 묻고 있는 것은 사물의 변화에 대해서가 아니라, 인간의 사유나 마음의 영역과 같은 것에 대해서이다.

나는 그림을 그리거나 조각을 만들 때, 문득 자신의 발상의 근저에 우주의 운행과 이어지는 힘의 작용을 느낀다. 이는 오랜 기간 배우거나 깊이 생각한 결과이기도 하며, 평상시 경험의 축적에서 오는 자각이기도 할 것이다. 방금 조각의 예를 들었는데, 회화에 있어서도 같은 말을 할 수 있다. 넓은 캔버스 어딘가에 물감을 머금은 붓으로 힘이 담긴 점을 찍으면 언저리에 바이브레이션이 일어난다. 다시 그 점에 대응하는 곳에 점을 찍으면 이들이 서로 울림을 일으킨다. 이는 결코 눈의 착각이나 나만의 생각이 아니다. 분명한 에너지의 작용이자 게슈탈트 심리 현상이기도 한 것이다. 물론 이 현상은 캔버스의 탄력이나 점의 위치, 붓의 힘 정도 등 다양한 요소의 작용·반작용에 의한 것이다. 이 대응의 역학, 그 상호 울림이 내 회화나 조각의 원리라고 말해도 될 것이다.

나는 인간이기 때문에 어떤 생각에서 출발하여, 점점 깊게 생각하거나, 뜻밖의 직관에 의한 발견이나 깨달음으로 앞으로, 앞으로 나아간다. 그것이 옳은지 그른지는 문제가 아니다. 그저 인간의 상상력은, 무의식의 작용도 포함해서, 흔들림이 있고, 되돌아옴이 있으며, 비약이 있다는 것이다. 때로는 자신이 무엇을 하고 있는지도 모르고, 행위가 저절로 이루어질 때도 있다. 이러한 의식·무의식의 터트림도, 분명 어딘가에 원인이 있고 결과가 있으며, 커다란 대응 관계의 산물임에 틀림없다고 생각한다.

그런데 아티스트의 상상력이나 자의적인 행위와 같은 사항은 물리학에서 어떻게 취급될까. 이들은 과연 인간의 근거 없는, 제멋대로의 확신에 지나지 않는 것일까. 애당초 인간의 상상력은 저절로 생겨나는 게 아니라 무의식이나 외부세계, 우주의 여러 요소가 분명 그 근원에 있을 것이다. 넋두리에 지나지 않겠지만, 우주의 현상에도 인간의 상상 같은 것이 일어나고 있다는 느낌을 지울 수 없다. 거꾸로 말하면, 인간에게 일어나고 있는 것이 우주에도 일어나지 않으면 이상한 것이다. 인간은—우주의 일부다.

2018년 / 2019년 5월
파리에서

신종 코로나바이러스의 메시지

인류사는 그 대부분이 전쟁의 역사지만 또한 역병과의 싸움을 빼고는 이야기할 수 없다. 근래에는 여러 가지 신종 바이러스가 유행하기 시작하면서 인류는 이 눈에 보이지 않는 적과 싸우느라 밤낮이 없다. 생물학자들의 바이러스에 대한 소견을 읽으면, 이것은 수수께끼와도 같은 희한한 존재라는 생각이 든다. 바이러스는 육안으로는 보이지 않는 극소의 입자로 생물이라고도 무생물이라고도 하기 어려운데, 그 근원을 따지자면 '고등 생물의 유전자의 일부'로, 그것이 밖으로 튀어나와 늘 동물이나 인간 주위를 어슬렁거리고 있는 것이라고 한다. 게다가 인류가 유지되고 진화하는 데 있어서, 죽음에 이르게 하는 위험성과 함께 생명의 촉진을 초래하는 양면적인 존재인 모양이다. 그러므로 생명의 불가피적인 요소이기 때문에 그것을 근절하거나 박멸하는 것은 불가능하다. 애당초 이 세상에 영원한 아군, 변함없는 적 같은 건 존재하지 않는다. 오늘의 친구는 내일의 적, 그리고 친구도 된다. 바이러스는 바로 이 존재의 양면성의 상징이다. 위협받아 퇴치하기도 하고, 자극을 받아 강화하면서 함께 사는 숙명이 자연의 이법理法인 듯하다.

아마도 바이러스에도 여러 가지 종류가 있을 것이다. 이들과 때로는 싸우고, 때로는 수용하면서 살기 위해서는 생명력의 한층 더 강한 발휘, 즉 체력, 지력, 정신력이 필요한 모양이나 이밖에도 생각하게 되는 점이 많다. 역신疫神이라는 말이 있듯이 철저하게 맞설수록 서로가 강해지고, 시간과 경우에 따라 그 모습이 변하는 짜임새는 매우 변증법적이어서 시사하는 바가 크다. 다시 말해, 산다는 것은 끊임없이 외부나 타자를 동반함과 동시에, 때와 장소에 따라서 대응이 진행된다는 것이다. 익숙해진 환경의 이변이나, 적이 되기도 하고 힘이 되어주기도 하는 친척을 곁에 둔 관계성의 위태로움을 떠올린다. 당연한 말이지만, 인간은 살아 있는 생물계 안에 있다. 주지하는 바처럼 인간만으로 짜 세운 근대의 문명은 붕괴에 직면했다. 환경이나 오존층의 파괴, 식량과 자원의 고갈, 공해와 방사능의 확산 등 전문학자들이 제시하는 데이터와 현상의 지적에 의하면, 이대로 가면 문명은 앞으로 반세기를 버티기 어렵다. 그렇기 때문에 근대예술과 마찬가지로 근대의학 또한 해체될 수밖에 없다. 거기서는 역신의 역할 같은 것은 논외였다. 이 지경에 이르러서야 비로소 인간 중심주의에서 생태계와 환경의 상호성 속에서 생명을 새롭게 바라보는 것이 이치에 맞다는 사실을 깨달아가고 있다. 바이러스의 존재가 가르쳐주는 것도 그야말로 지구환경의 공시성이며, 생명의 연대성이며,

생물과 무생물의 상호 매개성이다.

지금, 신종 코로나바이러스 팬데믹으로 인류는 패닉에 빠져 있다. 연일 감염이나 사망 소식이 인터넷이나 신문, 텔레비전에서 크게 보도되고, 그 감염력과 속도, 중증화와 치사율은 온 세계 사람들을 공포에 떨게 한다. 많은 나라들은 국경을 폐쇄하고, 집회, 외출 제한과 자주규제로 거리는 쥐 죽은 듯이 조용해졌다. 사람들은 집에, 병원에, 나라에 갇히고, 게다가 사람들 사이의 거리를 지켜야 한다며 다들 고립, 고독을 강요당하고 있다. 악수도 키스도 수다도 삼가고, 행동을 극력 제한당한 진묘한 존재가 되었다. 그렇게나 빠른 걸음으로 뛰어다니고, 죽자 살자 일을 해대고, 아우성치고 얼싸안고, 무리를 지어 떠들어대던 위세는 어디로 간 것인지. 환상이 아니었다 해도, 지금은 어디에서도 그런 모습을 찾아볼 수 없다. 일전의 용맹함, 기이한 열기를 떠올리며, 인간의 한심할 정도의 취약함에 생각이 미치자 묘한 무상감이 솟구친다.

어느 쪽이든, 신종 코로나바이러스의 맹위의 이번 경험은 인류의 의식에 커다란 전환을 가져올 것임에 틀림없다. 예기치 않게 일제히 멈춰 서게 된 사람들의 모습은 하나같이 불만에 가득 차고, 당혹스러워하거나 불안해하는 모습으로 비친다. 나 자신도 모든 스케줄이 멈추고 무엇에 손을 대야 좋을지 떠오르지 않아, 이놈의 바이러스에 감염된 건 아닌가 하고 마음이 울적해진다. 그리고 차츰 상황에 익숙해지자, 나 자신도 모르는 사이에 안으로, 안으로 자신을 닫아간다. 이상異常사태가 이어지는 가운데, 사람들은 스스로의 방비를 굳건히 하고, 동시에 국가는 꺼림칙한 통제력을 작동시키기 시작했다. 국가는 비상시에 이르면 국민의 생명을 지킬 책무가 있다. 지금이 그때라는 듯이 재액災厄을 방패 삼아 권력과 테크놀로지로 국민의 행동을 규제하고 감시하기에 이르렀다. 국가에 따라서는 이미 핸드폰이나 감시 카메라 등으로 개인정보는 물론 신체나 뇌 속까지 컨트롤하려 하고 있다. 한편으로는 자폐, 다른 한편으로는 통제가 맞닥뜨리는 사회를 맞이했다. 하지만 이전과는 달리, 인터넷과 핸드폰의 발달로 인해 안과 밖이 이어져 고립과 연대가 공시화共時化되었다. 유의해야 할 것은, 국가의 통제력이 개인의 자제를 덮어씌우는 억압의 구조가 만들어졌다는 점이다.

그건 그렇다 치고 이 폐색閉塞상태는 어떻게 지속될까. 학교는, 미술관은, 카페는 언제 다시 문을 열게 될까. 가게도 공장도 회사도 국가도, 아니, 개개인의 마음속은 앞으로 어떻게 될 것인가. 파리에서는 한 남자가 아무도 없는 큰 거리로 뛰쳐나와 마구 소리를 질러대 경찰에게 붙잡혔다고 들었다. 인내와 고독의 강도가 시험받기 시작했다. 신종 코로나바이러스의 위력이 이대로 지속되면 과연 몇천만 명이 중증으로 고통받고, 몇백만 명의 사망자가 나올는지. 독일 메르켈 수상의 연설에서는 인구의 70-80퍼센트의 감염이 예상된다고 한다. 머지않아 심한 유언비어와 괴이한 오컬트와 무시무시한 전체주의의 폭풍이 불지 않으리라고 장담할 수 없다. 정말이지 인류는 전대미문의 시련에 노출되어 있다.

코로나바이러스가 조용히 살던 곳을 다 허물어 인간을 숙주로 다가오게 했으니 갈 곳 잃은 바이러스는 당분간 떠나지 않을 것이 분명하다. 문명의 진행이 인류를 궁지로 몬 전형적인 사례가 바로 오늘의 격렬한 기후변동 등의 위기 상황이며 코로나 팬데믹이 그 상징이다.

이와 같은 상황은 가히 인류의 위기를 생각하게 하기에 충분하다. 시간이 지나도 앞이 보이지 않는 만큼, 지금의 이 이상 상황은 어느샌가 일상이 되고, 정신도 감각도 마비된다. 여기서 요구되는 것이 인간력의 회복이리라. 그런데 시점을 살짝 바꿔보면 다른 견해가 드러난다. 과연 초점을 인간에 맞춰야 하는가. 인간의 문명으로 인해 생태계는 파괴되고, 지구는 극도로 황폐화되었다는 사실에 변명의 여지는 없다. 온난화의 격변이나 방사능 확산뿐만 아니라 신종 코로나바이러스의 발생조차 이러한 문명이 초래한 당연한 결과, 엄연히 일어나야 했기에 일어난 일이라는 지적이다. 신종 코로나바이러스의 내습은 문명의 맹진화猛進化, 비대화에 대한 경종인 듯하다. 또한 이는 지구상의 무차별한 개발과 과잉의 인구 증식과 그 장수화에 대한 제동으로도 받아들일 수 있다. 아니, 어쩌면 이러한 문명의 말기 현상이나 인류의 쇠멸은, 기실 자연의 메커니즘으로 말미암아 일어난 일이 아닐까? 인류에게는 받아들이기 어렵더라도, 생태계에서 보면 자정력自整力의 작용으로서의 자연의 섭리라고 할 수 있으리라. 실제로 인간이 조용해지자 눈 깜짝할 사이에 세계가 달리 보이기 시작하지 않았는가.

그런데 신종 코로나바이러스 팬데믹으로 인한 불과 한 달 남짓의 인류의 자숙으로 환경은 일변했다. 우주선의 카메라에 찍힌 지구의 공기는 실로 투명해지고, 오존층의 파괴도 멈춘 상태에 가깝다. 오염의 상징이었던 베니스의 바다에 물고기가 헤엄치고, 깨끗해 보인다. 인도에서는 오랫동안 스모그로 뒤덮여 보이지 않았던 에베레스트 산이 유연悠然히 모습을 드러낸다. 거리 어디에나 상쾌한 공기가 흐르고, 경치가 선명하다. 문명이 얼마나 오존층의 구멍을 넓히고, 대기와 산하, 거리를 더럽히며 지구를 부숴왔는지가 일목요연하다. 자연에는 회복력이 아직 있었다는 사실에 마음이 놓인다. 그리고 나는 자연의 힘, 그 멋진 자생력에 새삼 감동을 느낀다. 그와 동시에 자연을 상처입히고, 지구를 파멸로 치닫게 할 정도의 문명의 힘에도 놀라움을 금치 못한다. 이미 그 명운이 다해가고 있다고는 하나, 자연을 때려 부술 정도로 강렬한 문명의 폭주가 두려울 따름이다.

신종 코로나바이러스의 맹위로 표면화된 것은 비단 자연과 문명의 상극 현상만은 아니다. 좋든 나쁘든 정치와 경제, 문화가 글로벌리즘에 의해 확산되었다고 생각했는데 갑작스레 얼어붙고 말았다. 각 나라들은 자국 중심의 국가주의로, 그리고 사람들은 무분별한 자기 중심의 시비와 반목으로 히스테릭한 사회가 되어가고 있다. 근대 이후 세계는 글로벌하게 열려 마침내 외부와 타자를 알게 되고, 서로 인정할 수 있게 되었다고 생각하던 참에 이변이 일어난 것이다. 글로벌리즘의 교류는 갈기갈기 찢기고, 세계는 혼란의 파도에 흔들리고 있다. 국제사회의 연동성은 무시되고, 나라나 개인의 무모한 주장과 제멋대로인 행동으로 차츰 폐색감과 무질서의 공기가 뒤얽히고 있다. 신문, 텔레비전, 그 외의 미디어는 벌어진 일의 보도를 대체로 내향적인 색깔로 국내 중심으로 몰고 있다. 인터넷이나 핸드폰 등에 의한 안팎의 정보 교환은 이해와 연대감을 강화하지만, 때로는 허위와 왜곡의 응수로 불신과 증오를 조장한다. 이런 사태는 명백한 분열의 모습이지만, 이번 재액을 계기로 현저하게 드러난 경향이다. 따지고 보면, 소위 글로벌리즘은 애당초 여러 지역이나 국가가 서로 결합하는 연계가 아니었다. 글로벌리즘과 국가 중심주의, 그리고 자기과잉의 틈바구니에서 보이는 분열 현상은 어떤 의미에서는 당연한 일이라고도 할 수 있다. 단숨에 세계를 뒤덮었던 글로벌리즘의 정체는, 자본주의의 통제된 이데올로기의 확산, 외부가 없는 문명의 거대한 내면의 확대에 지나지 않았음이 드러난 셈이다.

시대가 격심하게 흔들리기 시작하고 상황에 균열이 생기면 인간의 내부에도 분열이 일어난다. 원래 근대적 인간은 어떤 의미에서 처음부터 분열 위에 세워진 존재다. 자연과의 차별화로 인해 만들어진 문명의 모습이 인간의 명운을 말해준다. 문명의 붕괴가 다가오는 지금, 인간은 신종 코로나바이러스의 재액을 통해 인류가 서 있는 위치를 재확인할 수 있게 된 것 같다. 자연과 인류의 관계의 근원성이 다시 명료화된 느낌이다. 본디 인간은 자연과 대립 관계가 아니라, 자명한 사실이지만 자연의 일부인 것이다. 물론 인류는 긴 세월 동안 자연을 되새기는 발전 과정을 거치면서 지금에 이르렀다. 자연으로부터 인류는 특화의 길을 걸어온 셈이다. 여기에 인류의 영광과 비극이 숨어 있는 것이리라. 인류는 마침내 황혼에 접어들어, 좋든

싫든 돌아갈 곳인 자연과 마주 대하게 되었다. 마치 탕아의 귀환을 연상케 하지 않는가.

그런데 인간에게 요구되고 있는 것은 자연으로의 귀의도, 문명인으로서의 버팀도 아닌, 양쪽에 걸친 존재의 양의성에 대한 자각일 것이다. 신종 코로나바이러스로 인간은 외부로부터의 협박을 받으며 안쪽으로 움츠러들었다. 하나 그사이 문명에 상처입고 황폐해졌던 자연은 단숨에 치유되어 순식간에 되살아나는 모습을 보였다. 자연에게 회복력이 있었다는 것은, 원래 그 일부인 인류에게도 회복력이 갖춰져 있다는 것이리라. 자연의 생동감 넘치는 광경에 기쁨이 샘솟는 것은, 그것이 우리 자신의 근원이기 때문이다. 인류의 다이너미즘dynamism은 인간력에 있는 것이 아니라, 자연이 작용하는 야생력에서 오는 것이다. 따라서 인간은 존재의 근원과의 대화로 문명의 수정을 이루어낼 수가 있다. 산업자본주의는 일방적으로 자연을 수탈하는 것으로 극도의 융성을 이뤘다. 인류의 비도非道는 여기에 이르러 극에 달했다 할 수 있으리라. 아이누나 많은 고대인의 축제가 상징하듯이, 자연에서 얻은 것에 감사하고, 조금은 자연에게 돌려주는 마음을 배우고 싶지 않은가. 교환 작용은 자연의 이법이다. 생산율을 높이는 것만이 아니라 만들지 않는 것, 해체하는 것에도 의의를 발견했으면 한다. 다시 말해, 플러스(+) 사고만이 아니라 마이너스(-) 사고도 동시에 작동시키고 싶다. 예술가는 올마이티로 만들고 생산하는 것만이 아니라, 외부를 인정하고 만들지 않은 것을 받아들이는 표현을 모색해야 한다. 인간의 일시적인 자제가 시사하듯이, 문명은 어느 정도 제어가 가능한 것이다. 무제한적인 욕망이나 과잉 경쟁을 조정하고, 인간과 자연의 완만한 컬래버레이션이 바람직하다. 인간에게 그럴 생각이 과연 있는지 없는지가 테스트받고 있다. 여하튼, 신종 코로나바이러스는 인류에게 엄청난 고통과 많은 희생을 가져왔으나, 한편으로는 자연의 소생을 일깨우고, 인간의 양의성을 깨닫게 했다는 점에서 의의는 크다.

나는 지금 집에 틀어박혀 생각에 잠기기도 하고 밖을 바라보기도 한다. 신종 코로나바이러스를 미워하면서도, 그것이 가져온 메시지를 음미해본다. 신종 코로나바이러스는 영문을 알 수 없기에 두려움과 당혹감을 안겨주지만, 동시에 세계를 새롭게 볼 수 있도록 한다는 점에서 예술적이다. 그리고 정체를 파악하기 힘든 삶과 죽음의 생명의 근원을 직시하게 한다는 점에서 그야말로 생물학적이자 철학적이다. 누구에게 옮았는지, 누구에게 옮길지도 모르는 것에 휘둘리는 것 자체가 참으로 묵시록적이다. 인간의 삶의 영위가 AI와 같은 예정조화豫定調和와는 달리 얼마나 불확정한 미지와 연관되어 있는가를 깨닫게 된다. 이는 인간세계가 자기의 상상력만으로 수립할 수 있는 것이 아니라, 끊임없이 외부와의 대응으로 성립되는 것이라는 암시이기도 하다. 존재하고 있는데 정의하기 힘들고, 움직이고 있는데 보이지 않는 것은 신종 코로나바이러스에만 한정되는 것은 아니다. 문명의, 보이는 것, 확정된 것의 고정적固定的인 명증성明證性이 물음표가 된 것이다.

사람들이 자숙하는 동안 공기가 정화되고 자연이 생기를 되찾고 있는데도 인간은 암울해하며 겁내고 있다. 집에, 거리에, 나라에, 세계에 죽음이 감돌기 때문이다. 바이러스는 보이지 않지만, 죽음도 보이지 않는다. 바이러스에 감염되면 죽는다는 강박관념은 더더욱 보이지 않는다. 그런데 현대에는, 보이지 않고 정체를 파악할 수 없으나 확실히 현상하고 있는 것에 위축되는 일이 거의 없지 않았던가. 컴퓨터에 입력되어 있는 듯한 명명백백한 것만이 현실이며, 믿기지 않고 불확실한 것은 없는 것으로 여겨왔다. 그만큼 현대의 삶은 확실성이 뒷받침되지 않으면 안 되었던 것이다. 현대인이 죽음이라면 질색하는 것은, 그것이 알 수 없는 것이며, 삶의 단절 개념으로서 작용하기 때문이다. 예전에는 이 불가해한 죽음은 삶과 짝을 이루며, 산다는 것은 죽음을 동반하는 도정이라는 것을 이해하고 있었다. 죽음은 삶의 연속성 속에 있고, 끊임없이 삶을 새롭게 하고 촉진시키는 작용을 한다. 그런 의미에서 죽음은 불안을 동반해도 공포의 대상과는 다른 것이었다. 현대에서는 삶의 전일화全一化·연장화延長化를 위한 의학을 발달시켜, 죽음을 삶의 부정, 단절 개념으로 내몰고 있다. 과잉의 삶의 명료화, 그리고 증식과 확대욕이 인공적인 삶의 공간을 만들어내고, 인간의 자연성을 잘라버리고 있는 것이다. 이것이 자기 자신을 가두고 외부를 두려워하는 존재가 된 경위이다. 인간이 생명의 야성성을 잃고, AI와 같은 얄팍한 괴물로 전락한 까닭도 여기에 있다고 하겠다. 신종 코로나바이러스와의 싸움이, 인간의 외부성의 회복과 함께 불투명한 죽음을 다시 바라볼 기회가 되었으면 한다.

신종 코로나바이러스의 재화災禍는, 예기치 않게 인간을 새로운 지평에 세웠다. 지금 세계는 글로벌리즘의 획일성이나 자국 중심주의, 개인의 방임주의의 무모함과 위험성을 드러내고 있다. 그것들의 근원을 따지자면, 외부를 인정하지 않고, 닫힌 내부의 구축과 확대를 향한 근대적 의지에 봉착하게 된다. 신종 코로나바이러스의 확산은 이러한 입장과 진행에 제동을 걸었다. 신종 코로나바이러스의 위협은 실로 문명을 때리는 인류를 향한 호소이기도 한 것이다. 따라서 인류에게 있어서 외부로부터 찾아온 바이러스와의 싸움은, 한편으로는 안에 있는 '인간'을 지양하는 싸움일 수밖에 없다. 반성하며 보면, 인류는 신종 코로나바이러스로 인해 문명을 재고할 기회를 얻은 것이다.

신종 코로나바이러스 팬데믹으로 인간의 접촉과 노동, 이동이 제한을 받는 가운데, 온라인을 비롯해 AI와 로봇의 활약이 비약적으로 주목받게 되었다. 그래서 마음에 걸리는 것은 영상으로 인한 거리와 효율성과 스피드를 중시한 나머지, 점점 더 내향적이 되고 인간 혐오에 빠져 신체성의 부정을 초래하지는 않을지, 또한 노동력이 온전히 인간으로부터 멀어져버리지는 않을지이다. 신체 능력은 인간의 자연성의 바로미터이다. 컴퓨터의 힘을 과신하여 인간의 노동력을 상회하는 욕망의 무제한적인 생산을 지향하는 파멸적인 우행이 저질러지지 않기를 빌 따름이다. 멸망을 피해, 살아남기 위해, 반성하는 힘과 자제심을 연마해보자. 진정한 자제심이란 스스로의 목소리를 듣는 것이다. 다시 말해, 법률이나 권력, 자의식이 아니라 자신의

근원인 자연의 이법, 신체감각에 의한 우주의 메커니즘에 따르는 것
이다. 다시 말하자면, 개인의 의지나 국가의 통제를 넘어, 인류와 자
연과의 대화 위에, 살아 있는 세계의 관계성에 눈을 떠야 한다. 신종
코로나바이러스의 출현과 그것과의 싸움으로 경험한 공포와 희망의
메시지를 인류는 과연 마음속 깊은 곳에서부터 받아들일 수 있을지
없을지.

2020년 4월 22일

틀어박힘의 저편

요즘 거의 외출도 하지 않고 집에 틀어박혀 있다. 그리고 나는 자신의 내부로 점점 더 내려간다. 이런저런 잡념을 꺾어 누르고 한 가지 생각에 집중하다 보면 신체를 사용하는 제작이 끝내 극으로 치닫는다. 하얀 캔버스 어딘가에 스트로크 한 개나 두 개를 시일을 들여 그리기만 하는 작업이다. 그리지 않은 필드와 그리는 스트로크가 호응하여 커다란 공명의 공간을 열고 싶은 것이다. 숨을 멈추고 전신 전령으로 이 행위를 반복하고 있는 동안 현기증을 일으키기도 하고, 아찔아찔하다 쓰러지기도 한다. 이는 무턱대고 지나치게 열심히 하기 때문이 아니다. 평소부터 자신을 극한까지 몰아넣고 추궁하는 버릇이 심해진 결과이리라. 혹은 뭔가 깊은 무의식의 강박관념이 작용하고 있는 건지도 모른다.

그건 그렇고, 붓을 놓고 한숨 돌리고 있는 사이에 문득 이런 짓을 해서 뭐가 되나 하고 회의에 사로잡히는 게 두렵다. 내 뇌리에 해일에 휩쓸린 황량한 거리의 흔적이 떠오른다. 3·11(동일본대지진) 후의 어느 날, 폐허의 쓰레기 더미에 섞여 피아노가 내팽개쳐져 있는 영상을 보았다. 류이치 사카모토(坂本龍一)는 텔레비전에서 "지금 우리는 여기서부터 음악을 생각해야만 한다"는 이야기를 했다. 나는 그 후, 작업을 시작하려고 하면 그 광경이 눈앞에 아른거리곤 한다. 그건 어쩌면 전 지구의 내일의 광경일지도 모른다고 여기다 보면 무얼 해야 할지 엄두가 나지 않는다.

지금 인류는 신종 코로나바이러스의 재난으로 공포에 떨고 있다. 어느 나라, 어느 거리든 사람들은 죽음의 그림자에 두려움을 느끼며 그저 시간이 지나가기를 기다린다. 누구에게서 무엇이 옮을지, 그것을 누구에게 옮길지도 몰라 순간순간 불안이 증폭되고, 어디서든 죽음이 따라다니는 참으로 묵시록적인 사태가 전개되고 있는 것이다. 8월 말 현재, 지구상에서 신종 코로나바이러스의 희생자는 84만 명을 헤아리고, 감염자 수는 2천500만 명을 넘었다고 한다. 실제로 얼마나 많은 사람들이 감염되고, 중증으로 위험에 노출된 사람들이 얼마나 되는지 정확한 건 알 길이 없다. 확실한 것은 국경이 폐쇄되고, 외출이 제한되고, 사람들은 여행이나 집회, 사람과의 접촉을 피해야만 하는 사태에 몰렸다는 것이다. 게다가 누구든 감염되었을지도 모른다는 섬뜩한 공기 속에 사로잡혀 있다. 팬데믹으로 전 세계가 이런 상황 속에 놓인 것은 인류사상 없었던 일이다.

그런데 국가의 지시나 자숙 등으로 일부 지역에서는 간신히 제1의 파도는 수습이 되어가는 모양새다. 머지않아 백신이 나와 치료약이 만들어지면 신종 코로나바이러스 재난은 일단은 물러날 것임이 예측된다. 하나 그것으로 끝이 아닐 것이다. 최근 현상의 경과로 보면 제2, 제3의 파도, 그리고 더욱 강렬한 바이러스가 나타날 것은 충분히 예상된다. 그렇다는 것은 현실이 단속적인 비상시非常時의 연속으로, 인간은 이상사태 속에서 살고 죽고 하게 될지도 모른다. 다시금 평온무사한 날이 이어지는 일상이 과연 되돌아올지 의심스러울 뿐이다.

그뿐만 아니라 환경과 오존층의 파괴, 식재료와 자원의 고갈, 공해와 방사선의 확산 등 전문가들이 제시하는 데이터나 현상의 지적에 의하면 문명은 이미 붕괴에 직면하고 있다. 현재의 진행대로라면 문명의 붕괴를 막을 수 없고 인류의 존속조차 위태롭다. 자연의 입장에서 보면 아마도 생명체의 유지를 위해서는 인류를 더 이상 방임해서는 안 된다는 것일지 모르겠다. 아이러니하지만 바이러스의 재화나 급격한 온난화는 욕망이 명하는 대로 자행한 난개발과 환경 파괴가 불러일으킨 재난이 아닌가. 그래서 더욱이 재화가 일단락되면, 틈을 메꾸기라도 하듯 문명의 맹진은 한층 더 박차를 가하게 되리라는 건 불을 보듯 자명하다. 설마 이것이야말로 자연의 섭리는 아니겠지?

14세기 유럽에서의 페스트 대유행은 머지않아 르네상스를 가져왔다. 하지만 신종 코로나바이러스의 출현은 역으로 더한 혼돈의 시대를 초래할 것 같은 기분이 든다. 오늘날의 문명은 비대화되어 난숙기를 지나 완전히 쇠퇴해가고 있다. 중세의 혼돈은 결실의 가을이 되었다. 그러나 현대는 AI로 상징되는 것처럼 완벽을 자랑하며 지나치리만큼 명증하다. 그러므로 문명의 붕괴를 통해 불투명한 암묵이 찾아와 정체를 알 수 없는 세계가 열릴 것이다. 그것이 파멸의 세계일지, 재생의 세계일지는 알 길이 없다.

나는 지금 그 세계의 입구에 세워져 있는 듯한 리처드 세라Richard Serra의 작품을 떠올린다. 카타르 대자연의 사막에 설치된 거대한 네 장의 철판 기둥은 인류의 기념비이자 지나간 문명의 유적과도 같다. 다른 관점에서 본다면 그건 자못 신화적으로 비치기도 하고, 인간의 나약함과 함께 우주의 무한성을 암시하고 있는 것처럼도 보인다.

2020년 5월 25일 / 9월 1일

위인의 길

나는 때때로 입장이 난처해질 때 위인偉人을 떠올리는 습관이 있다. 예를 들면 공자라든지 장자, 석가 또는 예수 같은 이들이다. 건방지다고 지탄을 받을 것도 같지만, 나는 그들의 삶이나 생각을 몹시 경이롭게 여길뿐더러, 갈 길을 환히 비춰주기에 떠올리는 것이다.

일전에 파리에서 겪은 일이다.

화랑 주인이 오랜만에 점심을 사겠다고, 언젠가 꼭 가보고 싶었던 3스타의 유명 레스토랑으로 나를 안내했다. 식당 셰프를 소개받았는데, 그는 전부터 내 작품을 좋아하느니, 찾아줘서 감사하다느니, 현대미술에서는 드물게 아름다운 작품을 만드는 작가라며 나를 한껏 치켜세우며 환대했다.

그러고는 갓 요리한 음식을 손수 내왔다. 보기만 해도 근사했다. 그런데 나로서는 난처했다. 실은, 최근에 상상 외로 혈당 수치가 높아져서 식사에 신경을 쓰고 엄격하게 컨트롤하지 않으면 안 되었기 때문이다. 자칫 잘못하면 그 자리에서 쓰러질 수도 있었다. 이러한 나의 몸상태를 새삼 입 밖에 내기도 어려워 머뭇거리고 있는데, 화랑 주인이랑 셰프가 아랑곳하지 않고 열성적으로 권했다. 그들의 친절이며 성의를 봐서라도 먹지 않을 수 없어 한 입 먹어보니 너무도 맛있었다. 좋아, 할 수 없지, 먹자. 무서운 독인 줄 알면서도 '맛있어요' 하며 나온 요리를 모두 먹어치운 것이다.

나는 머뭇거릴 동안 이럴 때 공자 같으면 어떻게 했을까 하고 생각했다. 나 스스로에게 엄청난 부담이나 해가 되는 줄을 뻔히 안다. 그러나 그것들을 이겨내지 않으면 안 된다. 일대 각오와 더불어 상황이나 상대방에 대한 배려와 신뢰가 공자를 떠올리게 하고, 나의 태도를 결정짓게 한 것이다. (그날 저녁부터 이틀 동안 조식粗食과 운동과 약, 그리고 기력으로 리스크에서 벗어날 수가 있었다.)

또 한번도 얼마 전에 파리에서 있었던 일이다.

나는 상트페테르부르크의 에르미타주미술관 정원에 '올해의 작가'(2016)로 조각 한 점을 설치하게 되어 있었다. 작품은 이미 파리에서 실어 갔다. 나는 미술관에 가서 작품 설치감독과 '현대미술관'에서의 강연 의뢰를 수락해놓은 상태였다.

그러나 막상 출발하려는데, 파리의 미술계 친지들이 지금 러시아는 테러 위험이 갑자기 높아지고 있으니 가지 말라고 했다. 러시아행을 이미 알린 일본의 가족도 한국 대사관에 문의했더니 당분간은 기다리라는 경고를 받은 모양이다. 나도 결국 두려워져 미술관과 연락을 취했지만 예정을 바꿀 수는 없다며 단호한 입장이었다.

내가 없으면 조각 설치가 어떻게 될지 상상도 가지 않았다. 게다가 무엇보다 마음에 걸리는 것은 강연을 듣겠다고 미술계의 많은 젊은이들이 나를 기다리고 있다는 사실이었다. 그중에는 예전에 파리의 에콜데보자르에서 내게 배운 사람도 있다고 했다. 하지만 테러에 휩싸인다는 것은 목숨이 날아갈 수도 있고, 납치라든지 여러 가지 위험에 처할 가능성도 배제할 수 없다. 애초에 같이 간다며 열심히 준비한 조수도 갑자기 배탈이 났다느니 하며 내빼버렸으니 불안하고 겁이 나지 않을 수가 없었다.

점점 불길한 예감에 사로잡혔다. 이럴 때 예수 같으면 어떻게 했을까 생각하기 시작했다. 석가도 공자도 아니고 예수를 떠올린 것이다. 예수는 피하지 않고 받아들이며 태연히 달려갔을 것임에 틀림없다. 실존에 충실하고 상황을 떠안는 것이 예수이니까 말이다. 그 덕분에 상트페테르부르크행은 테러에 직면하는 일 없이, 불안 속에서도 많은 결실이 있는 좋은 추억의 여행이 되었다.

이번에는 도쿄에서의 일이다.

나의 가까운 친구가 암으로 병원에서 고통스러운 나날을 보내고 있다는 소식을 듣고 위로 겸 찾아갔다. 건장한 체격이었던 사람이 앙상하게 말라 있어 차마 눈 뜨고 볼 수가 없었다. 그는 얼마 못 살 것 같다며 눈물을 글썽였다. 그러고는 파리에 G여사가 살고 있는 것 같은데 그녀를 만나고 싶다며 파리에 가면 꼭 전해달라고 했다. 그녀는 젊은 시절 친구가 무척 사랑한 여인이다. 나는 파리에 도착하자마자 사방팔방 수소문하여 그녀의 소식을 알아냈는데, 그녀는 이미 수년 전에 죽었다는 것이었다.

도쿄로 돌아온 나는 무거운 발걸음으로 병원으로 향했다. 이 사실을 어떻게 전해야 할지 머릿속이 줄곧 혼란스러웠다. 친구의 여윈 얼굴을 마주하는 순간, 내 입에서 생각지도 못한 말이 자연스럽게 튀어나왔다. "그녀가 틈나는 대로 자네를 보러 오겠다고 했어. 그러니까 힘내고 기다려"라고 말하곤 힘껏 웃었다. 친구는 너무나 기뻤는지 "고마워, 힘내고 기다릴게" 하고 함께 웃었다.

돌아오는 길에, 내가 왜 거짓말을 했을까 후회스럽기도 했다. 어쩌다가 친구가 진실을 알게 되면 얼마나 충격이 클까 겁이 나기도 했다. 하지만 돌이켜 생각해도 도저히 그녀가 죽었다고 알려서는 안 될 것 같았다. 기대감에 찬 친구의 얼굴 앞에서 불현듯 내 머리에 스친 것은 호접몽의 장자였다. 지금 이 친구에게는 사실보다 꿈이 절실하고, 추억과 희망에 부푼 상상의 세계가 더 중요하다는 판단이 선 것이다.

친구는 그녀를 1년 이상 기다리다 끝내 세상을 떴다. 친구 딸의 얘기를 들으니 숨이 다할 때까지 G여사를 기다렸다고 한다. 그의 장례식에서 나는 인생무상과 우주의 섭리를 느끼고 석가를 떠올리며 감사하는 마음으로 집으로 돌아왔다.

나는 곤궁에 빠질 때 그에 걸맞은 위인을 떠올린다. 그러면 내가 마치 위인이 된 것처럼 행동하게 되고 마음이 편해진다. 내가 당황하고 방황할지라도 그들은 갈 길을 암시하고 힘을 실어주니 신통한 일이 아닐 수 없다. 물론 때로는 누구도 떠오르지 않아 난감한 처지에 놓일 적도 있다.

2016년 4월
파리에서

조부의 기억

책의 물신화

조부는 '나는 학문에 좌절한 어리석은 자'라고 입버릇처럼 말씀하셨다. 그리고 스스로를 농부라 자인하셨다. 그러나 주위에선 한문에 소양이 있는 교양인으로 보았고, 한방 조제로도 인기가 있으셨다. 이미 작고하신 증조부께서 한학자이자 한방의였던 연유로 내 어린 시절까지 방에는 약장과 한문 서적이 산더미처럼 쌓여 있었다. 그런데 1950년 6·25 동란이 발발하고 그해 가을 마을이 인민군에게 점령당하자 집은 깔끔히 치워졌다. 집을 인민군이 사무소로 썼기 때문이다. 조부의 간청에도 불구하고(조부모는 피난 가지 않고 마을에 남으셨다), 서적과 약장 등을 태워버렸던 모양이다. 그래도 조부는 몰래 몇십 권은 숨겨 가지고 계셨다. 인민군이 철퇴하고 아버지와 내가 마을로 돌아와 방에 들어가보니 조부가 손수 만든 자그마한 새

책장에 그 책들이 가지런히 꽂혀 있었다. 한문 서적 몇 권은 모서리가 닳아서 떨어지고, 표지에는 얼룩이 있었지만 낯익은 책들이라 반가웠다. 대부분은 증조부의 장서를 물려받은 것이었지만 몇 권의 한국어 책과 일본어 책은 아버지 것이라 생각된다. 직접 확인해본 건 아니지만 조부께서 새로 사 보탠 것은 없었던 것 같다.『주역』『논어』『맹자』『중용』『시경』, 손때 묻은『천자문』, 몇 권의『동의보감』외에『성경』『조선사요朝鮮史要』, 이광수의『흙』『원효대사』, 홍명희의『임꺽정』, 김구의『백범일지』……. 조부는 자주『동의보감』을 꺼내어 무언가를 찾기라도 하듯 열심히 페이지를 넘기곤 하셨다. 그러나 다른 책들은 이것저것 손에 들고 어루만지거나 펼쳐 보기는 하셨지만, 실제로 읽고 계셨는지는 확실치 않다. 내 기억에 조부는 열성적인 독서가는 아니셨던 것 같다. 그래도 기분이 내키면 '화이부동和而不同' '온고이지신溫故而知新'과 같은『논어』의 한 구절을 붓글씨로 크게 써 벽에 붙이기도 하셨다. 그리고 늘 그러셨듯이『주역』의 페이지를 뒤적거리고는 마음에 드는 부분을 펼쳐서 탁상에 두시곤 하였다(아마 증조부의 흉내를 내신 것이리라). 방을 청소할 때 내가 무심코 책을 덮기라도 하면 열화같이 성을 내셨다.

그런데 나중에 발견한 것이지만 조부의 소지품 중에 의외의 책이 두 권 있었다. 그것도 같은 책으로 말이다. 일본어판『논어해제論語解題』라는 책이다. 한 권은 너덜너덜한 헌책이고, 다른 한 권은 때 묻지 않은 이른바 새 책이었다. 이 사실을 안 건 내가 고등학교 1학년 여름방학 때였다. 조부께서 산속의 옛집에서 이사 와 역 근처 마을에 있던 아버지 집에서 지내신 지 1년이 지났을 무렵이었다. 조부의 책장도 책도 이미 조부의 방에 놓여 있었다. 어느 날 우연히 벽장 한구석에 보자기째로 있는 것을 발견하고 궁금해서 조부의 허락을 받고 내 손으로 풀어 보았다. 내용물은 주로 편지류나 방대한 약 처방 노트였는데, 그 안에 이 책이 있었던 것이다. 처음에는 무슨 책이지 하며 조금 믿기지 않았다. 낡은 쪽 책을 펼치니 한글로 빽빽이 써 넣은 것이 보였다. 그건 틀림없는 조부의 글씨였다. 군데군데 조부와 다른 글씨로 쓴 일본어도 있었고, 도처에 줄이 쳐져 있거나 각양각색의 기호가 달려 있었다. 책은 마치 번잡한 연구 노트를 방불케 했다. 반면 새 책에는 써 넣은 글씨도 없고 페이지를 넘긴 흔적도 별로 없었다. 그건 그렇다 치더라도 어째서 나는 늘 할아버지 옆에 있으면서 이 책의 존재를 알아채지 못했던 걸까. 그만큼 몰래 읽고 계셨던 걸까, 아니면 내가 너무 어려서 놓쳤던 걸까.

나는 조부의 얼굴을 들여다보면서 물었다. "할아버지, 일본어 읽을 줄 아세요?" "조금은 읽지." "이 책 웬 거예요?" 조부는 미소를 띠며 지그시 책을 바라보셨다. 그리고 책 두 권을 번갈아가며 손에 들고는 조용히 책의 우여곡절을 들려주셨다. 한 권은 일제강점기 시절인 1942년경이었을까, 일본으로 일하러 가셨던 조부의 막냇동생으로부터 받은 선물이었다. 동생은 『논어해제』를 읽고 감동한 나머지 이것저것 적어 넣은 책을 형에게 보냈다. 조부는 집에 있는 원문뿐인 『논어』는 어려워서 읽을 생각이 별로 들지 않았는데, 이 책은 동생의 길잡이도 있는 데다가 일상생활의 지혜로 재미있게 풀이되어,

한글로 적어 넣기도 하고 줄을 치면서 탐독하셨다. 책은 결국 조부의 동생과 조부께서 적어 넣은 엄청난 분량의 글들로 불가사의한 주역본이 되었다.

당시 신문기자였던 아버지가 모시고 온 동초東樵 황견룡 선생의 눈에 그 책이 들어왔다. 동초 선생은 책을 펼쳐 보곤 싱글벙글하시며 이내 열중하는 기색이었다. 그는 젊은 시절 중국에 유학한 적도 있는 한학자이자 화가였지만 일제에 저항하여 출세를 마다하고 지방을 돌면서 평생을 보낸 기인이다. 집에 자주 놀러 오셔서 조부와 친구가 되었고, 나는 네다섯 살쯤부터 그분께 시서화詩書畵를 배웠다. 조부의 책장에 있는 『천자문』은 일본어판으로 동초 선생이 나를 위해 구해 오신 헌책이다. 그 동초 선생이 "이 『논어해제』는 일본어 역이나 해석도 훌륭하지만 적어 넣은 글들이 재미있다"며 호기심을 보이셨다. 잠시 빌리고 싶다는 말에 조부는 별생각 없이 책을 건네셨다. 그런데 1년이 지나도 돌려주지 않으셨고, 재촉을 거듭한 끝에 수중에 돌아온 것은 번쩍번쩍한 새 책이었다. 어찌 된 일이냐고 묻자 그 책은 친구에게 빼앗겨서 어쩔 수 없이 일본에서 새 책을 보내오는 데 시간이 걸렸다는 것이다. 이때만큼은 조부도 버럭 화를 내셨다. "이건 내 책이 아닐세. 내 책을 돌려주게." 동초 선생은 조부에게 고개 숙이며 사과했다. 조부의 입장에서 보면 되돌아온 것은 그저 책에 지나지 않았던 것이다. 조부의 책이란 그냥 내용만 있으면 되는 게 아니라, 동생이나 당신이 적어놓은 글, 두 분의 생각과 감정 그리고 숨결이 가득 채워진 특별한 물건이었던 것이다. 조부는 동초 선생 앞에서 당신도 모르는 사이에 눈물을 흘리고 계셨다.

조부는 평소 책에 애정을 쏟으셨을 뿐만 아니라 몸에 가까이 지니고 있던 물건도 늘 소중히 여기는 성격이셨다. 틈만 나면 방 안의 가구, 농구를 정성껏 손질하는 게 취미셨다. 그래서 조부의 나막신과 담뱃대는 언제나 반짝반짝했다. 한 켤레밖에 없는 가죽신은 좀처럼 신으신 것을 본 적이 없지만 너무 닦아 고색창연한 광이 났다. 동초 선생은 조부가 닦아줘서 검게 빛나는 자신의 구두를 언제나 넋을 잃고 보곤 하셨다. 조부의 손이 닿으면 물건은 모두 행복한 표정을 지었다. 내 방에는 기구한 사연 끝에 내게 돌아온 조부가 물려주신 작은 나무 책상이 있는데, 왕년의 조부의 손질 덕분에 지금도 신성한 물신성이 감돈다. 조부는 물건을 정성껏 돌보았고, 물건은 조부와의 교분 속에서 성불한다. 통상적인 물상화物象化의 의미와는 반대로, 물신화物神化됨으로써 물건은 비로소 '물건'이 된다. 물건의 내용이나 의미보다 끊임없는 인간과의 교류 속에서 그것은 발효되고 숙성되며, 그 물신화로 풍요로운 시간과 공간이 열리는 것이다. 아마도 농업에 열중하고 주위 환경에 각별한 친화력을 발휘한 조부의 인생그 자체가 그러한 물신화를 연상케 한다.

깊은 상심에 빠졌던 조부에게 수년 후 예의 『논어해제』는 돌아왔다. 어느 날, 동초 선생이 묵묵히 책을 들고 오셨다. 선생으로부터 이렇다 할 설명은 없었지만 조부도 아무 말 없이 받으셨다. 하지만 같은 책이 두 권이 있게 된 진상은 확실치 않다. 동초 선생은 내가 중학생이 되어 시골을 떠난 후에도 가끔 놀러 오셔서는 『논어해제』를 펼쳐 보셨던 모양이다. 내게 있어서 동초 선생은 유년 시절을 뛰어넘어 언제나 아득한 존재다. 나는 생각한다. 한학에 밝았던 동초 선생은 극히 일반인 대상의 책이었던 『논어해제』에서 무엇을 보셨던 걸까? 그 책의 일본어 번역이나 해설이 정말로 재미있으셨던 걸까? 시골 농부와 노동자 출신인 그의 동생이 소박하게 적어 넣었던 것이 그렇게도 마음에 와닿았던 걸까? 아니면 묵직하게 물신화된 책 그 자체의 마력에 끌리셨던 걸까? 두 분 다 고인이 되신 지 오래라 지금은 수수께끼와 같은 이야기다. 어찌 되었든 다시 생각해보면 조부는 그다지 읽지도 않은 책을, 그것이 부모님의 유품이라고는 하나 평생 소중히 서가에 꽂고 즐기셨다는 사실이 실로 훈훈하며 유쾌하기만 하다. 아마 돌아가실 때까지 때때로 그 책들을 손에 드셨다가 펼치고 덮고 먼지를 닦곤 하셨음에 틀림없다. 그러한 조부의 행동거지나 몸짓이 아득히 먼 시간의 피안에 떠오른다. 조부의 사후 그 책들을 관리하셨던 어머니도 돌아가시고 여러 가지로 집안 사정도 바뀌었다. 그로부터 더욱 시간이 흘러 내가 일본에서 한국으로 아버지를 찾아뵈었을 때는 책장과 함께 조부의 유품 같은 것은 무엇 하나 남아 있지 않았다. 조부의 기억을 떠올리기 위해서는 먼 산의 묘소까지 발걸음을 옮길 수밖에 없게 되었다.

2020년 1월 / 2011년

치부의 상처

조부는 평생 다리를 저셨다. 급히 걸으실 때는 통증이 심하셨는지 왼발을 떠셨다. 왼발 엄지발가락 부근에 꽤나 오래된 듯한 큰 상처가 있었다. 남에게는 보이기 싫어하셨는데 길이 4센티미터 정도의 상처 자국이 뚜렷이 나 있었다. 한학자이자 한방의인 증조부 슬하였던 때문일까. 당신 스스로 풀뿌리즙으로 약을 만들어 사람들이 없는 곳에서 늘 그것을 상처에 바르셨다. 곁에서 가만히 바라보며 나는 "그 상처 어떻게 된 거예요?" 하고 몇 번인가 물어본 적이 있다. 하지만 어린 손자의 질문에 "이건 부끄러운 상처다"라는 아리송한 말만 하시며 한 번도 제대로 설명해주신 적이 없었다.

1944년 봄, 내가 초등학생이 되었을 때였다고 생각한다. 집에 놀러 오신 고모(조부의 차녀)로부터 조부의 발 상처에 대한 이야기를 듣고 적이 놀랐다. 20여 년 전, 경관의 칼에 찔리셨던 것이다. 조부는 친척 형제들과 독립운동에 가담했고, 그 때문에 경찰로부터 연중 감시를 받고 있다는 사실은 알고 있었다. 그러나 발의 상처가 독립운동과 관련이 있다는 것은 의외였다. 1919년 3월 1일은 군북(고향인 경상남도 함안의 시골 마을) 거리에 장이 서는 날이었다. 시장 북쪽에 경찰이 있었고, 거기서 북쪽으로 50미터 정도 떨어진 큰 거리의 모퉁이에 조부의 애인 집이 있었다.

그 집 뜰에 60여 명의 남녀가 모였다. 조부의 친구이자 애인의 오빠였던 청년이 「조선독립선언문」을 낭독했다. 그리고 다들 제각기 손에 태극기를 들고 독립 만세를 외쳤다. 거기에 우당탕하고 일본인 경관 다섯 명이 나타나 큰 소동이 벌어졌다. 경관은 단도가 달린 총을 휘두르며 사람들을 해산시키려고 했다. 격렬해진 사람들은 해산하지 않고 경관과 난투를 벌였다. 조부는 폭력은 그만두라며 필사적으로 양쪽에 호소했다. 하지만 흥분의 소용돌이 속에 조부의 목소리는 묻혀버리고 말았다. 거기에 어디선가 헌병대의 트럭이 도착했고, 사람들은 모두 달아날 수밖에 없었다. 조부는 한창 난투 중에 단도 달린 총을 빼앗은 동료의 실수로 인해 운 나쁘게도 발을 찔리셨던 것이다. 경관과 헌병들은 달아나지도 못하고 피를 흘리며 비명을 지르는 조부를 보고 깔깔 웃기 시작했다. 아버지를 마중 나왔던 어린 고모는 현장에서 이 일의 자초지종을 보셨던 것이다.

조부는 발에 상처를 입으면서도 결코 남 탓은 하지 않으셨다. 하지만 일본인 경찰과 헌병에게 비웃음을 샀던 것이 어지간히 굴욕적이셨던지, 무슨 일이 있을 때마다 상황을 보러 오는 경관과는 일절 말을 하지 않으셨다. "네놈, 내 말이 안 들려? 뭐든 말해보라고!" 이렇게 고함치는 경관을 어린 내가 뻗치고 선 조부의 등 뒤에서 보며 부들부들 떨었던 것을 잊을 수 없다.

1996년 / 2020년 1월

먹칠로 덮어 지워진 것

오랜만에 조부 성묘를 다녀올 겸 고향을 찾았다. 마을로 들어가려면 내를 건너야만 한다. 냇물이 완만한 커브로 오른쪽으로 꺾어지면서 휘몰아쳐 흐르는 곳이 있다. 그 분기점에 커다란 암벽이 있는데, 나는 한동안 그것을 바라보았다. 완전히 거무스름해진 암벽을 마주하면 가슴이 뭉클해져온다. 남들은 아무리 봐도 울퉁불퉁한 바위 표면 외에 아무것도 안 보이겠지만 내게는 보이는 것이 있다.

이미 60여 년도 전의 일이다. 당시 한국은 일본의 식민 지배하에 있었다. 내가 일곱 살쯤이었다고 생각되는데, 어느 날 온 마을이 발칵 뒤집혔다. 이 암벽에 빨간 페인트로 커다랗게 '조선독립만세'라고 쓰여 있었고, 이것이 경찰에게 알려져 소동이 일어났던 것이다. 일본인 경관은 여덟 채밖에 안 되는 마을 주민 전원을 범죄자 취급하면서 젊은 남자들을 모두 모아 글자를 지우라고 닦달을 했다. 페인트라서 좀처럼 잘 지워지지 않았다. 그러는 동안 글자 부분을 너무 문지른 탓에 빨간색은 옅어졌지만 오히려 글자가 희미하게 드러나고 말았다. 한껏 짜증이 난 경찰관 한 명이 어디선가 먹물과 솔을 가져와 고래고래 고함을 치면서 암벽 전면을 거의 다 검게 칠해버렸다. 그 후, 거무스름한 이 기이한 암벽은 마을 사람들에게 독립을 더욱더 절실히 소망하게 만들었고, 경찰에 대한 강한 적개심을 불러일으키는 존재가 되었다.

어느 날, 어린 나는 소를 끌면서 왼다리를 저는 조부를 따라 그 검은 바위 앞을 지나고 있었다. 조부는 내 걸음을 멈추게 하시더니 "저 바위에 뭐라고 쓰여 있느냐?" 하고 물으셨다. 내가 "새까만데요"라고 말하자 곧바로 "잘 보란 말이야!" 하고 격한 어조로 소리치셨다. 그러곤 다시 "뭐라고 쓰여 있느냐?" 하고 물으셨다. "조선독립만세"라고 중얼거리자 갑자기 부드러운 목소리가 되어 "그게 안 보이면 안 되지"라고 하셨다. 그러곤 "자, 가자" 하며 손으로 소 등을 치셨다.

1998년 8월 / 2020년 1월

거인이 있었다
—이건희 회장을 기리며

이건희 회장이 떠났다.

일상생활로 다시 돌아오지 못하고, 거의 6여 년을 무반응의 생자 生者로 살다가 마침내 숨을 거뒀다. 그간 말을 하거나 지휘를 하거나 하는 일도 없었을뿐더러 의사 표명조차 뜻대로 되지 않았지만, 그래 도 거기에 있는 것만으로도 강한 존재감을 보여주었다. 하지만 드디 어 버티는 데도 한계가 온 것인지, 세기의 첨단에 우뚝 섰던 한 위대 한 사업가는 갔다. 멀리 떨어져 있어도 늘 마음이 통하는 벗이었는 데, 그의 죽음의 순간을 마주하지도 못한 채 영원히 헤어지고 말았 다. 그동안 한국을 방문해 검진 등으로 몇 번인가 병원을 찾았을 때 면회를 시도해보았지만 끝끝내 대면하지 못했던 것이 너무도 애석 하다.

언제 만나도 온화한 얼굴에 늘 생각에 잠긴 듯한 그 깊고 맑은 눈 이 떠오른다. "무슨 생각을 그렇게 하시는 거죠?"라고 묻자, 대답 대신 "선생님을 만나면 언제나 전기가 찌릿찌릿 흐릅니다"라고 했던 그 조용하고 쉰 목소리가 그립다. 이런저런 인터뷰 자리에 설 때마다, "위기 상황입니다. 철저히 대처하지 않으면 무너집니다"라며 절박한 말투가 되곤 했다. 그는 어느 사이에 지구상의 기라성 같은 천재들과 경쟁하게 되었다. 그리고 소니나 애플 등의 정상들과 겨루며 누구보다도 빠르게 시대의 기류의 미래를 꿰뚫어 보고, 꿈의 핸드폰을 세상에 내놓았을 때 세계는 얼마나 놀랐던가. 역사나 축적의 토대가 없는 곳에서 반도체 왕국을 쌓아 올리며 수많은 하이테크 명품을 만들어낸 지력과 수완에는 절로 머리가 수그러진다.

내겐 이건희 회장은 사업가라기보다 어딘가 투철한 철인哲人이나 광기를 품은 예술가로 생각되었다. "뛰어난 예술작품은 대할 때마다 수수께끼처럼 보이는 이유는 뭐죠"라든가, "예술가에겐 비약하거나 섬광이 스칠 때가 있는 것 같은데, 어떤 것이 계기가 되나요"라며 내게 물었다. 이러한 질문 자체가 날카로운 안력眼力과 미지에 도전하는 높은 의지의 증거이리라. 젊은 시절부터 패기가 넘쳐났다. 아직 회장이 되기 전이었던 것 같은데, 집에 놀러갔더니 여느 때와 같이 거실로 안내되었다. 곧바로 눈에 들어온 건 최근 벽에 건 듯한 완당(김정희)의 옆으로 쓴 액자였다. 살기를 띤 듯한 커다란 글씨의 기백에 한순간 나는 압도되었다. "이 글씨에서 뭔가 느껴지지 않습니까"라고 그에게 물었다. 그러자 "느껴지고말고요. 으스스하고 섬찟한 바람이 붑니다. 하지만 이 정도는 좋은 자극이라 생각해서"라며 웃었다. "당신은 강한 사람입니다. 하지만 이건 미술관 같은 곳에나 어

울립니다. 몸에 좋지 않으니 방에서 떼는 게 좋을 것 같습니다"라고
진언했다. 내가 돌아가자 곧바로 이것을 떼었다는 사실을 후에 알게
되었다.

주지하는 바와 같이 이 회장은 어릴 적부터 고미술과 친숙한 사
람이었다. 그리고 아내인 홍라희 관장의 미의식과 그 영향 등으로
인해 국내외의 근현대미술에도 다대한 관심을 기울였던 사람이다.
2001년, 독일의 본 시립미술관Kunstmuseum Bonn에서 나는 삼성문화
재단의 지원을 받아 대규모 회고전을 열었는데, 이때 이 회장과 홍
관장이 안내 역을 맡은 양혜규과 함께 프랑크푸르트에서 와주었다.
차분히 전람회를 둘러보던 모습은 지금도 잊히지 않는다. "잘 오셨
습니다"라고 인사하자 "미술은 제 영감의 원천입니다"라며, "전람회
를 보고 있으면 눈이 뜨입니다. 그런데 이건 전부 누구의 소장품입
니까"라고 물었다. 그러고 보니 삼성미술관 Leeum 컬렉션의 대부분
이 이건희 회장의 손에 의해 수집된 것인데, 그 내용과 스케일에 대
해서 세간은 의외로 모르고 있다. 한국의 근현대미술과 고미술, 그리
고 세계 현대미술의 방대한 컬렉션의 실상은 거의 수수께끼에 싸여
있다고 해도 될 것이다.

그의 고미술 애호는 선대인 이병철 회장의 영향이 크겠지만, 내
가 본 바로는 어느샌가 아버지와는 다른 스케일과 감식안과 활용 방
식을 갖추고 있었다. 나는 일본에 살고 있는 관계로 오랜 기간 이병
철 회장의 심부름과 도와드리는 일을 해왔는데, 그의 고미술 사랑은
이상하리만큼 집념이 강했고, 한국의 전통을 지극히 중요시하는 애

호가적 경향이 있었다. 이에 비해 이건희 회장은 한국의 미술품이라 하더라도 작품의 존재감이나 완성도가 높은 것을 추구하며, 언제나 전문적·예술가적 시야로 작품을 선별했다. 여기에는 이건희 회장의 취향 외에도 홍 관장의 조언이나 영향도 무시할 수 없을 것이다. 덕분에 한국의 고전미술 및 근현대미술, 그리고 글로벌한 현대미술의 수준 높고 내실 있는 방대한 컬렉션은 세계의 미술계가 주목하는 바가 되었다. 특히 한국의 고古도자기 컬렉션을 향한 정열에는 상상을 초월한 에로스가 느껴진다. 평소 이 회장은 "나라가 할 수 없는 부분은 나 같은 사람이 할 수밖에 없습니다"라고 토로했다. 그렇다고는 하나 저 놀라울 만큼 방대한 컬렉션은 오히려 사업 못지않게 미술품에 매혹되어 신들린 듯이 모았던 그 열정이 가져다준 선물이라고 해야 할 것이다. 당시 국립박물관 관장이었던 최순우 선생이 어느 날 내게 말했다. "이건희에게는 동물적인 감각이나 직관 같은 것과는 다른 영적인 데가 있어. 저 정열과 안력은 노련한 전문가에게는 없는 거야." 이 회장이 떠났어도 저 귀중한 컬렉션이 잘 보존되고 활용되기를 기도한다.

삼성문화재단의 이름하에 이 회장이 국내외의 문화예술계에서 이루어낸 업적과 역할은 헤아릴 수 없다. 미술 분야만으로도 이루셀 수 없을 만큼 많은 이벤트나 원조로 미술계를 고무하고 북돋아주었다. 특히 대영박물관, 메트로폴리탄미술관, 기메미술관 등 많은 주요 박물관·미술관의 한국 섹션의 개설이나 확장은, 음으로 양으로 이 회장의 의지를 빼고는 이야기할 수 없다. 그리고 한국의 문화예술을 세계적으로 추장推奬하는 〈호암상〉의 제정은 학계와 예술계 그리고 체육, 사회복지 분야를 얼마나 빛나게 하고 격려가 되어주었던가. 게다가 특기할 만한 것은 지금 가장 잘나가는 세계의 3대 건축가를 선정해 서울에 미술의 전당 Leeum을 세운 것이리라. 동아시아가 넓다고는 하나 Leeum과 같은 고전과 현대의 유니크하고 글로벌한 컬렉션과 아름다운 외관을 갖춘 미술관은 어디에도 찾아볼 수 없다. 알렉산더 칼더Alexander Calder, 애니시 카푸어Anish Kapoor, 스기모토 히로시(杉本博司), 올라퍼 엘리아슨Olafur Eliasson 등 이곳에서의 수많은 전람회는 주변국은 물론이거니와 멀리 구미에서도 많은 관객들이 몰려들어 큰 화제를 모았다. 이러한 사업을 추진하며 지속적으로 배려해준 이 회장에게 미술가의 한 사람으로서 다시 한 번 박수를 보내고, 만감을 담아 감사를 표한다.

어느 한 존재를 잃고 나서야 비로소 그 존재의 크기를 깨닫는 것이 세상의 상례다. 경제계, 과학기술계, 스포츠계는 물론 문화예술계는 최상의 이해자, 강력한 추진자, 위대한 동반자를 잃었다. 그의 죽음은 세계의 죽음의 하나다. 세계에, 한국에, 이건희가 있었던 것이다. 이 회장의 말이 떠오른다. "양산量産의 자본주의가 세계를 파괴한다. 정신성과 높은 질質을 근간으로 한 생산을 지향하는 것만이 미래를 열 수 있다." 혜성처럼 나타나 하이테크의 차원을 비약시키고 국가의 위신과 수익을 크게 끌어올렸던 공적은 아무리 칭송해도 부족하다. 그에 의해 역사가 한 단계 끌어올려졌다. 거의 맨손으로 이를 이뤄낸 한 인간의 대단함에 나는 마음 깊이 탄복하며 높이 찬미한다. 온전히 혼자 힘으로 황야에 서서 일약 미지의 세계를 개척하고 제패했던 위업은 실로 믿기 힘든 궤적이다. 어느샌가 이 거인은 세계가 두려워하는 존재가 되었다. 이와 동시에 풍파가 잦아지고 주위로부터의 망언과 악담이 심해져서 옆에서 보기가 힘들 지경이었다. "헐뜯고 때리는데 아프지는 않습니까?"라고 묻자, "그야 고통스럽죠. 그렇기 때문에라도 좀 더 앞으로, 앞으로 나아갈 수밖에 없지 않습니까"라고 딱 잘라 말했다. 나 또한 비슷한 바람을 맞는 자라, 눈에서 비늘이 떨어지는 느낌으로 그를 올려다보았다.

소중한 벗을 잃었다. 한 시대를 열었던 철인은 떠났다. 지금 코로나 재앙으로 세계는 묵시록의 시대를 보내고 있다. 앞이 보이지 않는 어둡고 추운 겨울이 시작되었다. 마음이 우울해져 산책하러 나갔더니 공원 길가에 작은 풀잎이 바람에 흔들리고 있다. "그 바람 분 길에 풀잎이 향기로워." 삼가 이 회장의 명복을 빈다.

2020년 12월 2일
가마쿠라에서

93

II

나의 제작의 입장

　나의 제작은 공간이나 소재와의 최소한의 관계—행위에 의해 이루어진다. 이는 나의 생각, 나의 행위의 전지전능함으로 작품이 만들어지는 것이 아니라, 나와 세계가 대화하는 속에서 작품이 태어난다는 입장을 보여주고 있다. 세계는 나의 레벨에 준하여 반응한다. 그러므로 자기를 고도로 연마하고 엄격하게 상대와 마주하지 않으면 안 되는 것이다.

　작품은 나와 세계의 앙상블이다. 캔버스의 일부에 그리는 것, 소재에 살짝만 손을 가하는 것과 그리지 않은 곳, 만들지 않은 곳과의 자극적인 만남에 의해 언저리에 울림을 불러일으켜 작품 바깥으로까지 퍼진다. 그러므로 작품은 그리는 것과 그리지 않은 곳, 만드는 것과 만들지 않은 곳과의 대응에 의해 성립한다고 말할 수 있다.

　그런데 이는 대응 아닌 대응에 다름 아니다. 왜냐하면 그리는 것, 만드는 것은 대상적 영역인 데 비해, 그리지 않은 곳, 만들지 않은 곳은 비대상적 영역이기 때문이다. 게다가 그리는 것이나 만드는 것이 의식의 소행임에 비해, 그리지 않은 곳, 만들지 않은 곳은 의식의 바깥 혹은 무의식의 바다다.

화면의 미묘한 불협화음, 언밸런스의 밸런스, 무관계의 관계를 자아내는 것은 의식과 무의식, 대상과 비대상과의 상호 대치, 상호 침투에서 온 현상이라 할 수 있다. 그러므로 작품은 형태를 이루고 완성도를 지니면서도, 거기에 유동적으로 규정되지 않은 것을 내포한 모순율, 정체를 알 수 없는 생명체가 된다.

회화든 조각이든 자기의 에고로 모든 것이 결정되는 작품은 닫힌 의미의 덩어리가 되기 쉽고, 살아 있는 느낌이 나오기 힘들다. 제작에 있어서 자기를 한정하고 외부를 받아들이는 열린 관계성의 작용은 작가에게 다양한 만남의 경험을 가져오고, 작가를 훨씬 뛰어넘는 작품을 만들어낼 수 있게 한다.

작품은 끊임없이 삶을 이어간다. 제작이 끝나도 내부와 외부가 서로 대응하는 짜임새로 기능하고 아슬아슬한 텐션을 일으킨다. 그것은 어디에 어떻게 놓이느냐에 따라 새롭게 태어난다. 작품의 대응성의 바탕에 있는 것이 근원적인 양의성이며, 거기에서 작품의 다이너미즘이나 초월성이 발휘되는 것이다.

2001년 / 2009년

열리는 차원Open Dimension

法干何立立于一畫

모든 화법은 어디서 시작되나. 그것은 일필일획에서 이루어진다.

―석도石涛

근대미술의 특성은, 추상회화가 상징하듯이 작품이 닫힌 작가의 창작물이라는 것이다. 오로지 자기의 콘셉트, 에고ego만으로 작품을 조립하고 있다. 말레비치와 몬드리안이 어느 한 시기 시도했던 「콤퍼지션」에서 볼 수 있듯이, 그것은 외부와의 관계가 끊긴 순수한 내적 콘셉트의 대상화였다. 그러므로 작품의 구성 요소는 그 성질과 기능을 무시당한 채 인간 이념의 구성인構成因으로 환원되고 추상화되어 쓰였다. 따라서 작품은 자기의 주장을 과시하고, 의식 그 자체의 확고한 존재로서 군림했다. 근대미술이 식민주의나 제국주의적이라는 말을 듣는 까닭이 여기에 있다. 지금은 그러한 인간 중심주의의 근대사상은 붕괴했다. 미셸 푸코의 말처럼 '인간은 죽었다'. 다시 말하면 세계를, 캔버스를, 자기의 식민지인 양 지배하고 창조를 휘두르는 예술가는 사라졌다.

어떻게 근대를 뛰어넘을 것인가. 새로운 표현의 지평은 어디인가. 그리는 것, 만드는 것에 가능성은 있는 건가. 나는 60년대 후반부터 이러한 질문 속에서 다양한 실천을 해왔다. 때로는 격렬하게 저항하기도 하고, 탈주를 반복하면서도 집요하게 표현의 다시 세우기를 꾀했다. 거기서 깨달은 것은, 내 작업은 무無에서 시작한 것이 아니라 그동안 비판해왔던 근대의 재정비에서 비롯된 것이라는 사실이었다. 근대적 요소의 탈구축과 재활용이 기초가 된 이것은 내가 근대의 후예라는 것, 즉 생활, 교육, 지식의 영향 등 근대에 흠뻑 젖어 있다는 것에 기인한다. 게다가 오늘날의 문명 공간은 여전히 근대의 연장선상에 있으며, 새로운 이변이 다발한다고는 하나 완전히 그 바깥에 설 수는 없다. 나는 거부와 착종錯綜 속에서, 많은 면에서 종래의 표현 소재나 기술, 틀의 일부를 차용한다. 외견상 근대적인 작품이라는 착각이 들게 하는 모습을 보일 때도 있다. 하지만 중요한 것은 근대의 이데올로기를 계승하지 않는 것이다. 자기 콘셉트의 전면화, 외부성의 부정은 그만두어야 한다. 더 나아가 인간 중심주의, 생산 제일주의를 내세우며, 표상물의 증식과 확대에 의해 자연과 세계를 파괴하는 일에 제동을 걸어야만 한다. 일방적인 플러스 사고에 의한 만들기에 브레이크를 걸고, 마이너스 사고에 의한 만들지 않는 것에 대한 배려를 넓히고 싶은 것이다.

애당초 나는 표현을 자기의 표상이라고는 생각하지 않는다. 자기의 콘셉트에서 출발한다고 해도, 표현 행위는 타자를 향한 호소이며, 세계와의 교류에서 일어나는 일이다. 그리고 무엇보다도 표현은 의식을 넘어 수많은 무의식을 동반한다. 이 때문에 제반 관계 속에서 자기를 갈고 닦으며 표현을 한정하고, 응답의 레벨을 높이지 않으면 안 된다. 나는 운동선수가 신체를 단련하듯이 팔의 훈련을 쌓는다. 세계와 더욱 고도로, 더욱 깊게 소통하기 위해서 콘셉트를 정비하고 무의식으로 이어지는 집중력을 기르는 것이다. 이것들은 표현이 매개항媒介項임을 나타내는데, 여기서 제작의 과정과 신체 행위의 중시가 부각된다. 작품은 과정과 신체 행위를 통해 만들어진다는 것이다. 이 입장은 지극히 고전적인 미술가의 자세지만, 인류의 오래된 예지叡智이자, 표현에 초월성을 부여하는 좋은 방법이라 할 수 있다. 현대는 하이테크나 AI의 등장으로 과정이나 신체가 멸시되는 경향이 있는데, 이것을 인류의 장래가 위태로워지는 풍조라 여기지 않을 수 없다.

신체를 편의상 '나의 신체'라고 하지만, 실은 보다 세계에 속한 생명체다. 하이데거와 메를로퐁티가 지적한 것처럼 인간이 세계에 편입되어 살고 있는 증거가 신체인 것이다. 이 때문에 신체의 움직임은 내 의사의 표명에 한정되지 않고, 불확정한 외부나 무의식과의 관계에 의해 미지성未知性을 띤다. 신체의 움직임은 시간의 경과와 외부성과 무의식의 작용에 의해, 표현을 복합적인 것으로 이끌고 작가를 초월해간다. 더 말하자면, 신체를 통한 표현은 무한하다. 하이테크나 AI는 어차피 지식의 총체일 뿐이다. 그것은 신체성을 갖지 않는다. 이에 비해 인간의 신체는 생물학적인 유한성을 지니면서도, 끊임없이 의식과 무의식 그리고 숨결의 변화 속에 있으며, 외부와 관계를 가지는 다의적인 것이다. 신체를 살린 표현이 보는 이를 풍요롭게 하는 것은, 숨결과 무의식의 표출과 함께 그 복합적인 힘 때문이라 해도 좋을 것이다.

최근, 미술 표현에서 보는 것을 부정하며 읽는 것을 강요하는 작품이 늘어나고 있다. 그 배경에는, 정해진 정보의 제시로 인식을 대신하고 싶어 하는 문명의 진로에 대한 맹신이 있을 것이다. 마치 AI가 만든 듯한, 낡은 것에 새로운 정보를 입혀 넣은 창작물이나 지적 게임처럼 보이는 진기한 아이디어의 복잡한 조합, 또는 하이테크에 의한 다양한 이미지의 재조합 놀이 등. 그것들은 일견 생각을 이끌어내는 척하면서, 이미 완성된 의식이나 답으로 끌어들이는 장치가 대부분이다. 어설픈 콘셉추얼 아트풍의 작품도 드문드문 보이나, 이 경우 작품은 보는 것이 아니라 해독하는 텍스트가 되어 있다. 따라서 작품은 정보의 확인 사항의 기호적 제시에 지나지 않는다. 보는 것의 완전한 의미는 봄과 동시에 보이고, 보이는 동시에 본다는 상호성, 양의성에 있다. 내가 미술에서 보는 것을 중요히 생각하는 것은, 그것이 인식의 확인이 아니라 세계와의 무한한 만남이기 때문이다.

여기서 보는 것을 불러일으키는 제작의 모습이 어떠해야 하는지가 문제가 될 것이다. 내 제작은 이른바 일상에서 다른 차원을 향한 비약의 퍼포먼스이며, 신체적 비의秘儀이다. 제작 행위의 과정과 시간의 영위, 무의식의 작용 속에 미술가의 삶이 있다. 물론 나는 제작을 위해 모티프를 찾거나 콘셉트를 구상한다. 하지만 그것은 중요한 아웃라인이거나 단서이기는 해도 그것이 전부는 아니다. 신체적 행위와 과정의 작동 속에서 시간과 제작은 진행된다. 그것은 어우러짐이나 반복, 망각, 저항, 상기想起, 새로운 발견 등을 동반한다. 이처럼 작품은 결코 일방적인 나의 표상일 수 없고, 제3의 무언가가 되어갈 수밖에 없다. 거기에 작품의 무명성無名性이 있으며, 일상으로부터의 비약이 있고 초월이 있다. 사족이지만, 요즘 많은 미술가가 제작을 기계나 전문 기술자에게 전적으로 맡기거나 공장 생산으로 하고 있는데 나는 이를 받아들이기 힘들다. 거기에는 제작의 신체성과 과정이 결여되어 있을 뿐만 아니라 미술가의 직접적인 삶이 빠져 있기 때문이다.

나는 하얀 캔버스 앞에 서면 무의식적으로 몸이 떨리고 기분이 고양된다. 캔버스는 언제나 미지의 필드field이다. 그곳은 조망할수록 범하기 어렵고, 정체를 알 수 없는 우주로 생각되기도 한다. 물론 캔버스는 만들어진 규격품이며, 결코 순백의 상태는 아니지만, 그래도 나를 문득 타불라라사(백지상태)로 만들고 초심으로 돌아가게 한다. 캔버스의 흰색은 이른바 공허와 충만이 함께 있는 신기한 차원이다. 아무것도 없다 싶었다가도 모든 것이 갖추어져 있다. 나는 때마다 그림의 이미지를 마련하지만, 캔버스의 존재성에 손을 쓸 엄두도 못 낼 적이 있다. 호흡을 조절하고 주위의 분위기에 익숙해지면서, 기도하듯 시간이 차기를 기다리며, 공간에 응답을 호소한다. 이

렇듯 경험의 축적과 집요한 준비가 갖추어지면, 바로 그 순간이 도
래한다.

　나는 붓에 물감을 머금게 하고 호흡을 멈추고, 캔버스의 정해놓은
위치로 한숨에 내려선다. 캔버스에 붓이 닿자마자 필드는 일변한다.
조용히 힘차게 붓을 움직일수록, 언저리에 소스라이 파문이 일어나
고, 캔버스는 터트림의 장이 된다. 무기적인 필드는 붓의 스트로크에
의해 생생한 기운으로 가득 차고, 화면 공간이 형성되는 것이다. 바
쇼(芭蕉, 17세기 일본의 시인)는 "오래된 연못, 개구리 뛰어드는 물
소리"라고 읊었다. 정적을 깨는 세계의 한순간을 포착한 시인데, 화
가의 행위도 이와 비슷하다. 일필의 스트로크와 하얀 캔버스의 만남
이 표현을 낳는다. 바꿔 말하면, 그리는 것과 그리지 않는 부분이 부
딪쳐 상호 자극하고, 화면 공간이 열리는 것이다.

　나는 이것을 여백 현상이라고 부른다. 그것은 어떤 터트림에 의해
대상과 필드가 서로 관계하여, 생생하게 열리는 공간을 말한다. 여백
은 존재가 아니라 관계로 생기는 반향의 현상인 것이다. 자기만족으
로 그린다고 여백이 생기는 게 아니다. 공백에 호소하는 콘셉트, 호
흡과 억양, 붓의 힘이 작용하지 않으면 공간은 열리지 않는다. 일반
적으로는 화면의 외부, 그리지 않은 부분을 여백이라고 한다. 터치
하지 않는 여분의 부분 정도의 의미겠지만, 그것은 기능성도 존재성
도 거의 지니지 않은, 말하자면 무용無用한 퍼짐, 죽은 공간을 가리키
는 것이렷다. 동아시아의 수묵화에는 여백이라 칭하는 공백이 무척
많다. 이를 동양화의 특성이라고 하거나 발상의 차이라고 하는 등의

설명을 나는 납득하기 어렵다. 어지간한 무신경이거나 부주의한 방치라는 생각을 지울 수 없다. 요컨대 그것들은 공백인 채로 소식도 의미도 작동하지 않는 불가해한 것이다. 생각해보면 이러한 공백을 화면 속에 끌어안고 있는 것은 두려운 일이 아닌가. 기척도 없는 공간, 아무런 연유도 없는 것이 크게 이웃하고 있다는 것은 불유쾌할 뿐만 아니라 불온하며, 위협적인 타자이기도 할 것이다. 서양에서는 예로부터 외부를 두려워한 나머지 공간공포증이라는 말이 있을 정도다. 근대인이 아니라도 통상적으로 화가들은 캔버스의 전면을 빈틈없이 칠한다. 일부 그리다 만 것이 있어도, 그것은 공백이라기보다 대체로 화면의 연장을 암시하는 것으로서 존재한다.

그런데 뛰어난 산수화나 세잔, 모네의 일부 만년의 화면에는 근사한 여백이 숨 쉬고 있다. 화면과 공백이 서로 어우러지며 그 진동은 보는 이를 끌어들인다. 여백은 때론 사람을 아득한 차원으로 해방시킨다. 예를 들면 팔대산인(八大山人, Badasanjen)의 작품은 강한 자장磁場처럼 힘의 파장이 퍼진다. 화면은 깊이 숨을 쉬고 있고, 긴장감과 생명감으로 가득 차 있다. 동양풍으로 말하자면 기운氣韻이 생동한다. 일필일획은 피가 통하듯 힘차고, 주변의 무어라 형용하기 힘든 흰색과 울려 퍼지면서 지면 전체가 하나의 장소로서 열린다. 먹을 금과 같이 아끼고, 붓의 움직임을 최소한으로 줄인 그림이다. 그런데도 화면은 풍요로움이 넘치고 고귀한 공기가 흐른다. 근소한 화면의 작용만으로 필드는 깨어나고, 화면의 대상성對象性을 뛰어넘은 경이로운 세계가 보이는 것이다.

팔대산인의 그림보다 내 그림은 더욱 단순하다. 화면을 찬찬히 바라볼 만큼의 형태도 기법도 거기에는 없다. 아니, 애당초 화면만을 보려고 하는 것 자체가 무리다. 그리지 않은 하얀 필드의 기운이 자꾸만 눈에 비쳐져, 바라볼수록 화면 전체가 다가오는 것이리라. 내 작품은 그려진 화면만으로 자립할 수 있도록 만들어지지 않았다. 작품은 화면과 공백의 충돌과 조합에 의한 복합물이다. 하얀 캔버스에 붓의 스트로크가 한두 개 그려지고, 그것들이 대응하기도 하고 공백과 서로 어우러지며 힘이 넘치는 장소가 된다. 때로는 회색, 때로는 혼색混色의 필촉筆觸이지만, 어느 쪽이든 터치하지 않은 넓은 공백과 함께 있는 단순하고도 복합적인 것이다. 작품이 보여주는 외견상의 단순함은, 결과가 아니라 바깥과의 고도의 연대를 위한 배려와 엄격한 자기한정으로부터 오는 성격이라 할 수 있다. 그것 자체를 지향하는 미니멀아트와 달리, 외부와 본질적으로 관계하기 위한 단순함인 것이다. 이 단순함은 오히려 작품의 대상성을 애매하게 한다. 단순화된 화면의 대상성은, 그 자신을 보이기 위함이 아니라, 공간 전체를 살리는 골조—회화 공간을 여는 원소元素이다. 방 한구석에 장식된 한 송이의 꽃꽂이가, 공간 전체를 선명하게 드러나게 하는 광경과 닮았다. 니시다 기타로에 의하면, 표현이란 자기를 무로 하여 커다란 유를 나타내는 장소를 여는 것이다.

이러한 여백 현상을 불러일으키는 표현은, 내 조각에서 한층 선명하게 드러난다. 예를 들면 잔디밭 뜰에 넓은 사각형 철판(400×350×5cm)이 깔리고, 중심에서 오른쪽으로 조금 어긋난 곳에 커다란 돌(120×100cm)이 놓인 작품이 있다. 철과 돌의 무게로 작품이 대지에 조금 가라앉은 듯한, 거기만 잔디밭 지면이 불연속의 연속인 광경을 만들어내고 있다. 부드러운 잔디밭과 강고强固한 철판과의 대조 그리고 돌이 서 있는 모습과 그 위치 등으로 공간에 정靜과 동動의 긴장감이 생겨나고, 주위에 뭐라 형용하기 힘든 침묵이 퍼진다. 철판과 돌의 조합에 의한 작품이기는 하나, 잔디밭 뜰과의 관계는 결코 무시할 수 없다. 이 경우, 조각 공간은 만들어진 대상물에 한정되지 않고, 만들지 않은 주위의 잔디밭까지도 포함한 열린 장소라 할 수 있을 것이다.

언젠가(2014년), 나는 베르사유 언덕에 스테인리스 판으로 만든 반타원형의 폭 12미터, 높이 14미터의 아치를 세운 적이 있다. 같은 길이(30m)의 스테인리스 판(폭 3m, 두께 3cm)을 지면에 깔고, 그 위를 걸어 아치를 지나가도록 만들어진 작품이다. 스테인리스 판의 아치와 지면의 스테인리스 길은 주위의 분위기에 강도强度를 가져오고, 풍경을 긴장시키고는 해방한다. 여기서도 보는 것으로서 아치가 있는 게 아니다. 그것이 있는 것으로 인해, 하늘이 보다 넓게 보이고 주위가 신선하게 떠오르는 것이 중요한 것이다. 만들어진 대상은, 세계를 돋보게 하면서 자신을 그곳에 숨긴다. 여기서 조각의 소재는 대상으로서 결정結晶된 것이 아니라 장소의 구성 요소로서 조합되어 있음을 알 수 있을 것이다. 소재끼리 자연스럽게 관계를 맺거나 공간과의 대응을 이루기도 한다. 반타원형의 아치 스테인리스 판 양쪽 바깥을, 각각 커다란 돌이 누르고 있는 것처럼 보이는 것은 나의 제작 방법론 때문이다. 전술했던 철판과 돌의 경우에서도, 역학 구조의 이미지가 상기될 것이다. 내 조각은 왕왕 물리적·심리적 느낌이나 현상을 단서로 구성되기 때문에, 그 양상이 지극히 필연적으로 혹은 자연스럽게 비치는 것이다. 소재 자체의 성질을 보존하면서 아주 약간의 손을 가함으로써 다른 것과 연관되기 때문에 작품은 지극히 임시적·임장적臨場的이 된다. 그것은 소재나 장소의 역학 관계 등에 인한 힘의 장場인 것이다. 그래서 내 조각은 장소적 조각이라고 불린다.

나는 마침내 회화와 조각의 새로운 스타트라인에 선 것 같다. 근대적인 콘텍스트가 무너지고, 포스트모던의 폭풍이 휘몰아쳐 지나가고, 다시금 회화와 조각의 이음새를 묻기 시작하고 있다. 나는 60년대 후반, 모노파(物派) 운동과 함께 활동을 개시했다. 모노파란 만드는 것에 제동을 걸고, 만들지 않은 것을 끌어들이는 시도였다. 즉 만드는 것과 만들지 않은 것을 관계시키는 획기적인 운동이었으나, 당초에는 근대적인 조형 사고造形思考에 대한 지나칠 정도의 격렬한 파괴 행위나 진기한 아이디어, 가공하지 않은 소재의 난발이 두드러졌다. 그동안 나는 다양한 경로를 거쳐, 고군분투하면서, 회화와 조각의 재생을 지향하는 방향으로 나아갔다. 그리고 그리는 것이나 만드는 행위, 그것들과 공간의 관계에 주목하며 표현의 시작이 어디에 있는지를 깨달았다. 표현의 다양화 속에서, 회화와 조각은 결코 끝나지 않는다. 그것은 인간의 근원적인 경험을 나타내는 것이기 때문이다. 인간은 만남의 존재다. 내가 제시하는 회화나 조각의 신경지新境地는 인간, 그리고 세계의 무한한 미지성을 암시하는 것을 멈추지 않을 것이다.

이미 아시아, 아메리카, 유럽, 아프리카 등의 지정학은 거의 무의미하다. 아니, 개인이나 공동체라는 말조차 위태롭다. 하이테크나 정보 논리는 세계를 글로벌화하고, 노동이나 생산 개념까지도 크게 변화시키고 있다. 역설적이게도 여기서 읽어낼 수 있는 것은 물건을 만드는 것이나 지식의 단락적인 무용화에 대한 암시일 것이다. 사상적으로도 지식이나 생산에 의한 욕망 충족은 이미 공허하다. 그렇다 치더라도 내 마음에 걸리는 것은, 문명의 명증화 경향이다. AI가 상징하듯이, 세계의 모든 것이 양해 사항이 되어 가상적인virtual 이미지로 환원되어간다. 무엇이든 완성되어 있고, 불명확, 불확정한 것은 마치 존재하지 않는 것 같다. 나는 이 풍조에 동의하지 않는다. 이것은 살아 있는 세계가 아니다. 살아 있는 인간은 끊임없이 무의식과 함께 있으며, 타자와의 관계로 변화하며 다시 태어난다. 바꿔 말하자면, 인간은 세계와의 무한한 관계성 속에서 살아가는 생물인 것이다. 아무리 과학이 발달해도, 세계의 불투명함, 미지성을 메울 수는 없다. 그것들은 존재가 아닌 관계의 산물이기 때문이다. 내가 자기 자신이나 공동체를 지양하고 타자와의 대화와 교류에 중점을 두는 것은, 표현이 관계에 의한 탄생이며 비약이기 때문이라 할 수 있다. 그러므로 예술은 매개의 산물이며, 세계와의 경이로운 만남인 것이다.

* 이 글은 2019년 10월 10일 베이징 칭화대학에서 열린 강연의 초고이다.—필자 주

1970년대에 출발하여

　나는 한국에서 태어나 일본에 거주하며 1960년대 후반부터 미술 활동을 시작하였다. 요즘 표현으로 하자면 포스트모던이 시작되던 상황에서 나는 출발한 것이다. 이는 1968년 파리의 5월혁명이나 미국의 히피 현상, 일본 지식인 학생들의 자기반란으로 상징되는, 종래의 지知의 체계, 그러니까 근대주의가 해체되면서 자유로운 분위기가 확산되던 시기였다. 나 자신도 격렬히 근대 비판을 전개하면서, 파괴와 시작을 동시에 행했던 것이다.

　아트art에서는 제국주의의 붕괴와 마찬가지로 올마이티한 표현이 지양되었다. 아티스트들은 자기 내부의 에고에 의한 모티프를 외재화하는 것이 아니라, 애매한 자신과 외부의 것이 뒤섞인 비대상non-object적 표현을 추구하였다. 일본에서도 '구타이[具體]'나 다양하고 새로운 미술운동이 활발히 전개되었고, 나와 친구들은 "만드는 것과 만들지 않은 것과의 관계를 묻는" 이른바 '모노파' 운동을 일으켰다.

1971년 여름, 나는 처음으로 유럽에 건너가 파리비엔날레에 참가했다. 그리고 그곳에서 피부색과 언어는 다르지만, 동시대 미지의 아티스트 동지들과의 뜨거운 만남을 경험하였다. 전람회장에는 완결된 오브제나 회화는 적었고, 산업 소재와 자연 소재가 단순히 결합되어 있거나 캔버스, 베니어판, 물감, 페인트, 영상, 사진 등이 잡다하게 뒤섞여 희한한 열기로 술렁거렸던 인상이 아직도 기억 속에 남아 있다.

그때부터 매년 3-4개월, 때로는 반년 이상을 유럽에서 체재하게 되었다. 카셀도쿠멘타에 참가하거나 여러 미술관이나 화랑에서 개인전·그룹전을 여는 등 주로 독일을 중심으로 활동하였다. 요제프 보이스Joseph Beuys나 백남준과 자주 만났는데, 두 사람의 콤비는 다가올 시대를 상징하는 듯하였다. 특히 보이스는 확산하는 표현의 시대를 리드하면서, 자신의 신체적 행위나 삶을 지탱하는 근원적인 소재에 대한 집념이 강했고, 나는 많은 시사를 받았다.

생각건대 60년대부터 80년대까지 현대미술의 중심은 뉴욕이었고, 다음은 뒤셀도르프, 파리, 런던, 밀라노였다. 곧, 현대미술은 미국과 유럽을 두 극極으로 했고, 아시아 및 기타 지역은 그들의 시야에 없었다. 그렇다고 해서 지역이나 유파를 무시하고, 개인성의 강조로 극복할 수 있는 환경은 더더욱 아니었다. 이는 정치·경제·문화가 미국을 중심으로, 그리고 유럽이 그 뒤를 잇는 역학 구도를 나타내는 것이리라.

그런 분위기가 80년대 후반부터 차츰 바뀌기 시작했다. 무서운 기세로 부상하는 아시아, 하이테크의 경이로운 개발, 냉전 체제의 붕괴 그리고 미증유의 정보통신의 발달 등이 겹쳐져 눈 깜짝할 사이에 세계는 글로벌화되었다. 미국 중심에서 구미로의 확산, 그리고 아시아 중근동을 끌어들이며 현대미술이라고 하는 것이 세계화된 것이다. 나의 고독하고 고통스러운 싸움, 오해와 편견으로 가득 찼던 평가도 시정되고, 보다 열린 관점이 일반화되기에 이르렀다. 개인의 힘을 뛰어넘어 글로벌화의 위력을 느끼지 않을 수 없다.

돌이켜 보면 나의 작업, 또는 다른 아시아 아티스트들의 활동이 순순히 받아들여진 것은 아니다. 구미의 미술계는 낯선 표현을 보고 재미있는 작업이라며 호기심을 보이다가도, 정작 닥치게 되면 아시아틱Asiatic, 젠부디즘Zen Buddhism이라 단정하고 같은 테이블에서의 논의 상대로 인정하려 들지 않았다. 에드워드 사이드의 『오리엔탈리즘』을 떠올리게 하는 이루 말할 수 없이 많은 불쾌한 경험들을 나는 잊을 수가 없다.

하지만 이제는 인종, 지역, 역사가 뒤섞이고 모든 것이 너무나 가상화되어, 획일화된 글로벌리즘의 폭풍이 휘몰아치고 있다. 아트의 기준이나 아티스트, 작품을 둘러싼 하이어라키는 단숨에 날아가버렸다. 물론 지구상에는 아직껏 지역성을 고집하거나 역사성·계급성에 구애되는 아티스트들도 있다. 또한 지정학적 유행과 지적 우월감에 빠져 무턱대고 다른 것을 멸시하는 비평가가 없지 않다. 이러한 점을 포함하여 포스트모던부터 글로벌리즘으로의 전개는 결코 단순화해서 생각할 수 있는 문제가 아니라고 생각한다.

인류는 좋든 나쁘든 많은 지역에서 글로벌리즘시대를 맞이하여 일견 자유로운 분위기를 구가하고 있다. 그야말로 새로운 시대에 직면했다는 느낌은 무시할 수 없다. 그러나 한편으로, 전 세계의 모든 것이 밋밋하고 두리뭉실해져서 감각이나 사고가 마비되기 시작한 것은 아닐까? 가상의 정보신앙이 생겨나 인공지능의 권능화가 진행되고, 인간의 아이덴티티가 다시 거론되고 있다. 지역성이라든지 역사성·개인성과도 복잡하게 얽힌 신체적인 행위나 한정할 수 없는 무의식의 발로의 앞날이 걱정되지 않을 수 없다.

나는 이 자리에서, 파괴와 시작을 동시에 행했던 70년대로 되돌아가 생각해보고 싶다. 근대적인 이성주의를 비판하고 해체하면서도, 타자의 존재나 외계의 미지성과 관련된 야생의 사고가 거기에는 있었다. 그렇기에 작품에는 다이내믹하고 액츄얼한 신체성과 환상이 살아 있었다. 프로이트의 말을 빌리자면, 아티스트는 무의식과 광기가 살아 움직이는 꿈같은 일을 하며 살아가기를 바란다. 그리고 글로벌리즘을 넘어서 자연과의 연대를 생각하는 표현을 지향하고 싶다.

* 이 글은 런던 테이트브리튼에서 열린 「Transnational City, Tokyo and London Symposium」 (2017년 9월 29-30일)의 기조 강연 초고이다.—필자 주

여백 현상의 회화

　나는 호흡과 리듬을 조절하고, 물감을 머금은 붓으로 하얀 캔버스의 어느 위치에 힘을 담아 스트로크를 그린다. 캔버스에 붓이 닿자마자, 언저리에 갑자기 긴장감이 감돌고 바이브레이션이 일어난다. 일필의 스트로크로 인해 무기적인 필드가 생생한 기운으로 가득 차는 것이다. 이러한 스트로크를 한두 개 그린다. 스트로크와 공백, 스트로크와 스트로크가 대응한다. 이렇게 그려진 스트로크 위를, 며칠에 걸쳐 네다섯 번 더 칠한다. 완성된 작품은 화면이 캔버스의 극히 일부만을 차지하는 데에 그치고, 나머지는 손을 대지 않은 공백인 채로 있다. 그런데도 사람들은 거기서 경이적인 터트림을 만날 것이리라. 다시 말해 그린 것과 공백이, 또는 그린 것끼리 공백을 매개로 서로 반향하며 하나의 회화 공간이 열리는 것이다. 나는 여기에 회화의 일어남을 본다.

　통상적으로 그린 것만을 회화라고 간주하고, 그리지 않은 곳은 논외로 친다. 특히 근대회화에서는 화가의 콘셉트의 증표인 화면이 전부이다. 그러므로 회화는 화가의 표상으로 여겨졌다. 그러나 현대에 가까워짐에 따라 화면 구성은 점점 변했다. 이미 세잔이나 모네의 만년의 회화 중에는 굳이 그리지 않은 공백을 남긴 것도 있다. 현대 회화에서는 소재가 외계의 물질성을 드러내거나, 다양한 물物이나 사진을 콜라주하거나, 타인의 손이나 로봇의 힘을 빌리는 경우도 있다. 그리고 추상표현주의 중에는, 그야말로 공백을 살린 작품도 간간이 보이곤 한다. 회화는 어느새 자기표상이라고도, 올마이티라고도 할 수 없는 차원을 열고 있다. 바꿔 말하면, 회화는 식민지 경영과 같은 올오버리즘All-overism을 지양하고, 타자나 외부와의 교류 속에서 형성되는 표현이 된 것이다.

내가 주목하는 것은 그림을 그리는 경우, 그것은 그리지 않은 곳과 건네는 행위라는 것이다. 이 출발점에 착목하여 나는 새로운 회화를 짜내게 되었다. 그리는 것과 그리지 않는 것과의 관계성이 회화를 만들어낸다. 이는 단순한 조합 관계가 아니라, 맞부딪치며 상호 침투하는 터트림의 현상을 가리키는 것이다. 고요한 연못에 조약돌을 던지면 퐁당 하는 소리와 함께 언저리에 파문이 퍼지는 것과 닮았다. 종을 치면 소리로 인해 주위의 공간이 울려 퍼지는 것도 마찬가지일 것이다. 나는 이를 여백 현상이라 부른다. 이는 화면에 단순히 공백이 있다는 것이 아니다. 그리는 것이 공백을 자극하고, 거기에 강렬한 반향 작용을 불러일으키는 것이 중요하다. 그야말로 역학적 작동인 것이다. 이를 위해서는 무엇보다도 엄격한 자기한정의 철저화와, 그리는 행위의 고도의 훈련이 필요하다. 어떻게 하면 커다란 울림을 불러일으키는가에 역량이 달려 있다. 이는 동아시아의 유구한 수묵화의 수맥과도 통하는 사항이라 생각한다.

회화의 가능성을 둘러싸고 게르하르트 리히터는 있을 수 있는 모든 회화의 있음새를 시도했다. 구상·추상을 불문하고 사진의 도입, 모노크롬, 색면 분해, 색유리의 중합重合 등, 그 밖에 다양한 회화를 만들어내고 있다. 하지만 유일하게 그가 시도하지 않았던 회화가 하나 있다. 우연이긴 하지만 "그것을 하고 있는 사람이 너다"라며 내게 지적해준 건 리히터의 친구이며 화가인 지그마르 폴케Sigmar Polke다. 그리는 것만이 다라는 회화론을 넘어, 그리는 것과 그리지 않은 곳과의 관계로 회화의 성립을 꾀할 수 있음을 폴케는 알아챘던 것이다. 애당초 캔버스는 화가의 이념을 실현하는 식민지가 아니다. 규격품이라고는 하나, 그곳은 외부이며 타자인 것을 인정하는 데서 제작은 시작된다. 캔버스와 붓, 물감, 모티프와의 상호작용과 긴장 관계 속에서 회화라는 터트림이 일어난다. 그리는 것과 그리지 않은 곳과의 만남으로 인해 생겨나는 회화야말로 여백의 세계인 것이다.

여백은 존재하는 것이 아니다. 그것은 이른바 유有가 무無와 서로 관계하고 반응하여, 거기서 생기는 장場의 힘의 현상인 것이다. 대상을 장에 녹여 넣고, 그 공간을 볼 수 있도록 하는 것, 다시 말하면 대상의 유를 무로 하여 장을 부각시키는 행위―. 그 터트림이 여백으로서 퍼져 나간다. 그러므로 여기서 회화란, 장이 열리는 여백 현상을 가리킨다. 회화는 이쪽의 건넴에 의해 외계와 공명하는 파장이며,

대상을 넘은 초월의 퍼짐새의 발로인 것이다. 내가 회화에서 바라는 것은, 의미나 개념의 제시 이상으로 그것들을 빛나게 하고 생생하게 만드는 하나의 경이적인 장이 열리는 것이다. 이 여백 현상의 향연이 있음으로써 비로소 회화의 내용이 산다. 그려진 대상의 확인이나 의미를 해독하는 것은 그 후여도 좋은 것이다. 거듭 말하지만, 그림을 보는 것의 시작은 눈길에 의한 화면과의 만남이다. 화면에 일어나고 있는 판 벌임에, 보는 이 또한 반향하며 파문을 넓혀가렸다.

2015년 / 2020년 8월

하얀 캔버스

　나는 하얀 캔버스가 좋다. 커다란 캔버스 앞에 서면 새하얀 스크린에 자신이 떠 있는 듯한 기분이 들어 마음이 늘 두근거린다. 하얀 캔버스를 바라보거나, 그 주위를 서성거리다가 멍하니 그 자리에 멈춰 서 있노라면 이런저런 이미지가 솟구치다가는 가라앉고, 솟구치다가는 가라앉고, 그러다가 이윽고 아무것도 떠오르지 않게 된다. 때로는 머릿속이 공백이 된다. 거기서 눈을 감으면, 쥐 죽은 듯이 조용해진 캔버스에서 '와앙' 하고 뭐라 형언하기 힘든 소리가 들려오는 것이다. 어쩌면 이명일지도 모르지만, 그것은 차츰 커다란 파장을 불러일으켜 주위의 공간에 퍼지고, 나는 그 소용돌이에 빨려 들어간다. 이리하여 하얀 캔버스에 온통 물들며 마음이 은은한 투명감으로 가득차기 시작하는 것이다.

　이 지복의 시간은 길게 이어지지는 않는다. 눈을 뜨면, 돌연 하얀 캔버스가 내게로 다가온다. 팽팽하게 긴장된 표면은 정체를 알 수 없는 생물처럼 나를 도발한다. 유혹에 넘어가지 말고, 당황하지 말고, 자신에게로 되돌아와야만 한다. 그렇다고는 하나 제작을 시작할 때는 언제나 기분이 고양되고, 오히려 호흡이 거칠어지기 일쑤다. 붓을 매개로 한 하얀 캔버스와의 첫 접촉의 순간. 모든 회화는 두려움이나 불안, 쾌감, 놀라움 등 언어 이전의 풋풋한 터트림이 일어나는 이 한순간에서 시작되었던 것이다. 다빈치의 「모나리자」도, 렘브란트의 「야경」도, 그리고 현대의 많은 화가들의 회화도. 내가 경애하는 세잔도, 하얀 캔버스상에서의 눈앞의 산과의 일격의 만남에서 저 「생트빅투아르산Mont Sainte-Victoire」이라는 그림이 태어났다. 나는 언제나 하얀 캔버스를 앞에 두고, 붓과 물감과 컨디션을 가다듬으면서 이 한순간의 찬스를 기다린다.

하얀 캔버스는 공장에서 아르티장artisan들이 삼베나 무명에 하얀 물감을 칠해서 만들어낸 것이다. 내 경우 자신의 레시피에 따라 캔버스를 만들기 때문에 조금 더 중후하고 존재감이 있다. 인공적으로 만들어진 필드라고는 하나, 나무틀에 조금 강하게 펼쳐진 캔버스는 신기한 긴장감으로 넘쳐흐르고, 언제 봐도 신선하고 나를 초심으로 돌아가게 한다. 그것은 정해진 물질로 만들어졌음에도 불구하고, 어딘가 비물질적이며, 정신이나 감각의 차원으로 이어진 신체적인 표면을 지닌다. 화가가 건드리는 순간을 늘 기다리며 거기에 있다. 그것은 화가의 욕망의 대상이라고도 할 수 있으나, 섣불리 접근해서는 안 되는 성역이며, 늘 그렇듯이 전인미답의 처녀지다. 새하얀 천은 아직 아무것도 없는 공간이라는 전제이며, 올 것을 기다리고 있는 존재 이전의 존재라는 양해 사항이다.

근대미술에서 캔버스는 제국주의시대에 걸맞게 자기 소유의 경작지나 식민지령처럼 취급되었다. 그 자체의 존재성을 인정하거나 주목받은 적은 없고, 화가의 이미지를 전개하는 영토였던 것이다. 추상회화에 이르러서는 캔버스나 붓, 물감의 존재성이 무시당했을 뿐만 아니라 회화가 외부의 풍경이나 사회사상社會事象으로부터 차단되어 화가의 내면을 보여주는 폐쇄적인 자율 공간으로서 존립했다. 그것이 현대미술에 와서, 캔버스의 자기주장과 존재성이 부각되면서 표현의 세계는 크게 변했다. 다시 말해 캔버스는 붓, 물감과 함께 그림을 위한 단순한 소재나 도구에 머무는 것이 아니라, 제각각이 개성 있고 존재 이유를 지닌 바가 되었던 것이다.

오늘날의 화가는 하얀 캔버스를 사용하지 않고 베니어판, 알루미늄판, 그 밖에 다양한 유색 물체를 사용할 때도 왕왕 있다. 캔버스라고는 해도 지지체support나 표면surface이 아닌, 그 크기나 형태, 물질성, 이미지성이 활용된다. 게다가 캔버스에서 멀어지고, 붓이나 물감을 고집하지 않고, 때로는 손을 사용하지도 않고 온갖 소재, 테크놀로지, 공장 시스템을 활용하는 등 표현 요소가 자유롭게 동원되었다. 한때 화가는 하얀 캔버스의 제도성이나 물신성에서 해방된 듯이 보였다. 동시에 이 선상에서 표현은 더 이상 회화일 필요가 없다고 단정하기도 하고, 회화는 죽었다고도 일컬어졌다.

하지만 회화는 의연히 살아 있다. 그리고 대부분의 표현자는 돌고 돌아, 최근에는 어언간에 하얀 캔버스로 되돌아왔다. 표현 방법이나 소재, 도구가 다양화되어 손조차 필요 없다고 하면서도, 캔버스만은 재빨리 표현의 필드로써 새롭게 발견되었다. 최근에 와서 드는 생각은, 캔버스는 그야말로 회화사적인 것이기는 하나, 그 의미나 역할, 방식이 어떻게 변하든, 그림을 그리고 싶어지는 한 어떤 형태이든 계속 존재할 것이라는 사실이다. 화가의 존재를 넘어, 근원적으로는 무릇 인간의 사고를 표현하려 하는 바탕 전부가 캔버스라 해도 좋을 것이다.

동굴벽화에서 볼 수 있듯이, 원시시대 그림은 자연의 어두운 석벽에 그려졌다. 그리고 농경시대에는 신전의 벽, 시대가 내려오면서 교회의 벽, 그리고 궁전의 벽이 되었다. 그 후 산업사회의 대두와 함께 주거의 개념이 바뀌면서 이동하는 벽, 즉 판이나 직물, 종이 등에 의한 캔버스가 등장하며 몇 차례의 변화를 거쳐 오늘날의 캔버스에 이르고 있다. 회화는 자연의 동굴이나 신전, 교회, 궁전까지는 공간과 그림이 일체화되어 특정한 장소성을 지닌 것이었다. 중세부터 근세에 걸쳐 이동성이 중시되자, 그림은 서서히 장소성을 잃고, 독자적인 존재 양식으로 향했다. 캔버스처럼 이동이 가능한 가벼운 지지체와 다양한 프레임의 발명이다. 장소를 돋보이게 하는 회화였을 때는 주거의 공간 구성 그 자체가 프레임 역할을 맡았으나, 이동식 그림이 되자 이른바 프레임의 울타리로 인해 안쪽을 성역시하는 짜임새가 만들어졌다. 다시 말해 캔버스에 그려진 그림은 프레임에 갇혀 외부로부터 차단된 독립 공간으로서 성립되었다는 것이다.

그리고 마침내 현대미술에 와서 닫힌 회화 양식이 해체되고, 지지체가 다양화되고, 프레임도 벗겨졌다. 동시에 그림은 알몸이 되어, 그 자체를 보는 대상object이 되었다. 그림은 캔버스에 의한 것이든 다른 소재에 의한 것이든, 미니멀아트가 보여주듯이 그림을 가진 물체로서 새로운 존재성을 획득했다. 그렇다고는 하나 현대미술에 있어서 프레임이 없는 그림의 의미는 결코 일률적이지 않다. 옛 시대의 그림처럼, 그것이 장소 또는 개념으로서 주위의 공간과 이어지거나 융화되는 것인 경우는 적다. 오히려 작품이 폐쇄적·자립적이면서, 공존적·자극적인 대상으로서 공간이나 관객과 직접 이어진다. 그림은 본래 비대상적인 공간이었으나 관념 공간의 시기를 거쳐 보는 대상으로 바뀌었다는 것이다. 그림은 그 자체로서 보는 것이 됨과 동시에, 공간을 차지하는 것으로 짜이자 대상성이 강해지고 평면성은 이차적이 되었다. 이 경향은 명백히 관념 제시의 쇠퇴를 말해 주는 사항이라 할 수 있으리라.

그려지는 대상이라는 것은, 설령 캔버스를 사용했다 하더라도 그림이 삼차원성의 물체라는 사실을 의미한다. 캔버스가 지지체임을 뛰어넘어, 독자적인 존재성을 획득하는 데에 있어서 이 삼차원적 물체의 성격은 중요하다. 그러나 그것은 단순한 물체가 아니다. 기묘한 생물 같은 물체로, 이른바 모순적인 존재인 것이다. 캔버스는 어엿한 물체이면서, 그 하얀 표면의 확장이나 긴장감이 감도는 펼쳐짐의 상태 등으로 이쪽의 정신이나 감각을 자극하는 불가사의한 비물질성을 띤다. 나는 거기서 이차원적인 필드로써 새롭게 파악할 수 있는 캔버스의 양의성, 모순율을 읽어낸다. 이리하여 캔버스는 그 물체성과 비물질적 성격의 결합에 의한 새로운 평면 차원으로서 되살아났다. 그래서 내게 캔버스는 물체임과 동시에 비물질이며, 삼차원임과 동시에 이차원인 것이다. 나와 캔버스와의 관계 여하에 따라 주위의 벽이나 공간과 연동할 가능성이 열렸다.

2016년 11월
가마쿠라에서

열리는 회화

 나의 그림은 하얀 캔버스에 폭이 넓은 평필을 사용하여, 석채石彩 물감으로 흰색에서 회색의 그러데이션이 지는 중후한 스트로크를 그린 것이다. 맑고 까슬거리는 질감의 커다란 스트로크가 하나둘, 혹은 세 개가 있을 뿐, 그저 망양한 하얀 공백이 펼쳐져 있다.

 이처럼 단순하기 짝이 없는 스트로크 하나를 그린 커다란 작품이 정면에 걸리고, 휑한 전시장 공간에는 그 외에 아무것도 볼 것이 없다. 이것이 언젠가의 나의 전람회의 일실―室이다. 그곳을 방문했던 지인은 가만히 그림이 있는 벽을 바라보나 싶더니, 마침내 눈을 감거나 천장에 얼굴을 돌리며 무언가에 귀를 기울이는 듯한 기색으로 그 자리에 멈춰 서 있다가 천천히 걷기 시작했다. 잠시 후, 그는 그곳에 함께 있던 내게 말했다. "신기한 공간에 섞여 들어온 기분이랄까. 하얀 캔버스에서 떠올라 마치 숨을 쉬고 있는 듯한 저 회색 스트로크 때문인지 공간이 소리 없이 울리고 있는 것 같아서 가슴이 두근거리고 눈이 번쩍 떠지는 느낌입니다." 꽤나 과장 섞인 인사 같다. 어지간히 강한 감수성의 표현이라고 해석할 수도 있겠다. 그렇다고는 해도, 많은 전람회에서 이와 비슷한 반응에 맞닥뜨리는 경우가 적지 않다.

그림이 예쁘다든가, 박진감이 있다라든가, 인상 깊은 느낌이라든가 하는 말은 그리 들어보지 못했다. 그 대신에 명상적이다, 공간에 긴장감이 감돈다, 기품이 있다, 또는 유럽에서는 숭고한 기분이다라고 이야기하는 사람도 있다. 이는 통상 그림을 보고 표현하는 말과는 다르다. 본다기보다 느끼고 있는 것이다. 아마도 그림이 보아야 하는 대상으로는 비쳐지지 않는 것이리라. 시선은 일단 화면을 고루 어루만져도 그림에 초점을 맞추는 일 없이 허공에 떠올라 마침내는 주변의 공간으로 흩어진다. 대신 몸이 공간에 반응해, 지인의 말을 빌리자면 "보는 것도, 대면하는 것도 아닌 고요한 고양감을 느낀다"고 한다. 내가 바라는 바도, 그림이 있는 공간이 일상과는 다른 살아 있는 장場으로 열리는 것이다.

어째서 이런 일이 일어나는 걸까. 실은 이것은 신기한 현상도, 마법과 같은 착각도 아니다. 말하자면 내 그림의 특이함 그 자체에 의해 생기는 일이다. 특히 최근의 그림과 조각에는, 작품의 대상성을 초월한 장과의 만남이라는 경향이 현저하다.

나는 산이나 인물과 같은 대상을 그리지 않는다. 그렇다고 해서 내가 생각해낸 추상적인 개념을 현재화顯在化하는 것도 아니다. 내 그림의 양상樣相은 단순히 필촉 그 자체이다. 그릴 때 붓의 형태나 움직임이 그대로 그림을 만들어낸다는 것이다. 이것은 70년대부터 오늘날까지 거의 변함이 없다.

나는 70년대, '점點'이나 그 연장선인 '선線'을 그려 시간적인 표현을 시도하였다. 나의 이 모티프의 출처는 오래되었다. 네댓 살쯤에 가정교사로부터 글자나 그림의 기본 요소로서 점을 찍는 방법과 선을 그리는 방법을 배웠는데, 그 경험이 아주 오랜 숙성을 거쳐 현대적인 표현 방법으로 되살아난 것이다. 그리고 점이나 선을 그리는 것을 시간의 경과 속에서 프로세스화하고 구조화함으로써 회화를 성립시킬 수 있었던 것이다. 붓에 물감을 묻혀서 점을 찍어가면, 처음에는 짙고 차츰 엷어져가다가 마지막에는 보이지 않게 된다. 이것은 특정한 대상의 현상現象이라든가 이미지의 전개가 아니라 사물의 성립 과정이나 그려가는 것의 물리적인 경과, 그 프로세스에 준해 일어난 일이라 해도 될 것이다. 이러한 반복과 어긋남의 방법에 의해 시간의 무한성을 표현할 수 있다고 생각했다.

예로부터 아시아에 삼라만상은 점에서 시작되어 점으로 돌아간다는 사상이 있듯이 점은 모든 것의 원초적인 요소element이다. 처음에는 점이나 선을 구조적인 화면으로 정연히 그렸었지만, 80-90년대가 되자 그것들이 뒤섞이거나 뿔뿔이 흩어지면서 반란 상황을 불러일으켰다. 그림의 시스템이 무너져 자유분방한 그림이 한동안 이어졌지만, 마침내 재정비되어가는 과정에서 점은 그 수가 줄어들어 커다란 스트로크가 되고, 화면이 보다 공간성을 띠게 되었다. 2000년대에 들어서자 스트로크는 많아야 예닐곱 개, 때로는 한두 개로 화면이 구성되어 공간적인 성격이 한층 강화되었다.

　스트로크가 커짐에 따라 필연적으로 물감의 물질감이 농후해지고 필세筆勢에 숨결이나 억양이 한층 더 담기게 되었다. 그리고 넓은 캔버스에 이 독특한 존재감의 스트로크의 위치라든가 그 방향성의 작용이 더해져, 화면은 팽팽한 긴장감으로 넘쳐나고, 주위에 상쾌한 공간이 펼쳐지게 되었던 것이다.

　돌이켜 보면, 70년대에는 시간을 표현한다는 콘셉트가 있어서 그것을 구조적으로 추구해갔다. 그림은 반복과 차이로 구성되었다. 순환적인 시간개념 속에서 무한을 보고 있었던 것이다. 그것이 근대적인 닫힌 세계라는 것을 깨달으면서 서서히 파탄을 초래했다. 그리고 순환적인 시간개념과 구조적인 구성은 80년대에 해체되어 90년대까지 삐걱거림과 혼돈이 이어졌다. 2000년대에 들어서자 그림은 공간적인 전개로 나아가, 마침내 표현이 캔버스의 필드를 뛰어넘어 벽이나 방의 공기와도 공명하는 것이 되었다. 무한이 있는 것이 아니다. 그림과 주위 공간과의 관계 작용 속에서 표현되는 세계가 무한이다. 나는 드디어 그리는 것과 그리지 않은 것의 접점, 회화성의 생기生起의 차원을 깨달았다. 바다에 섬이 떠 있는 것처럼, 휑한 방에 꽃 한 송이를 꽂아둔 것처럼, 하얀 캔버스에 점 하나를 찍으면 그것만으로도 공기가 물결치고 공간이 떨려온다. 나는 그것을 회화성의 시초, 또는 파상의 확산인 여백 현상이라 부른다.

　여기서 최근의 내 그림의 소재나 제작 과정으로 들어가 작품이 어떻게 만들어지는지를 조금 더 구체적으로 기술해보기로 하겠다.

우선 주변의 벽과도 맞설 수 있는 강고한 캔버스가 필요하다. 공장에 거칠게 짠 캔버스를 준비하도록 한 후 호분胡粉으로 서너 번 밑칠을 하게 한다. 300호(292×267cm)라면 두께 6센티미터 정도의 나무틀에 캔버스를 큰북처럼 세게 펼쳐 맨다. 팽팽하게 펼친 하얀 캔버스의 필드는 뭐라 형용하기 힘든 무의식이 잠든 조용한 바다와 같다. 캔버스를 바닥에 눕혀 그림 사이즈의 지형紙型을 만들고 정해진 위치에 놓는다. 스트로크의 크기나 위치, 방향을 정하는 데에 늘 신경을 쓴다. 스케치북을 펼쳐 미리 준비해둔 드로잉을 보면서 지형을 두는 것이다. 때로는 붓을 내리려는 순간 마음이 변해 위치를 조금 비껴놓을 때도 있다. 스트로크 하나의 경우, 화면 중심을 피해 살짝 우측 하단 혹은 좌측 하단, 혹은 우측 상단이나 좌측 상단쯤에 그린다. 매번 비슷한 것 같은 위치지만 미묘하게 비껴 있을 것이다. 아마 언뜻 보기에 비슷하면서도 전혀 다른 위치는 무한하다. 캔버스의 질감이나 붓 사이즈, 물감의 감촉, 몸상태 등으로 그림은 그 어느 하나 동일한 것이 되지 않는다.

스트로크를 캔버스 중심에 두지 않는 것은 그곳은 움직임이 없는 곳이기 때문이다. 흥미롭게도 스트로크가 중심에서 비껴나 있으면, 눈은 그것을 중심으로 되돌리려고 작동한다. 그래서 그곳에 움직임과 긴장감이 생겨난다. 두 개의 스트로크를 그리는 경우의 전형典型은, 우측 하단 코너에 스트로크가 있으면 좌측 상단 코너에 스트로크를 대응시키는 방법이다. 스트로크 세 개의 경우는 캔버스 하단과 좌측과 우측으로 변형 삼각형처럼 스트로크의 위치를 조금씩 비껴

놓는다. 그럼으로써 공간에 역동감과 개방감이 나온다. 이는 분명 황금분할과도 관계된 원리적인 것임에 틀림없다. 구도는 의미의 체계에 의한 것이 아니라 살아 있는 기하학이며 화면의 유기적인 신체성과 관련된 사항인 것이다.

물감은 때때로 아크릴을 쓸 때도 있지만 보통 몇 종류의 검은색과 회색, 흰색 석채를 쓸 때가 많다. 석채의 까슬까슬한 입자는 순도 높은 물질감이 특징으로, 현실과 동떨어진 맑은 사막의 이미지이며, 사용법에 따라서는 초절超絶의 적막감이 감돈다. 회색은 현실과도 관념과도 어울리기 힘들고, 항상 어중간하여 독특한 가변성과 비실재성을 환기시키는 색이다. 흰색부터 서서히 짙어져 회색이 되어가는 그러데이션은 삶의 색을 그다지 느끼게 하지 않는 음영으로, 어떤 의미로는 환상적이며 막연한 추상성이 넘친다. 그러한 의미에서 초월적인 색이라고도 할 수 있다.

어찌 되었든 나는 회색에만 구애되었던 것은 아니고 다양한 색을 사용할 때도 있다. 그 경우에도 특히 색에 의미를 부여하는 게 아니라, 전부 흰색에서 짙은 색으로 그러데이션을 만들어냄으로써 명암이나 변화를 암시한다. 색의 그러데이션은 공간을 정화시켜 어딘가 이異차원으로 나온 듯한 청량감을 불러일으킨다. 그리고 없는 것에서 있는 것으로, 또는 있는 것에서 없는 것으로의 암시를 부여한다. 애초에 색이란, 물질이나 관념, 감각, 정신이라고도 하기 힘든 어중간한 것이며, 항상 변화를 동반하는 도상에 있는 것이다. 그 어떠한 색이라도 내게 그것은 비일상적이고 보다 높은 추상성을 띠면서, 고상한 그림으로서의 기능을 하길 바란다.

붓은 공장에 주문하지만 다양한 사이즈로 만들어달라고 한다. 대부분 수지樹脂 계통의 인공모를 사용한다. 중요한 것은 붓 허리가 강하고 전체적으로 탄력성이 있어야 한다는 것이다. 가장 큰 사이즈는 폭 60센티미터, 모장毛長 8센티미터 정도 된다. 내게 붓은 도구 이상의 것이다. 붓은 손의 연장선이 아니라, 캔버스와 손 사이에 있는 반신체半身體이다. 이 신체를 완전히 살리기 위해서는 뉴트럴한 생각과 끊임없는 훈련, 그리고 오랜 경험이 필요하다. 예를 들면 손으로 필봉筆棒 윗부분을 힘껏 쥐고 어깨부터 내려온 힘은 일단 손끝에서 끊어지기 때문에 그 힘을 봉에서 날리고, 곧 공간을 매개로 보다 강하게 붓 끝에 모으는 것이 중요하다. 그림을 성립시키기 위한 콘셉트, 물감, 캔버스, 손, 붓의 공동 작업 속에서 붓의 존재와 역할은 그림의 신체화는 물론이고, 거의 혼의 영역 그 자체나 다름없다.

석채는 70년대에 주로 아교로 녹이는 경우가 많았으나 최근에는 기름으로 갠다. 80년대 이후 용유溶油의 현저한 발달 덕분에 보다 견고한 그림을 만들 수 있게 되었다. 기름과 접착제, 석채를 페인팅나이프로 섞어 마치 먹을 갈 듯이 정성껏 이긴다. 그동안 호흡을 가다듬으면서 서서히 긴장감을 높여간다. 이겼던 물감을 십수 분 정도 놓아둔다. 그리고 나는 예전에는 담배를 피웠지만, 지금은 의자에 앉아 눈을 감고 있거나 창문을 열어 하늘을 바라보거나 한다. 이렇게 기다리는 동안의 행위도 제작 퍼포먼스에 속한다고 생각한다.

드디어 정식으로 그림을 그릴 차례. 나는 캔버스를 세워 그것과 마주 보면서 그리는 게 아니라, 바닥에 깐 캔버스에 몸을 굽혀 투신하면서 그리는 것이다. 생각하면서 그것을 표현하는 게 아니라, 생각과 신체와 캔버스가 호응하는 사건을 터트림으로 그림을 불러일으킬 필요가 있기 때문이다. 그리하여 바닥의 커다란 캔버스 위에 디딤판을 놓아 머리를 캔버스로 향하고 등을 활꼴로 굽힌다. 왼손은 왼쪽 무릎 위에 둔 채 좌정하고, 오른손은 충분히 물감을 묻힌 붓을 꼭 쥐고서 크게 들이마신 숨을 참고 조용히, 천천히 힘찬 스트로크를 그려간다. 50센티미터 폭의 붓이면 60센티미터 정도 길이의 스트로크를 1분 30초에서 2분 가까이 숨을 멈춘 채 전신의 힘을 붓 끝에 모아 그린다. 괴로울 때는 살며시 숨을 내쉬면서 그리는 일을 진행한다. 호흡이 거칠어지거나 잡념이 떠오르거나 마음이 흐트러지는 등 집중력이 떨어지면 대체로 실패한다. 하나의 스트로크가 완성될 때까지는 긴장을 늦추지 말고 몇 번이고 같은 작업을 거듭한다. 아침 아홉 시부터 시작하면 점심시간을 끼고 오후 네 시 넘어서까지 제작은 계속된다. 생각하건대 잘 되어가고 있을 때의 제작 행위는 거의 아무것도 생각하지 않는 상태에 가깝고, 자기 자신을 느끼지 않는다. 무언가에 조종당하고 있거나 광기에 휩싸인 듯하여, 결코 제정신으로 하는 행위라고는 할 수 없다. 그렇기에 집중력이 유지되고 지속할 수 있는 것이리라. 그려진 스트로크는 일주일 정도 말리고, 반쯤 말린 위에 또 똑같은 공정으로 물감을 덧칠한다. 그리고 세 번째 덧칠을 하여 마무리하고 약 두 달 정도 말리면 드디어 완성이다. 아크릴물감으로 제작하면 건조가 빠르기 때문에 하루나 이틀 걸러 덧칠을 하고 서너 번째에 마무리된다. 어떨 때는 네다섯 번 걸리기도 한다. 어느 쪽이든 제작은 총체적으로 긴장의 연속이며 엄격한 고행이라는 사실에 변함은 없다.

생각하건대 제작은 하나의 퍼포먼스이지만 그것은 단순한 노동을 넘어서 진지한 비의秘儀이며, 적이 없는 싸움을 향한 도전이라고 해도 될 것이다. 작품은 그것을 드러내지는 않지만 이를 내포하고 있어 화면에 넘쳐흐르는 커다란 힘으로 작동할 것이다.

그런데 작업하는 날은 시작할 때도 긴장되지만 끝날 때도 대충할 수 없다. 물감이나 도구들은 질서정연하게 정돈해야만 한다. 붓을 씻는 데에 족히 한 시간은 걸린다. 이것도 남에게는 맡길 수 없다. 붓을 씻으면서 오늘을 되돌아보는 것도 있지만 무엇보다도 제대로 씻지 않으면 다음에 쓸 수 없게 된다. 묵묵히 계속 붓을 씻고 있으면 피로 때문이기도 하겠지만 일상의 의식이 돌아오면서 뭐라 형용하기 힘든 슬픔이 복받칠 때도 있다. 이리하여 하루의 일과가 끝나면 나는 거의 빈껍데기가 되어 어둠이 깔리기 시작한 바깥을 바라보면서 조용히 밤을 기다린다.

나의 작업은 나의 생각으로부터 출발한다고는 하나 철저히 신체적 노동에 의거하고 있는 부분이 크다. 내가 신체에 주목하는 것은 그 존재의 특이성과 정체를 알 수 없는 매개성에 있다. 신체는 결코 내게 한정된 것이 아니다. 그것은 내게 속하면서도 세계에 속해 있으며, 양측에 걸친 관계적인 존재인 것이다. 그렇기 때문에 그야말로 신체의 기능은 나를 외부와 관계되게 하고 미지를 통해 나 이외의 세계와 연락토록 한다. 내 그림이 내적인 동시에 외적인 양의성을 지니는 것은 바로 신체를 매개로 하여 이루어진 것이기 때문이다. 신체가 저절로 어떤 사건을 만드는 일은 없지만 그렇다고 해서 명령을 완수하는 데에는 적합하지 않아, 나와 세계가 서로 조응할 때 신체는 그 매개성을 발휘한다. 캔버스 외 여러 가지 소재나 도구의 감촉은 신체를 깨어나게 한다. 그리고 생각이나 감각을 고조시키면 시킬수록 신체도 연마되고 예리해진다. 따라서 제작 행위가 리듬을 타고 진행될 때의 나는, 고도高度의 신체 그 자체에 가깝다고 하겠다. 이것은 나이면서 내가 아닌 무언가이며, 이로 인해 행해지는 제작이 좋은 작품을 낳는다. 그러므로 내 제작은 남의 손이나 기계에 기대는 일이 적고, 소재나 도구와의 밀접한 교류에 더해, 끊임없는 신체의 훈련에 의한 것이다. 다시 말해, 극한으로 억제되고 정화된 행위가 될 수밖에 없는 것이다.

나는 여행 중일 때를 빼면 거의 격일에 가깝게, 일본이나 파리, 때로는 서울이나 뉴욕에서 제작을 한다. 접하는 사람들, 거리의 분위기나 공기와 그 밖의 요소로 인해 지역마다 작품의 만듦새는 다소 달라진다. 예를 들면 일본에서 제작한 것은 좀 더 부드러운 느낌이고, 파리에서 제작한 것은 좀 더 강한 이미지를 지닌다. 어찌 되었든 수도적修道的인 내 제작 스타일이나 고독의 자세stance는 그리 변하지 않는다. 가장 원시적이고 효율적이지 않은 제작 방식이기 때문에 대량생산도, 제작 시간 단축도 불가능하여, 때때로 곤란한 상황에 처하기도 한다. 여하튼 이것은 나의 삶 그 자체나 예술을 대하는 자세로부터 오는 것이기에 바꿀 수도 없다. 오히려 현대미술의 장면 속에서의 나의 입장은 내 투쟁 방식이며, 시대를 향한 비판이자 나의 긍지이기도 한 것이다. 나의 작품 자체가 그것을 나타내고 있다고 하겠다.

나의 작품의 리얼리티는 열린 장소성에 있다. 그림의 스트로크는 억제된 숨결과 강한 존재감으로 넘쳐 주변 공간에 작용해 환한 장을 연다. 스트로크가 하나인 그림의 경우는 그린 것과 그리지 않은 필드와의 격렬한 대립과 수용의 드라마가 화면에 강한 바이브레이션을 불러일으킨다. 위아래의 스트로크 두 개가 대응할 경우 하얀 필드는 호응과 반발의 긴장감이 흐르면서 생기 넘치는 화면이 된다. 스트로크를 그리고 있지만 실은 장을 열고 있는 것이다. 곧 흰색에서 회색으로의 그러데이션의 스트로크와 하얀 필드의 공백과의 대항으로 바이브레이션이 일어나, 이것이 회화성으로 승화되어 퍼진다는 것이다. 캔버스 전체가 그림으로 신체화되어 살아 숨 쉰다. 다시 말하지만 그림은 대상이 아니라 무한이 숨 쉬는 장인 것이다.

일반적으로 화가는 캔버스 전체를 다 그리고 그 그려진 부분을 그림으로 본다. 예전에 동양에서는 여백도 그림의 일부라는 말이 있었지만 서양에서는 오랜 기간 작가의 생각에 의해 거의 모든 것이 다 그려졌다. 특히 근대미술에서는 자신에 의해 상象이 대상화된 것이 그림이었기에 그 이외의 것, 곧 외부는 없는 것이다. 이전에는 그림이 신화나 성경, 사회문제를 이야기하는 것이었지만 근대 이후 그림은 작가 자아의 전지전능한 표현이 되었다. 그래서 그림에 외부나 타자는 없고, 그려진 것만이 보는 대상이다. 그림은 자립적인 공간으로 여겨져 작가의 내면, 의역하자면 지배자의 콜로니얼한 영역 문제로 수렴되었다. 이렇게 화면은 왜소화되어 자아에 의한 의미의 덩어리가 되어버렸다.

그런데 내 그림의 경우는 외부와의 대응으로 그림이 형성된다. 일부에 그리는 것이 전제이긴 하지만 그에 의해 그리지 않은 곳도 그림이 된다는 것. 이 그린 것과 그리지 않은 곳과의 만남에 의해, 그림은 대상성을 뛰어넘은 열린 장으로서 표현된다. 내 조각에, 예를 들면 커다란 아치를 만듦으로써 주변의 풍경이나 하늘이 선명하게 열렸던 것과 마찬가지로, 화면에도 근소한 붓 터치로 공백인 필드가 생생하게 되살아난다. 나는 결코 대상을 부정하는 자는 아니다. 오히려 대상을 대상 자체로서 고립시키는 것이 아니라, 다른 관계나 열린 장 속에서 더욱 크게 살리는 것을 지향하는 것이다. 만드는 것을 최대한 절제하고 바깥의 목소리에 귀 기울이려고 한다. 나는 최소한의 표현으로 최대한의 세계와 연결되는 길을 택하고 있는 것이다.

여기서 생각하건대 자기의 표현 이외의 것을 인정하기 싫어하는 근대주의자들은 외부를 끌어들이려 하는 나의 입장이 아마도 마음에 들지 않을 것이다. 하지만 이미 근대 특유의 대상 중심적 미술은 해체되었고, 그 재구축은 불가능하다는 것은 누가 보아도 불을 보듯 훤하다. 안과 밖의 대화의 광장이야말로 풍요로운 작품이라는 것을 알아주었으면 한다. 어떤 의미에서 내 표현은 근대미술에서 보면 회화의 종언으로 비칠지도 모른다. 그러나 그것은 동시에 새로운 회화의 시작이며 그 출발점에 서 있는 일이라 하겠다.

일필의 터치로 그린 한 번의 스트로크는 하나의 자극적인 부름이다. 이것은 외부와의 살아 있는 관계를 의미한다. 그러므로 그림은 나의 내적인 언표言表라고는 할 수 없으며, 외부의 대응 없이는 성립하지 않는다. 외부와의 호응, 반발, 대화가 표현이 된다. 내 그림이 엄격하고 윤리적으로 비치거나 어딘가 초인간적인 질서를 느끼게 하는 것도 외부와의 엄격한 관계 작용의 터트림에 의한 것이리라.

내 그림은 하나의 콘셉트로서 열린 것이지만 작품으로서는 하나의 내부 구조로 성립되어 있다. 캔버스와 스트로크의 긴장 관계가 그것을 보여주고 있다. 그렇다고는 해도 이 내부 구조를 지닌 작품의 성격은, 그린 것과 그리지 않은 것의 관계에서도 암시되듯이 작품과 외부의 벽과의 관계를 향해 열려 있는 것이다. 곧, 작품의, 그린 것과 그리지 않은 것과의 관계 구조는 그대로 작품과 작품의 외부 벽과의 관계로 향하게 하면서 화면의 울림을 만들어내는 것이다. 그렇기에 작품이 어디에 놓여 있는가에 따라 보이는 방식은 크게 변할 수밖에 없다.

가능한 한 뉴트럴하고 추상성이 높은 공간일수록 풍요로운 회화성이 발휘된다. 훌륭한 전시 공간은 훌륭한 화면 공간을 만들어낸다. 작품과 전시 공간이 하나가 되어 살아 있는 신체적 장으로서 열리는 것이 바람직하다. 그렇게 되면 그곳이 생활공간이든 미술관이든, 그림이 있는 곳에 발을 내딛은 순간 그곳은 별세계가 되는 것이다. 내 그림이 있는 공간은 보는 사람을 조용히 흔들며 정화와 반성으로 이

끌어줄 것이다. 그리고 내 그림을 보는 것은 열린 장과의 만남이며, 보는 사람의 무의식의 바다를 깨우는 경험이 될 것임에 틀림없다.

2015년 9월 7일

열린 조각
─만남의 메타포

어느 날, 부처는 제자들 앞에 말없이 연꽃을 내밀었다. 그러자 가
섭(加葉, Mahakasyapa)이라는 제자가 방긋 미소를 띠웠다. 그는 무
언가를 보았고 알아챘으며, 부처와 통했다는 이야기이다. 연꽃은 말
〔言語〕도 아니고 조각도 아니지만, 부처의 제스처에 있어서 깨달음의
메타포였다는 것이다.

예술가의 개입에 의한 제시물을 가리켜 작품이라고 한다. 제시물
이 보는 것을 불러일으키는 삼차원적인 메타포로 기능할 때, 나는
그것을 조각이라고 부른다. 이는 대상이나 공간을 그럴듯하게 제시
함으로써 그 자체가 아닌 주위나 세계, 우주의 어느 한 부분을 반짝
하고 펼쳐 보이려 하는 시도이며 유희이다. 실은 이러한 보는 것과
의 만남은 예술가에게만 있는 것은 아니다. 부처와 가섭의 연꽃이
아니더라도, 길가에 버려진 녹슨 병뚜껑조차 어느 순간 신기하게 보
여 가슴이 두근거릴 때가 있다. 하지만 이러한 경험은 그 순간이 지

나면 일상의 물결에 뒤덮여버려 보이지 않게 되고, 아무 일도 없었던 것처럼 잊힐 때가 많다.

우리들의 삶에 있어서 얼마나 많은 예기치 않은 만남, 그 빛나고 아름다운, 혹은 슬프고 추잡스러운 순간이, 번쩍하고 나타나서는 사라지는 일들을 반복하고 있는가. 어째서 그러한 일이 일어나는지는 아무도 모른다. 학자들은 그 연유를 해명해보려 하고, 종교인은 신의 섭리라 믿도록 하고 싶어 한다. 하지만 예술가는 그러한 순간을 굳이 의식적으로 끌어내서 시각적으로 다시 짜 맞추고, 그것을 예감과 경이에 찬 볼거리로 내보이려고 한다. 예술가는 일부러 그 반짝이는 순간을 붙잡아두고 그것으로 인해 누구나, 그리고 언제라도 놀라게 하고 싶어 한다. 바꿔 말하자면 만남을 보편화하고 지속시키고 싶어 하는 욕구가 예술작품을 낳게 한다는 것이리라.

나는 60년대 말부터 자연석과 철판을 조합하는 짓거리를 행해왔다. 여러 가지 소재를 사용하는 동안, 공간과 돌과 철을 관계시키는 단순한 일로 차츰 수렴되었다. 자연석은 주먹 정도 크기의 것이라도 몇십만 년 이상, 어떤 것은 지구 이전에 굳혀진, 인류의 상상을 훌쩍 뛰어넘는 시간을 거친 지극히 불투명한 무언가이다. 철판은 자연석으로부터 추출된 성분을 극히 짧은 시간에 추상적인 형태로 재구성한 산업사회의 제품이며, 또한 구체적인 작품이 되기 전의 어중간한, 그러나 뉴트럴하고 명백한 것이다.

자연석과 철판은 부모와 자식 같은 관계이다. 이 관계를 만들어 낸 것이 인간이기 때문에, 돌과 철판을 마주 보도록 하면 자연과 산업사회가 연결된다. 그러므로 돌과 철의 무대를 만들면, 인간은 거기서 자연이나 우주와의 대화를 나눌 수 있게 되지 않을까. 어찌 되었든 나는 자연석과 철판 사이에 서면 때때로 먼 과거와 아득한 미래가 함께 보이는 적도 있고, 새로운 나를 발견하듯 새로운 제시물-작품이 떠오르는 일도 있다.

나는 자주 강변이나 철공장에서 돌이나 철을 차용한다. 차용이라는 말은, 작품이 된 후에도 돌이나 철이 상기되어 원래 있던 곳으로 되돌려놓을 수 있는 상태로 사용한다는 의미다. 거의 가공하지 않거나 극히 일부에 변화를 가하는 정도, 제각각의 성격이나 형태를 살리는 방향으로 그것들을 불러들여, 보는 것을 예감케 하는 매체로 짜낸다. 만들어내는 것이 아니라 정리하고 조합하여 기운을 통하게 하고, 승화시켜 재제시re-presentation하는 일이다. 이는 만드는 것을 한정하고 새롭게 짜 맞춰서 유기적인 생명감을 격상시킨다는 의미로, 경제학적·정치학적 또는 윤리적·생태학적인 태도라 할 수 있으리라.

자연석과 철판을 낯선 공간unfamiliar space으로 들여놓으면 처음에는 부자연스럽고 폭력적이거나, 아니면 초라한 것으로 보일 때도 있다. 강변이나 철공장의 연관 속에서 살아 있었던 것을 뽑아내어 옮겼기 때문에 소외감을 자아내는 것이리라. 그것이 한 예술가의 개입으로 인해 또 다른 삶의 모습을 획득할 때, 이 새로운 연관은 리얼하고 신선한 만남을 불러일으키는 메타포의 생명체가 된다. 그 때문에 대상끼리 서로 인사를 나누고 있는 포즈로 구성하거나, 눈에 보이지 않는 미세한 물리적 현상을 확대하고 강조하여 시각화하는 방법을 취하기도 하는 것이다.

자연석과 철판을 조각의 메타포로 유도하기 위해서는 일정한 방법과 절차가 필요하다. 나의 세계관에서 고안된 기획planning이 나오고, 공간의 성격이나 돌과 철판의 크기, 색, 형태, 서로의 위치, 놓임새 등 여러 가지 요소가 기능하지 않으면 안 된다. 예를 들면 철판을 단단히 벽에 기대어 세워놓고, 그 앞의 조금 떨어진 곳에 돌을 살짝 세운 모습으로 두면, 정지와 움직임이 변주하여 공기에 바이브레이션이 일어난다. 또는 돌을 묵직하게 두고, 그 앞에 주위를 만곡하게 깎아낸 철판을 깔면 돌의 압력으로 철판이 움푹 꺼져가는 느낌이 퍼진다.

이러한 장치는 작품에서는 일부러 꾸며낸 트릭이지만 우주에서는 당연한 사실이며 누구나가 알고 있는 이치다. 먼 우주에서뿐만 아니라 낮은 평지에서 보는 수평선은 직선이지만 높은 산에서 보는 수평선은 곡선이므로, 둘 다 트릭이며 현실이라는 것이다. 나는 옛날부터 조각을 제작할 때 때때로 트릭을 사용했다. 처음에는 트릭 자체가 재미있고 미적美的이었지만, 차츰 그것이 실은 현실의 다면성이며 인식의 양면성인 것을 알게 되었다. 그 때문에 표현은 트릭이면서 현상이라는 생각이 강해져, 현실이나 일상에 자극이나 비판을 주는 방법이 될 수 있다는 확신을 가지게 되었다.

작품이 보기에 따라서, 역으로 비현실적 혹은 비합리적인 양상으로 비치는 이유도 그러한 부분에 있을 것이다. 하지만 거기서 느끼고 아는 것은 주변과의 연대감이며, 신기한 상태성狀態性의 리얼리티다. 이것은 작품이 인식의 대상이 아니라, 신체가 지각하는 장소로서 꾸며져 있다는 것을 가리킨다. 내 조각이 대상을 뛰어넘어 장소의 울림-만남을 불러일으키는 것도, 그것이 일상과 어긋난 트릭의 장이라는 것과 무관하지 않다.

조각 주변을 서성거리면 거기의 돌은 거기에 있으면서 저 강변의 돌들과 연동되어 있고, 철판도 마찬가지로 거기에 있으면서 철공장이나 공사 현장의 그것들과 연결되어 있는 것이 상기된다. 작품은 그 자체의 내부성을 지니면서, 넓은 외부와 맞물려 있다는 것을 보여주고 있다. 나의 플래닝으로부터 출발했다고는 하나, 나에 국한되지 않은 비동일성의 세계가 펼쳐지고 있다 할 수 있겠다.

오늘날 돌이나 철을 사용하는 작가는 적지 않다. 그런데 그들의 작품 대부분은 자연석이든 철판이든 작자의 표현 의도를 대변하는 도구로 되어 있다. 소재, 장소, 또는 그것들의 개성을 살리는 것이 아닌, 그리고 거기에 그렇게 있어야 할 필연성의 유무에 관계없이 개념의 구현화로 기울고 있다. 소재가 자연이나 산업 제품의 인용이라 해도 작품으로써 작자와의 동일성이 강조될 때, 그것은 안으로 닫힌 고립적인 창조물이 될 수밖에 없다. 이는 소재감이나 그 존재의 성격을 지워버리고 마는 근대성이 아닌가.

내 조각들은 그 어떤 자연석이나 철판, 그 어떤 곳이라도 좋다는 생각을 가지게 하면서 정작 설치되면 그야말로 바로 그것, 그 장소에 있어야 할 개별성과 구체성을 띤다. 그 점이 항상 일반성과 추상성에 머무르는 다른 조각가들의 작품과의 커다란 차이다. 곧 작품이 개념을 뛰어넘는 신체성을 지니고, 보이는 영역을 형성하고 있는 것을 의미한다. 그래서 소재와 공간은 늘 고유한 작품 영역을 형성하기 때문에, 장소가 변하면 동일한 소재에 같은 구조라도 다른 느낌을 주는 작품이 되는 것이다.

조각이 매우 임시적이고 임장적이면서도, 그 개별성과 장소성에 의해 주변의 외부와 함께 있는 것, 다시 말해 무한을 호흡하고 있는 느낌이 중요하다. 무한이란 추상적인 무한 개념으로부터가 아니라, 현실의 내부와 외부가 교통하는 가변성의 세계를 가리키는 말이다. 바꿔 말하면 나와 타자와의 관계가 무한한 것이다. 그러므로 조각은 무한의 파편이며, 이 메타포를 통해 우리들은 무한의 숨결을 감지할 수 있다.

조각은 세계에 대한 나의 탐구와 만남을 토대로 한 플래닝으로부터 출발하지만, 결코 내 이데아의 제시물이 되는 것은 아니다. 나는 가능한 한 세계가 스스로를 드러내는 모습에 입회할 수 있도록 유도할 뿐이다. 메타포의 매체는 간결하고 절제된 미니멀한 형태가 되어, 그 누구도 아닌 익명anonymous의 뉴트럴한 장소로서 세계를 개시開示하는 것이었으면 한다. 덧붙여 말하면, 이러한 터트림은 항상 나 자신을 뛰어넘으려 하는 초월에의 의지이기도 하리라.

그런데 내가 보는 것—만남을 바라며 조각을 제시하는 만큼, 나 자신은 과연 보이는 메타포가 되어 있을까. 나는 내가 제시하는 조각 앞에서, 내 존재욕의 아집을 반성하면서 조금이라도 세계의 빛나는 순간이 되기를 꿈꾼다. 아멘.

2009년 6월 25일

무한의 문
─베르사유 프로젝트

  나는 베르사유궁으로부터 조각전 의뢰를 받고 몇 차례 공원 현장을 방문하였다. 그곳은 궁전, 나무숲, 길, 조각상, 분수, 운하 등이 원근법적으로 구성되어 철저히 계산해서 만든('철저히 계산된'이라고 하는 것이 여기서는 적절한 표현) 완벽한 공간이다. 루이 14세의 명을 받아 앙드레 르 노트르André Le Nôtre가 설계하여 조성한 17세기의 역사적인 장소인데, 거의 원형을 유지한 채 오늘에 이르고 있다. 아무리 생각해도 여기에 누군가가 새로운 조각을 가지고 들어온다는 것은 있어서는 안 될 일이다. 자기주장이 강한 조각을 설치하면 공간은 무너져버릴 것이다.

  '베르사유 프로젝트'에 내가 뽑힌 것은 의미심장한 일이라는 생각이 든다. 내가 하는 일은 그 자체의 존재성을 나타내는 작품을 만드는 것이 아니기 때문이다. 나는 주어진 공간과의 대화로부터 공간 자체의 경이, 곧 공간을 넘어선 세계를 볼 수 있게 한다. 바꿔 말하자면 작품을 보게 하는 것도 그 공간을 합리화하는 것도 아닌, 작품을 제시함으로써 공간의 무한성이 드러나도록 하는 것이다.

나는 좌우로 숲이 펼쳐지고 멀리 운하가 내려다보이는 궁전의 광장을 서성거리고 있었다. 어떤 작품을 만들 것인지, 이곳에 멈춰 서서 생각에 잠긴 지 세 번째 되던 날이었다. 2월의 비가 갠 오후, 검은 구름이 개면서 새파란 하늘이 나타나 주위가 으스스한 추위에 떨리는 것을 느꼈다. 한순간 운하의 피안으로 시선이 향하던 내 머릿속을 스치는 것이 있었다. 무지개, 그리고 차가운 메탈 아치……

벌써 30여 년 전의 어느 봄, 벚꽃을 보러 오래된 성하城下 마을인 마쓰모토(松本)에 간 적이 있었다. 벚꽃이 떨고 있는 것처럼 보이는 추운 날이었다. 나는 비 갠 뒤의 곧게 뻗은 시골길을 걷고 있었다. 구름 사이로 태양이 엿보이나 싶더니 앞쪽 길을 끼고 선명한 무지개가 걸렸다. 나는 무지개의 아치를 향해 걸어가면서 가슴이 두근거렸고, 이런 작품을 만들 수는 없는 걸까 하고 생각했다. 그 후 무수히 많은 무지개를 보았다. 그러나 두 번 다시 무지개를 작품과 연결시켜 생각한 적은 없었다. 그것이 예기치 않게 베르사유의 길 위에서 머나먼 기억의 바다로부터 그때의 무지개가 되살아나며 작품이 떠오른 것이다.

그 곧게 뻗은 길을 끼고 걸린 무지개를 봤던 경험이 아치의 연상으로 이어졌음에 틀림없다. 그리고 얼어붙은 것만 같은 새파란 하늘이 금속 소재인 스테인리스와 연결된 것이었는지 모른다. 여하튼 쿨하고 단순명쾌한 스테인리스 아치를 만들기로 결정하고 준비 작업에 들어갔다. 세 달 정도 걸려 많은 협력자의 노력 덕분에 운하를 멀리 조망하는 높직한 언덕길을 가득 채운 근사한 아치가 세워졌다.

두께 3센티미터, 폭 3미터, 길이 30미터의 스테인리스를 반타원형으로 굽혀 세워 폭 14미터, 높이 12미터의 아치를 만들었다. 아치의 근간 양 바깥쪽에 2미터 정도의 거대한 돌을 배치하여 스테인리스를 누름으로써 아치에 한층 긴장감을 주었다. 또한 같은 사이즈의 긴 스테인리스 판을 카펫처럼 아치의 지면에 깔아 거기를 지나갈 때의 신체감각을 보다 상쾌하게 했다.

전람회 오픈일, 베르사유에 소풍 온 초등학생들이 스테인리스 판 위를 걸어 아치를 지나갔다. 방송국 스태프들이 대기하다가 사람들에게 인터뷰를 하고 있던 참이었다. 기자가 학생에게 마이크를 갖다 대면서 물었다. "이 아치, 어떻게 생각하니?" "이거 예전부터 있었던 거 아니에요?" "루이 왕도 여길 지나갔어요?" "신기한 터널 속을 기어가는 것 같아 풍경이 신선하게 느껴져요." "문을 열고 밖으로 나간 것처럼 풍경이 신선하게 보여요." "무대를 걷고 있는 기분." "왠지 신이 나는 것 같아요."

2014년 8월
파리에서

* 전람회에서 「베르사유의 아치」 외 실내 한 점, 야외 여덟 점의 조각을 설치했다. ─필자 주

집, 방, 공간
―Chez Le Corbusier와의 대화

　작품에는 크게 두 가지 있음새가 있다. 하나는 대상에 의미를 박아 넣고 그것을 보이기 위해 완성도를 높여서 닫는다. 또 하나는 대상을 열린 것으로 만들어 주위의 물物이나 공간을 생생하게 고양시킨다. 근대주의의 입장은 전자의 성격이 강하고, 이른바 현대미술에서는 후자의 성격이 두드러진다. 나는 자기의 에고나 특정한 이미지를 보여주기보다, 외부와의 대화의 터트림으로 그곳의 공간이 만남의 장이 되었으면 하고프다.

　내 작품은 장場이나 공간, 주위의 물物과의 관계가 중요하다. 작품의 핵심을 이루는 부분이 있다고는 하나, 그것과 외계가 공명하여 선명하게 열리는 세계야말로 아트인 것이다. 그래서 작품은 대상성을 넘어서 주위에 퍼지는 바이브레이션이 강할수록 좋다. 그야말로 작품은 닫힌 의미의 체계인 대상이 아니라, 외부나 타자와의 열린 관계의 장이라는 것이다.

오랫동안 이러한 작품 또는 전람회를 하고 있으면, 늘 어떤 장이 주어질지 두근거리거나 불안해지기도 한다. 물론 이러한 사항은 현대에 와서 시작된 것도, 내게만 한정된 것도 아니다. 아득히 먼 태고로부터 르네상스 시기에도, 아티스트에게 어떤 장場이 주어지는지가 작업의 의미나 성격을 크게 좌우했다. 지금 나는 특이한 집에서 전시할 기회가 주어져 이에 대해 반년 남짓 계속 생각했다.

Chez Le Corbusier는 그야말로 전형적인 르코르뷔지에의 작품이다. 높직한 산의 경사에 세워진 둔중한 콘크리트로 만든 와일드한 집이다. 메인은 거대한 채플이지만, 신부들이 수행하는 방이나 회의실, 침실, 식당 등이 디귿 자로 채플에 붙어 있고, 중앙은 네모난 공터가 넓게 펼쳐져 있다. 어디를 둘러봐도 미술품 등을 예쁘게 보이게끔 만들어져 있지는 않다. 그렇기는커녕, 오히려 아름다움이나 화려하게 꾸미는 것 자체를 거절하는 비정한 집이라 해도 될 것이다.

애당초 이 건물의 콘셉트는 이른바 인간 중심주의로부터 멀리 떨어져 있다. 감옥을 연상케 하는 무기적이고 작은 침실이 상징하듯이, 어느 공간도 고급스럽거나 쾌락적, 또는 자유롭거나 호화 현란함과는 거리가 멀다. 오히려 인간 존재를 박살 내고, 절대자 앞에서 죄인처럼 작고 하찮은 존재임을 깨닫게 한다. 거룩하고 위압적인 이미지에 의해서가 아니라, 거기에 있는 가깝고 소박한 소재나 거친 공간의 존재로 인해 나의 '인간'됨을 해체하지 않을 수 없다.

그런데 건물의 상태를 유심히 살펴보자 의외의 면이 있음을 알게 된다. 집에 들어오는 빛과 그늘, 주위와 멀리 보이는 경치, 공기, 바람 등에는 실로 세심하게 신경을 쓰고 있다. 다시 말해 그런 요소들은 '인간'을 넘어 모든 생명체에게 필요 불가결한 것이며, 그러한 것과의 관계야말로 은총이며 감사할 가치가 있다. 고귀하고 정신적인 것이, 닫힌 내면에 의해 만들어지는 게 아니라 외부세계와의 긴밀한 교통에 의한 것이라는 사실을 알려주는 듯하다. 그리 생각하니 이 건물 자체가 내게는 몹시 암시적인 장소로 비친다.

　원래 나는 예술이란 아티스트가 새로운 세계를 창조하는 것이라고는 생각하지 않는다. 나는 이미 세계에 짜 넣어져 살고 있고, 그리고 죽는 것으로 정해진 존재에 지나지 않는다. 그러므로 창조라는 발상에는 한계가 있다. 창조한다고는 해도, 결국은 그곳에 있는 것을 발견하거나 새롭게 구성하는 것일 뿐이 아닌가. 이는 깨닫는 것에서 출발한다. 그렇다고 하면, 예술가가 할 수 있는 것은 다름 아닌 나와 세계의 만남을 선명하게 보여주는 것이다. 다시 말해 그곳에 있는 시간·공간을 보이도록 하기 위해서 작품이라는 매개물을 제시한다.

　예를 들면, 채플은 산의 지형을 살려 높은 곳에서 아래쪽으로 급경사하면서 뻗어 있다. 내부 공간의 높은 곳의 벽이 한층 더 높게 강조되어 아래쪽으로 향할수록 지면의 존재가 강하게 느껴진다. 나는 이 내부 공간이 만들어진 이미지를 살리려고 노력했다. 높은 곳의 거대한 어두운 벽에는 회색 스트로크 하나를 그린 커다란 그림을 걸었다. 그리고 천장에서 빛이 들어오는 낮은 곳의 지면에는, 보라색으로 커다란 스트로크를 그리고 주위에 모래를 깔았다. 마치 원래 그랬던 것처럼 보이도록 하는 연출에 마음을 썼던 것이다.

전람회의 콘셉트는 Chez Le Corbusier와 나의 대화다. 그래서 어떤 작품은 콘크리트로 둘러싸인 방에 반투명하고 얇은 한지를 사용하여 부드럽고 작은 또 하나의 방을 만든 것이다. 그 옆의 콘크리트로 둘러싸인 방은, 평평한 석판을 전면에 깔아 한층 더 거친 야생적인 공간으로 만들었다. 또한 채플과 식당, 입구에서 이어지는 통로나 다양한 방으로 통하는 넓은 공간landing에는 1미터 정도의 폭과 높이의 철판으로 된 공간(무덤)을 만들고 그 안에 양초를 켰다. 그리고 바깥의 네모난 공터의 잔디밭에는 커다란 돌로 받쳐진 넓은 철판 아래에 석판을 전면에 깔아 생명체의 주거와 같은 공간을 열었다.

이들은 Chez Le Corbusier에 감화되어 집, 방, 공간의 이미지를 나 나름대로 비켜놓아보는 작업, 곧 기성 건물에 틈을 만드는 것이었다. 다시 말하자면 그곳의 공간에 숨겨져 있는 것, 일상성에 가려져 잘 보이지 않는 것을 끌어내는 수단을 만들어보았다고 해도 좋을 것이다. 나는 여행자로서 Chez Le Corbusier에 들러 잠시 환상을 본 기분이 든다. 나의 이 불필요한 수단으로 인해 사람들이 새롭게 르코르뷔지에의 세계를 만나기를 바란다.

내 작품은 임시적·임장적인 것이다. 전람회가 끝나면 정리되어 어디에도 그것은 남지 않으리라. 그저 내 작품을 접했던 사람들은, 기억 속에서 떠올려내는 확고한 세계가 있을 터이다. 내 제시물로 인해, Chez Le Corbusier에 들어오는 빛과 그늘, 그곳에서 보이는 경치와 다양한 내부 공간이 여느 때와 달리 한층 더 선명하게 떠오를 것을 확신한다. 그것이 내 작품의 패러독스다.

2017년 8월 21일

내적인 구조를 넘어서

내가 하는 일은 작품 성립의 기원을 묻는 데 있다. 기성관념의 해체 작업이나 탈구축에 의한 것이라기보다, 그 후에 오는 새로운 출발의 시도인 것이다. 당연히 무無에서부터가 아니라, 근대의 성과와 그 비판으로부터 오는 것이며, 또한 개인적인 경험과 문제의식의 축적에 의거하고 있다. 내 작품을 접하는 사람 또한 작품의 기원과 마주했으면 하고 생각한다.

근대는 작가가 인간의 이성을 전일全一한 것으로 여기며, 에고를 바탕으로 하는 콘셉트를 보편성의 이름하에 대상화·전면화하려 했던 시대다. 그 결과, 자신과 동일화된 존재, 언표의 세계, 시각화된 것에만 가치가 인정되고, 일체의 외부성이 무시되고 말았다. 다시 말해 작품은 외계―자연이나 역사, 사회―로부터 단절된 채 닫힌 전체가 되어 타他와의 관계를 잃었다. 급기야는 프로그램화·시스템화된 하나의 내적인 콘셉트로 캔버스를, 벽을, 공간을, 우주까지도 뒤덮으려

하는 전체주의적인 표현마저 출현하고 있다.

인간 중심주의의 재현적인 생산 가치를 절대화하는 사고는 수정되어야만 한다. 만드는 것을 고도화하는 것은 필요하더라도, 그것을 확대화·전면화하는 것은, 인류를 질식시켜 생존을 불가능으로 몰아넣는다. 만들지 않은 것, 터치하지 않은 외계, 미지의 세계에도 가치를 인정하고, 그들과의 새로운 관계를 모색하고 싶은 것이다. 만드는 것의 한정과 고차원화, 그리고 외계와의 열린 관계에 의해 인간은 오히려 보다 큰 자유와 해방과 비약이 가능해질 것이다.

나의 작업은 그리지 않은 것과 그리는 것, 만들지 않은 것과 만드는 것이 만나게 하는 데 있다. 내적인 것과 외적인 것과의 상호 간섭 작용에 착안하여 작품을 형성한다는 의미다. 자신을 한정하고 외부성을 받아들임으로써 작품에 타자성을 가져오고 싶은 것이다. 그러기 위해서는 자신을 한층 더 정비하고, 엄격해지고, 이쪽의 능동적 사고를 높임과 동시에 저쪽에서 오는 수동적인 것을 받아들일 수 있는 힘을 갈고닦아야만 한다. 능동과 수동의 만남은 인간이 끊임없이 미완인 동시에 무한의 일부라는 사실을 가르치고 있다. 이 가르침을 가능케 하는 것이 신체다. 인간은, 내 자신에게 속해 있음과 동시에 외계와도 이어져 있는 양의의 신체적 존재라는 자각이 중요한 것이리라. 신체는 정신의 도구가 아니라, 안과 밖의 매개항인 것이다. 나는 살아 있는 신체의 양의 작용을 살려서, 작품에도 신체성을 띠게 하고, 무한에의 통로를 만들고 싶다.

작품은 하나의 설정이고, 무대이고, 통로다. 여기서 안쪽으로 비집고 들어올 수도, 밖으로 뛰쳐나갈 수도 있는 중간항이라 해도 될 것이다. 억지로 현실을 가장하는 흉내 내기도, 관념을 자처하는 포즈도 필요 없다. 더구나 회화나 조각이라는 틀 안에서도 가능성은 남아 있다고 생각한다. 몬드리안이 만년에 내적인 구성을 거의 멈추고, 메커닉하고 화려한 도시의 이미지와 겹치는 '뉴욕 시리즈'를 시도했던 것은 시사하는 바가 많다.

바넷 뉴먼Barnett Newman의 구성을 무시하는 '화면 분할'이나, 이브 클랭Yves Klein의 그리는 것이 아닌 단색의 밀어붙이기 이후, 다시 한 번 출발점을 찾아내는 수밖에 없다. 여기서 내가 할 수 있는 것은 하얀 캔버스 어딘가에 한두 개의 에너지 넘치는 터치―점을 찍는 것이다. 그러면 그리지 않은 부분과 그린 부분이 서로 침투하거나 반발하여, 언저리에 바이브레이션이 일어나 타자성이 강한 여백 공간이 탄생하는 것이다. 공간의 무한성을 인용하기 위해 캔버스를 차용하고, 붓 터치를 끌어들였다고도 할 수 있다. 조각에 있어서도 마찬가지일 것이다. 자코메티가 만드는 것의 한계를 보여준 작업 후에, 산업사회를 잘 아는 뒤샹의 '무명의 레디메이드'가 있다고 한다면, 그 다음에 할 수 있는 것은, 거의 손이 가해지지 않은 상태의 자연석을 차용, 인용하는 것에서부터 시작하는 수밖에 없다. 뒤샹의 「큰 유리」의 우연성에 의한 균열을 받아들이는 콘텍스트의 지평에서, 의도적인 외부성의 도입에 의한 나의 작품 「돌과 깨진 유리」가 탄생한 것은 두말할 나위도 없다. 자연의 무한성에서 인용한 돌과, 이를 추상화한 것인 철판과 짜 맞춤으로써 언저리의 공간과 상호 간섭 작용의 여백 현상을 일으키고, 다양한 이미지와 외계의 미지의 세계로의 연락을 암시하는 것이 되었다.

　인류의 긴 역사 동안, 지구상에 존속하는 회화나 조각의 대부분은 제각각의 있음새로 내면성과 함께 외부성을 상호 환기시키는 거대한 매체였다고 생각한다. 자신의 내적이고 순수한 재현화보다, 타자와의 만남에 큰 비약과 초월의 가능성을 보는 연유이다.

　내 그림의 공백 부분은 옆에 있는 하얀 벽과 서로 자극하며, 보다 먼 곳을 향한 비약을 재촉한다. 내 조각의 자연석 또한 바깥의 돌과 서로 호응하며, 보다 먼 곳을 향한 비약을 재촉한다. 이리하여 작품은 안과 밖의 상호성과 호응성을 지닌 열린 구성에 의해 성립된다. 작품은 완성되어 있으면서 열려 있고, 독립되어 있으면서 외계와 연락하고 있는 것이다. 작품은 자신의 확대와 증식에 의해 완결된 닫힌 체계가 아니기 때문에 인식의 텍스트는 되지 않는다. 그것은 나에 의해 짜 맞춰졌다고는 해도 나와 동일할 리가 없고, 보다 열린 관계로 유지되고 있다고 할 수 있을 것이다. 작품은 시간·공간적인 외부성을 가지는 한, 끊임없이 불확정한 것이며 미지적인 생물이다.

　내가 하는 일은 산업사회의 일반성이나 동일성과의 투쟁에서 관계의 연동성에 의한 새로운 고유성이나 개별성을 획득하는 데 있다. 그래서 나의 작품은 하나의 자극적이고 풍요로운 파편이기를 바란다.

III

데생에 부쳐

　나는 미대 입시 면접에서 석고 데생을 혹평받고 심사 선생님들에게 대들었던 적이 있다. 비너스의 두상을 한 시간 반 안에 데생을 하는 과제였는데, 나는 완성하는 데 5분도 채 걸리지 않았다. 그도 그럴 것이, 석고상의 명암과 볼륨과 비례 등 정확하고 깔끔하게 그려야 하는 부분들을 일절 무시하고 목탄 선묘線描로 머리와 얼굴 윤곽을 단숨에 일구어낸 것이었기 때문이다. 학장은 내 데생을 양손으로 치켜들고 "이건 뭔가?"라고 물었다. 내가 쭈뼛쭈뼛하며 "제 데생입니다"라고 답하자 "이런 데생이 어디 있나?"라며 호통을 치기 시작했다. 나는 각오를 단단히 하고 "어디가 잘못된 겁니까?" 하고 반문했다. 그러자 또 다른 선생님이 "이건 데생이 아니야!"라고 소리를 높였다. "선생님들께서는 서양 데생 흉내를 바라시는 모양인데 저는 우리나라 정선이나 김홍도처럼 그리는 방식을 택한 겁니다. 안 되는 것입니까?" "뭐라고?" "엉터리로 그려놓고 건방진 소리 마라!""마티스도 저와 같은 방식으로 그리지 않았습니까.""닥쳐! 나가!" 이렇게 나는 면접실에서 쫓겨났다. 밖으로 나가자 웬일인지 웃음이 나왔다. "일을 저질러버리고 말았네, 뭐, 할 수 없지." 경쟁률도 높은데 선생님들까지 화나게 하고 말았으니. 합격은 깨끗이 포기했다. 그런데 결과는 합격이었다. 학과 점수가 좋았던 건지, 아니면 다른 이유가 있었던 건지 합격. 그렇게 입학을 하고, 입시 때 내게 윽박질렀던 선생님에게서 석고 데생을 배우는 처지가 되었다. 그러나두 달 정도 만에 그만두고 밀항해서 일본으로 건너가게 되었던 것이다.

사실 나는 고등학교 때는 석고 데생을 배운 적이 없었다. 장래 문학 방면으로 나아갈 생각이었기 때문에 미술부에 드나들지 않았고, 애당초 미술에 그다지 관심을 기울인 적도 없었다. 그런데 어찌지 못할 연유로 갑자기 미대에 시험을 치게 되었다. 그래서 입시 직전에 미술부에 가서 화가인 장두건 선생님께 급히 석고 데생 교습을 부탁드렸다. 막상 해보니 즉석으로 되는 것은 아니었기에 사흘째 되는 날 그만두게 되었다. 장 선생님은 나를 보시면서 "자네는 습자를 잘하고 붓으로 사물의 윤곽을 나타내는 게 뛰어나니 그걸로 하게!"라고 하셨다. 나는 어릴 적에 다소 이름이 있는 문인화가에게 글과 그림을 배웠는데 장 선생님은 예전부터 그것을 알고 계셨기에 그런 생각을 떠올리신 것이리라. 평소에 나는 신문부나 도서부, 문예부에서 활동하며 학교 복도의 게시판에 내 붓글씨와 붓으로 그린 그림으로 자주 벽보를 만들어 붙이곤 했다. 특히 윤곽선으로 그린 얼굴 그림이 훌륭하다고 장 선생님께서 칭찬해주셨던 적이 있다. 장 선생님은 "면접에서 데생을 문제 삼으면 마티스식으로 그렸다고 말하게"라는 조언까지 해주셨다. 용기를 주신 장 선생님께는 지금도 감사하고 있다. 덕분에 미대에 들어가 잠깐이긴 했지만 석고 데생을 배우고, 그리고 우여곡절 끝에 화가의 길을 걷게 되었다. 해를 거듭하면서 데생의 심오함을 알아감에 따라 미술의 하염없음을 깨달았다.

데생Dessin은 프랑스어로 연필·목탄·펜 등의 간단한 필기구에 의한 밑그림, 아웃라인 그림을 의미한다. 유사어로 영어의 드로잉Drawing 또는 프랑스어의 크로키Croquis, 영어의 스케치Sketch 등. 일본어로는 일반적으로 모두 소묘라고 번역되지만, 제각각 손 그림, 속묘速描, 초묘初描, 사생寫生 등 경우에 따라서 뉘앙스가 미묘하게 다르다. 어쨌든 간에 그것은 오랜 기간, 그림을 완성시키기 위한 밑그림, 평면도, 베껴 그린 그림, 급히 그린 그림과 같은 의미가 붙어 다니며 데생의 존재가 주목받은 적은 없었다. 그것이 근대에 들어서자 콘셉트나 행위성이 중시되면서 그리는 것 자체에 관심이 향하게 되었다. 현대는 데생이 밑그림으로 취급되는 한편, 오히려 간단한 표현, 발상의 비근한 표시, 즉각적인 행위의 제시 등 자의적·직접적인 표현의 현상성을 나타내는 것으로서 하나의 장르를 이루고 있다. 특히 드로잉은 실물 묘사보다 아이디어를 표현하는 의미로 쓰이기도 한다. 내 경우, 완성된 나의 그림이 드로잉의 연장선상의 것으로 간주되기도 한다. 어떤 비평가는 내 회화를 그야말로 드로잉의 진수라고 지적하는 경우도 있다.

그런데 고전적인 데생의 개념은 결코 단순한 것이라고는 할 수 없다. 특히 석고 데생을 돌이켜 보면 이런저런 까다롭고 복잡한 문제가 엿보인다. 일본이나 한국, 중국에서는 아주 최근까지 석고 데생이 미대 입시의 기본 과제였다. 유럽, 미국에서는 2차 대전 이후 이미 석고 데생은 거의 하지 않는다. 1971년, 나는 파리의 에콜데보자르를 방문했을 때, 석고실에는 자물쇠가 걸려 있고 아무도 접근한 낌새가 없는 것을 알 수 있었다. 오랜 세월, 유럽을 모델로 미술교육을 해온 아시아는 본고장(?)에서는 이미 오래전에 그만둔 석고 데생을 회화의 기초 훈련이라 칭하며 금과옥조처럼 소중히 여겨왔다. 불가해한 것은, 서양화西洋化를 문명화라고 신봉했던 일본의 발상이, 대전이 끝나고 식민지 지배에서 해방되었는데도 아시아 지역에서 이어지고 있다는 사실이다. 물론 석고 데생은 대상의 명암이라든가 볼륨, 비례 등을 배운다는 점에서 지금도 도움이 된다는 것은 부정할 수 없다. 하지만 오늘날 회화에서, 석고 데생에서 볼 수 있는 묘법描法이 요구되는 경우는 거의 없다. 설령 그러한 요소들을 배운다 하더라도, 굳이 석고상이 대상일 필요는 없다. 말하자면 석고상은 필요가 없어진 것이다. 긴 세월 석고상이 담당하고 있던 가장 대수로운 존재 이유가 무너져 사라진 것이다.

실은 옛날에 석고상에는 명암이라든가 볼륨 같은 것보다 훨씬 중요한 것이 숨겨져 있었다. 화가에게 요구되는 것도 그것을 보는 것이었다. 주지하는 바와 같이 대부분의 석고상은 고대 그리스신화의 인물상들이다. 게다가 헤라클레스나 비너스가 상징하듯이 그것은 인간의 이상, 남자와 여자의 원형이다. 그러니까 이를 플라톤식으로 말하면 석고상을 그리는 것은 이상상理想像을, 이데아를 보고 그것을 표현하는 것이렷다. 곧, 석고상은 이데아를 상기하는 매체라는 것. 예전에 그리스를 규범으로 전개되어온 유럽인의 발상의 근간에는 이 원형 사고, 본질적인 갈망이 살아 있었다. 그러므로 유럽인에게 있어 헤라클레스나 비너스의 석고상은 단순한 석고상이 아니라 심원한 배경에 떠오르는 실재의 모습에 다름 아니다. 석고 데생이란 아득히 먼 근원과 마주 보고, 그것을 표현하는 것을 요청받아왔던 것이다. 이 발상은 석고 데생을 넘어 미술의 모든 표현의 근간을 이루는 것이라고 할 수 있다.

하지만 근대 이후, 더 말할 나위도 없지만 세계와 시대는 크게 변했다. 그리고 이 본질 사고本質思考는 자아의 확립, 세계의 글로벌화와 함께 폐기되었다. 그야말로 석고상은 상기성想起性이 없는 빈껍데기가 되어버린 것이다. 20세기 중반까지는 그래도 그리는 것의 기초 훈련 대상처럼 취급되긴 했으나 마침내 기초 개념조차 해체되어 더 이상 볼 가치가 있는 대상이 아니게 되었다. 다시 한 번 말하면, 아시아에서는 19세기 들어 일본을 중심으로 서양화를 근대화로 파악한 문명론 중에서, 뒤늦게 온 청년처럼 '서구의 이상'에 따라 석고 데생을 추장해왔다. 이 경위는 이제 와서 보면 웃음거리일 뿐이다. 애당초 아시아인에게 석고상이 낯익을 리가 없다. 보아야 할 것을 느끼기는 어렵다. 서양인에게는 실재라 하더라도 타 지역에서는 빈껍데기에 지나지 않는다. 예전에 어딘가에서 읽은 적이 있는데 "아시아인의 석고 데생은 아주 능란하지만 영혼이 빠진 모양새뿐이다"라는 서구 화가의 말을 나는 떠올리게 된다.

현대는 동서를 불문하고 본질 사고와 같은 것, 이데아와 같은 이상을 보려고 하는 미술관美術觀은 해체되었다. 오늘날 보는 것은 일반론으로서, 대상과의 시각적인 관계의 터트림이 된 것이다. 보는 것이 대상의 존재성과 연관되는 일이며, 그리는 것 또한 그것과의 대응을 나타낸다. 보기 위해서는 대상 자체가 호기심이나 어떤 자극적인 존재일 필요가 있다. 통상적으로 인간은 그럴 기분이 들지 않으면 눈앞에 대상이 있어도 보지 않는다. 어째서 그런지는 의식 작용의 난제라 하겠다. 그런데 반대로 대상의 힘으로 인해 저쪽에서 갑자기 덮쳐오는 눈길(대상)도 있다. 그렇다고는 하나 대개 이쪽의 흥미나 관심과 대상의 존재성으로 보는 행위가 성립된다. 모조품인 석고상과 달리, 대상 자체가 볼 마음을 일으키지 않으면 본다는 것이 성립되기는 힘들다. 화가가 어디든 무엇이든 스케치하는 것이 아니라, 특정한 장소나 위치나 대상을 고르는 이유도 거기에 있을 터이다.

석고 데생으로 대상의 표현 방식을 배우면 그다음에 인체 데생을 하게 된다. 이는 일본이나 한국에서 아주 최근까지 미대의 초급 코스였다. 인체 데생만큼은 유럽의 미술학교에서 아직도 가끔 볼 수 있다. 전통적으로 나부裸婦를 모델로 세우고 이를 데생한다. 그런데 무기물인 석고상과 달리 모델은 살아 있는 대상이며, 그것이 나부인 경우, 보는 것, 그리는 것은 단순하지도 용이하지도 않다. 남학생은 당돌하게 알몸의 여성을 눈앞에 하면 처음에는 당황스러워 쩔쩔매며 흥분되어 태연히 바라보거나 냉정히 그리기 어렵다. 모델이 남성일 경우, 여학생에게도 비슷한 현상이 일어난다. 하지만 시간을 들이고 횟수가 거듭되는 동안 점차 평상심을 되찾고, 모델을 하나의 그릴 대상으로서 보는 것에 익숙해져간다. 살아 있는 모델의 데생은 그야말로 보고, 느끼면서 그리는 행위다. 곧, 석고 데생처럼 아득히 먼 것으로서, 이미 존재하는 이미지로서, 또는 머릿속에 대상물을 주입하여 그것을 나타내는 것이 아니다. 주입 이전에 모델과 화가와의 만남, 대상과 이쪽의 눈길과의 교섭 속에서 그린다. 이것은 표현 행위가 눈길과 대상이 직접 만나는 직접성을 의미한다. 따라서 그리는 것에 있어서 의식 작용에 의한 해석, 되새김, 구성력의 작동은 극력 억제된다. 물론 시간을 들여 횟수를 거듭하는 동안 어느샌가 대상물의 아웃라인이 이뤄지고, 전체상이나 이미지가 형성되는 것은 피하기 어렵다. 그것이 의식의 발로이며, 그 콘텍스트이기 때문이다. 때로는 눈길이 대상을 뚫고 나가거나 구성력을 작동시켜야만 하는 때도 있다. 어찌 되었든 나부상의 경우, 가능한 한 눈길과 모델과의 싱그러운 맞닿음 속에서 그리는 행위의 엮어짐이 요구된다. 나체의 모델이 품어내는 고통스러움과 이와 부딪치는 눈길이 연필 끝에서 불꽃을 튀기는 듯한 고흐의 데생, 펜 끝이나 붓으로 움직이는 나부를 날렵히 이리저리 어루만지는 듯한 로댕의 데생 등. 보는 것, 그리는 것의 격렬함이나 육감적인 기쁨이 보는 이에게 바작바작 전해진다. 눈길과 모델과의 충돌은 때로는 무의식의 소용돌이에 휘말리고, 때로는 광기를 띠며, 생각지도 못한 자의성恣意性을 유발한다. 그러한 의미에서의 데생은 의식에 앞서는 감각과 번뜩임의 행위라 할 수 있다.

인체 데생은 오랫동안 이상형에 가까운 모델을 찾는 것이 관례였다. 이것이 19세기 이후, 사회 변천과 더불어 차츰 친근하고 개성적이며 리얼리티가 있는 모델을 고르게 된다. 그러므로 화가의 개인적인 사고방식이나 취향과 대응하지 않는 모델은 경원시되었다. 그렇기 때문에 강제적으로 모델을 할당받으면 사람에 따라서는 거부반응을 일으킨다. 견해나 취향에 따라서는 그곳의 모델이 그릴 대상으로 비춰지지 않는다. 대상이 흥미도 호기심도 불러일으키지 않는 것이라면 당연히 그릴 마음이 생기지 않는다. 미인 계열의, 또는 균형을 갖춘 모델은 인기가 없는 경우가 왕왕 있다. 일견 의외라고 생각될 법한데 대부분의 화가들은 그런 모델은 '그림이 되지 않는다'며 외면한다.

1970년대 중반 어느 날, 인체 데생을 둘러싸고 나는 야마구치 다케오(山口長男) 선생으로부터 재미있는 이야기를 들었다. 선생이 파리에서 조각가 자킨Ossip Zadkin을 만나러 그랑쇼미에라는 미술학교에 갔을 때의 일이다. 자킨의 교실로 들어가자 벌거벗은 늘씬한 미인 모델이 서 있는 게 눈에 띄었다. "예쁜 모델이군요"라고 하자 자킨은 덤덤한 표정으로 중얼거리듯이 "돌아가자!"며 자신을 근처 카페로 데리고 나갔다. 그리고 그는 "오늘 모델은 그릴 가치가 없어, 아무것도 없어"라며 화를 냈다. 야마구치 선생이 "무슨 일이죠?" 하고 묻자, "마네킹 같아서 재미없지 않은가, 아무것도 없어. 그걸 모르겠나?"라며 짜증을 냈다. 선생이 곧바로 씩 하고 웃으니 그도 웃었다고 한다. 야마구치 선생은 자킨이 무슨 말을 하는지를 알아챘다. 한마디로 말하면 존재감이 없다는 것이리라. 신체의 아우라, 그 사람이 갖추고 있는, 내면에서 배어나오는 것이 희박하다. 실체로서 거기에 있는데, 텅 빈 마네킹이다. 이런 예와는 반대 경우도 있을 수 있다. 모델의 존재감이나 냄새가 너무 강해서 눈이 아프고 집중이 안 되는 것이다. 혹은 모델이 존재감과는 다른 망양한 분위기를 발해서 눈길이 허공에 떠버리는 일도 일어난다. 자코메티는 일본인 철학자 야나이하라 이사쿠(矢內原伊作)를 몇 번이고 모델로 삼았다. 묵직한 존재감이 있는 모델만을 상대로 그 살을 뜯어냈던 그는 망연해졌다. 표표한 풍모인데 어딘가 보이지 않는 굳은 심지가 신체를 단단히 지탱하고 있는 것 같았다. 전혀 종잡을 수 없는 모델을 만나 눈길이 자리를 찾지 못하는 것에 기겁을 했다. 모델의 존재를 포착하기 어렵고, 대상성을 넘어 그곳에 있는 듯한 케이스라 하겠다.

그런데 나는 1960년, 문학부 학생이었지만 우연한 기회에 재미있는 인체 데생을 경험했다. 일본화를 그리는 친구의 권유로 스케치북을 들고 3주 정도 '인체 크로키 교실'에 다니게 되었다. 인체 데생은 처음은 아니었지만 나부를 마주 보는 것만으로도 가슴이 두근거릴 나이였다. 열 평쯤 되는 방의 전방에 모델이 서 있고, 노老선생이 혼자 서성거리는 가운데 열몇 명의 남녀가 의자에 앉아 데생을 한다. 중년의 통통한 몸에, 가슴이 툭 하니 튀어나오고 엉덩이가 푸둥푸둥하게 퍼진, 옅은 갈색 피부의 나부가 모델이었다. 첫인상은 피부가 몹시 그을린 듯한, 그리고 울퉁불퉁한 몸매여서 밸런스가 좋지 않은 듯 그리 매력적인 여자라고 생각되지 않았다. 그런데 데생을 하는 동안 점점 여자의 생활감이나 존재감이 이쪽으로 전해져 연필에 힘이 들어갔다. 모델이 한 명임에도 불구하고 그리는 사람들의 데생은 제각각이었다. 모델과 흡사한 데생도 있는 반면, 전혀 다른 모습인 것도 있었다. 노선생은 데생이 모델과 닮지 않아도 상관없지만 데생에는 닮는다는 의미도 있다는 이야기를 하셨다. 데생이 모델을 닮은 것은, 보는 것과 그리는 것이 동질의 표현이라는 것인데, 모델을 닮지 않는 것은 기술적인 문제도 있으나, 보는 것과 그리는 것이 분열된 행위가 되었기 때문이라고도 하셨다. 내 데생은 그야말로 분열된 것이어서, 닮게 하려고 하는 것과 어긋나고 만다. 노선생이 곁에 와서 손을 조금 보자 마법처럼 모델과 꼭 닮아졌다. 거기에 내가 손을 본 순간 또 별개의 것이 되어버리는 것이다. 이건 재능이 없어서인가, 아니면 궁합이 안 맞는 것인가. 그렇다고 해서 반드시 데생 솜씨가 형편없다고는 하지 않으셨다. 모델의 질감 묘사나 연필을 놀리는 방식이 참으로 생기가 넘치는 좋은 데생이라고 노선생은 극구 칭찬하셨다.

묘사의 정확함에 있어서 아무리 뛰어난 화가라도 인간의 손에는 한계가 있다. 때때로 이 한계에 도전하는 화가도 있다. 그중에는 놀랄 만한 힘을 발휘하는 자도 보인다. 하지만 인간의 손이 그리는 행위의 본령本領은 좀 더 다른 곳에 있을 것이다. 오늘날의 AI라면 홀

룽하게 모델을 통째로 베끼는 데생을 할 수 있을 것이다. 정확을 기할 때는 AI가 도움이 된다. 하나 좋은 데생—살아 있는 데생이란 그런 것과는 다르다. 닮고 안 닮고는 다른 차원의 문제인 것이다. 한순간의 그리는 행위 속에는 헤아릴 수 없는 많은 것들이 오간다. 그것은 눈에는 비치지 않으나 묘선描線에 배어나온다. 애당초 데생이란 대상의 객관적인 총체가 아니다. 단적으로 말하면 모델과 화가의 관계는 결코 일방통행의 관계라고는 할 수 없다. 화가가 모델을 보는 행위는 반대로 모델의 도발을 받아들이면서 그것이 종이 위에서 상호적인 만남의 데생을 불러일으킨다. 이를 메를로퐁티는 보는 것의 양의성이라 말했다. 어떤 의미에서 모델 또한 그림의 터트림에 참여하고 있다. 부연하자면 모델은 많은 눈길을 받으면 몸이 굳어지기도 하고 피부가 얼얼해지는 모양이다. 화가와 모델이 일대일인 경우, 모델은 강한 시선에 쥐어뜯기는 듯한, 여기저기 어루만져지는 듯한 이상한 기분에 사로잡혀서 오줌을 지릴 때도 있다고 한다.

2주 차 '인체 크로키 교실'에 가보니 같은 모델에게 이번에는 안이 어렴풋이 비쳐 보이는 거즈 가운을 입혔다. 가운을 입은 여자를 그려도 좋으나 가운 너머의 나체만을 그려보라는 과제였다. 거즈의 반투명함이 방해가 되는 것 같기도 하고, 은밀하고 그윽한 듯하기도 하고, 그러면서 나체가 한층 존재감을 더하고 에로틱하게 떠오르기 시작한다. 맨몸일 때와는 다른 상상력이 작용하는 것을 알 수 있었다. 가운 너머로 알맹이를 보는 것, 그리고 가운을 제거하고 알맹이를 그리려면 눈의 선별력을 필요로 한다. 대상을 부각시키기 위해서 주변의 불필요한 것을 제거하거나, 물끄러미 대상만을 집중해서 끌어내는 훈련인 모양이다. 처음에는 거즈 가운에 짜증이 났지만 눈길을 오로지 알맹이로 옮기면서 연필을 종이 위에서 움직이고 있는 동안, 보이는 것도 드러나는 것도 오직 나체만이 된다. 게다가 다소의 방해꾼이 작용할 때 비로소 눈길과 대상의 힘의 대립이 생동감 있는 데생을 만들어내는 듯한 기분도 든다. 그 때문인지 나의 경우, 가운 너머로 그린 나체 데생이 자못 분위기 있는 그림이 된 느낌이다.

　3주 차. 이번에는 모델에게 두꺼운 꽃무늬 기모노를 입혔다. 선생은 기모노를 입은 모델을 데생해도 좋으나, 기모노 너머의 숨겨진 나체를 투시력과 상상력으로 그렸으면 한다고 했다. 이미 눈에 각인된 나부상이라고는 하나 불투명한 기모노의 알맹이를 부각시키는 것은 쉬운 일이 아니다. 처음에는 눈길이 기모노에서 튕겨져 나와 좀처럼 돌진할 수가 없었다. 선생은 잘 보이지 않더라도 나체를 생각하며 그리기 시작할 것을 권했다. 그러다 보면 머지않아 보이게 될 것이라고 했다. 묘한 말씀을 하신다는 생각이 들었다. 나는 명상하듯이 한동안 눈을 반쯤 뜨고 호흡을 가다듬었다. 그리고 멍하니 머리에 떠올렸던 나체상을 눈앞의 기모노 차림의 모습에 씌우면서 연필을 움직이기 시작했다. 희한하게도 그릴 수 있었다. 점점 보이기 시작했다. 보이니까 그리는 건지, 그리니까 보이기 시작한 건지. 아니면 상상력의 작용이 이런 터트림을 일으키는 건지. 하지만 그리고 있는 동안 실로 선명한 나부를 만나고 있는 것이다. 현실인지 환상인지 구분이 가지 않는다. 이 순간의 나는 거의 무의식적으로 마음이 움직여져 광기로 치닫고 있었음에 틀림없다. 마치 연필과 나체가 종이 위에서 어울리고 있는 듯한 감각의 지속이 있었다. 알몸일 때보다 빨리 윤곽을 잡을 수 있었다. 연필을 멈추고 주위로 눈을 돌리자 기모노 차림을 그리고 있는 사람, 나부를 그리고 있는 사람이 있는가 하면 개중에는 아무것도 그리지 않고 가부좌를 틀고 있는 사람도 있었다. 그리는 사람들의 손놀림이나 연필을 움직이는 소리의 앙상블은 리드미컬하고 에로틱해서 조용한 오케스트라 연주를 방불케 했다.

물체 너머의 저쪽을 보려는 것은 일면 터무니없게도 여겨진다. 하지만 절대로 불가능한 시도라고는 할 수 없다. 기모노 차림의 경우, 얼굴이나 기모노의 외견 표정에 많은 힌트가 나타나 있다. 그리고 선견적인 기억과 대상이 지닌 골격을 꿰뚫어 보는 힘이 필요하다. 곧, 거기에 있는 대상을 일부의 힌트로부터 재조립하는 능력이 문제가 된다. 투시력이란 비상한 집중에 의한 보는 힘, 상상을 매개로 한 구성력을 말한다. 칸트가 『판단력 비판』 속에서 역설하고 있는 것도, 보려고 하는 것의 구성력의 작용에 대해서다. 그러기 위해서는 사전에 사물이 어떻게 성립되었는지를 알 필요가 있다. 다빈치는 조콘다의 미소를 그리기 위해 사람 얼굴의 피부 밑 근육이나 뼈대를 연구했다. 대상의 구조 그 기본을 파악하면 덮개의 표면을 표현하는 것이 가능해진다. 알맹이를 간파할 수 있으면 표면을 알 수 있고, 표면을 알 수 있으면 알맹이를 읽어낼 수 있다.

나는 기모노 인체 데생을 경험하고 나서 한동안은 주위에 음흉한 눈길을 보내는 버릇이 생겼다. 전차를 타도, 카페를 가도, 거기에 있는 여자의 알맹이를 꿰뚫어 보려 하는 사심邪心에 사로잡혔다. 그것을 눈치챈 여자친구로부터 호되게 혼났던 적도 있다. 인체 크로키 선생의 과제는 그런 역겨운 것이 아니다. 우선은 눈길에, 보는 힘을 기르는 것이다. 그리고 물질의 기본형을 파악하거나 현실을 정리하거나 필요 없는 것을 걷어내거나 하며 그리는 것을 통해 물질을 분해하여 재구성하는 훈련인 것이다. 3주 정도의 인체 데생 경험은, 보는 것, 그리는 것을 넘어 사물의 있음새를 깨닫고, 세계와의 만남의 풍요로움을 되새기게 했다.

나는 80세를 넘긴 지금 데생-드로잉의 재미에 새삼 가슴이 설렌다. 문득 떠오르는 아이디어를 펜이나 연필로 수첩이나 스케치북에 표현한다. 때로는 눈앞에 펼쳐진 풍경, 또는 그곳에 있는 돌에 눈이 가서 스케치한다. 이러한 행위는 한순간에 떠오르는 이미지를 그려 두고, 은연중 만난 경치나 대상을 머물게 하는 것으로, 그때가 지나가면 잊히고 망각의 바다에 잠겨버리는 부류다. 마음이 내키면 갑자기 생각난 것이나 실물 데생에서 시작되어 연필로 엄두도 못 내던 의외의 화면으로 이끌리기도 한다. 시인이나 작곡가가 문득 떠오른 말이나 음률을 노트에 적어두는 것도 그러한 것이리라. 데생은 화가의 행위에 한정되지 않는다. 소설가·시인의 메모, 작곡가의 악보 초고, 건축가의 설계안 등도 훌륭한 드로잉이다. 최근에는 연극의 무대 연습, 전시의 예행연습 등도 드로잉이라 부른다고 한다. 요컨대, 실전 이전의 어수선한 표현, 하나 다양한 변화의 암시를 품은 유동성이 거기에는 있다. 임시성·임장성이 살아 있고, 완성된 이미지가 아닌 개방성이 특징인 것이다. 표현이 전위적이 될 경우, 이 열린 자의성이야말로 무의식의 발로로써 중시된다.

데생의 있음새는 천차만별이다. 이미 기술했듯이 잠재적으로 있는 이미지를 재현하는 데생, 눈앞의 대상을 충실히 그려내는 데생, 대상과 눈길의 교차가 구성하는 데생, 대상을 해체하거나 재구성하는 데생, 대상을 꿰뚫고 별개의 것을 표현하는 데생, 기억이나 아이디어를 다시 그려낸 데생 등. 이들은 데생의 관점 차이를 보여준다. 그러나 공통점도 보인다. 우선은 발상이나 표현의 원초성. 그리고 그림을 그리는 퍼포먼스의 신체적 힘, 또는 종이나 연필의 물질적 감촉, 화면에 직접 흘러들어가는 무의식이나 광기의 표현 등. 이러한 요소는 주로 그리는 행위를 끊임없이 싱그럽고 신선한 화면으로 이끈다. 제작을 하는 데 있어서 이 싱그러움은 화가를 늘 살아 있게 만든다. 그건 그렇다 치더라도 데생의 원초성은 더 깊숙이 들어가면 의외로 표현의 근원성에 다다른다. 표면을 건드렸다고 한 것이 어느샌가 핵심에 도달해 있다. 눈앞의 대상과 눈길의 교차 속에 마침내 눈길은 대상을 뚫고 나가 앞으로, 앞으로 나아간다. 대상의 무시가 아니라, 양방이 마주보는 순간의 지속과 심화는 하나의 연속된 확산이 되어 서로를 초월해간다. 이는 의식의 발로라고 하기보다는 자연히 갖추어진 공통된 양방의 힘의 작용일 것이다. 다빈치는 풍경이나 인체의 아름다움은 우주 질서의 드러남이라고 해석했다. 그의 자화상 데생은 눈앞의 대상을 묘사하면서 근원을 표현하고 있는 전형이라 할 수 있을 터이다. 나뭇가지를 정리해가는 프로세스를 그린 몬드리안의 유명한 데생 또한, 실은 정리가 추상화를 불러오는 것이 아니라, 추상의 근원성이 정리를 불러오는 것이다. 말레비치 또한 원이나 사각형의 기본형 드로잉에서 출발하여 그 이미지를 점차적으로 현실의 도시 디자인에 포개었다. 동아시아의 수묵산수화는 바로 데생-드로잉의 집대성과 같은 것이지만, 거기에서 볼 수 있는 것은 전적으로 자연 우주의 아득한 질서를 향한 동경인 바이다.

　화면을 보는 것 또한 어떤 의미에서 데생을 하는 짓이다. 눈길로 거기에 있는 그림을 액면 그대로 받아들이는 것은 있을 수 없다. 만연히 그림을 바라보는 것을 봤다고는 하지 않는다. 적어도 보는 것의 교차가 일어나야만 한다. 보는 것의 교차란 눈길과 그림이 만나는 것이다. 그러니까 보는 것은 일방통행이 아니라, 이쪽과 저쪽이 시점을 서로 이으면서 교통하고 응답하는 짓거리다. 보는 것의 성립은 이 상호의 양의성에서 출발한다. 보는 것의 교차하는 드라마가 또 하나의 그림을 형성하게 된다. 바로 눈길과 그림 사이에서 데생이 이루어진다고 할 수 있다. 잘 보려고 하는 만큼 자기도 모르는 사이에 재빨리 화면을 분석하거나 재구성한다. 그래서 보는 사람은 눈앞에 있는 그림의 있는 그대로가 아니라, 거기에 덧붙여서 또 하나의 그림을 연상해서 보는 것이다. 그러므로 한 장의 그림은 보는 이에 의해 조금씩 다른 그림으로 보인다. 모두 다른 데생을 하기 때문이다. 눈과 그림이라고는 해도 보는 것의 교차가 잘 되지 않으면 보는 것은 성립되지 않고, 사람들은 그림을 외면할 수밖에 없다. 이해

할 수 없는 그림, 재미없는 그림이 되는 것이다. 따라서 그림을 보는 것 또한 눈길로 데생을 하면서 봐가는 열린 행위인 것이다.

2020년 8월

---

* 이 글은 1996년 11월 파리 에콜데보자르에서 강연한 내용의 초고를 가필한 것이다. ─필자 주

얼떨결의 발견

보통 그림을 그릴 때 콘셉트나 모티프가 정해지면 이를 충실하게 표현하려고 노력한다. 그리는 도중에 붓이 미끄러지거나 물감이 탁해지면 당연히 이를 고치면서 처음 의도했던 대로 완성해나간다. 그러므로 완성된 작품은 자기의 생각을 그대로 드러낸 것으로써 납득하게 된다. 여기서는 아티스트가 자신의 의지를 관철하는 것이 윤리이자 미학인 셈이다.

그러나 흔들림 없는 의지가 반드시 훌륭한 작품을 낳는다고는 단언할 수 없다. 오히려 이미 고착된 생각에 대한 고집 때문에 작품이 경직되고 생명력을 잃게 되는 경우도 있다. 나는 작품 활동을 오래 해오면서 그림을 그리다가 문득 생각지도 못하게 붓이 움직여 그림이 처음에 생각했던 콘셉트에서 비껴갔음을 알아차리고, 이를 그대로 받아들일 때가 있다. 가끔은 콘셉트가 뒤흔들릴 만큼의 변화가 일어나 '의지의 눈'과 '발견의 눈'이 충돌하여 망설여지는 경우도 있다. 할 말이 앞서 일사불란하게 제작을 진행할 때는 약간의 비껴감도 오류로 비쳐져서 이것이 주는 재미나 참신함을 짐작지 못한다.

　나의 견해로는 예술작품이란 하나의 제시이지 탐구의 결과물은 아니다. 그리고 무엇보다도 모순으로 가득 찬 산 존재임을 깨닫는다. 작품은 외부와의 관계나 신체를 매개로 한 제작 과정을 거쳐 만들어진다는 말이다. 물론 나는 심사숙고하며 제작에 임하지만 그럼에도 도중에 상황적인 것이 작용하거나, 얼떨결에 마음의 변화가 생기고, 정체를 알 수 없는 무의식에 떠밀려 자기 자신을 벗어난 표현이 나올 때가 있다. 표현이 안과 밖에 걸친 신체 행위 속에서 의지를 깨부수고 탈선할 때, 그곳에 경이의 눈이 반짝이느냐 않느냐다.

　아트에는 당연히 주장이 있고 콘텍스트가 있다. 그러므로 여기서 비껴가고 있다는 생각이 들면 방향을 되돌리게 되는데 어느샌가 또 탈선을 허용한다. 그런 의미에서 예술가는 끊임없이 위험한 다리를 오가는 숙명을 짊어지고 있다. 그렇다손 치더라도 예술가의 자의성은 자유로운 상상력을 암시할 뿐만 아니라 인간의 불가해함과 그 미래를 대변하는 사항이라 생각하지 않을 수 없다.

2017년 2월 10일

예술가의 토포스

　나는 예술가라는 말을 들을 때마다 복잡한 심경이 된다. 자랑스럽다기보다는 묘한 소외감을 느낄 때가 많다. 좋은 사람, 상식적인 사람은 예술가에 어울리지 않는다고 한다. 인품이 온화하고 원만한 사람 중에는 뛰어난 예술가가 없다는 말도 종종 듣는다. 생각해보면 머릿속에 떠오르는 위대한 예술가는 대부분 독특한 개성을 가진 사람들이다.

　화가 중에서는 다빈치, 렘브란트, 고야, 세잔, 고흐, 피카소, 마르셀 뒤샹, 앤디 워홀. 음악가 중에서는 베토벤, 바그너, 스트라빈스키, 버르토크, 슈토크하우젠, 존 케이지. 문학가 중에서는 도스토옙스키, 카프카, 조이스, 보르헤스, 미시마 유키오 등이 있다. 어느 한 사람 다 예외 없이 기인奇人들이며 비사회적인 이미지가 강하다.

　괴짜, 편벽증 환자, 몽상가, 뻣성쟁이, 미치광이, 기회주의자, 샤머니스트 등 예술가가 마치 비정상적인 사람이기라도 하듯 이런저런 이름을 갖다 붙인다. 소설 속의 주인공이라도 되는 양 현실을 무시하고 허풍을 떨며 위계질서나 사회규범을 비웃고, 성性이나 정치, 종교 등의 금기를 깨부수는 듯한 언동으로 물의를 일으키는 오만방자한 불온분자. 요컨대 현실에 반기를 들고 이를 작품으로 만들어 보여줌으로써 다른 세계로 관심을 돌리게 하는 오지랖 넓은 인종이라는 이미지가 항상 따라다닌다.

물론 바흐나 괴테, 모네, 마티스, 톨스토이, 토마스 만처럼 대범하고 선량해서 많은 사람들로부터 신망과 존경을 받은 예술가가 없었던 것은 아니다. 그러나 그들도 내면을 들여다보면 제멋대로에 변덕이 심하고, 위선자라는 말을 듣는 등 결코 단순한 삶을 보내지는 않았다. 그러나 극히 드물다고는 해도 특이하면서도 인간적인 매력이 넘치는 예술가가 전혀 없지는 않을 거라고 나는 생각한다.

어느 시대든 예술가의 존재가 무시된 적은 없다. 문화를 이끌어가는 사람으로서 시민과 민족, 지역의 자부심을 고무시키고 사랑과 희망, 회의懷疑, 자성을 촉구하는 마음을 불러일으키는 존재로서 사람들의 선망과 존경을 한 몸에 받기도 한다. 또한 예술작품에 의해 상상력을 불러일으키고 영혼을 뒤흔들어놓으며 감성을 풍요롭게 해주는 존재로서 칭송받기도 한다.

러시아혁명 이후 레닌, 스탈린은 예술가들을 써먹기 위해 다양한 방법을 시도했다. 이데올로기의 프로파간다가 되어주기를 바랐던 것이다. 예술가가 신내림을 받은 샤먼으로 비춰졌던 것일까? 그러나 주지하는 바처럼 이는 결코 성공적이라고는 할 수 없는 결과를 초래했다. 아이러니하게도 예술가를 길들이려 했던 사회는 결국 사회 자체가 붕괴되었으니 무서운 일이다.

그러나 제아무리 예술가라고 해도 일반 시민이라는 사실에서 벗어날 수는 없다. 게다가 오늘날 예술가는 어엿한 지식인이자 문화인이며 엘리트에 속한다. 따라서 시민으로서 지녀야 할 양식이나 매너, 책임과 의무를 다하는 것은 당연한 일이리라. 그런데 앞에서도 언급한 것처럼 예술가들은 예술가적 특권의식의 발로와 같은 기상천외한 행동으로 시민들의 빈축을 사기도 한다. 그래서 예술은 좋아하지만 예술가는 싫다는 소리마저 나온다.

예술가는 말한다. 시민의식과 현실의 상식에 얽매여서는 예술가는 탄생할 수 없다고. 바꿔 말하면 예술가도, 예술작품도 시민의식과 현실의 상식을 깨부수는 곳에서 성립한다는 말이다. 그리고 예술가를 창작으로 이끄는 것은 표면적인 지성과 감성을 초월해 사회와 시대에 의문을 제기하거나, 정체를 알 수 없는 광대한 무의식과 연이어지는 세계로의 잠입, 곧 한층 다른 차원으로 향하는 강렬한 호기심일 것이다.

예술가는 현실에 만족하지 않고, 욕구불만을 상상의 세계와 연결시켜서 인간에게 보다 자유로운 꿈을 꾸게 만드는 존재라고 프로이트는 말한다. 더 나아가서 그는 예술가란 인간의 파괴적인 죽음의 충동을 예술작품을 통해 진정시키며, 현실을 정화하는 방향으로 이끄는 역할을 한다고도 쓰고 있다. 여기서 주의해야 할 것은 예술은 상상력과 관련이 있는 것이지, 이상적인 현실을 실현하는 것으로서는 보고 있지 않다는 점이다.

예술작품은 상상력을 매개로 한, 현실과 현실이 아닌 세계를 오가는 기이한 다리(橋)를 연상시킨다. 그러므로 예술가는 진리를 입증하는 과학자나 절대자를 신봉하는 종교가와는 달리, 어느 쪽에도 수렴되지 못한 채, 끊임없이 상상과 현실의 틈새에 몸을 맡긴다. 따라서 불가해한 사건이나 혼돈, 미지, 광기, 무의식, 예기치 못한 만남을 온몸에 짊어진 채 작품 제작에 임한다. 상상력을 매개로 한다고는 하지만, 때로는 지옥을 엿보며 거기에 빠져서 좀처럼 현실로 돌아오지 못하는 경우도 있다.

이는 예술가가 작품을 만드는 행위는 매우 비일상적이고 비상식적인 일이 될 수밖에 없음을 말해준다. 이러한 사고와 제작 활동 속에서 살아가는 것이 일상의 삶이라면, 보통의 사람으로 머무는 것은 어려울 수밖에 없다. 일본의 소설가 가와바타 야스나리가 예술가는 마계(魔界, demon)에서 살아가는 존재라고 한 이유도 여기에 있을 것이다.

나는 오랜 세월 미술가로 살아가고 있다. 그림을 그리거나 조각을 하는 극히 비일상적인 시간이 나의 일상인, 그런데 이것이야말로 나의 살아 있는 시간이라고 할 수 있는 그런 삶을 영위하고 있다. 제작 행위 과정 속에서 응시하게 되는 세계는 일상의 차원에서는 성립하기 힘든 기이한 것들로 가득하다. 그러나 전시회를 개최하는 일이나 미술 관계자와의 관계, 그리고 평소의 생활은 사회적인 관습과 일상 속에서 일어나는 상식적인 내용들이다.

이 두 세계가 나 자신을 갈라놓으며 극심한 분열증을 야기시킨다. 양쪽을 잘 구분해서 행동하면 이중인격의 위선자로도 보일 것이다. 불가해한 행동이나 고통스러운 표정은 적절하지만 남에게 호감을 주거나 감성이 풍부한 행동거지는 어울리지 않는다. 예술가상像의 이미지가 나 자신을 괴롭히는 것이다. 이보다도 고통스러운 것은 작품 제작 중에 일상성이 끼어들거나, 일상 속에 작품 제작 중의 광기가 되살아나서 종종 끔찍한 일을 겪게 되는 일이다. 집중적으로 사유하거나 응시하고 있을 때 무언가의 방해를 받으면 어김없이 광란 상태에 빠지고 만다.

인간은 일상 속에서 살아가지만 끊임없이 비일상적인 욕망을 꿈꾼다. 그러므로 일상 속에서 비일상적인 이미지로 점철된 예술작품과 만나는 것이다. 작품이 흥미롭거나 경이롭게 느껴지는 이유는 바로 이 비일상성 때문임에 틀림없다. 그러나 생각할수록 신기한 점은 어째서인지 현실에서는 일상이라는 세계가 늘 유지된다는 사실이다.

역설적인 것은 비일상적인 욕망의 힘이야말로 일상을 새롭게 만들고, 일상을 지탱하고 있다는 사실이다. 그리고 이 비일상적인 힘의 강도야말로 작품의 생명력을 보증하며 이것이 예술가를 고양시킨다. 예술가뿐만 아니라 대체로 인간의 삶 자체가 본질적으로 일상과 비일상의 상호 보완 작용으로 성립한다는 게 맞을 것이다.

예술가로서의 비일상성과 보통 사람으로서의 일상성이 공존하는 심한 모순의 이중성. 곧, 광기와 평상심을 더욱 풍요롭고 다이내믹한 삶의 방식으로 살아가고 싶지만 이는 쉬운 일이 아니다. 나를 깊은 곳에서 이끌어내며 불태우는 것은 과연 의식의 산인지, 아니면 무의식의 바다인지, 그것도 아니라면……. 매일 자문자답을 반복하고 있다.

2016월 5월 8일

골똘한 자들

2017년 3월 초 추운 어느 날, 나는 나의 에이전트 엘리언과 함께 뉴욕 교외에 있는 디아 비콘Dia Art Foundation에 전시 관련 회의를 하러 갔다. 미술관 스태프와 카페에서 커피를 마시면서 관장을 기다리다가 별생각 없이 커다란 유리창 너머로 한산해 보이는 잡목림을 바라보았다. 나는 문득 무언가를 발견하고 무료한 표정으로 바닥을 내려다보고 있는 엘리언에게 말을 걸었다.

"저기 좀 봐. 나뭇가지 끝이 희미하게 녹색 빛이 도는 것처럼 보이지 않나?"

"……?"

"아직 잎도 나지 않았고 가까이서 봐도 딱딱한 나뭇가지밖에 없는데 수많은 가지 끝 언저리의 공간이 녹색으로 물들어 흔들리고 있어. 정말로 신비한 광경 아니야?"

이는 겨울철 내내 아래, 아래, 아래로 향했던 것이 봄이 다가오면서 대지의 밑바닥에서부터 하늘을 향해 위로, 위로, 필사적으로 올라오는 생명의 힘인 것이다. 가지 끝이 튕겨지듯이 생명의 기운이 주변 공간으로 뿜어져 나오고 있었다. 일반 사람에게는 보이지 않는다는 것이 내게는 잘 보인다. 나는 이 현상이 너무나도 경이로워서 견딜 수가 없었다.

"엘리언, 모르겠어?"

그러자 그녀는 질렸다는 표정으로 무언가를 결심한 듯 의외의 말을 꺼냈다.

"선생님, 저한테도 좀 재밌는 얘기를 들려주실 수 없나요? 말만 꺼내셨다 하면 보이지 않는 게 보인다느니……."

"……응."

"붓질이 어떻다느니, 스트로크가 어떻다느니, 돌 모양이 영 시원찮다느니. 항상 본인이 관심 있는 것만 이야기하시고."

"그렇군."

"조금은 자기만의 세계에서 벗어나서 주변을 유쾌하게 만들어보겠다는 생각은 안 하시나요. 지난번에도 화랑에서 스태프들이랑 제가 열심히 만들어 온 전시 스케줄을 잠깐 훑어보시기만 하고 의견은 말씀도 안 하시고 갑자기 화부터 내셨잖아요. 스태프들이나 저나 얼마나 난처했다고요."

"그랬나?"

"아무리 선생님 일이 중요하다고는 해도 갑자기 화를 내시질 않나, 그러다가 어떤 때는 어두운 동굴 속 같은 얘기만 항상 반복해서 들어야 하고. 그러면 기분이 울적해져서 하나도 재미없다고요."

"그렇겠네."

"예를 들면, 오늘은 태양이 빛나서 그런지 다들 표정이 밝아 보이네, 아니면 누구누구가 립스틱을 잘도 발랐네, 같은 거 말이에요."

"그렇네."

"가끔은 주변 사람들이 좀 웃을 수 있게 분위기를 밝게 한다거나 유쾌하게 만든다거나 하셔도 되지 않나요?"

20년 가까이 내 곁에서 적당한 거리를 유지하면서 전시회 개최부터 스케줄 관리까지 모든 일을 도맡아오던 엘리언은 인내심이 폭발했는지 화를 억누르면서도 강한 어조로 말을 쏟아내는 것이었다. 이번이 두 번째다. 평소에는 얌전하고 밝은 성격에 일절 군소리를 하는 법이 없다. 고된 업무를 현명하게 처리해내면서도 항상 자기 자신을 잃지 않는 여유를 보인다. 누구보다도 예술가의 생리를 잘 알고 있으며 이해도 할 줄 아는 여성이다. 예술가는 내면에 격렬한 마그마를 품고 있다는 사실도 충분히 알아차리고 있으며, 때로는 이에 대해 호기심을 내비치기도 하는 뼛속까지 예술을 사랑하는 사람이다. 그런데 오늘은 평소와는 달리 심기가 불편했는지, 아니면 얼마 전 화랑에서 있었던 일로 적잖이 화가 났는지, 어느 쪽이든 간에 제멋대로인 내 성격에 질려서 정말이지 진저리가 난 모양이다. 언제 화를 낼지 가늠이 안 가고, 자기 자신의 일 외에는 아무것에도 관심이 없는 사람 옆에 계속 같이 있으려면 때로는 숨이 막히고 폭발할 것 같기도 하겠다. 멀리 도망가버리지 않는 것만이라도 감사히 여겨야 할 판이다.

애당초 '나'란 무엇인가 하고 때때로 생각해보곤 한다. 누구와도 일단은 통하는 상식을 가지고 있으며, 생활인의 일상을 공유하는 내가 분명히 있다. 그러니까 주변에 조금은 신경을 쓰며 온화한 마음으로 사람들의 이야기를 경청하며 즐거워하는 때가 전혀 없는 것은 아니다. 그런데 말이다. 홀로 있든 다른 사람들과 함께 있든 정신을 차리고 보면 화를 내고 있거나, 그렇지 않으면 나만의 동굴로 돌아가 점점 불가해한 세계 속으로 들어가버리고 만다. 즉 어디에선가부터 나 자신에게서 비켜나 다른 차원의 누군가로 변모하고 마는 것이다. 그래서 주변 사람이 방금 한 이야기에 대해 어떻게 생각하느냐고 질문하면 아까까지 이야기를 나누고 있었는데도 한순간 멍해지면서 전부 잊어버린 채 뻔뻔스럽게도 "그런 거엔 관심 없어"라고 말하는 것이다.

이는 일종의 이중인격이라고도 할 수 있겠다. 그래서인지 통일 감각이 제대로 기능하지 않는다. 외견상의 일상성이 약하다고 해서 평소에 표면화되지 않은 내면에 나의 무게가 놓여 있는 것도 아니다. 안과 밖이 맞물리지 않고 숨겨진 것이 고개를 내밀면 분노가 된다. 이는 생각하기에 따라서는 성격 탓이라기보다는 늘 엄청난 스트레스에다 내가 아직 일상과 주변에 신경을 쓰고 있다는 증거라고도 할 수 있겠다.

아예 철저하게 내면 중심이 된다면 조금 신경이 예민해지더라도 그다지 화를 내지 않고 넘겨버릴 수도 있을 것 같다. 주변 사람들에게 이상한 사람 취급을 당해도 전혀 상관하지 않고, 오로지 하나의 일관된 모습으로 있는 것도 편할 것이다. 예술가에게는 이러한 부류의 사람이 의외로 많다. 이 경우에도 남이 뭐라 생각하든 상관하지 않는 사람과, 주변을 피하고 자신의 요새 속으로 숨어버리는 두 유형으로 나뉜다. 이렇게 자신의 요새를 소중히 여기는 아티스트로 금방 머릿속에 떠오르는 인물이 바로 도널드 저드Donald Judd다.

약 6년 전 뉴욕의 화랑에서 근무하는 조Joe의 안내로 엘리언과 함께 미국 마파에 있는 도널드저드재단Donald Judd Foundation을 방문한 적이 있다. 뉴욕에서 결코 손쉽게 도달할 수 있는 곳이 아니었다. 비행기를 환승하고, 차로 꼬박 하루를 달려 그곳에 도착했다. 황량한 들판에 있는 작은 마을에서 저드는 직접 지은 거대한 창고형 건물 외에도 빈집을 몇 채나 사들여 이를 주거 시설, 업무 겸 전시실로 사용했다. 그리고 이 마을에서 차로 10분 정도 거리에는 예전에 군용 비행장이었던 곳을 개조해 저드와 저드의 친구 아티스트들의 작품을 진열한 치나티재단The Chinati Foundation이 있다. 이곳에서 두 시간 정도 차로 더 가야 나오는 깊은 산속에, 뉴욕의 한 병원에서 숨을 거둔 뒤 이곳으로 옮겨진 저드가 잠들어 있다.

지금은 저드의 성지가 되어 많은 사람이 방문하는 명소가 되었지만 몇 년 전까지만 해도 이 마을은 사람들에게 거의 알려지지 않은 벽지였다고 한다. 왜 저드가 이곳을 선택했는지는 분명하지 않지만, 그가 공군 장교였을 무렵 이곳과 가까운 기지에 머물렀던 인연 때문이라는 이야기가 있다. 그러나 그런 이유보다도 왠지 나는 고집이

센 그의 성격과 생각이 도시나 소음으로부터 먼 변두리 땅을 선택하게 했고, 죽어서는 사람들이 사는 마을과 더 멀리 떨어진 깊은 산속에 묻히기를 바랐을 것이라는 기분이 든다.

저드는 다양한 크기의 단순한 상자 모양의 작품으로 잘 알려져 있다. 베니어판이나 알루미늄판, 플라스틱, 유리 등을 이용해 아무런 특색 없는 사각 상자를 만드는데, 상자 안쪽에 약간의 세공을 하거나 색을 칠하고 네온관을 연결하기도 한다. 상자의 한 면 또는 양면의 일부를 열어 내부 구조를 알 수 있도록 하는 등 대부분 지극히 뉴트럴한 상자 모양의 형태이다. 결코 물질감을 드러내거나 손을 댄 흔적을 남기는 일 없이 공장의 기술자에게 의뢰해 정해진 콘셉트대로 정확하게 만들도록 했다. 무수히 많은 응용 작품들이 있는데, 같은 물건을 양산했는지는 분명치 않다.

여기저기에 흩어져 있는 도널드저드재단의 전시실을 시작으로 치나티재단의 커다란 공간을 전부 메우고 있는 엄청난 수의 작품을 바라보고 있으면 상자 외에는 아무런 생각을 할 수 없게 된다. 여기뿐만 아니라 전 세계 미술관과 화랑, 콜렉터의 집에서 볼 수 있는 것을 합치면 정신이 아찔해질 정도이다. 하나하나 자세히 보면 조금씩 다르지만 너무 많이 보다 보면 모두 똑같이 보여서 우주조차도 상자처럼 느껴질 정도이다. 옆에 있던 엘리언은 질렸다는 표정으로 "엄청난 집념이 느껴지긴 하지만, 저드 곁에 있던 사람들은 상자공포증에 걸려서 숨이 막히지 않았을까요"라고 말했다.

저드의 스튜디오에 있는 스케치북 몇 개를 펼쳐보니 비슷한 모양의 상자 드로잉이나 메모가 빽빽하게 채워져 있어 나도 모르게 '이 남자는 상자의 저주를 받으며 살았던 거다'라는 생각이 들며 말문이 막혔다. 그의 책장에 꽂혀 있는 방대한 책 중에는 그리스 책이 많아서 놀랐는데, 그중에서도 플라톤의 책 몇 권이 눈에 띄었다. 그러고 보니 플라톤의 책에는 동굴의 비유와 함께 상자 이야기가 자주 등장한다. 이것이 저드의 상자와 어떤 관계가 있는지 나는 잘 모른다. "어머나, 여기 선생님 카탈로그도 있어요"라며 엘리언이 가까이에 있는 책장에서 나의 카탈로그를 발견하고는 기뻐했다. 그가 나의 작품에 관심이 있었을 리가 없는데 무슨 일일까 하고 내심 신기한 마음이 들었다.

저드는 고도의 지식인으로 알려져 있음에도 불구하고, 자신의 생각을 더할 나위 없이 부자유스러운 상자 속에 가두어놓았다. 외부세계를 일절 차단하고 상자로 살아간 점은 일종의 정신병 또는 광기라 하지 않을 수 없다. 그는 상자를 실내에만 국한하지 않고 마침내는 외부세계로까지 넓혀나갔다. 치나티재단의 광활한 들판에 콘크리트로 만든 거대한 상자 모양의 물체가 수백 미터에 걸쳐 줄지어 있는 모습이 나에게는 마치 상자의 폐허처럼 보였다. 주위의 배경과 조화를 이룬다거나, 반대로 자극을 준다거나 하는 것이 아니라 오로지 상자만을 주장하며 마침내 무너져 내리는 괴물처럼 보여서 두려움이 느껴졌다.

나는 1970년대 후반, 독일 쾰른의 루드비히미술관Museum Ludwig에서 큐레이터로 근무하던 저드의 여자친구로부터 그를 처음 소개

받았다. 그리고 1990년대 언젠가 서울 인공화랑에서 열린 그의 개인전 때 그를 다시 만났다. 화랑에서 그를 둘러싸고 서서 이야기를 나누었는데, 한국의 한 비평가가 저드에게 "왜 그렇게 상자만 만드는 거죠?"라고 질문했다. 그러자 저드는 무뚝뚝하게 "나도 잘 모르겠어. 아마 선조가 상자였던 거겠지"라고 웃음을 지으며 농담 섞인 말을 했다. 다시 "상자를 만드는 게 재미있나요?"라는 질문을 받자 이번에는 신경질적인 표정으로 "나는 생각만 할 뿐이야. 만드는 건 공장 직원들이 하는 거지"하고 딱 잘라 대답했다. 그러고는 "이제 조선시대의 상자를 찾으러 가야지"라고 우물거리며 그 자리를 떴다. 훗날 알게 된 사실인데 그는 한국전쟁 때 참전한 적도 있으며 조선의 옛 상자 모양 가구들을 꽤 많이 모았던 모양이다. 그 때문인지 저드 재단의 몇 군데에는 조선시대의 목조 가구인 반닫이 등이 놓여 있었다. 다른 나라에 가서도 상자 모양만 눈에 들어왔단 말인가? 나의 인상으로는 그는 결코 말로 자신의 내면을 드러내기를 좋아하는 사람은 아니었던 것 같다. 완고한 외고집의 태도로 보았을 때 어디에 가더라도 바라보는 것은 항상 똑같았을 것이다.

사람은 누구나 자신의 프레임 안에서밖에 바깥을 바라보지 못한다. 그러므로 외부의 존재를 인정하지 않으려는 사람도 있다. 무언가를 하나만 깊게 생각하는 사람이나 철학자에게 이런 유형이 많다. 그들은 외부나 타자에 대해서 그럴싸한 언설言說을 늘어놓지만, 현실에서는 과연 외부나 타자와의 만남을 경험한 적이 있는지 의문스럽다. 칸트가 적절하게 지적했듯이 인간은 그곳에 있는 것을 있는 그대로가 아니라 끊임없이 구성해서 바라보는 것이다.

보통 프레임이라고 하면 카메라맨이 외부의 풍경 일부분을 잘라내는 듯한 시각을 가리키지만, 또 한편으로는 자신의 상상력을 외재화할 때 만들어지는 테두리인 경우도 있다. 아무튼 인간의 시각과 그 표현은 프레임을 갖고 있다는 뜻이다. 여기에서 유의해야 할 점은 프레임은 이를 통해 무엇인가를 보여주는 것이지만, 때로는 프레임 자체에 주목하는 경우도 있다는 것이다. 저드의 상자는 이러한 부류라고 말해도 틀린 말은 아닐 것이다.

그런데, 저드처럼 그가 만든 '물건'에 관해서가 아니라, 자기 자신의 삶 자체가 그야말로 상자 또는 동굴이 되어버리는 경우도 있다. 내 머릿속에 떠오르는 건 비트겐슈타인이다. 그는 버트런드 러셀에게서 사사하고 오스트리아 빈에서 런던으로 이주한 철학자이다. 『논리철학 논고』와 『철학적 탐구』 등을 통해 알려졌고, 명증한 논리로 세계상을 해명하려 하였으며 현대철학에 압도적인 영향을 미쳤다. 스피노자의 『에티카』를 떠올리게 하는 그의 독특한 서술 방법은 논리적이기는 하나, 어딘가 동어반복적이며 집요하고 터무니없을 만큼 자기 과신으로 가득하다. 그는 철학을 논증의 대상이라고 정하고 "말할 수 없는 것에 대해서는 침묵해야 한다"고 단언한다. 『논리철학 논고』(논증 6.53)에서 그는 다음과 같이 적고 있다.

철학의 올바른 방법은 본래 다음과 같은 것이리라. 말할 수 있는 것 외에는 말하지 않는 것. 따라서 자연과학의 명제 외에는 아무것도 말하지 않는 것. 따라서 철학과 아무런 관련이 없는 것에 대해서만 말해야 할 것—그리고 다른 사람이 형이상학적인 것에 대해 이야기를 하려고 할 때마다, 너는 자신의 명제 속에서 어떤 의미도 갖지 않는 어떤 기호를 사용하고 있다고 지적해주는 것. 이 방법은 그 사람의 의견에 반하는 것이겠지만, 그리고 그는 철학을 배운다는 기분이 들지 않겠지만, 그럼에도 이것이야말로 유일한 엄정한 방법이라고 생각한다.

몹시 도발적인 발언이 아닐 수 없다. 형이상학적 발상에 적의를 드러내고 자연과학의 명석함 외에는 인정하지 않으려는 자세가 당시로서는 참신했을지도 모른다. 그러나 최근 일부 인문학화하는 자연과학의 견해에서 보면 조금은 우스꽝스럽게 느껴지기도 한다. 여하튼 하루하루, 말로 나타낼 수 없는 비非로고스의 세계에서 표현을 시도하는 나로서는 당혹스러울 수밖에 없다. 애당초 그의 실생활에서의 언행을 들여다보면 논증 불가능한, 정체를 알 수 없는 것들로 가득하다. 그는 언뜻 보기에 논리의 냉철함을 가장하고 있지만 선천적으로 지녔던 격렬한 분노와 기이한 엄격함은 통제가 불가능했던 것 같으며, 잡다한 현실과는 양립하지 않는 독특한 관념의 소유자로 알려져 있다.

이러한 비트겐슈타인도 예술작품을 만들려는 의도였는지, 각각 취향이 다른 상자 모양으로 된 공간의 집합체인 건축물을 남겼다. 무미건조한 뉴트럴함은 그야말로 비트겐슈타인답지만, 구체적인 생활공간으로 사용하기에는 너무나도 정형화된 모습이어서 외부와의 관계가 거의 무시된 순수 건축을 연상하게 한다. 콘셉트로서는 흥미로울지 모르지만, 현실과의 접점이 보이지 않고 고립된 모습이 그의 관념을 상징하는 듯하다. 엄격하고 걸핏하면 화를 내며 자신만의 생각에 한없이 빠져드는 점에서는 나와 비슷한 부류라고 느껴지지만, 그의 천재적인 두뇌나 로고스 신앙에 대한 철저함에는 아연실색할 수밖에 없다. 그가 얼마나 현실을 무시한 채 관념의 동굴 속에서 살았는지를 잘 보여주는 흥미로운 에피소드가 있다.

비트겐슈타인은 1차 대전이 일어나자 오스트리아의 지원병으로 전쟁에 나가 전쟁터를 전전하면서 하루하루를 보낸 적이 있었다. 치열한 전쟁터에 몸을 담고 있으면서도 자신의 사고에 집중하며 몰두해서 쓴 글을 런던에 있는 러셀에게 보냈다. 러셀은 이를 읽고 감탄하며 극찬하는 서문을 덧붙여 출판했다. 이것이 바로 『논리철학 논고』이다. 그가 이탈리아 전선에서 포로가 되었다가 런던으로 돌아왔을 때, 러셀은 전쟁터의 상황과 경험에 대해 물었다. 그러자 그는 전쟁은 대단하다느니, 사람이 대포가 쏜 탄환에 맞아서 죽는다느니, 마치 딴사람 일인 양 말했다. 러셀은 도무지 납득이 가지 않아서 몇 번이나 다시 물었다. 그래도 완전히 똑같은 말투로 대답하는 것이었다.

그의 말에 너무나도 현실감이 느껴지지 않아서 러셀은 "자네 정말 전쟁에 다녀온 것이 맞나?"라고 다그쳤다. 대답은 "물론이죠"였다. 러셀은 눈앞에 있는 남자의 기이한 의식세계를 알아차리고 놀라움을 금하지 못했다. 격렬한 전쟁의 아수라장을 전전하면서도 아무것도 보지 않았다는 사실을 그는 깨달았다. 눈앞에서는 처참한 광경이 계속 벌어지고 자신도 총탄에 맞아서 죽을지도 모르는데, 그는 이를 감지하지 못했다. 오로지 자신의 의식 속 동굴 안으로 들어가 자신의 상자 안에서 생각하는 일에만 집중하고 다른 것은 아무것도 눈치채지도, 느끼지도 못했던 것이다. 필사적으로 자신의 세계만을 바라봄으로써 외부는 차단된 채 아무것도 보지 못했다니……

비트겐슈타인은 상자 속에서 외부를 바라본 것이 아니라 상자의 내부에서 이미지를 증식시키고 추상화하고 순화해갔던 것이리라. 아니, 처음부터 상자 속에 들어가 있었던 것이 아니라 강렬한 사고가 막을 만들고 이미지가 점점 팽창하여 상상의 공간이 상자처럼 자신을 에워싸 가두어버린 것일 수도 있다. 이러한 상상 공간이 철학이나 예술 공간으로서 제시될 때 인간은 이를 바라보기만 해도 자극을 받거나 즐거움을 느낀다. 하지만 이것이 정치 공간화된다면 어떻게 되는가? 정치가가 자기 내부에서 만들어진 이미지를 그대로 현실로 실현하려고 한다면 이것이 바로 파시즘이나 콜로니얼리즘, 제국주의가 되지 않는다고 누가 장담할 수 있을까. 인간은 누구나 자신의 생각에만 몰두하다 보면 다른 것을 인정하지 못한다. 자기 자신을 방해하는 것은 없애고 싶어진다. 공상 같은 것이 예술 표현 또는 학문에 머무른다면 재미있을 수 있겠지만, 현실로 실현되도록 강요당하는 일이 생긴다면 용인할 수 없는 사태가 발생할 것이고, 당사자 자신도 파시스트나 피에로라는 이름을 얻게 될 것이다.

자신만의 생각이 강한 사람일수록 기묘한 유머를 좋아하기도 한다. 비트겐슈타인은 블랙유머 감각이 있었다고 한다. 아마도 사람들을 웃겼다기보다는 대부분의 경우 상대방을 불쾌하게 만들거나 빈축을 사는 것이었으리라. 다른 사람이나 세상을 생각해서 꺼낸 화제가 아니라 자기만족을 위해 만든 이야기의 어릿광대를 연기했을 테니까 말이다. 웃기는 이야기를 하려고 했는데 장소와 어울리지 않는 이야기여서 웃음을 자아내기는커녕 오해를 불러일으켜 말한 본인도 상처를 입고 만다. 유머가 아니더라도 이러한 유형의 사람은 다른 사람이 말하는 중간에 갑자기 터무니없는 이야기를 꺼내서 주위의 분위기를 망치거나, 다른 사람들에게 외면받는 경우도 있다. 이는 상자 속에 들어가 있는 사람이 자신의 생각을 드러내지 않으려는 의도로 어울리지 않게 서비스를 할 때 일어나는 재앙일 것이다.

예술가든 철학자든 그들의 생각 자체가 재미없다고만은 할 수 없다. 그 생각이 마침내 발전해서 작품이 되고 사람들 앞에 드러나면 많은 사람을 즐겁게 하거나 사람들의 관심을 모으기도 한다. 다빈치의 생애는 수수께끼에 싸여 있지만, 자존심과 콤플렉스가 뒤섞인 인물로 인간관계가 나쁘고 친구도 연인도 없었다고 한다. 그럼에도 불구하고 그의 예술과 서적은 수백 년이 지난 오늘날까지도 경이로우며 여전히 수수께끼에 싸여 있다. 아무튼 내향적인 예술가나 철학자는 상자 속에 틀어박히는 것을 좋아한다. 그래서 주변과 어울리지 못하는 특이한 사람으로 비쳐져서 성가신 존재라는 낙인이 찍히는 경우가 많다.

그렇다고는 하지만 예술가가 내면만으로 존재하는 것은 아니다. 외면이 없으면 애당초 예술을 만들어내는 것 자체가 불가능하다. 그러므로 자기의식은 보통 외부에 노출되거나 내부로 돌아오거나 하며 끊임없이 뒤섞이기를 반복한다. 따라서 예술가는 엄밀히 말하면 항상 상자 속 동굴 안에 들어가 있는 것은 아니다. 오히려 때로는 현실의 강렬함에 매료되어 좀처럼 내부로 돌아가지 못하는 경우도 있다. 외부야말로 경이로움으로 가득 찬 세계처럼 느껴지고, 오히려 상상을 통한 예술작품 같은 건 어딘지 미심쩍고 바보같이 보여서 기분이 울적해지는 일도 생긴다. 생각하기에 따라서는 현실이나 자연 이상으로 다루기 힘들고 복잡한 세계를 과연 만들어낼 수 있을지는 잘 모르겠다. 그건 그렇다 치고 일상 속에서 일어나는 일이 예술에 자극을 주거나 반대로 예술작품이 현실을 새롭게 바라보게 하는 경우도 있다. 예술가를 경계에 걸쳐서 살아가는 양의적인 존재라고 부르는 까닭도 여기에 있는 것이리라.

내 주변에는 한심하고 허점투성이인 사람도 있지만, 고지식한 사람으로 여겨지는 예술가도 적지 않다. 그들은 대체로 내향적이며 프라이드가 높다. 캔버스에 가는 붓으로 평생 숫자만 그려온 로만 오팔카Roman Opalka가 그 대표적인 인물이다. 그는 매일 커다란 캔버스 앞에 앉아 소리 내어 숫자를 말하며 순서에 따라 작고 빼곡하게 숫자를 적어 내려간다. 평생 이런 일을 하라고 강요한다면 보통 사람은 미쳐버리거나 질려버릴 것이다. 몇십 년 동안 같은 방법으로 숫자를 그리는 행위에 자기 자신을 속박하고 이를 끊임없이 반복하는 것이 그의 삶인 것이다. 물론 그의 말로는 "나의 콘셉트와 행위는 동일하지만 감정은 그때마다 다르다"고 한다. 그러면서 "나의 일은 매일 숫자를 고쳐 적는 것과 같다. 캔버스와 마주 보고 있으면 항상 새로운 일이 시작되는 것 같아 가슴이 두근거린다"라고도 말한다. 그 때문인지 사람들은 오팔카가 손으로 적은 끝없는 숫자의 그림 앞에서 탄식이 나오고, 잔물결이 일렁이는 듯한 숫자의 바다를 보며 무한한 신비를 느끼는 것이다. 오팔카는 평소 말수가 적고 신경질적이며 찌푸린 얼굴로 정평이 나 있다. 물론 인간관계가 나쁜 것은 널리 알려진 바이다. 그런데 어느 날, 마치 딴사람 같은 모습을 나에게 슬쩍 내비친 적이 있었다. 나는 오팔카 부부 내외와 친구 세 명을 데리고 도쿄의 단골 레스토랑에서 즐겁게 식사를 했다. 나와 오팔카는 아이치현 도요타시미술관에서 작품 전시를 끝내고 매우 편안한 기분으로 도쿄에 돌아온 뒤 오랜만에 해방감을 맛보고 있었다.

"우환, 이런 맛있는 요리와 와인을 맛보면 예술 같은 건 잊어버리게 되지 않아?"

"그래도 내일이면 또 예술, 예술, 할 텐데."

"하지만 지금은 예술의 신으로부터 해방된 기분이야."

"지금처럼 굴면 사람들에게 호감을 살 텐데" 하고 오팔카의 부인이 말을 거들자 그 자리에 있던 모두가 웃었다. 1970년대 중반쯤, 뒤셀도르프에서 친해진 뒤, 그는 나와 만날 때마다 손으로 쓰는 것의 중요성에 대해서 이야기했다. 그는 신체를 사용해서 그려야 비로소 표현이 살아 있는 것이 된다고 말했다. 또한 "그림을 그릴 때의 손은 시간의 사자使者이므로 자신의 것이라고 말할 수 없으며, 이것이 신체의 매개성"이라고 강조하였다. 그는 친한 사람들 사이에서는 달변이 된다. 기분이 좋으면 우주에서부터 여자와 와인까지 예술 이외의 화젯거리에 대해서도 이야기한다. 그러나 어느새 숫자란 무엇인가, 예술이란 무엇인가 같은 복잡한 주제로 이어지고, 어학이 약한 나는 일일이 대응하지 못한 채 결국 입을 다물고 만다. 그래도 상관없다는 듯 오팔카는 득의양양하게 독일어와 영어를 섞어가며 독무대 위에서 끝없이 연기를 하듯 자기도취의 영역으로 들어간다.

이는 결국 마음을 터놓을 수 있는 같은 부류의 친구 앞이라 할 수 있는 일이다. 아내라도 안 된다. 예술에 대한 이해가 없는 사람 앞에서는 짜증만 쌓이고, 혼자 있을 때는 잡념에 사로잡히거나 깊은 생각의 수렁 속으로 빠지기 쉽다. 그러나 같은 부류의 사람과 만나면 마치 물을 만난 물고기처럼 상상력이 샘솟는다. 우리는 2011년 여름 베니스비엔날레의 일환이었던 그룹전시에 참가해 베니스의 카페에서 매일 만났다. 그리고 매일같이 그의 이야기의 홍수에 휩싸였다. "전에 이야기한 거 기억나나? 그게 말이지, 터널에서 나오자마자 다른 세계인 거야. 정말 우주의 차원은 아름답다고. 무한이 열린단 말이야." 한순간 섬광이 흘러넘쳐서 멈추지 않는다. 공허한 눈빛으로 먼 곳을 바라보며 쉰 목소리로 쉴 새 없이 말을 쏟아내는 오팔카의 영혼은 아득히 먼 우주의 어딘가를 날고 있다. 마치 순수지속과 같은 지복至福의 시간인 것이다. 그런데 내가 별생각 없이 밖으로 시선을 돌린 순간, 갑자기 그는 입을 다물었다. 그를 쳐다보니 탁상 위에 올려져 있던 그의 오른손 손가락이 조금 떨리고 있었다. 그는 "잠깐 화장실에 다녀오겠네"라고 우물거리며 자리에서 일어났다. 나는 담배에 불을 붙이며 그가 돌아오기를 기다렸다. 그러나 10분, 30분, 한 시간이 지나도 그는 돌아오지 않았다. 걱정이 돼서 화장실을 들여다 봤지만 그의 모습은 없었다. 그러고도 한 시간을 더 기다렸지만 그는 돌아오지 않았다. 무슨 일이 일어났는지 짐작조차 가지 않아 할 수 없이 홀로 호텔로 돌아왔다. 그런데 로비에 들어서자 건너편에서 그가 이쪽을 향해 손을 흔드는 것이 보였다. 나는 어떻게 된 것이냐고 물었다.

"아, 미안. 갑자기 좋은 생각이 나서 잊어버리기 전에 적어두려고 잠깐 호텔에 돌아왔던 거야. 그런데 막상 쓰려고 하니까 머릿속이 하얘지면서 다 지워졌지 뭐야. 멍청하기도 하지. 하하하."

"그랬군요."

"응."

그 이야기를 듣자 문득 오래전 기억이 떠올랐다. "그런 일도 있죠" 라고 말하자마자 나도 모르게 웃음이 새어 나왔다. 왜냐하면 나도 웃지 못할 기묘한 행동을 한 적이 있었기 때문이다. 20여 년 전의 일이다. 젊었을 적, 한때 뜨거운 관계였던 일본의 어느 지방에 있는 화랑 여주인 M과 우연히 파리의 카페에서 딱 마주쳤다. "누군가를 잊지 못하고 파리까지 쫓아온 것 같네요"라며 그녀는 예상치 못한 만남에 당혹스러움과 흥분을 감추지 못했다. 그리고 얼굴을 붉히면서도 테이블 밑으로 손을 뻗어 내 무릎에 얹었다. M은 연일 미술관과 화랑을 둘러보느라 지친 듯했다. 이런저런 대화를 주고받는 동안 손님한테서 받은 질문이라며 그림의 섹시함에 대해 이야기해달라고 했다. 나는 이래저래 많은 예를 꺼내보았지만 이내 답답해져서 그림을 보며 이야기하자고 그녀를 나의 아뜰리에로 안내했다.

오랜만이었기에 문을 열고 들어서자마자 그림 논의보다 자연스럽게 서로 끌어안고 긴 키스를 했다. 조금 후 그녀는 얼굴을 돌려 바닥에 펴놓은 큰 캔버스의 그리다 둔 그림을 보며 말했다. 「바람」 시리즈에서 「대화」 시리즈로 바뀔 무렵의 그림이었다. "흔들리는 듯, 바람이 이는 그림이네. 아직 완성은 아닌가?" 나는 "조금 더 그려야 하는데……" 하고 어물거리며 그녀의 손을 잡고 곧장 침대로 갔다. 그리고 뜨거워진 두 사람은 두서없는 이야기로 서로를 갈망하며 몸을 섞기 시작했다. 그러는 동안 그녀는 이미 열락悅樂의 순간에 이른 듯한데, 어째서인지 나는 좀처럼 절정에 달하지 않았다. 지난밤에 꾼 불길한 꿈과 제작 중에 있는 그림의 향로가 눈앞에 아른거려 정신이 하나로 집중되지 못했다. 힘을 쓰면 쓸수록 불안함과 초조함이 쌓여갔다. 이를 알아차린 그녀가 내게 속삭였다.

"내 이곳을 심연이라고 표현한 사람이 있었어."

"뭐야, 전에 내가 한 말이잖아."

"아, 그랬었지, 참."

"심연과 절정이라……. 그렇네……, 그래."

순간 나의 머릿속에 번쩍하며 스쳐 지나가는 것이 있었다. 계속 답답하게 얹혀 있던 응어리가 쑥 하고 빠져나갔다. 그때 행위가 돌연 멎었다. 나는 "잠깐 기다려줘. 금방 돌아올게"라고 말한 뒤 그녀에게서 몸을 뗐다. "무슨 일이야?"라고 묻는 그녀의 목소리를 무시하고 가운을 걸치고는 그리다 둔 캔버스를 향해 달려갔다. 그러고는 정신없이 그림을 그려젖혔다. 어언 붓을 놓고 정신을 차리고 보니 그녀의 모습은 이미 없었다.

"이런, 대체 무슨 짓을 한 거야. 난……."

M이 어떤 기분으로 밖으로 나갔을지 생각하니 가슴에 오싹한 냉기가 돌며 마음이 우울해졌다. "어떻게 그녀가 나가는 것조차 몰랐단 말인가" 하고 중얼거리며 눈을 돌리니 빈 책상 위에 웬 메모 쪽지가 보였다. "나보다 그림 쪽이 더 섹시하다니, 못된 놈. 그래도 즐거웠어요, 안녕." 나는 'M 씨, 미안하고 감사해요' 하고 마음속으로 중얼거렸다. 혼란스럽고 고개가 떨구어졌다.

어느 날, 지인 몇 명과 사랑에 대해 이야기를 나누고 있었다. 그곳에 있던 엘리언이 의아스럽다는 듯이 나에게 이렇게 물었다.

"선생님은 죽도록 여자를 사랑한 적이 있나요?"

"……?"

"아마 없으시죠?"

"그럴지도 몰라. 그런데 왜 그런 걸 묻는 거지?"

"다른 사람 마음에 불을 질러놓고는 금방 자기 자신에게로 되돌아오고 마는 사람인 거죠?"

"아니, 음 그럴지도."

"구제불능이라고 해야 하나, 불쌍한 사람 같네요."

오랫동안 내 모습을 지켜봐온 사람에게는 그런 것까지 보이는 걸까. 나라고 그런 마음이 왜 들지 않겠는가. 파우스트는 아니지만 경우에 따라서는 영혼을 팔아넘길 만큼 그러고 싶은 마음이 생길 때도 있다. 그러나 무언가를 골똘히 생각하고 있을 때에 한해서 이보다 더욱 강렬한 것에 사로잡히고 마는 것이다. 나의 내부에는 평소 때의 나 자신과는 또 다른 격렬한 생명체가 조용히 또아리를 틀고 있다.

일본의 비평가 요시모토 다카아키〔吉本隆明〕는 예술 표현이란 '자기표출'이라고 말했다. '자기'를 넓은 의미로 해석한다면 그의 말대로일 것이다. 그런데 내가 생각하기로는 인간의 내부에는 누구나 다스릴 수 없는 무언가가 꿈틀대고 있다. 이를 일반적으로는 무의식의 움직임이라고 한다. 니체는 이를 인간 내부의 심연에 사는 괴물이라고 말했다. 예술가에게 이 괴물은 파악하기 힘든 생명체이며, 억누를 수 없는 마그마인 것이다. 어떤 면에서 예술가는 이 괴물을 소중하게 기르고 있다. 곧, 표현의 주체가 바로 이 정체를 알 수 없는 괴물이라는 사실이 된다. 이 데몬demon은 자아를 통해 적절히 컨트롤할 수 있는 그런 녀석이 아니다. 플라톤이 예술가를 싫어한 것도 이 내면을 엿보았기 때문일 것이다. 요컨대, 예술가의 내부에 들끓고 있는 마그마는 이성이나 이데아로는 수습이 되지 않으며, 때로는 광기를 초래하고 무의식을 뿜어낸다. 역설적인 것은 괴물은 일반 시민의 정서에 맞지 않는 것일 터인데, 오히려 그 힘이 강하게 느껴지는 작품일수록 시민들의 마음을 사로잡는다는 점이다. 괴테는 예술의 생명은 데모니시(demonisch, 일반적으로 악마로 번역되는데, 좀 다른 이미지이다)적인 것이라고 단언하고 있다.

예술가가 상자 또는 동굴 속에 틀어박히는 것은 그야말로 괴물과의 은밀한 관계를 맺기 위해서라고 할 수 있다. 나의 경험에 의하면 표현을 둘러싸고 신중해질수록 자기 자신을 닫아걸고 보이지 않는 내부의 마그마에 휘둘리게 된다. 나의 마음이 점점 내부로 빨려 들어가는 것은, 나 자신이 괴물에게 빠져서 그와 함께 무언가를 만들어가는 것을 말한다. 이러한 예술가의 발정기의 모습이 일반 시민 감각에서 보면 친숙하게 여겨질 리 만무하다. 그야말로 예술가가 괴물처럼 보이게 되는 것이다. 때로는 몽유병 환자나 미친 사람처럼 보이기도 한다. 그러나 일이 끝나면 예술가는 해방되어 진정으로 사랑에 빠지기도 한다. 하지만 눈 깜짝할 사이에 다시 내부로 불려 들어가기 때문에 외부와의 관계에 언제까지나 몸을 맡기거나, 시간을 길게 지속할 수 있는지는 장담할 수 없다.

나는 예술가를 특권화하거나 성역화할 마음은 없다. 다만, 예술가는 역시 독특한 생명체(생물)라는 생각을 지울 수 없다. 예술가는 어쩔 수 없이 자신도 모르는 사이에 하고 있는 것이 일상을 뛰어넘게 되고, 표현 행위는 자기 자신에게서 크게 벗어나고 만다. 따라서 평소의 행동이라고는 생각할 수 없는 기괴한 행위나 엉뚱한 발언을 남발하고, 억제나 통제가 불가능해진다. 다시 말하면, 작품의 모티프를 좁히거나 펼치거나, 제작 과정에서 미지의 영역으로 들어가는 동안, 점점 상식이 무너지고 그곳에 무의식의 바다가 밀려 들어온다. 그렇게 자아가 무너지고 차원이 뒤틀리게 되면 예술가의 삶의 모습은 당연히 수상한 것이 될 수밖에 없는 것이다.

최근에는 세련되고, 연기가 능숙하고, 이해하기 쉬우며, 대중에게 인기 있는 예술가도 많다는 이야기를 듣는다. 그들은 아마 세속에 익숙해진 연예인을 연상케 하는 신흥 예술가들이리라. 생각하는 것보다 정보에 더 뛰어나고 이를 발판으로 표현을 제삼자에게 맡긴 채 생활을 즐기는 듯하다. 이런 예술가가 있는 것도 나쁠 건 없다. 그러나 나는 제반 학문이 그러하듯이 예술 표현은 철저하게 전문적이어야 하며, 금방 익숙해지기 어려운 것이라고 생각한다. 요제프 보이스처럼 "누구나 다 예술가다"라는 입장도 있지만 그의 작품이 나타내듯이 그가 말하려 하는 뜻은 결코 단순하지 않다. 내가 아는 한 보이스만큼 신경질적이고 화를 잘 내며 엄격하고 수수께끼에 싸인 신비한 예술가도 드물다. 보이스야말로 내부에 정체를 알 수 없는 괴물을 길들이며 키우고 있는, 다루기 힘든 전형적인 예술가라 할 수 있다. 나는 그를 만날 때마다 그의 얼굴에서 괴물의 그림자를 보곤 했다.

나의 경우, 있는 그대로의 내 얼굴에서보다도 작품에서 이상한 숨결을 느끼는 사람들이 적지 않다. 나 자신도 작품이 나보다도 불가해한 생명체이기를 바라면서 제작에 임한다. 아마도 모든 작가들이 자기보다 나은 작품을 고대할 터이다. 그 이면에는 자기 아닌 내부 괴물의 작용을 은근히 바라기 때문이리라. 하지만 헛된 바람이기 일쑤여서, 오히려 자기보다 더 못한 것이 되고 말 때도 있다. 어느 무더운 여름날, 작업실 문을 열어놓은 채 나는 필사적으로 작품 제작에 매달렸다. 사람이 들어오는 것도 전혀 눈치채지 못했다. 숨을 참으며 커다랗고 긴 스트로크를 천천히, 일사불란하게 그렸다. 그린 스트로크 위로 두 번, 세 번 같은 일을 반복하며 정신없이 매달렸다. 아마도 한 시간 이상을 그렇게 그렸던 것 같다. 마침내 그림에서 붓을 놓고 땀을 닦으며 등허리를 펴고 얼굴을 들었다. 그러자 그곳에 엘리언이 놀란 표정으로 서 있었다. 그러고 보니 오늘 네 시부터 미팅이 있다는 사실이 떠올랐다. 조용히 숨을 내몰아 쉬며 "왔어?"라고 말을 건넸다.

"선생님은 인간이 아닌 것 같아요."

"그럼 뭐지?"

"무슨 신에 홀린 사람이 그림을 그리고 있는 것 같아서 무서워요."

"아마도 그림을 그릴 때는 내가 아닌 다른 무언가가 되는지도 모르지."

"그림이 살아 있는 것처럼 보이는 비밀을 알 것 같아요. 사람들이 그림 앞에서 가슴이 두근거리는 이유를."

나는 기력이 소진되었는지 현기증이 났다. 바깥을 바라보니 공간이 태양 빛으로 넘쳐흐르고 있었다.

2017년 3월
파리에서

예술가의 이중성

나는 오랜 세월 미술가로 살고 있다. 그런 연유로 뛰어난 미술가, 별난 예술가들을 많이 만났다. 그중에서도 앤디 워홀과 요제프 보이스는 두드러진 존재로, 오싹하리만큼 섬뜩한 면이 있었다. 둘에게서 공통되게 느꼈던 것은, 터무니없이 강하게 나오는 겉모습과는 달리 그 이면은 믿기지 않을 만큼 온순하고 연약하다는 것이었다. 워홀의 어딘가 사신死神을 연상케 하는 기이한 머리털과, 보이스의 남 앞에서는 결코 벗는 일이 없는 꾀죄죄한 모자와 조끼는 그들의 외견임과 동시에 내면의 상징으로도 보였다.

그런데, 그들을 개인적으로 만나보면 몹시 상냥하고 실로 고분고분하고, 어딘가 깊은 상처를 입고 끊임없이 무언가에 겁을 먹고 있는 느낌이었다. 그런데 정작 남 앞에 나서거나 퍼포먼스를 하게 되면 그 존재가 완전히 일변한다. 1975년, 워홀이 파리의 소나벤드갤러리에서 개인전을 열었을 때, 그는 모두들 앞에서 자신은 파리에서는 누구와도 만나지 않고, 아무것도 보지도 않는다는 내용의 말을 영어로 했다. 이유가 있어서 그리 말했던 것이리라. 하지만 조금 전, 그는 내 전람회장에 나타나 가벼운 말장난을 하며 작품 코멘트까지 하고 막 돌아간 터라 이건 무슨 소리지 싶었다.

보이스와는 독일에서 몇 번이나 만났고, 같이 그룹전을 열었고, 도쿄에서도 만났다. 그는 개인적으로 허물없이 지내는 사람들 사이에서는 농담도 하고, 남에게 신경을 쓴다. 내가 말문이 막히기라도 하면 내가 하고 싶은 말을 자신이 대신해 보이기도 하는 것이다. 그러나 마음에 들지 않는 사람이나 관계없는 사람 앞에 서면 일절 귀를 기울이지 않고, 마치 아무도 없기라도 하듯 기괴한 제스처나 의미 불명의 혼잣말을 중얼거린다. 괴물 같다고나 할까, 돌았다고 할법한 히스테릭한 행동을 여러 번 목격하기도 했다.

예술가는 이중인격자인 것일까. 어느 쪽이 진짜 얼굴이고, 어느 쪽이 꾸민 얼굴인지 아마 아무도 알지 못하며 분명 본인도 모를 것이다. 그러고 보니 가끔 정신이상을 호소하는 구사마 야요이〔草間彌生〕씨의 말에 의하면, 그 어느 쪽도 진짜이며 결코 위선이 아니라고 한다. 나 자신에게 비춰봐도 바보처럼 고분고분할 때와, 한껏 경계 태세를 취하는 때가 있는 것은 확실하다. 보통 사람으로 행동하는 것과, 예술가를 연기하고 마는 것을 가려서 하는 것은 왜 일어나는 것일까. 주위에 일절 아랑곳하지 않고 표표히 살아가는 예술가야말로 무섭고 진짜인 양 비칠지도 모른다. 과연 그럴까, 나는 그렇게는 생각하지 않는다.

회화 제작의 두 가지 입장

회화 제작에는 크게 두 가지 입장을 생각할 수 있다. 첫 번째는 화가의 일방적인 올마이티에 중점이 놓이고, 두 번째는 화가와 외계의 상호성이 중요시된다. 전자의 경우 준비된 상像을 캔버스에 재현하는 표현이 되며, 후자의 경우 사고와 행위를 매개하여 외계와의 대화로 표현이 성립된다. 또 다른 입장이 하나 있다고 한다면, 화가의 에고를 부정하고 근원적인 타자에 의한 수동성에 의거하는 것이 되지만 이는 여기서는 논외로 하고 싶다.

근대 이전의 화가는 자연이나 사회, 인물이나 동식물 등 온갖 사물을 눈이랑 행위를 통해 그렸다. 화가의 머리와 손을 빌려 대상을 변용하면서도, 보는 것, 그리는 것이 외계로서 존재하였다. 그것이 인간 중심주의의 근대적 사고 속에서, 화가는 외계를 잘라버리고 모든 것을 내면화된 이미지, 곧 뇌 속에서 창출하는 발상으로 수렴하였다. 말레비치나 몬드리안의 '콤퍼지션'이라는 타이틀이 보여주듯이, 외계에는 존재하지 않는 이른바 추상회화가 만들어졌다. 이 경우 그리는 것은, 내부에서 짜 세운 상像을 밖으로 충실히 드러내는 행위다. 그래서 화가의 손은 상을 그리는 기계가 되고, 마침내는 전문적인 조수나 컴퓨터그래픽에 그 기능을 양보하게 된다. 이미 완성된 상을 그리는 데 있어서 화가의 손은 더 이상 적격이 아니게 된 것이다. 이렇게 아이러니하게도 능동적이며 전일한 화가의 탄생은, 한동안 회화의 운명을 바꾼 것처럼 여겨졌다.

주지하는 바와 같이, 그 후 다양한 추상회화가 유행했고, 미국의 미니멀리즘 아트에서 일단 그 명맥은 다했다. 그 선상의 최종 단계에서는 회화는 화가의 콘셉트의 제시 쪽으로 기울고, 당연히 손의 흔적은 쓸모가 없어졌다. 그리는 것은 조수나 다양한 기계에 맡겨지고, 화가의 행위는 의미를 잃었다. 화가는 아이디어맨으로 바뀌고, 표현은 전문적인 로봇처럼 제삼자에게 맡겨졌다. 그리고 회화에서는 애매한 요소가 제거되고, 관객이 보는 것 또한 간명한 회화에서 명료한 콘셉트를 확인하는 것이 되었다. 다시 말해, 보는 것은 아는 것이 되고, 신체로 느끼는 것이 아니게 되었다. 오늘날의 AI에 의한 회화는, 그야말로 지식의 총체로서 명석하게 판명된 닫힌 세계의 상징이라 할 수 있을 것이다.

그런데 회화의 역사를 돌이켜 보면, 라스코나 알타미라 동굴의 벽화가 말해주듯이 원래 회화는 외계와 내면의, 화가다운 대화라고밖에는 표현할 수 없는 것에서 태어난 것이다. 이는 세잔, 피카소에게 있어서도 다르지 않다. 그리고 이 흐름은 프랜시스 베이컨, 앤디 워홀, 그리고 게르하르트 리히터, 사이 톰블리에게도 이어져 생생히 맥박 치고 있다. 단, 산업구조나 도시환경의 발전 속에서, 외부나 내부의 양상이 변화한 정도로 대화의 방식도 변했다고 말하지 않을 수 없다. 여러 미디어의 발달과 함께 외계의 대상과 직접 맞닿는 일이 줄어들어, 외계는 보다 분석적 또는 추상적인 요소로 환원되거나 정리되면서 화가의 눈과 행위와 만난다. 화가에 따라서는 대상이나 콘셉트보다도 행위의 비중이 커져서, 그것이 캔버스나 물감, 붓, 그 밖의 것과의 관련 속에서, 보다 열린 회화를 불러일으킨다. 이러한 연유로 회화는 구상적인 그림새가 되는가 하면, 때로는 극히 단순한 모티프로 추상성을 띨 때도 있다.

여하튼 화가는 모티프나 생각, 캔버스, 붓, 물감 등을 신체적 행위로 매개하여, 만남의 터트림으로서 회화를 짜낸다. 제작은 그야말로 화가의 생생한 영위다. 그러므로 작품은 결코 대상이나 콘셉트의 재현이 아닌, 내부와 외부의 상호작용의 산물이 된다. 물론 화가들 중에는 추상적인 모티프나 컴퓨터그래픽 등을 빌리거나 하는 사람들도 있다. 그렇다고는 해도 중요한 것은, 화가의 신체적인 행위를 매개로 하여 의식과 외계와의 관계 작용으로 회화가 엮여간다는 것이다. 이러한 양의적인 제작 태도가 회화를, 자신을 벗어난 보다 초월적인 차원으로 이끌어준다.

화가가 화가인 연유는, 신체적인 제작 행위를 매개로 하여 외계와의 대화를 살아내는 데 있다. 이 제작 행위는 다른 말로 바꾸면, 자신과 타자, 만드는 것과 만들지 않는 것과의 관계 작용이며, 거기에 의식을 넘어 무의식이 더해져, 형언하기 어려운 세계를 여는 것이다. 이로 말미암아 회화는, 내부와 외부가 융화되어 미지성이 감도는 양의성의 모순체로서 살아 숨 쉰다. 이러한 의미에서, 외계와의 만남에 의한 회화적 제작 행위는 인간의 있음 직한 미래의 모습을 암시하는 사항이라고 해도 과언은 아닐 것이다.

1996년 5월

인공지능과 미술가

　바야흐로 인공지능AI이 활약하는 시대가 시작되었다. 자동차의 자동운전이 활발하게 시도되고 있다고 한다. 학술논문이며 시나 소설까지 다방면에 걸쳐 미심쩍은(?) 글쓰기가 유행하고 있다. 음악이니 미술, 건축에 있어서도 예술가와 로봇의 공동작업으로, 작곡한다거나 그림을 그린다거나 설계도를 제작하고 있는 예는 적지 않다. 나는 미술가로서 이 현상을 일찍부터 흥미 깊게 지켜보고 있다.

　그런데 최근 예술 분야뿐 아니라, 바둑의 마당에서도 AI와 강호기사棋士와의 대국이 화제가 되고 있다. 4승 1패로 AI의 압도적인 강함이 증명되었다. 모름지기 바둑의 역사는 천 년을 넘는데, AI는 개발된 지 아직 날이 짧다. 그럼에도 드디어 인간이 만든 기계에게 인간이 패하는 아이러니를 경험하게 된 것을 생각하면 복잡한 심경이 아닐 수 없다. 이러한 현상은 앞으로 점점 늘어날 것을 우리는 감수할 수밖에 없을 것이다.

AI는 정보를 입력한 컴퓨터다. 축적된 방대한 양의 데이터가 소프트웨어이다. 그러나 일반론으로서 어마하게 우수한 대량의 데이터일지언정 그것은 한도를 갖는다. 또 AI를 이런저런 '학습'을 시킨다 해도 살아 있는 것들의 경우와는 같을 수가 없을 것이다. 그것은 인간의 지식의 테두리를 넘는 것이 아니기 때문이다. 이러한 사정도 얽혀 AI의 초기 단계에서는 여러 면으로 주춤거렸음을 엿볼 수 있다.

하지만 재빠른 컴퓨터의 진화 과정에서 척척 이변이 일어나기 시작했다. 입력한 정보 자체의 발로에서 비어져 나와 정보끼리의 자극이나 충돌로부터 새로운 정보를 낳기도 하고, 마침내는 외부세계와 맞걸릴 수 있는 가능성이 보여지고 있기 때문이다. 거기에서 대응력이라고나 할 수 있는 타他와의 여러 반응의 메커니즘이 개발되면, AI가 영리한 생물로 화할 것은 불을 보듯 뻔하다.

AI에게 생각하는 힘, 자발성을 지니게 할 수 있다 해도 그 범위는 한계가 있을 것이다. 문제는 타와의 관계 작용으로 응답의 기능을 발휘했을 때의 경우다. 기사가 어떤 묘수妙手를 놓았다 하더라도 AI가 그 앞을 읽어버리는 사태가 이미 도래하고 있다. AI를 이기고자 한다면 대응 관계의 밖에 서야 할 터인데 바둑의 시스템이고 보면 어려운 얘기가 되고 말 것 같다. 컴퓨터를 돌게 할 정도의 피장파장의 창의적인 바둑이 성립될 수 있을 것인지.

일찍이 나는 「로봇과 화가」(『여백의 예술』 수록)라는 짧은 글에서 화가의 자의성에 대해 언급한 바 있다. 로봇은 콘셉트대로 그리지만 화가의 제작은 왕왕 그렇지 않다는 지적이었다. 화가는 콘셉트나 밑

그림이 준비되어 있더라도, 그릴 때 여러 가지 조건의 변화, 상상력의 작용, 신체의 컨디션이나 기분의 흔들림 가운데 제작을 진행한다. 말을 바꾸면 멋대로라고 할 수 없는 번득임이나 뭔가의 커다란 힘이 제작 중 끊임없이 작용하고 있다는 얘기이다.

다빈치의 「최후의 만찬」을 예로 들지 않더라도 역대 명화라 일컬어지는 그림을 X선으로 투시해보면, 몇 번이고 도상圖像을 변경한 것이 많다. 현대미술에서는 그렸다가 지웠다가, 뜻밖의 물체를 갖다 붙이기도 하여 제작 과정에 의도가 반전되거나 의미가 불투명하게 되기도 한다. 그리고 고금을 막론하고 표면적으로 이론이 정연하게 꾸며진 것처럼의 그림일지라도 가만히 들여다보면 야릇한 광기로 뒤덮여 있는 것이 적지 않다.

표현 행위는, 착실한 콘셉트의 수행과 그를 위한 강한 컨트롤 의식과 함께, 그와는 반대의 예기치 않은 만남, 충동적인 욕구나 광기를 품은 자유의 상상력이 동반된다. 말하자면 화가는 생각과 행위를 정비하면서 평상심을 지탱하려 애쓰는데 한편으로는 언제나 저변에 소용돌이치는 정체를 알 수 없는 마그마가 치밀어 오르고 있는 것이다. 이 이중성, 모순율로부터 양의성이나 자의성이 작용하여 작품에 생기와 다이너미즘을 낳고 있음은 의외로 알려져 있지 않다.

화가에 따라서는 특히 현대미술에 있어서는, 오히려 소재나 행위가 멋대로 굴도록 내버려둔 표현이 많다. 컴퓨터로 그린 것을 손작업으로 휘저어버리기도 한다. 정확한 묘사 위에 그것의 사진과 물체를 어울러놓기도 한다. 이러한 짓거리는 말하자면 근대까지의 이성적인 컨텍스트주의와 맞서 감정이나 물질이나 여러 외부와의 부딪침을 일부러 받아들이려는, 그야말로 현대라는 시대의 자유에서 비롯된 것이라 하겠다.

그래서 현대미술의 많은 작가는 치밀한 플래닝을 세우거나 때로는 AI를 활용하면서 또 한편 일부러 난데없는 짓을 태연하게 한다. 따지고 보면 어느 시대이건 미술의 표현은 의식으로 짜낸 관념과 더불어 일컫기 힘든 불순한 뭔가가 겹쳐지기 일쑤다. 미술가는 앞으로 의식의 첨단이면서 그 총체인 AI와도 관계하겠지만, 더욱 외계와 마주하여 짐작할 수 없는 무의식의 바다로부터도 많은 것을 빨아올릴 것이다.

컴퓨터의 발명은 근대의 산물이며 그것은 인류사의 빛나는 성과임에 틀림없다. 나는 그것이 인간의 지적 활동이나 일반 생활을 풍요롭게 하고 더욱 편리한 사회를 만드는 데 도움이 될 도구임을 믿어 마지않는다. 물론 위험이나 독주를 부르는 방향의 AI의 개발은 경계해야 할 것이다. 어쨌거나 만사가 AI로 해결된다거나 인간이 두 손 번쩍 드는 상황이 된다고는 보지 않는다. 인공물의 컴퓨터에 대해 인간은 무엇보다 생명체의 프라이드를 갖는 자각의 존재이기에 말이다.

인간의 생각이나 의지에는 한계가 있지만, 세계와의 만남은 무한하다. 곧 미지에의 호기심에 불타는 산 존재라는 것, 그리고 끝없이 무의식의 자극에서 치밀어 오르는 표현 욕구를 자각할 때, 인간은 결코 AI가 범할 수 없는 성역으로 여겨진다. 창의력의 상징이기도 한 미술에 있어서는, 더더욱 작가의 살아 있는 신체적인 존재의 활동이 빛나리라 나는 생각한다.

2016년 3월 22일
파리에서

---

* 이 글은 『니혼케이자이신문(日本經濟新聞)』 2016년 5월 15일 자 문화면에 게재된 「人工知能と美術家」를 필자가 우리말로 옮겨 쓴 것이다.

지휘자에 대하여

뛰어난 오케스트라의 경우에도 역시 지휘자의 존재는 중요하다. 연주곡의 선택과 그 해석은 전부 지휘자에게 일임되기 때문이다. 그 어떤 위대한 작곡가의 곡이라도 평범한 지휘자에게 걸리면 시시한 연주가 되어버린다. 반대로 위대한 지휘자를 만나면 어지간한 곡이라도 근사한 연주가 될 때가 있다. 푸르트벵글러나 카라얀의 지휘를 들을 때 나는 그것을 느낀다. 곡의 해석은 물론이거니와, 그들의 모습이나 행동은 때때로 인간 너머의 것으로 보인다. 사람들은 그들이 지휘봉을 휘두르는 연주를 통해서 음악의 영혼과 접하는 느낌이 든다.

그런데 그림이나 조각의 경우 지휘자는 있는 걸까? 사람들은 그것들의 생짜의 악보를 그대로 면전에 들이민 듯한 건 아닐까. 물론 때와 경우에 따라서 미술 분야에서도 지휘자가 지휘봉을 휘두르고 있는 듯한 느낌이 없지는 않다. 다시 말해 연주회에 해당하는 전람회는 대부분이 어떤 형태이든 프레젠테이션에 의거하고 있다는 것이다. 기획자가 누구인지, 어떻게 구성되어 있는지, 전시장은 어떤 공간인지 등은 지휘자의 존재와 그의 행동거지를 상기시킨다. 개인전과 그룹전은 상황이 달라지지만, 특히 그룹전의 경우, 개개의 작품보다 기획자의 존재가 두드러진다. 때로는 기획자의 자기주장이 너무 강해서 작가나 작품이 희미해지고 마는 경우도 있다.

미술 분야의 지휘자의 경우, 그 자리매김은 쉽지 않다. 미술작품의 경우, 사람들은 개인전·그룹전을 불문하고 최종적으로는 기획자를 넘어 개개의 작가, 또는 각각의 작품 수준이나 만듦새와 직접 마주 보게 되기 때문이다. 게다가 전람회가 끝나면 작품은 혼자 걷게 되기 마련이다. 오케스트라에서도 솔리스트의 존재가 빛날 때가 있다고는 하나, 그래도 전체적인 앙상블이나 하모니가 우선시된다. 이는 질서나 하모니를 베이스로 성립되는 음악의 본질에 관련된 사항임에 틀림없다. 이 점에서 미술은 아나키한 면이 있으며, 만드는 측도 보는 측도 늘 개인성이 최후를 결정하는 것이다.

미술에도 공동 작업이 있고, 오케스트라처럼 다양한 짜임새로 작품이 성립될 때도 있다. 이 경우에도, 볼 때는 역시 미술적으로 보는 것이다. 시각예술의 특징은, 대상에게 시선을 돌리게 함으로써 비로소 성립한다. 음악도 비슷한 면이 있다는 말을 들을 것 같지만, 차원도 정도도 다르다. 음악, 특히 교향곡은 소리 전체가 가차 없이 직접 신체 안쪽 깊숙이까지 들어온다. 이쪽의 의사意思를 넘어서 동시에 똑같이 울려 퍼져오는 것이다. 그런데 본다고 하는 행위는 각자의 눈길에 의해 대상 하나하나가 체크되고 선별되면서 신체 안으로 들어온다. 덧붙이자면, 그 사람의 개성과의 대응으로 보는 것이 시작되며, 교양이나 예비지식으로 경험의 폭이 결정된다.

결국 미술에서는 지휘자의 유무와 관계없이 보는 이와 작품은 고독한 마주함을 강요당한다. 음악도 듣지 않으려면 어느 정도는 피할 수 있을 것이다. 하지만 보려고 하지 않으면 그야말로 보이지 않는 것이 미술인 것이다.

2016년 8월

대상과 物物이라는 언어

대상과 物物이라는 말은 일본에서는 동의어가 아니다. 그런데 유럽, 특히 프랑스에서 인터뷰할 때, 당연한 듯이 동의어로 번역되는 수가 많다. 이밖에도 비슷한 경우가 있는데, 예를 들면 근대와 현대라는 용어도 종종 동의어로 번역되어 곤란해지고 만다.

이는 아마도 문화의 차이, 세계관의 차이, 언어와 개념에 대한 스탠스stance의 차이에서 유래된 사항일 것이다. 생각해보면 데카르트의 나라에서는 모든 것을 언어에 의해 규정을 마친 것으로 생각한다. 데리다조차 "쓰여진 것만이 세계이다"라고 말한다. 언어화되어야 비로소 존재가 되며, 대상이 된다는 것이다.

내 생각으로는 대상object은 그야말로 대상화된 것, 곧 개념으로 덮어씌워진 대상이다. 하이데거식으로 말하자면, 대상이란 자기 생각을 물에 덮어씌우거나 표상 개념을 대상화한 것이다. 그야말로 언어에 붙잡힌 물인 것이다. 다시 말하면, 대상이란 인간에 의해 규정을 받으며, 언어의 수중에 있는 물이라는 것이 된다. 미술용어로 사용되는 프랑스어의 오브제object가 가리키는 물은 바로 그 상징이라 할 수 있을 것이다.

미셸 푸코는 『언어와 사물』에서 근대에서는 온갖 사물이 인간의 로고스(언어)에 붙잡힌 대상이 되었으나, 현대에 이르러 그것이 언어와 물로 분리되는 상황이 이루어진다고 분석하고 있다. 곧, 나변의 대상들은 이미 언어로부터 벗어난 무언가이며, 그것은 확정되지 않은 채로이다. 어떤 의미에서 언어(인간)는 죽었고, 뭐라 이름하기 힘든 섬뜩한 벌거벗은 사물이 거기에 있다.

그런데 내가 군이 '물(thing, matter)'이라고 할 때(물론 일본의 일반론이기도 하지만), 그건 물질이나 말이나 감정 등이 서로 뒤섞이면서, 말의 범위를 벗어난 불확정한 어떤 것이다. 물론 대상성을 띠는 경우도 많으나, 그것이 애매하거나 없는 경우도 있다. 근처의 나무와 돌, 물, 사람 등은 대상성을 지닌다고는 하나 끊임없이 규정 밖의 사물로서 존재한다. 실은, 그야말로 그 자체로서 개념대로 존재하는 물이란 애초에 있을 수 없다.

이 당연한 사실이 근대라는 시대에서는 무시되고 식민지주의처럼, 추상회화에서처럼 모두 인간의 생각대로의 것으로 표상화되어 왔던 것이다. 칸트에 의하면 근원적인 물이란 규정되지 않은 것, 끊임없이 미지의 것이다. 근대적인 인간의 규제력이 무너진 현대라는, 보다 자유로운 시대에서는, 사물은 그야말로 비대상성을 드러낸다.

1960년대 후반, 일본에서 모노파 운동이 일어났던 것은 상징적인 사건이라 할 수 있을 것이다. 종래의 이념이 해체되고, 온갖 대상이 언어로부터 어긋난 불명확의 물로 보인다는 스탠스의 표현이었기 때문이다. 적절히도 세키네 노부오(關根伸夫)는 "표현이란 물의 먼지를 털어내는 것이다"라고 했다.

나는 1969년 봄, '물과 언어'라는 타이틀로, 아무것도 그리지 않은 커다란 종이를 일본현대미술전에 출품했다. 그리고 같은 해, 「사물에서 존재로」라는 소론에서 기술한 골자도, "'대상'에서 물로'라는 뉘앙스이며, 인간 중심주의를 치는, 세계의 미지성을 향한 제언提言이었다. 현대미술의 커다란 과제 중 하나는, 표현에 있어서 어떻게 근대적인 대상성을 뛰어넘는가 하는 것이다.

2015년

AI에 대한 생각

    최근 AI를 둘러싸고 다양한 논의가 활발하게 전개되고 있다. AI가 인간의 직업을 빼앗는다거나 언젠가 AI가 인간을 지배할 거라는 등의 이야기이다. AI는 인간의 지식이 만들어낸 컴퓨터 프로그램이다. 현재 AI는 지식의 총체로서 인간의 한계와 가능성을 확실히 넓혀나가고 있다. 앞으로도 AI는 점점 진화하여 언젠가는 스스로 발전할지도 모른다.

    AI는 과연 단순한 지식 시스템에 그치는 것이 아니라 하나의 생명체로서 진화해가고 있는 것일까? 그렇다면 인간이 만들어낸 기계가 생명체의 일원이 된다는 것을 뜻하게 된다. 이는 인간의 손이 닿지 않는 세계에 돌입하는 이미지를 떠올리게 한다. 인간이 AI를 두려워하는 이유는 바로 이 자기운동의 향방 때문이다.

    일찍이 하이데거는 근대 기술은 인간이 만들어낸 발명이지만 애당초 기술의 바탕에는 인간의 손을 벗어나 자연의 이치와 연이어질

성능이 있다는 점을 지적하며 경고하였다. 오늘날의 컴퓨터 기술과 생명과학 기술의 일부는 종래의 인간관을 크게 뒤흔들고 있다. 이미 원자력 기술의 전개 양상은 그 속성을 너무나 잘 보여주고 있다.

그건 그렇다 치고 AI가 정말 인간을 대신할 수 있을 것인가? 지금까지의 발전 과정에서 유추해보면 언젠가 AI에게 인간의 능력을 뛰어넘는 측면이 갖춰지지 않으리라고는 단언할 수 없다. 인간이 예측하기 어려운 근미래의 사태를 해명하는 것도 충분히 예상 가능하다.

그럼에도 나는 인간의 장벽이 의외로 높다고 생각한다. 아무리 뛰어난 AI라 할지라도 인간을 대신할 수 있으리라고는 생각하지 않는다. AI는 AI이고, 인간은 인간이다. 물론 상호 매개의 여지는 많을 것이다. 그러나 이는 생물과 무생물의 관계 속에서의 일이다. 설령 AI가 끝없이 생물에 가까워진다고 가정해도 살아 있는 인간과는 거리가 먼, 어디까지나 만들어진 사물이라는 사실은 변하지 않는다.

아무리 정교한 로봇이라 해도 이는 인간이 설계한 생물(?)이지 자연계에서 탄생한 생명체가 아니다. 탁월한 해부학자인 미키 시게오〔三木成夫〕는 이렇게 말했다. "인간은 5억 년의 기억과 흔적을 품은 생명체"라고. 즉 인간은 오랜 시간 동안 축적해온 독자적인 역사를 지니고 있으며, 그 시스템과 작용이 있다는 뜻이다. 이는 과학의 힘으로 뛰어넘을 수 있는 것이 아니다. 우주의 섭리와도 같은 것이라고나 할까.

AI가 앞으로 자기운동을 한다 해도 이는 고차원의 무기물로서의 자기운동이지, 살아 있는 생명체가 된다는 의미가 아니다. AI가 생명체를 모방하더라도 그 한계는 '인간적인 것'에 그칠 수밖에 없다. 결국 AI가 인간적 한계를 숙명으로 갖는 데 반해, 인간은 자연의 속성에 따라 끊임없이 미지의 생명으로 존재한다는 것이다. 이때 인간은 자신의 자연성─생명이란 무엇인가를 숙고해야 할 것이다.

2018년 5월 14일

AI와 렘브란트 그리고 초상화

렘브란트의 초상화를 AI가 모사해서 그린 그림이 신문에 크게 소개되었다. 정교하고 화려한 완성도가 놀라울 따름이라며 절찬하는 기사 내용이 함께 실렸다. 자세히 살펴봐도 표면 처리가 일정하고 실수가 없다. 프로그래머가 하나의 관념을 조정措定하고 이를 데이터화하여 AI가 충실하게 표현할 수 있도록 만든 것이다. AI가 하는 일인 만큼 깔끔하게 마무리되어 과학적인 측면에서 보아도 뛰어난 완성도를 자랑한다고 할 수 있겠다.

분명 렘브란트의 그림과 똑 닮았다. 독특한 흰 목도리에 검은 옷을 몸에 걸친 그럴듯한 인물은 자못 렘브란트의 그림을 방불케 한다. AI의 그림 실력이 마침내 이 정도 수준까지 왔나, 하며 감탄하는 목소리가 나올 법하다. 그러나…… 보면 볼수록 어딘가 이상하다. 계속 바라보고 있으면 그 정돈되고 밋밋한 느낌에 왠지 기분이 나쁘다. 모든 것이 질서정연하고 알맞게 잘 그려졌고, 그리고 어느 한순간

227

정지해 있다. 인쇄된 그림이기 때문에 더욱 그렇게 보이는지도 모르겠다.

그럼에도 이 완벽함은 대체 무엇이란 말인가? 화가는 이런 그림을 그릴 수 없다. 아니, 이렇게 그리지 않는다. 이는 결코 화가의 그림이 아니다. 역시 화가가 없는 그림인 것이다. 이렇게 말하면, 현대는 작가가 필요 없는 시대라는 소리조차 들려올 것 같다. 오늘날의 문명에서는 '만든다'는 의미가 변했다. 그렇기 때문에 근대 이후에는 작가의 흔적을 지운 그림이 일반화된 것도 사실이지만 이는 AI의 그림과는 다른 차원의 이야기이다.

이 초상화는 그야말로 컴퓨터가 그린 '그림'이라는 그림이다. 그림을 하나의 아이디어의 정확한 재현물—문제의 해답으로써 나타내고 있다. 따라서 화면은 이를 구성하는 요소들의 분석과 계산에 따른 기호의 집약이며, 그 총체가 그림의 의미를 나타낸다. 반대로 말하면 그림이란 명료한 의미를 나타내는 것으로, 그 이상도 이하도 아니다. 표현이란 근대의 도정에서 완성된 관념의 기호적인 표시물이라는 뜻이리라. 여기에 AI가 등장하는 필연성과 그 성격을 파악할 수 있다.

내가 AI의 그림에 위화감을 느끼는 이유는 한마디로 그 명증성에 있다. 아무리 뛰어난 화가라 할지라도 불완전하고 불투명한 생명체라는 사실에서 벗어날 수 없다. 그러므로 화가가 그린 그림은 결코 완전함을 과시하지 않는다. 오히려 숙달될수록 완전함에 도달하기 어려운, 정체를 알 수 없는 것이 감돌고, 역설적으로 이것이 완전함을 넘어선 어떤 경지를 암시한다. 그곳에 화가의 존재가 있는 건지도 모른다.

물론 AI에 의한 완성도 높은 재현력은 중요하다. 콘셉트를 정확하고 신속하게 재현하는 기술은 생활, 과학 및 기타 분야에서 더욱더 큰 역할을 수행할 것이다. 하지만 그렇다고 해서 나는 예술가를 대신할 수 있는 AI를 기대하지는 않는다. 애당초 AI는 자신의 생生을 갖지 않는다. 나는 예술 표현이 표현자의 삶의 행위 속에서 만들어지는 것이라고 생각한다. 이는 지극히 고전적인 입장이지만, 그러므로 작품 또한 살아 있는 것이어야 한다. 그림은, 화가의 삶의 영위에서 오는 생명감과 무의식의 작용, 그리고 외부와의 관계에 의한 미지의 숨결을 느낄 수 있는 것이기를 나는 바란다.

나는 여행지에서 가끔 렘브란트의 자화상을 만나곤 한다. 특히 말년의 작품 앞에 서면 왠지 숙연해진다. 대체로 어두운 그림이지만 불가사의한 빛을 내뿜고 있다. 몇 겹에 걸쳐 붓을 칠한 어두운 배경에, 희미하게 떨리는 듯한 붓의 터치가 겹쳐진 붉은 갈색의 짙은 음영이 드리워진 주름진 얼굴이 떠 있다. 할 말을 잊고 체념한 듯한 표정에서 이루 말할 수 없는 슬픔이 묻어난다. 그림을 볼 때마다 렘브란트라는 화가를 넘어서 인간 존재의 마음속 깊은 곳을 들여다보는 기분이 든다.

자세히 보면 곳곳에 다시 그렸거나 명료하지 않은 붓질이 눈에 띈다. 어쩌면 그림의 밑바탕에는 다른 그림을 그렸다가 지운 흔적이 있는지도 모른다. 다빈치의 「모나리자」가 그랬듯이 아무리 그리고 그려도 뜻대로 되지 않아 중간에 붓을 놓은 것처럼 보이기도 한다.

그러한 화가의 행위가 도리어 그림을 불가해한 것, 살아 있는 것으로 만든다는 생각이 든다.

렘브란트는 자화상 외에도 많은 초상화를 그렸다. 젊은 시절의 그림과 말년의 그림에는 여러 가지 차이가 보인다. 언뜻 봐도 젊었을 때 그린 그림이 더 부드럽고 화려하고 밝다. 나이를 먹어가면서 오히려 붓질이 탁해지고 거친 느낌이 눈에 띄며 수정한 부분이 여기저기에 보인다. 기술적인 면도, 붓질도 나이를 먹어감에 따라 세련되어질 법한데 반대로 붓이 닿지 않고 그리기 어려운 것들이 늘어난 것처럼 보인다. 렘브란트의 그림은 살아 있는 인간으로서의 화가의 예술 행위가 무엇인지를 힘차게 말해준다.

2018년 5월 10일

문명과 문화

맹렬한 스피드 사회는 오늘날의 문명의 성격을 잘 보여주고 있다. 오로지 진화와 발전이 강조된다. 이러한 시대에, 문화는 방해물 취급을 받는다. 문화는 숙성과 발효가 필요로 하는 지속의 시간을 소중히 하기 때문이리라. 다시 말해, 한쪽은 뿌리치면서 앞으로 나아가려 하고, 다른 한쪽은 축적하면서 거기에 머무르려고 하는 것이다.

여하튼 현대는 문명의 힘으로 모든 것을 밀어붙이려 할 때가 많다. 인류사에 있어서 결코 바람직한 경향이라고는 할 수 없을 터다. 오늘날에 이르기까지 인간의 존재성을 형성한 것은 문명과 문화의 상호 자극에 의한 것이라고 생각하기 때문이다. 그러므로 유럽에서는 아직도 문명을 포함한 문화의 개념을 관철하려는 느낌이 남아 있다. 문명과 문화의 상극이 때론 생기더라도 어딘가에서 밸런스를 취하려고 하는 인간의 지혜의 작용을 믿고 싶다.

나는 미지를 개척한 최근의 문명의 위력에 경탄한다. 그 성과와

혜택은 이루 헤아릴 수 없이 큰 일면이 있다. 그렇다고는 하나, 문명에 의한 너무도 무섭고 막을 수 없는 폐해나 재난 또한 다대하다는 것을 누가 부정할 수 있으랴. 그렇다고 해서, 전통과 안정을 방패 삼아 문화로 문명을 부정하려는 수작이 있어서도 안 된다. 또한, 이와 반대로 문화의 경시가 상투화되면 언젠가 인간은 로봇화되어, 정신과 감성의 퇴화를 불러올 것이라는 사실도 깊이 명심해야 할 터이다.

2016년 4월 17일

AI형의 비평가

AI와 같은 수재형 비평가는 마치 지식인의 상징처럼 군림하기도 하고, 적확한 판단력과 추진력으로 자신만만하게 길을 제시하려고 한다. 특히 시작부터 결론에 이르는 전개의 수미일관성은 근사한 경우가 많다. 그들의 명증한 이론은 명쾌하고 설득력이 있으며, 대부분의 물음표는 굴복당하고 만다.

그러나 인간은 반드시 그런 것으로 납득하거나, 제쳐지는 것은 아니라고 나는 생각한다. 인간은 생각한 대로 행동하나 싶다가도 의미도 없이 하늘을 바라보거나, 문득 왔던 길을 유턴하는 등 엉뚱한 짓을 종종 하기도 하는 아주 골치 아픈 존재인 것이다. 덧붙이자면, 뜻밖의 만남이나 무의식의 충동에 의해 정신 나간 듯한 행동을 할 때조차도 있다.

가끔 AI형의 비평가가 못마땅한 것은, 그 명철한 분석이나 명확한 이념을 방패 삼아 자신의 신념을 절대시하고, 타자의 존재나 애매한 생각을 허용하려 하지 않는 점이다. AI가 지식의 총체이기에 다른 AI를 상정할 수 없는 것과 마찬가지로, 동류의 비평가 또한 그렇게 될 수밖에 없는 것이다. 여기에 교만함과 사람을 깔보는 태도가 더해지면 두려워지기도 하지만, 조금 거리를 두고 보면 우습기도 하다.

때때로 AI형의 비평가는 예술가를 미심쩍게 생각하거나 마음에 들어 하지 않는 모양이다. 이는 예술가가 의미나 명증성과는 달리, 마치 난센스와 같은 상상력이나 너무도 미묘한 뉘앙스, 바보 같은 사건을 인간의 삶의 모습으로서 과장(?)되게 보여주기 때문일 것이다. 하나, 세계나 우주, 미래를 예지하면서도, 바르게 나아가지 않고 끊임없이 옆길로 벗어나고 마는 인간. 이 곤란한 존재성을 변호하는 것은 아마 예술가뿐이라는 것을 누가 부정할 수 있으랴.

나는 평소 AI형 비평가의 저작물에서 많은 것을 배운다. 이를 고맙게 생각한다. 하지만 그건 심오한 맛이 있는 것도 아니며, 의외로 학문적이라고도 할 수 없고, 시간이 지나면 바람과 함께 사라져버린다. 너무나 자주성이 결여된 사람의 생각도 곤란하지만, 자신감 과잉의 번지르르한 비평가의 말에는, 가볍게 인사하고 빠른 걸음으로 지나가버리는 정도로 해두고 싶은 것이다.

2016년 4월 17일

가짜 비평

무언가를 비판하려 할 때 그 대상이나 상황, 콘셉트를 가능한 그 자체로서 검증하고 문제를 설정하는 것이 상식이다. 그 대상이 설령 괴이한 모습일지라도 비판의 대상이기 이전에 하나의 현실로서 존재하는 타자라는 점을 무시해서는 안 된다. 모든 것은 대상을 진지하게 마주 보는 최소한의 예의에서 시작된다.

그런데 때에 따라서는 비판해야 할 문제의 소재를 그 대상이나 상황, 콘셉트에서 임의로 비껴간 채 마치 엉뚱한 허구를 날조해놓고 이를 공격하는 것을 가끔 보게 된다. 또한 영향을 받았다고 생각되는 학자의 언설을 자기 입맛대로 바꾸어놓고 이것이 비판을 받는 사람의 생각인 양 끼워 맞출 때도 있다.

이러한 태도는 대상을 인정하고 상대방을 이해한 뒤에 비판하는 것과는 그 성격이 다르다. 상대방을 어떻게든 공격하기 위해 열을 내며 그럴듯한 가짜 대상을 만들어낸다. 그러므로 비판하는 자 앞에 보이는 것은 타자가 아니라 비판자 자신의 사악한 상념일 뿐, 그 이상도 이하도 아니다.

이렇게 되면 당연히 비판은 핵심을 비껴가고 단순히 상대방을 왜곡하고 상처 입히며 독자를 우롱하는 데에 그치게 된다. 이런 비열한 행위는 식견 있는 독자들에게는 대부분 들통이 나게 마련이고, 결국에는 수치를 당하거나 빈축을 사는 결과를 초래하게 된다. 하지만 때론 같은 부류의 사람도 있기 때문에 '비판문'이 정확하지 않고 엉터리라 할지라도 상대방을 증오하는 마음에 쌍수를 들고 찬성을 표하는 사람도 존재한다.

어쨌든 중요한 것은 비판을 받는 대상 그 자체가 제대로 된 존재인지 아닌지에 있다. 그 존재의 진실성이 흔들림 없이 견고하다면, 가짜 비판의 거품을 떨쳐버리고 자신의 생명력을 굳건히 발휘할 수 있으리라. 시간과 상황에 견디지 못하고 휘둘린다면 고작 그 정도밖에 안 되는 존재인 것이다.

2002년 / 2018년

이데올로기의 환상

나는 때때로 이데올로기의 환상이 지니는 무시무시한 힘에 대해 생각한다. 믿었던 것들로부터 배신당해 죽임을 당하거나, 환상 때문에 현실을 왜곡하고 점점 위선에 덧칠을 해가는 것을 볼 때마다 복잡한 심정을 금치 못한다.

1

1950년대 중반부터 1960년 말까지 일본에서 활약한 화가 조양규曹良奎가 있다. 창고, 맨홀 등을 그려 일세를 풍미한 화가인데, 1961년 초에 '공화국(북한)'으로 귀국했다. 나는 1959년에 무라마쓰화랑에서 개최된 그의 개인전과 그 외에서도 그의 그림들을 본 적이 있는데, 깊은 내적 통찰이 밑받침된 메타포와 거친 느낌을 주는 표현의 탁월함에 충격을 받았던 것을 기억한다. 사람들에게 둘러싸여 멀리서 목례로 인사한 정도 외에는 이야기를 나눈 적도 없지만 그의 명성은 당시 이미 드높았다.

그는 소년 시절부터 공산주의를 동경해 일찍이 남로당 당원으로 활동한 것으로 알려져 있다. 일본에 온 그는 무사시노미술대학을 졸업한 후 미술 활동에 전념하면서 주위의 화가들에게 사회주의리얼리즘을 부추겼던 것 같고, 마침내 북한에 꿈을 안고 '공화국'으로 건너갔던 것이다.

1960년대 중반, 나는 우연한 기회에 북한 잡지『조선미술』에서 그가 자기비판문을 기고한 것을 읽었다. 요지는 "자본주의 국가에서 비판적 리얼리즘을 그렸지만 공화국은 사회주의가 달성되었기 때문에 긍정적 리얼리즘을 그리지 않으면 안 된다. 이 점에 대한 생각과 배움이 부족했다"는 반성문이었다. 같은 페이지에 실린 그의 그림에는 젊은 여성이 환희에 찬 듯 웃으면서 벼를 베고 있는 장면이 그려져 있었는데, 아무리 보아도 조양규 그다운 표현으로는 느껴지지 않았다. 긍정적 리얼리즘을 배워서 그린 그림일지는 몰라도 내가 보기에는 마음에도 없는 그림을 그린 것으로밖에는 비쳐지지 않았다. 그는 수차례 비판을 받았고 같은 잡지에 두 번 자기비판을 반복했다. 한국의 한 연구자에게서 들은 이야기로는 그는 결국 몇 년 전에 스파이 혐의로 총살당했다고 한다. (단, 조총련계 지인에 의하면 최근까지 살아 있었을 것이라고도 하는데 진위는 확실치 않다.)

2

일본에서 태어나 제주도에서 자라고 오랫동안 일본에서 열렬한 조총련 간부로 활약한 뒤 작가생활을 하는 김석범이 있다. 예전에 나는 「재일문학론」(「재일조선문학에 있어서의 절대의 탐구」, 『와세다문학』 1974년 9-12월호)에서 그가 쓴 몇몇 단편소설의 스타일과 자세에 대해 비판한 적이 있다. 간단히 말하면 이 작품들은 끈기 있는 문장력이나 상상력의 매력에도 불구하고 모든 내용이 공화국 편의 선량한 인민 대 악질적인 한국의 경찰이라는 구조를 취하고 있어서 문학성이 의심스러웠다. 그의 장편소설 『화산도』에서도 볼 수 있듯이 그의 사고의 밑바탕에는 대한민국 정부 수립 반대, 조선민주주의인민공화국 수립 찬성이라는 이데올로기가 깔려 있고, 한쪽은 잘못되었고 다른 쪽은 옳다는 정의의 입장 표명으로 일관되어 있다.

정치적으로는 그런 입장도 있을 수 있을 것이다. 그러나 적어도 지식인이자 문학자라면 이러한 태도 자체가 당시의 있는 그대로의 현실과 역사를 무시하고 왜곡하는 위선이라는 점을 모를 리가 없다. '제주 4·3사건'의 처참한 비극은 대한민국 정부 수립을 둘러싼 남북 이데올로기의 대립이 초래한 것이지, 단순히 경찰 대 도민이라는 도식으로 설명할 수 있는 부류가 아니라는 점은 제주도민 누구나가 알고 있는 사실이다.

원래 '4·3사건'은 그 출발부터 이어지는 빨치산 활동에 이르기까지 북조선(공화국)과 긴밀한 관계 속에서 전개된 것으로, 『화산도』의 주인공이 마지막에 돌연 자살로 내몰리는 것도 제주도가 북으로부터 버림받고 갈 곳을 잃음으로써 일어난 상징적 사건이라고 할 수 있다. 내 생각으로는 소설이 제대로 된 모습을 갖추기 위해서는 이 주인공의 자살을 되돌아보는 것으로부터 시작해야 했을 것이다. 인간 사회에서, 그것도 같은 민족끼리인데도 왜 이런 서로 다른 정의의 이름으로 처참한 비극이 일어나는지, 작가라면 그 근원부터 의심하고 따지는 장이 소설이 되어야 하는 것 아닌가? 그가 쓴 스토리의 전개나 그 콘텍스트대로라면 오늘의 제주도는 성립되지 않는다.

그는 종종 남(한국)의 군대나 경찰의 행위를 반인민적 만행으로 규정하고, 분노를 가지고 고발한다며 거창한 정의론을 펼친다. 그렇다면 1960년대 초, '공화국'을 낙원이라고 선전하며 앞장서서 '귀국 사업'의 깃발을 흔들며 재일동포들을 속여 월북시킨 행동은 어떻게 되는가. 나는 지금껏 반성문 하나 본 적이 없다.

이데올로기로 현실을 규정하려 하는 자는 반드시 어딘가에서 환상의 허구성과 위선을 노정할 수밖에 없다. 그는 2015년 대한민국의 제주도가 제정한 〈제주문화상〉에 선정되었다. 아직까지도 한국의 존재를 인정하지 못하는 사람이 상을 거부하기는커녕, 수상을 위해 제주도까지 가서는 마치 자신의 고결함을 지키기라도 하듯 한국을 부정하는 연설을 하고 일본으로 돌아왔다.

나는 생각한다. 그가 만약 공화국으로 건너갔다면 조양규의 말로末路와 달랐을까? 부언하자면 나는 북한은 환상이 아니라 하나의 현실이라고 생각하는 사람이다.

2015년 9월

IV

모노파
―절제와 외부성의 수용의 표현

　모노파란 1967년 가을부터 1970년대 후반까지의 일본의 중심적인 미술 경향―운동을 가리키는 명칭이다. 모노파라는 말은 물(物, 모노もの, thing)과 파(派, a school)를 붙여놓은 조어인데, 물에 별로 손을 가하지 않고 쓰는 녀석들이라는 모멸의 레테르였다. 어떤 비평가는 아트에 생짜의 물을 주역으로 등장시켜 조형하는 것을 포기했다고 비판하는가 하면, 또 다른 비평가나 예술가는 예술의 역사성과 양식성을 파괴했다며 매도했다.

　아크릴판, 네온관, 시멘트, 철판, 유리판, 고무, 천, 종이, 면, 스펀지, 전구, 콘센트, 와이어, 돌, 흙, 물, 불, 목재, 숯, 기름 등. 공업용재, 일상품, 자연물 등을 뉴트럴한 상태로 서로 대면시키며 대지, 공중, 방, 벽, 바닥, 모서리, 기둥, 창, 명암 등 다양한 시공간과 여러 현상을 임시적·임장적으로 연계시키거나 맞부딪쳤다. 이러한 방식은 아이디어를 실현하기 위한 소재로서 물질과 공간을 쓰는 것이 아니라,

제각각의 요소를 상호적인 관계로서 활용하는 태도에서 온 것이라 할 수 있다. 곧, 오브제를 만드는 것이 아니라 신체적 행위를 매개로 '물'을 탈물질화로 이끄는 터트림을 행했던 것이다.

예를 들면 세키네 노부오는 1968년 여름, 고베의 공원에서 지면을 원통형으로 파고, 파낸 흙을 지상에 같은 형태로 쌓아 올려 거대한 요철의 장소를 출현시켰다. 에노쿠라 고우지(榎倉康二)는 1971년 파리비엔날레 때, 뱅센vincenne공원의 숲속에서 두 그루의 소나무와 소나무(8미터 정도의) 사이에 일부러 시멘트 블록을 쌓아 올려 커다란 벽을 만들었다. 나는 1969년 교토의 미술관에서, 긴 고무 자를 만들어 그것을 잡아당겨 제각각 다른 길이의 눈금에 무거운 돌을 눌러서 공간이나 거리감의 불확정함을 나타냈다.

이러한 터트림은 현실인지 비현실인지, 일상 감각이나 기성 개념을 뒤흔들고, 착란적인 신선함을 동반한다. 보는 것을 둘러싼 일루전illusion의 트릭trick성에 착목하여 대상-사물의 개념을 타파하고 눈앞의 현실에 대해 되물으려고 했다. 당초에는 결과로서 남은 작품보다도 행위에 의한 터트림이 두드러졌지만, 차츰 작품의 성립상태나 그 구조성 쪽으로 관심이 옮겨 갔던 것이다.

예를 들면, 고시미즈 스스무(小清水漸)는 같은 크기의 각재角材를 다수 준비하여 표면에 제각각 다른 칼자국을 새겨 넣었다. 요시다 가쓰로(吉田克朗)는 화랑 공간의 벽에 붓으로 색을 마구 칠하고, 그 앞에 조명을 비추어두었다. 그리고 하라구치 노리유키(原口典之)는 아주 말짱한 나무 판으로 커다란 사각 발판을 만들고 낡은 텐트를 씌워 그

위에 사람을 서게 하거나 걷게 했다.

거기서는 작품이 행위를 매개로 하면서도, 만드는 것의 트릭성이나 단체單體의 물질성이 아니라 사물과 사물의 관계나 표면의 다면성, 구성의 프로세스라든가 공간의 혼재성으로서 제시되었던 것이다. 그 때문에 작품은 한층 더 미지성을 머금은 것이 되고, 아티스트의 생각을 넘어 반투명한 구조, 다시 말해 타자와의 교통 공간으로서 나타난다. 만드는 것을 한정하고 만들지 않은 부분을 허용하여 열린 장을 열었다는 것. 곧, 절제와 외부성의 수용으로 표현의 새로운 차원을 열었다. 이리하여 보는 것을 이미 결정된 대상성이나 닫힌 의미성으로 향하는 것으로부터 해방했다. 모노파는 시각에 있어서의 타자와의 만남의 운동을 일으켰던 아방가르드들인 것이다.

모노파는 일본이 경제성장을 이루고 산업도시사회의 융성이 한창일 때 일어났다. 또한 어스워크, 미니멀아트, 앙티포름Anti-Forme, 아르테포베라Arte Povera, 쉬포르쉬르파스Support Surface 등 구미의 미술 경향과 시기가 겹친다. 어스워크, 미니멀아트 등 미국 미술에 대한 아주 근소한 정보에 자극을 받았던 것은 확실하나, 유럽계의 움직임과 닮은 몇몇 작품들도 나와, 당시 세계의 동시대성의 격렬한 공기의 흐름과 확산을 잘 이야기해주고 있다고 생각한다.

그렇다고는 하나, 예를 들면 아르테포베라는 있는 그대로(날것)의 사물을 사용하기는 하였지만 일상의 콘텍스트나 제도적인 장소, 또는 역사적인 이미지의 탈구축이나 치환에 의해 아트에 새로운 '인식'을 가져오는 방향을 취했다. 모노파는 당초 트릭과 같은 방법을 쓰거나, 그다음에는 사물과 사물 또는 공간과의 관계나 상태, 프로세스 자체로서의 아트를 제시하려고 했다. 그리고 아르테포베라가 나중에 형이상적인 방향이 두드러지게 되었던 것에 비해, 모노파는 불투명한 외부와의 관계를 심화하고 새로운 공간학으로 향했다.

어쨌든 이러한 70년대 전후의 세계의 미술운동은, 만드는 것의 올오버리즘이나 자기동일성(아이덴티티) 환상의 근대주의를 타파하는 시도였다. 그것은 마르셀 뒤샹 이후의 산업사회 구가에 대한 안티이며, 명증한 로고스 중심주의에 대한 커다란 비판의 흐름이었다. 레디메이드의 오브제에 대한 만들지 않은 타자와의 만남. 곧, 요제프 보이스가 '인간'의 의지와 말이 통하지 않는 위험한 동물과 마주했듯이, 다양한 작가들이 무규정無規定의 자연물이나 애매한 현실 공간과 직접 관계하게 됨으로써 새로운 시대가 열리기 시작했다.

이 선상에서 90년대, 외계성을 자랑거리로 내세우는 듯한 중국의 예술가가 대거 등장하기도 하고, 그리고 자연이라든가 죽음 등 불확정하고 보이지 않는 세계—말하자면 미지와 관계하는 아프리카의 아티스트들이 주목을 받는 콘텍스트가 만들어졌던 것이라 하겠다. (20세기 초와 유사하게 어딘가 서구 재구축을 위한 정치적인 연극 같은 냄새가 나지만…….) 이러한 흐름 속에서 모노파의 운동은 종래의 조형 언어 스타일을 지양하고, 유기물과 무기물, 신체와 공간 등의 거리나 대응 관계를 재검토하며, 새로운 시각의 가능성과 작품의 기원을 묻는 것이었다. 그리고 작품을 자기에 의한 닫힌 대상성으로부터 외부와의 열린 관계항의 방향으로 이끈 벌어짐 속에서 사람들은 모노파의 선구성을 보는 것이다.

이 관계의 미학에서는 무규정의 자연물이나 불확정한 공간과의 관계와 함께, 그것을 가능케 한 신체의 새로운 발견이 칭송될 것이다. 바로 나 자신에게 속함과 동시에 외계와도 이어지는 신체의 양의적이며 매개적인 존재성과 역할의 자각이야말로 아트를 안과 밖으로 걸치게 했다고 할 수 있을 것이다. 스가 기시오〔菅木志雄〕에 의한 유기적遊技的 퍼포먼스나 유연한 공간의 제시는 그야말로 신체가 가능케 한 짓거리라 하겠다. 나 또한「점으로부터From Point」「선으로부터From Line」 시리즈로 캔버스와 붓과 물감과 신체의 생생한 만남을 타블로로 제시했다. 모노파의 작품이 인식 대상이기보다 감응하는 필드라고 많은 사람들로부터 지적받는 까닭이다.

모노파는 자포니즘 또는 오리엔탈리즘과는 관계가 없다. 그것은 자기동일自己同一의 이데아를 대상화-물질화하는 이데올로기를 지양aufheben하고, 온갖 존재의 타자성을 서로 인정하려 했던 세계적인 사건이었다는 사실을 강조하고 싶다. 언표되지 않은 것, 만들지 않은 사물에 시선을 돌려, 그러한 불확정한 사물과 만드는 것과의 새로운 연관―그 관계성의 탐구였다는 것.

그렇기에 모노파의 아트에는 대상(오브제)적인 물이나 일상적인 언어를 꿰뚫고 언저리로 퍼져가는 커다란 바이브레이션의 공간이 보였던 것이다. 그런 의미에서 아트는 자기와 타자가 불협화음을 연주하는 무명성의 차원, 암시에 찬 여백의 세계라 할 수 있다. 의식적으로 외부성을 아트에 포함시키려 했던 모노파 운동은 미지를 여는 새로운 시대의 예감이었다는 것을 확신한다.

2001년
파리에서

* 이 글은 카탈로그 『Cambridge Museum Kettle's yard』(2011년 5월)에 'Mono-ha'라는 제목으로 수록되었다.—필자 주

단색화에 대하여

단색화란 하나의 색으로 된 회화라는 뜻이다. 서구의 언어로 옮기면 모노크롬이 될 것이다. 그런데 모노크롬은 종래의 회화, 또는 색채의 부정을 가리키는 데에 비해 단색화는 단일한 색, 최소한의 물감으로 된 회화라는 의미다. 이용우의 말을 빌리자면, 모노크롬이 회화의 죽음을 예고했다고 한다면 단색화는 회화의 재생의 시도였다.

단색화는 70년대 초부터 한국에서 일어난 일종의 추상적인 회화 현상이나, 당시는 유파로서의 명칭은 없었다. 1975년 도쿄화랑이 기획한 다섯 명의 작가에 의한 「한국 5인의 작가—다섯 개의 흰색」(이하 「다섯 개의 흰색」)전이 계기라는 지적도 있으나, 꼭 그렇다고 말하기도 어렵다. 이미 1973-1974년에 윤형근이나 박서보, 하종현은 서울 명동화랑에서 당당히 단색에 의한 회화전을 열고 있었다. 또, 1972년 제1회 「앵데팡당전」(한국국립현대미술관)에 이동엽, 허황, 김상남 외 많은 젊은 작가들이 흰색이나 검은색 등 모노톤 회화를 발표하고 있었다. 이 작품들이 내가 처음 한국으로 안내한 도쿄화랑의 야마모토 다카시 사장과 비평가 나카하라 유스케의 눈에 띄었다. 야마모토의 다카시 이야기로는, 출품작 대부분은 일본에서도 자주 볼 수 있는 경향의 작품이지만 흰색과 회색 톤의, 색도 형태도 애매한 회화가 많았고, 이들의 종잡을 수 없는 점이 신선하게 비쳤던 모양이다. 이 인상에서, 도쿄화랑의 「다섯 개의 흰색」전으로 기획이 전개되었는데, 그렇다고는 하나 이것이 단락적으로 후의 단색화 경향을 형성한 것은 아니다. (게다가 항간의 논의 중에는 단색화를 야마모토 다카시의 취향, 또는 조선백자라느니 야나기 무네요시 운운하며 연결 짓는 것을 보는데, 이는 지나친 억측에 지나지 않는다.)

　야마모토 다카시와 나카하라 유스케는 이미 일본에서 한국현대미술을 접하고 있었다. 가장 큰 전람회로는 이세득이 기획한 「한국현대회화전」(도쿄국립근대미술관, 1968)이 있다. 그리고 내 의향과 주선으로 1974년까지 김종학(무라마츠화랑, 1970), 조국정(시로타화랑, 1971), 심문섭(사토화랑, 1972), 하종현(긴화랑, 1972), 김구림(시로타화랑, 1973), 박서보(무라마츠화랑, 1973)의 개인전을 도쿄의 화랑에서 열었다. 이들 작품의 모노파와의 친근성과 과묵한 모노톤 성격이 주목을 받았고, 이 작품들의 평판은 한국의 미술계에도 전해졌다. 여하튼 야마모토 다카시의 열의로 기획된 「다섯 개의 흰색」전은 널리 화제가 되었고, 일본에 한국현대미술에 대한 관심을 고조시켰고, 한국 내에 밖을 향한 관심과 새로운 표현의 열기를 불러일으켰던 것은 확실하다고 생각한다.

오랜 기간 일본에 거주하고 있던 나는 1970년경부터 빈번히 한국을 왕래하게 되었다. 내 인상에 당시의 한국은 군사정권하에 있었다. 사회는 가난하고 어둡고 얼어붙어 있었고, 경제 재건을 명분으로 군부 독재정치가 행해지며 표현의 자유가 극력 억압당하고 있었다. 이에 특히 문학계에서는 격렬한 저항운동이 일어나 많은 문인들이 구속되거나 사형을 받기도 했다. 미술계에도 마찬가지로 저항 작가들이 있었으나, 소위 단색화계에서의 정면적인 투쟁을 실제로 본 기억은 없다. 그렇다고 해서 그들이 침묵했던 것은 아니다. 내가 본 바로는 얼어붙은 시대에 있어서 표현이란 무엇인가를 가장 근원적으로 물었던 것이 단색화계 작가들이었다.

단색화계 작가 대부분은 '국전'을 보이콧했고, 일부 대학에 적을 둔 사람도 있었으나 모두 재야 의식과 반골 정신이 강했다. 무엇보다도 이들의 제작 활동은 기성 개념을 부정하고 제도에 가담하지 않는 표현의 시도를 감행했다. 단색화계 1세대에는 앵포르멜을 경험한 자들이 많았다. 그리고 파리나 일본에 체재했던 자들, 상파울루비엔날레, 파리청년비엔날레, 도쿄비엔날레 등에 참가했던 자들 등 국제적 동향에 밝은 자가 적지 않았다. 이 세대는 식민지시대, 태평양전쟁, 한국전쟁 등의 가혹한 시대와 상황을 헤쳐 나왔고, 게다가 군사정권하에 놓이면서 비판적인 입장을 자각하고 있었다. 그렇기에 어느 작가의 작업이든 어둠과 고뇌와 아픔이 스며 있고, 열악한 환경 속에서 몇십 년이나 일관된 작풍으로 맹진할 수 있었던 것이리라.

단색화 작가들의 작업 중에는 거침없는 현실 비판과 연결되는 것도 볼 수 있다. 예를 들면 하종현은 70년대 초, 쌓아 올린 신문이나 색을 칠한 캔버스(그림)를 유자철선으로 동여맸다. 또 최병소는 그날의 신문 앞면을 검은 연필로 긁거나 문질러 너덜너덜해질 때까지 새카맣게 철저하게 지웠다. 작가의 이름은 잊어버렸지만, 아무것도 비추지 않는 필름을 계속 공전시킨 비디오나, 화랑에 술집을 열어 술을 마시면서 난센스한 논의를 펼치는 퍼포먼스(이강소?)도 있었다. 여하튼 대부분의 단색화계 작업은 난센스한 행위나 언어, 그 무익한 반복으로 인해 아무것도 표현하지 않는 표현, 곧 현실에 찬동하지 않고 상황을 무화無化하는 것이었다. 다시 말하자면 그들의 작업은 부정성을 바탕으로 하는 표현이 아닌 표현, 세계에서 유례를 볼 수 없는 근원적인 표현의 시원에 대한 모색이었다.

박서보는 캔버스에 우선 하얀 그림물감으로 정성껏 바탕을 칠한다. 그리고 진한 연필로 규칙적으로 긁어간다. 그 위에 또 흰 그림물감으로 덮고, 또 연필로 긁는다. 이러한 행위를 세 번, 네 번, 화면 빽빽이 반복한다. 그림물감과 연필과 행위가 부정과 긍정을 교차시켜 그것들의 집적集積과 흔적이 화면을 형성한다. 여기에는 그리는 내용도 목적도 설정되지 않고, 전혀 무익한 행위가 숨이 막히고 고통스럽게 펼쳐져 있다. 후년의 작업은 점차로 시스테매틱systematic한 것이 되어 리드미컬하고 적절히 절제된 윤리성을 띠게 되었다. 단색화 중에서는 가장 세련된 회화로 평가되고 있다.

윤형근은 나무틀에 펼친 삼베에 솔이나 평필로 그림물감을 배어들게 하는 작업을 했다. 예를 들면 삼베 필드의 좌우 양쪽에, 용유로

부드럽게 녹인 짙은 엄버umber 혹은 울트라마린 블루색을 솔에 듬뿍 묻혀 몇 번이고 덧칠하고, 중후한 염주染柱를 만든다. 시커먼 양쪽 기둥과 그 사이에 그리지 않은 빈틈과의 콘트라스트로 장중한 화면이 드러난다. 물질과 공백의 대응이 불러일으키는 화면에는 망양한 적막감이 보는 이를 압도한다.

정창섭은 한지의 독특한 특성에 호소하는 작업으로 알려졌다. 초기에는 저지楮紙의 일부에 먹을 번지게 해서 화면을 만들었다. 그러는 동안에 패널 또는 캔버스 위에 물에 푼 '닥'을 치고 늘이고 조이면서, 종잡을 수 없는 필드를 터트린다. 만년에는 늘인 닥의 확산의 일부에 모난 판자로 누른 면을 만들어 규정과 무규정이 교차하는 공간을 나타냈다.

하종현은 거친 삼베에 롤러로 그림물감을 밀어 넣거나 뒷면으로 배어나온 그림물감을 앞면에 되돌리는 작업으로 알려졌다. 당초에는 삼베에, 롤러로 인해 다갈색 그림물감이 앞면에서 뒷면으로 밀려 나온 모양을 보여주었다. 이것이 언제부턴가 뒷면에서 또 앞면으로 되돌아오거나, 밀려 나온 그림물감을 평필로 흩뜨리는 등 방법이 중층적으로 되었다. 바탕과 그림물감의 물질적 관계나 앞뒷면의 반전을 둘러싼 드라마는 보는 이에게 강렬하게 스며들어온다.

하종현과 유사한 방법은 이미 일본에 유학을 와 있었던 조국정에게서도 보인다. 조국정은 얇은 화지和紙의 앞면에 붓으로 색을 칠해 뒷면에 배어나오게 하거나, 또 뒷면에서 앞면에 색을 스며 나오게 해서 앞뒤가 없는 얇은 입체 작품으로 개인전(시로타화랑, 1971)을 열었다. 이를 본 재일 화가 곽인식은 후에 같은 방법으로 대대적으로 반점 모양의 작품을 전개하여 한일 양국에서 평가를 얻고 있다.

번짐은 평생 한지와 씨름했던 권영우도 차용했던 방법이다. 권영우는 이미 수묵 추상화로 알려져 있었으나 70년대에 들어와 그리는 것에서 만드는 회화로 이행했다. 패널에 한지를 겹쳐 붙이거나 찢어 붙이거나 구멍을 내기도 한다. 찢긴 종이의 흠집을 강조하듯이, 살짝 먹이 얼룩처럼 사용되는 적도 있다. 색은 그다지 중요한 요소가 아닌, 종이나 행위의 표정처럼 다뤄지고 있다. 한지 작품은 부드럽고 섬세하지만, 부드러운 아픔이 조용히 전해진다.

지지체支持体를 의식적으로 문제 삼은 작가로 심문섭이 있다. 삼베를 나무틀에 펼치고, 삼베와 틀의 접촉 부분과 모서리 부분을 샌드페이퍼로 너덜너덜해질 때까지 문질러 상처 입힌 작품이다. 자못 자연스럽게 긁혀서 그렇게 된 듯한, 애처로운 물질의 터트려진 표정을 들이댄다. 이 작례는 1973년 파리청년비엔날레에서 주목받아 화제를 모았던 것이 기억난다.

지지체를 훼손하거나 수복하는 작가 하면 정상화를 들 수 있다. 흰색이나 청색 또는 검은색의 바둑판 같은 모양으로 균열이 간 작품을 만든다. 얼얼한 상처가 아름답게 늘어선 신기한 필드의 작품이다. 예를 들면, 아크릴 흰색 미디엄을 삼베 전면에 바른다. 그리고 반쯤 말랐을 때, 삼베를 가로세로로 접었다 폈다 하며 한 면에 2, 3센티미터의 모난 모자이크를 만든다. 다음에 커터나 나이프로 사각의 딱지 그림물감을 뜯어낸다. 그 위에 또 흰 미디엄을 칠해 말리고, 가로

세로로 접어 균열을 만들어낸 후 그림물감을 뜯어낸다. 칠하고 접고 뜯어내는 것을 세 번, 네 번 반복한다. 이러한 반복 속에서, 모자이크 상의 집적과 흔적이, 유적의 폐허 같은 필드를 불러일으키는 것이다.

내 70년대의 작품도 광주비엔날레의 특별전이자 단색화와 모노파를 동시에 전시한 「한·일 현대미술의 단면」(제3회 광주비엔날레, 2000)전에 선정되어 단색화에 넣고 있다. 이 전람회를 기획한 것은 비평가 윤진섭인데, 단색화라는 명칭은 그로 인해 결정적인 것이 되었고, 많은 논의는 있었으나 그 후 고유명사로 정착했다. 이를 계기로 단색화는 순식간에 주목 대상이 되었다. 그런데 단색화의 형성은 시대나 상황의 요청이라고도 할 수 있는데, 그중에서도 박서보의 존재와 역할을 빼놓고 생각할 수 없다. 냉엄한 시세時勢를 통해 작가들을 고무하고 하나의 세력으로까지 만들어내 지속시켜왔기 때문이다. 박서보가 만든 「에콜 드 서울」(국립현대미술관, 1975)전의 활동은 단색화의 집단 개성화와 지속화에 기여했다. 나 또한 박서보가 불러줘 한국에서의 발판이 생겼다. 나는 한국에 갈 때마다 박서보 댁에서 머물며 마치 작가들을 점검하듯이 뛰어다녔다. 그 덕분에 예기치 않게 일본의 모노파와 한국의 단색화 양쪽을 경험할 수 있었다.

여기서 내 70년대 회화에 대한 한마디. 1972년부터 시작한 「점으로부터」「선으로부터」 시리즈는 캔버스에 단색으로 빽빽이 점 또는 선을 그린 회화다. 밑칠을 한 캔버스에 평필 또는 봉필로 청색이나 적색의 석채 물감을 사용해, 점을 찍거나 선을 그어서 시스테매틱한 화면을 펼쳐가는 작업이다. 나타나서는 사라지고, 사라져서는 나타나는 프로세스로 무한한 시간 개념을 떠올리게 하는 지극히 콘셉추얼한 작업이다. 이 회화는 유아기에 배웠던 서법의 기억이 베이스에 있으나, 1971년 가을 뉴욕근대미술관에서 본 바넷 뉴먼의 독특한 공간을 나타내는 회화에 자극받아 나 나름대로의 시간적인 전개를 시도했던 것이었다. 따라서 내 작품은 캔버스에 붓과 그림물감을 사용하여, 그린다는 행위를 통해 그야말로 회화를 나타냈다. 단색이나 반복의 방법에 의해 단색화 작가들과 공통되면서도, 정면으로 회화이려고 했던 점에서는 바탕이나 소재에 역점을 둔 작가들과는 거리가 있었다고 생각된다.

단색화에는 몇 가지 특징이 있다. 일단은 색채주의를 거의 부정하는 듯한 단색의 사용법이다. 작가나 작품에 따라서는 단색을 사용하고 있다는 자각은 없다고도 할 수 있다. 소재의 색을 그대로 살리는 경우가 많기 때문이다. 색을 사용한다 하더라도, 그것이 색채라기보다 바탕과 대응하는 물질이라는 느낌이 강하다. 이러한 의미에서는 단색화라는 명칭이 반드시 핵심을 짚었다고 말하기는 어렵다. 게다가 1세대 단색화 작가들의 대부분은 붓을 쓰지 않고, 또한 기성既成의 캔버스도 그다지 고르지 않는다. 바탕칠이 된 캔버스를 사용하는 경우에도, 그것이 지지체의 역할을 하지 않고 그림물감이나 행위에 의해 파괴되고 변용되기 일쑤다. 비평가 나카하라 유스케는 한국 작가들은 "반색채주의인 데다가 행위나 다른 물질과 연관된 지지체의 모습을 작품으로써 보이는 자가 많고, 이 점이 매우 특징적이다"(「한국현대미술의 단면」전, 도쿄센트럴미술관, 1977)라고 지적한다.

어떤 의미나 이미지가 있어서 그것을 캔버스에 표현하는 게 아니다. 바탕이나 그림물감(또는 그 밖의 사용한 물질)이나 행위의 관계성의 발로가 작품이 된다. 이러한 경향은 일부 추상표현주의나 쉬포르쉬르파스에 보이나, 나카하라 유스케의 지적대로 집단적 현상으로써, 그리고 철저화된 방법으로써 현저한 것은 한국 이외에는 찾기 힘들다.

제작 용구는 솔이나 롤러, 나이프나 줄, 스테이플러나 망치, 그 밖에 연필이나 붓 등. 이러한 용구를 보더라도 그들의 작업이 기성 회화 제작과 다른 차원에 서 있는 것을 쉽게 알 수 있다. 여기서 용구는, 도구라기보다 그 기능의 성격을 살리는 점에서 지지체나 그림물감과 대등한 위치를 점한다. 제작 행위 또한 표현의 주된 요소이며, 작품 형성의 제요소들이 서로 맞부딪치며 싸우는 관계성으로서 나타난다. 동일 행위의 반복은 미묘한 감정의 작용으로 차이성을 낳고 지속을 가능케 한다. 이러한 터뜨림은 제작이 강한 신체성을 띤 것이라는 사실을 보여준다고 하겠다. 소재나 용구가 작품의 구성 요소로 활용되는 데 있어서 신체 행위의 반복성은 중요한 역할이자 결정적인 방법이다. 이 반복성의 신체 행위에 의해 소재나 용구의 물신성이나 그 폭력성이 억제되고 정화되면서, 부드러운 아픔을 동반한 신비로운 리리시즘을 자아내는 것이다.

단색화의 가장 큰 특징은 단연 그 반복성에 있다. 작가에 따라서 반복의 방식이나 표현 방식은 다르다. 하지만 그것이 방법이며 수단이고, 그 자체이며 난센스한 행위의 지속이라는 점에 변함은 없다.

전개적이 아니라 자기반복이라는 점에서는 부정성의 방법이라 할 수 있다. 하지만 그것이 미묘한 차이나 신체적·정신적 연마를 동반하는 점에서는 긍정적이라고도 할 수 있다. 따라서 단색화에 있어서 반복은 양의적이다. 상기한 작례에서도 알 수 있듯이, 단색화의 제작은 대부분이 행위의 반복에 의해 행해진다. 반복에 의한 집적과 흔적이 작품을 형성한다. 원래 반복은 목표나 달성을 의도하는 개념은 아니지만, 단색화에 있어서는 반복의 집적과 흔적에 무의미의 의미가 있다. 반복의 행위로 인해 물질의 변화, 시간의 경과, 공간의 변이가 일어나고 작품성이 드러난다. 작가에 따라서는 행위의 무위성無爲性을 강조하는 자도 있으나, 작품을 이루는 데 있어서 무위는 있을 수 없다. 어느 쪽이든 간에 신체를 혹사하거나 엄격한 훈련을 동반하는 경우가 많고, 거기에 호흡이나 리듬이나 감정의 기복이 나타난다. 이러한 일들이 작가나 작품의 성격을 결정하고 작품의 힘이 되어, 보는 이에게 강렬하게 다가온다. 단색화가 시각적으로 호소하는 힘이 뛰어난 것은, 전적으로 반복 행위에 의한 작품의 신체적인 양상의 생생한 숨결에 의한 측면이 크다.

단색화가 개척한 세계는 대체로 단순하고 무내용無內容하며 과묵하다. 그리고 엄격하고 어둡고 힘차다. 내용이나 의미가 없는 점에서는 거부나 부정성이 인정되나, 행위의 연마나 작품의 생성과 심화에 있어서는 대단히 긍정적이다. 단색화는 출발 당초에는 부정성이 강했으나 점차 지속과 심화 속에서 긍정성을 발견하고 양의성을 띤 표현으로 성숙해갔다고 할 수 있을 것이다. 그 때문인지 부정과 긍정이 교차하는 양의의 필드에는 정체를 알 수 없는 무한감이 넘친다.

단색화는 가난하고 어둡고 가혹한 상황 속에서, 그야말로 시대의 상징처럼 나타났다. 한국에서 단색화가 집단적으로 출현하여 존속하고 지금까지 전개되고 있는 것은 세계적인 경이이자 하나의 기적이다. 그동안 작가들의 활동은 더없이 치열했고, 정당한 평가보다도 악의에 가득 찬 곡해나 근거 없는 비판이 많았기에 잘 견디며 살아남았다고 생각한다. 여기에 이름을 올린 작가 외에도 많은 뛰어난 동류 작가들에게 경의를 표한다. 단색화는 그동안 안팎에서 주목을 받는 개인전이나 단체전이 이어졌으나, 무엇보다도 팔라초 콘타리니 폴리냐크Palazzo Contarini Polignac에서의 이용우 기획에 의한 전시 「Dansaekhwa」(베니스비엔날레, 2015)에서 국제적인 평가를 높인 것이 결정적이었다. 조앤 키Joan Kee, 이용우, 티나 킴Tina Kim과 블룸앤드포Blum & Poe, 국제화랑의 역할에 감사를 표하고 싶다. 덕분에 단색화는 오늘날 세계에서 가장 주목받는 70년대 미술 경향의 하나로 꼽힐 수 있게 되었다.

부언附言. 당시를 돌아보면 잊을 수 없는 기억이 주마등처럼 눈앞에 스쳐 간다. 나는 70년부터 한국에 빈번히 오갔고 언제부턴가 박서보 댁에서 신세를 지게 되었다. 결코 유복하다고는 할 수 없는 생활임에도 불구하고 한국에 갈 때마다 그는 나를 따뜻하게 맞아주었고, 연일 몰려드는 많은 작가들과 어울리며 자주 논쟁을 하고 싸우기도 했다. 그러다가 박서보는 나를 데리고 대구, 부산, 광주 등 여러 도시를 돌며 작가들의 작업을 보고 그들을 고무·격려하며 다녔다. 그러던 어느 날 아침, 박서보 댁에서 나는 갑자기 남산(정보부)으로 연행되었다. 내가 빨갱이이며, 북한의 스파이 용의자라는 모양이었다. 나도 모르는 혐의가 씌워져 일주일 꼬박, 온갖 고문으로 사선을 넘나들었던 경험은 평생 잊을 수가 없다. 아직도 이 사건의 진상은 수수께끼로 남아 있다. 숙식을 함께했던 박서보까지 의심을 받아 나와 같이 연행되었는데, 그는 하룻밤 만에 풀려났다. 남산에서 나올 때 박서보는 나를 위해 탄원서를 썼다. "이우환의 죄는 모르나 내가 모든 책임을 지겠다. 한국 미술계에 꼭 필요한 인물이니 살려주기 바란다"라는 절절한 글을 썼다는 사실을 석방될 때 알게 되었다. 그 후에도 한국에서, 일본에서, 유럽에서 나는 계속 정보부원에게 미행을 당했고, 심적 고문에 시달렸다.

단색화 또는 70년대의 회상에서 잊을 수 없는 사람은 많다. 그중에서도 명동화랑의 김문호 사장의 존재는 크다. 김문호는 문학잡지에 '도스토옙스키론'을 쓸 정도의 문학청년이었는데, 화랑 경영을 위해 아버지로부터 물려받은 버스 회사까지 날려버리고 말았다. 내 기억에 명동화랑은 현대미술의 거의 유일한 장소로 박서보, 이일을 중심으로 한 젊고 가난한 미술가들의 아성이었다. 유준상에 의해 『현대미술』지가 창간되기도 했고, 윤형근, 박서보, 이우환 등 많은 단색화 작가들의 전람회가 기획되었다. 화랑은 미술가, 디자이너, 건축가, 비평가들의 논쟁의 장이자 외국 미술계의 창구이기도 했다. 내가 몇 번인가 일본의 많은 미술계 사람을 한국에 안내할 수 있었던 것도 대부분 김문호 사장의 배려 덕분이었다. 부언하자면, 이 화랑을 옆에서 오랜 세월 응원했던 것이 도쿄화랑의 야마모토 다카시다.

2017년 / 2020년

미지와의 대화
—젊은 예술가들에게

예술가는 문명의 증인이며, 또한 시대의 예고자입니다. 이것은 예술이 꿈틀거리고 있는 문명의 심층을 비추어내고, 그 나아가는 방향을 암시하는 것임을 가리키고 있겠지요.

그런데 오늘날의 산업사회는 근대의 명료한 대답을 선호한 나머지, 만들어진 것만을 전면화하고, 그것으로 세계를 규정하려고 합니다. 그래서 만들지 않은 것, 애매한 것은 가치가 없는 것으로 업신여겨지고 배제되는 것입니다.

현대인은 하이테크를 이용함으로써 콘셉트를 데이터화하고, 이를 완벽하게 명시하는 것이 가능해졌습니다. 이 때문에 작품 또한 명증한 것이 되어, 바야흐로 본다는 것은 이에 동의하는 것을 의미하고 있습니다.

그러나 여기서 볼 수 있는 명료함은, 낯선 것이나 자기 밖의 것을 인정하지 않는 세계관에서 유래되었습니다. 이 때문에 끊임없이 동일화를 요구받고, 모드를 방불케 하는 새로운 명료함으로 시간이나 공간을 가득 채우고, 전체주의와도 같은 글로벌리즘을 강요하게 되는 것이지요.

저는 표현 행위는 닫힌 체계라기보다, 밖으로 더욱 열린 것이어야 한다고 생각합니다. 공동체의 심정心情이나 관리된 정보의 틀을 넘어, 비동의非同意의 타자─만들지 않은 외부와 어떻게 만나고 어떻게 관계하는가, 그것이 문제입니다.

하나의 힌트는, 나 자신에게 속해 있음과 동시에 외계와도 이어져 있는 신체에 있다고 말할 수 있습니다. 예를 들면 손은 뇌의 일부이면서 외계의 일부이기도 하기에, 나 이상의 것을 만들어낼 수가 있다는 것입니다.

어떤 하이테크를 사용하든, 신체를 매개항으로 삼아 안과 밖의 통풍이 잘되게 해서 표현에 미지성이 곁들여지기 바랍니다. 이 외부를 포함한 미지성이야말로 예술의 수수께끼를 보증하는 것이며, 무궁무진한 재미의 원천임을 확신합니다.

애당초 예술가를 자처하는 자는 끊임없이 대답을 거부하고, 자신으로부터도 늘 일탈할 수밖에 없습니다. 그건 예술가란 안으로도, 밖으로도 회수回收할 수 없는 경계적인 존재의 인식에서 태어나는 자이기 때문입니다.

2001년 12월

현대미술
─이 묵시적인 것

　현대미술은 근대의 쇠약과 함께 시작되었다.

　아이덴티티에 의해 만듦으로써 인간을 구가하던 시대는 끝나가고 있다. 이제는 인간을 넘어서 만들지 않은 물物을 포함한 세계를 새롭게 일으켜내지 않으면 안 된다.

　이성적으로 짜 맞춘 것들을 탈구축하면서, 손을 대지 않은 것, 무형의 것과 어떻게 관계를 맺게 하는가, 여기에 현대미술 최대의 과제가 있다. 이는 근대적인 생산 중심사회에서 난센스한 터트림이나 무규정의 자연까지도 끌어들인 거대한 생성의 사회를 표현의 시야에 넣는다는 것을 말하는 것이리라.

　자연은 가까우면서도 여전히 수수께끼와도 같다. 이는 자연이 알려진 것, 보이는 것인 동시에 모르는 것, 보이지 않는 세계에도 속해 있기 때문이다. 무수한 삶 속에 있으며, 무수한 죽음과 함께 있다. 나무 한 그루, 돌 한 개는 결코 그것만으로 존재하지 않는다. 반드시 주변의 여러 가지 것들, 공기, 소리, 시간, 삶, 죽음, 꿈 등과 끊어졌다 이어졌다 하고 있다. 다시 말해 끝없는 관련 속에 있는 것이다.

인간이 사물을 만든다는 것은, 이 관련으로부터 무언가를 떼어내 이성적인 절차에 의해 한정된 것으로 바꾸어놓는 것을 말한다. 환언하자면, 물을 자신의 화신化身처럼 제도의 연관 속에 짜 넣거나 독립시키면서, 인간적으로 전이시킨다는 것이다.

근대의 방식은 다양한 연관성을 잘라버리고, 이미지의 메타포로서 사물의 대상성을 두드러지게 하여 하나의 자립한 존재로 완성시키는 것이었다. 그러므로 사람이 세계와 접하는 방식은 눈앞에 있는 대상의 존재를 인식하는 것, 그것을 확인하는 것에 한정된다. 만들어진 것이 대상성을 넘거나, 보이지 않는 부분을 끌어안는 것은 허락되지 않는다. 근대미술이 보이는 것, 이야기하는 것으로서 백일하에 드러나는 것은 그 특이한 대상주의에 의거하는 바가 크다.

그런데 현대미술은 대부분 잘 보이지 않고, 이야기하기 힘들고, 난해하게 비친다. 주지하는 바와 같이, 작품의 대상성이 애매해지거나 해체되고, 주변의 상황과 서로 관계하면서 정체가 막연해져가고 있다. 어느 것이, 어디까지가 작품인지, 작품은 무엇을 나타내는지, 작품과 작품이 아닌 것은 무엇으로 정하는지는 누구도 말할 수 없다. 때에 따라서 작품은 주변의 사물과 동화되어 일상의 지평으로 매몰되는 경우도 있다. 반대로 작품의 이질성에 의해 공간의 위상이 변하고, 보는 이를 혼란시킬 때도 있다.

이러한 징후는 근대미술의 붕괴 과정과 새로운 미술의 시작이 겹쳐져 착종된 것에서 비롯된 현상일 터다. 새로운 시대의 연관을 발견하기까지는 여러 가지 시행착오도 있을 것이며, 카오스 같은 상태가 되는 것은 당연한 진행 과정이리라.

작품은 텍스트화되지 않고, 열린 채 수수께끼로 있다. 첨예화된 작품일수록 경계가 정해지지 않아 불투명하고, 깊은 침묵의 양상을 띤다. 스스로의 주장을 자제하고, 타자와 함께 외계 속에서 성립되기 때문이다. 현대미술의 도달점에 있는 것은, 묵시적인 것, 칸트의 말을 빌리자면 그야말로 '물物자체Dingansich'라 생각된다.

작자조차 자신의 작업 앞에서는 입을 다문다. 이야기하면 이야기할수록 작품으로부터 멀어진다. 관점을 바꾸면, 현대의 작가는 이젠 자기표현인 양, 빤히 보이는 말로 하는 수다스러운 작품은 만들 수 없다. 시대의 목소리에 진정으로 답하려 하면 할수록 낯선 영역과 관계하게 되어 저절로 타자를 동반할 수밖에 없고, 불가해한 작업이 되고 만다. 공동체나 대중의 비난에도 불구하고, 불손함에 가담하며 아무런 도움도 안 되는 위화감투성이의 수수께끼 같은 것을 만들어 내고 마는 것이다.

어쩌면 새로운 사회의 연관성은 이 불확정한 작업, 정체를 알 수 없는 '물자체' 속에 잠재해 있고 암시하고 있지는 않은 것인가.

1976년/1980년

현대미술의 사진을 보면서
―표현과 작자의 정체성

유럽에서 여러 비엔날레나 젊은 작가 중심의 국제전을 기웃거려 보면, 손과 붓으로 직접 표현을 시도한 마티엘이 두드러진 평면작업은 거의 눈에 띄지 않는다. 어쩌다가 그림인가 하면 낙서 같은 것이거나 만화 같기도 한 그러면서 밋밋하게 디자인적으로 처리된 것들이다. 바꿔 말하면 (기성세대를 제외하면) 구상이건 추상과 그 이후이건 재래식의 그림다운 그림이란 찾아보기 힘들게 되었다.

이제 압도적으로 전시장을 메우고 있는 것은 사진이다. 그리고 여기저기 비디오이거나 아니면 움직이는 슬라이드 또는 모니터에 영상 조작을 요하는 작업이 산재해 있다. 넓은 의미에서 영상이 주를 이루는 시대가 열렸는가. 이 물음은 바로 현대가 하이테크놀로지에 의한 산업도시사회라는 증표이기도 하다.

과연 어떤 영상인가. 그것은 어떻게 성립하고 그 내용은 무엇인가. 표현매체와 방법의 차이를 감안하면 얼른 보기에 종래의 구상회

화에 등장하는 외계—여러 대상세계의 그것들이 절대평면Super Flat
으로 비쳐 있을 뿐이다. 특히 사진에서는 상당 부분이 도시 혹은 자
연의 풍경이거나 누드를 포함한 인물이거나 지역 상황 혹은 정물이
거나 한다.

하지만 여기서 간과할 수 없는 것은, 컴퓨터로 영상의 여러 부분
이 수정·조정되거나 프린트의 새로운 방법과 기술로 인해 그것이
일반 사진과는 다른 사이비 영상이라는 사실이다. 서로 다른 대상을
겹친다든지 시간의 경과를 나타낸다든지 흔들림이나 색상이나 농담
을 강조한다든지 일부에 그림을 그려 넣는다든지, 넓히고 좁히고 바
꾸고 넣고 빼고 뒤집고 뒤틀고, 영상이기에 가능한 온갖 수법이 동
원됨으로써 탈구축된 대상세계가 매끈한 화면을 이룬다. 눈앞의 현
실을 찍은 대로라 해도 일단 컴퓨터로 분해·데이터화한 것이 프린
트됨으로써 피사체의 그것을 바로 지시하지는 않게 된다.

일반적인 사진에서는 인화 과정에서 약간의 수정을 가할지언정,
대상세계를 기록한다거나 재현한다거나 피사체와 직결된 영상의
범위를 벗어나는 경우는 드물다. 다시 말하면 지금까지는 개성적인
시각이나 감각이 두드러지더라도 사진이 외부성을 띤 것임에는 다
름이 없었다. 물론 근대 추상화를 의식한 것 같은 극도로 내면화된
추상사진이 없는 것은 아니지만 외부 재현의 역할과 기능을 대변하
는 매체였음을 부인할 수 없다. 이 점은 사진이 얼마 전까지는 아직
시대를 반영하는 획기적인 표현매체로 떠오르지는 않았었다는 증
좌이다.

현대회화의 역사적인 흐름에서 보면, 구상에서 추상으로, 추상에서 미니멀로, 이리하여 내용의 대상성이 해체되고 점차 비대상적인 화면으로 전개되어왔었다. 이젠 아예 타블로—회화 자체가 해체의 국면에 처하게 된 판국이다. 중견 비평가 J. C. 푸아트방은 80년대에 회화는 끝장이 났다고 외쳤다.

회화사만큼 근대 역사의 변천을 예리하게 나타내는 분야도 드물리라. 머리로 생각하고 육안으로 보고 손으로 마티엘을 써서 그리는 리얼한 짓거리가 오랫동안 회화 작업으로 여겨져왔다. 그런데 눈으로 보고 손으로 그린다는 짓은 언뜻 신체적인 행위로 간주되지만, 사실은 대단히 개성적인 의식 곧 자아 중심적인 표현이 되기 쉬운 일이다. 소위 말하는 근대주의 예술이 특정 자아의 강조에 의해 표상화되고 확대·증식된 것임은 두말할 나위도 없다. 이 발상이 제국주의와 식민지주의를 만들고 자본주의와 산업도시사회를 이룬 것임은 주지하는 대로다.

다시 말해 추상회화가 가리키는 것은, 화가가 외부를 그리는 것이 아니라 캔버스에 자기 이념에 의한 제국을 펼치는 짓이었다. 몬드리안 외 많은 화가가 '콤퍼지션'이란 제목하에 외부를 차단하고 자아가 짜낸 내적 개념세계, 닫혀진 자립의 회화의 꿈을 건설하려 들었다. 미국의 포말리즘이 그 최종 단계의 좋은 예가 아니던가.

그러나 20세기 후반에 이르러 자립의 회화는 붕괴되고 미니멀을 거쳐 다시 내부의 해체와 외부의 인정이 요청되었다. 제국주의는 무너지고 타자와 대화하는 시대가 열린 것이다. 닫힌 자립적인 화면이 깨지면서 70년대 이후 오늘까지, 일상성이나 외부의 대상이 표현의 마당에 마구 쏟아져들었다. 그래서 표현을 둘러싼 많은 혼란과 논의가 벌어지고 있는 상황이다.

여기에 새로운 영상매체의 등장과 그 필연성이 부각된다.

본다는 일 만든다는 의미가 하이테크놀로지에 의한 영상의 출현에 의해 탈구축되어졌다. 원래 본다 함은 자아를 넘어서 성립하기 어려운 일이다. 본다는 것은 자아의 특권이자 세계 정립의 방식이었다. 쉽게 말하면 본다는 것은 보려는 것만 보고 있다는 소리다. 아무리 민주적인 사람이라 해도 눈에 들어오는 것을 다 본다고는 할 수 없고, 그중에 눈길이 가는 데만 보게 된다. 의식된 것만이 본 것이고 그 외는 없는 것이나 마찬가지이다.

어떻게 하면 외부와 서로 만나고 차별 없이 서로 받아들일 수 있는가. 근본적인 문제 해결이라 할 수 없지만 새로운 표현매체로 카메라가 발견되었다. 원래 카메라는 근대 복제 원리의 기술에 의해 재현의 도구로 발명되고 발전되어왔다. 그런데 차츰 그 비의식성·양의적인 중간성이 주목되기 시작한 터이다. 카메라를 열면 파인더에 들어온 것은 차별 없이 거의 다 찍혀진다. 카메라는 초점이 있다 해도 (카메라) 눈에 들어온 것은 몽땅 보고 찍는다. 그래서 게르하르트 리히터는 사진 찍은 것을 이래저래 다시 그림화했었다. 자아의 차별적인 눈, 표상화 작용의 눈을 넘어서려는 그림을 시도했다고 논의되는 바이다.

그리고 바로 눈으로 보지 않고 일단 카메라를 통하면 대상세계가 가상화·영상화된다는 것이 중요하다. 카메라의 필터와 프린트의 기술로 걸러낸 대상세계이기에 그것은 눈앞의 현실이 데이터로 분해되어 매끈한 환영으로 스크린화되었다는 뜻이다. 이것은 본다는 짓거리가 근대 기술을 개재시켜 빚어낸 산물이다. 일찍이 칸트는 본다는 것은 거기 있는 것이 거울에 비치는 식이 아니라 오성의 작동에 의해 그렇게 구성해서 본다는 일임을 밝혔다. 이에 따른다면 현실을 데이터로 프로그램으로 재구성하여, 본다는 원리를 제도화·기계화함으로써 세계가 간접화·중성화한다는 얘기가 된다.

눈으로 생각하고 손으로 더듬는 짓이 아니라 카메라로 받아들이고 프린트 기술로 찍어내는 일, 외계를 고도한 컴퓨터로 가상화·복제화하는 일이 가능케 된 셈이다. 그래서 눈앞의 현실을 배제·부정하는 것이 아니라 중성적인 도구를 개재시켜 받아들이면서 탈구축한다. 아무리 처음 보는 대상일지라도 그것이 현대미술의 영상일 때 거부감이 덜하게 되는 것은, 동일성의 원리에서 출발한 카메라와 프린트로 외부성·대상성을 걸러준 결과이다.

이렇게 하여 만들어진 사진에 있어 재미있는 현상은, 영상이 현실의 오리지널리티를 환기시키는 것이 아니라 그것이 현실의 허구성을 일깨워준다는 점이다. 현실의 대상이 산업도시사회의 공동 환상의 복제품임을 가리킨다. 영상이 현실을 모방한 것이 아니라 현실이 영상을 복제하고 있는 것을 알 수 있다. 이것은 또한 현대의 사진이 내면과 외계가 컴퓨터에 의해 지양된 선동적인 매개항이란 소리이기도 하다.

어쨌든 신디 셔먼Cindy Sheman의 인간 생태, 안드레아스 거스키 Andreas Gursky의 도시 공간, 토마스 스트루Thomas Struth의 자연풍경들의 사진에서 느끼는 세계는 현실과 닮았지만 바로 그것도 아니고 전혀 다른 것도 아니다. 그러니까 영상은 외부성과 내부성을 띠면서 보는 이와 현실 사이의 공중에 떠 있는 세계 같은 것이라 해야 할까. 사진의 미지성·신선함은 바로 여기에 있다. 중성적인 기계로 하여 나타난 이 유령성의 리얼리티는 인류에게 처음으로 다가온 경험이다. 그래서 현대미술의 사진에는 '인간' 냄새가 없다. 작자의 존재보다 컴퓨터에 의해 내부와 외부를 잇는 중매성이 두드러지게 됨으로써 그것을 보는 관객도 생경한 마당에 서게 된 것이다.

현대미술에서는 사진이 아니더라도 마르셀 뒤샹의 「샘」이라는 변기 제시에서 보듯이 작자가 죽은 지 오래다. 다시 말해 인간 냄새 풍기는 표현은 사라졌다. 근대적 자아가 이성의 이름으로 만들어내었던 표상화의 기계—인간이 위대했던 시대는 가고 새로운 존재(?)가 부각되려 하고 있다.

일찍이 오르테가 이 가세트는 20세기에 접어들어 '예술의 비인간화'의 징조를 지적하고 걱정했다. 그런가 하면 발터 베냐민은 아예 복제 기술의 예술이 '인간'을 해체시킬 것을 예언했다. 그후 얼마 안되어 미셸 푸코는 드디어 '인간의 죽음'을 증명하였고, 뒤이어 롤랑 바르트 등 많은 예술가는 창조자·지배자연해온 '작자의 죽음'을 시인했다. 그리하여 작품에서 '인간' 냄새 '작자'의 입김이 사라지고 표현자의 정체가 불확실성을 드러내게 된 셈이다.

인간의 자기확대와 증식의 꿈에서 출발한 근대 기술은, 생산의 자동화·시스템화·데이터화를 초래하고 그래서 어언간 '인간'을 넘어선 중성적인 도구의 출현을 맞아 새로운 복제 영상의 세계를 열었다. 그렇다면―. 나의 이 산 신체는 무용지물이 되고 눈앞의 현실은 끝내 환영으로 유령화하고 마는 것인가.

지역성을 넘어서

오랫동안 아시아의 현대 아티스트들은 서양에서 싸늘한 시선을 받기가 일쑤였다. 한마디로 서양의 작품을 흉내 낸 것 같다거나, 콘텍스트가 모호하다는 등의 이야기를 들었다. 다른 한편으로는 서양의 작품과 비슷하지 않다는 이유로 동양적이라거나 젠부디즘이라는 딱지가 붙어 기피당했다. 적어도 1980년대 중반까지는 이런 시각이 활개 쳤다. 물론 일찌감치 아시아 출신 아티스트의 개성에 주목하고 그들의 독창성과 보편성을 높게 평가한 사람이 없었던 것은 아니다. 구타이 그룹의 참신한 표현을 발견하여 세계에 널리 알린 미셸 타피에Michel Tapié는 그 대표적인 존재라고 할 수 있다.

하지만 1970년대 초부터 유럽에서 활동해온 나의 경험에 비추어 보았을 때 작품을 그곳에 있는 사실로서 이해하고 받아들이려고 노력하는 사람은 극소수에 불과했다. 가령 1971년 파리비엔날레에서 나는 커다란 유리판에 자연석을 떨어트려 깨뜨리는 퍼포먼스를 한 뒤, 그 결과물을 작품으로 남겼다. 그러자 사람들은 무책임한 엑시던 트의 산물을 그곳에 가져다 놓았을 뿐이라며 아티스트의 개입력이 약하고 이해 불가능한 젠아트Zen Art라고 평가했다. 그 후 파리나 뒤 셀도르프, 밀라노 등지에서 이러저러한 전시회를 개최했는데, 흰 캔 버스에 붓으로 점을 찍거나 선을 그은 작품은 미니멀아트를 흉내 낸 것으로 동양 취미가 묻어난다며 야유를 퍼부었다. 지금은 이런 생각 을 하는 사람이야말로 따가운 눈총을 받을 것이다.

이러한 편견은 주로 서구 중심주의로 타 지역을 깔보는 우월감 에서 비롯된 것으로 생각된다. 에드워드 사이드식으로 말하자면 그 야말로 오리엔탈리즘을 전가한 것에 지나지 않는다. 나는 50여 년 간 예술 활동을 하면서 운 좋게도 국가나 지역의 힘이 미치지 않는 곳에서 피에르 레스타니Pierre Restany, 질케 폰 베르스보르트Sike-von Berswordt, 바바라 로즈Barbara Rose와 같은 몇몇 멋진 이해자들을 만 났다. 그러나 셀 수 없을 만큼 많은 고의적인 왜곡과 부정을 겪으며, 견디기 힘든 편견과의 싸움으로 지새웠던 나날들을 잊을 수 없다. 그럼에도 나는 유럽에서 고군분투하며 배운 덕분에 스스로의 가능 성을 세계에 알리는 자신감이 몸에 배게 되었음을 감사한다. 어디에 가더라도 흔들리지 않고 설 수 있도록 자신을 냉엄하게 바라보는 눈 은 냉혹한 상황이 준 선물임에 틀림없다.

그런데 1980년대 후반부터 서서히 세계의 분위기에 변화가 일어 나기 시작했다. 간단히 말하면 아시아 국가들이 정치·경제·기술 면 에서 눈부신 발전을 이루고, 문명의 수준이 서구와 어깨를 나란히

하게 된 것이다. 서구의 많은 일상품이 아시아인에 의해 만들어지게 되었고, 동양과 서양의 정보교류 기술, 부의 급격한 교류로 인해 단번에 글로벌화가 가속되었다. 곧 근대적인 서구 중심주의는 점차 지양되고 세계가 다극화되어, 이제는 최첨단의 현대미술에서는 표현의 다양화를 인정하는 풍조가 당연한 것이 되었다. 근대적인 콘텍스트성이 약한 중국의 막무가내식 표현이 힘차고 재밌게 비춰지는 점은 특기할 일이다.

최근 세계 미술시장에서 한국의 단색화가 선호품화되고 있다. 서구의 화랑과 미술관에서 전시회가 성황을 이룬다. 캔버스나 종이에 단색의 그림물감으로 손의 제스처를 반복적으로 살려 그린 단순한 그림이지만, 호흡과 행위 등 신체성을 느낄 수 있는 화면의 유니크함이 높은 평가를 받고 있다. 1970년대 초부터 시작된 이러한 경향은 40여 년이 넘게 심화되면서 한층 더 신뢰성을 얻은 듯하다. 고작 몇 년 전까지만 해도 자국은 물론 미국의 경솔한 (한국계) 비평가에게 단색화는 미국의 추상표현주의나 미니멀아트의 아류일 뿐, 독창적인 콘텍스트가 없다는 혹평을 받았다. 그러던 것이 지금은 많은 비평가들로부터 각 아티스트들이 모두 독자적인 방법을 지녀 하나의 풍요로운 흐름을 만들고 있는, 회화사상 보기 힘든 특이한 경향이라는 칭송을 받는 데까지 이르렀다.

그러고 보니 20년쯤 전까지만 해도 일본의 모노파를 아르테포베라나 미니멀아트의 아류에 지나지 않는다며 마구 깎아내리던 때가 기억난다. 1960년대 후반에 자연 소재와 산업제품을 별로 손을 대지 않고 제시하여 만남의 장을 만드는 아티스트 그룹이 등장했다. 당시 이들은 미술사나 작품 제작을 부정하는 녀석들이라는 비난과 함께 만드는 주체와 작품의 대상성이 애매하다는 비판을 받았다. 그러나 최근에는 당시 비판받았던 요소들의 중대한 의미와 혁신성이 새롭게 지적되고, 특히 만드는 것을 제한하고 만들어지지 않은 외부나 타자를 표현에 끌어들인 의미가 재인식되었다. 또한 시간이 지나고 보니 모노파의 작품에서 볼 수 있는 신체성의 개입에 따른 사물과 장소의 초월적인 관계성이 다른 유사한 유파와는 크게 다른 특징이라는 사실이 판명되었다. (테이트 모던의 상설전시장에는 아르테 포베라나 앙티포름의 작품과 함께 모노파 작가 몇 명의 작품도 전시되고 있다.)

모노파와 단색화 양쪽 모두에 참여했던 사람으로서 나는 최근의 이런 동향에 안도하는 반면, 복잡한 심경이 들기도 한다. 나는 항상 나의 개인성을 전면에 내세우며 작품의 지역성이나 배경은 최대한 피해왔다. 이는 여러 가지 이유에서이지만 특히 오리엔탈리즘으로 간주되는 것은 곤란하다고 생각했기 때문이다. 또한 내가 한국에서 태어났지만 일본에서 살고 있고, 오랫동안 유럽을 중심으로 활동해왔다는 개인적이고 특수한 사정과도 관련이 있을 것이다. 그런데 많은 비평가들이 주의 깊게 지적한 것처럼 내가 아무리 개인성을 주장하더라도 작품에 감도는 공기에 나의 배경과 지역성이 배어나오는 것은 어찌할 도리가 없다. 그 공기를 나는 결코 지역성으로 돌리지 않고, 스스로 발굴한 것의 일부로서 내세우고 있으니 복잡한 노릇이다. 다른 관점에서 보면 아무리 싫다고 부정해도 파고들면 들수록 그 뿌리 부분에 배경의 색깔이 배어나게 되는 아이러니와 부딪친다.

현대는 정보 및 교통의 눈부신 발전과 AI의 등장으로 지역성이나 시대는 물론이고 개인성마저 위태로운 지경에 이르렀다. 아티스트가 서 있는 위치도 새로운 국면을 맞이할 터이다. 어쨌거나 아티스트는 종종 세계시민을 꿈꾼다. 이는 지역을 부정하거나 자랑하는 것과는 다른 차원의 이야기이다. 지역과 시대를 짊어지면서도 다양화에 견뎌낼 수 있는 보편성에 대한 갈망이자 아티스트만이 가질 수 있는 자부심이리라. 그러므로 출신지나 유파 그리고 고유명마저 넘어서서, 각각의 아티스트의 제시물-이슈가 중요한 문제가 되는 것이다. 아티스트 한 명 한 명이, 배경이 어떻든 개인성으로 문제를 제기하며 세계를 무대로 격렬하게 경쟁하는 광경이 현실화되어가고 있다.

2016년 11월 / 2017년 2월

라스코동굴

도쿄에서 「라스코동굴전」을 보았다. 마치 실제로 현지에 가서 어두운 동굴을 배회하는 듯한 신비로운 체험이었다. 실제 크기로 만든 동굴에 동물화를 재현한 것으로, 고도의 기술을 이용해 아주 잘 만들어놓았다는 생각이 들었다. 그동안 동굴을 찍은 비디오나 사진 등을 통해 라스코동굴의 모습을 보았던 터라 실물과 같은 크기의 그림에 담긴 생생한 묘사를 접하고 나니 한층 더 실감이 났다. 게다가 30여 년 전 친구와 함께 프랑스 보르도의 포도밭을 둘러보다가 가는 김에 레제지 지방에 들러 동굴 몇 군데와 동굴벽화를 본 적이 있어서 실제 모습이 선명하게 눈에 그려졌다.

도르도뉴 지방 일대에 있는 동굴벽화는 2만여 년 전 크로마뇽인이 그린 것으로 알려져 있다. 당시는 빙하기로 유럽의 기온은 지금보다 5도에서 10도 정도 낮았고, 광활한 초원에는 맘모스와 털코뿔소, 들소 등 거대한 동물들이 무리 지어 다녔다고 한다. 그 틈바구니에서 결코 몸집이 크지도 않고, 힘이 세지도 않은 인간이 작은 무리를 이루며 바위의 뒤쪽이나 동굴 안, 동굴 입구 등지에 살면서 수렵 생활을 하며 살았던 것이다. 거대하고 다양한 동물들의 압도적인 힘 앞에서 인간은 비록 지혜를 지녔다고는 해도 몹시 열세에 놓여 있었을 것이다.

라스코동굴은 완만한 계곡의 언덕에 있다. 지금은 울창한 숲과 아름다운 마을을 내려다볼 수 있지만, 당시는 얼어붙은 강을 끼고 멀리 내려다보이는 계곡의 초원과 동물들이 꿈틀거리는 풍경이 몹시 밝고 평화로웠을 것이다. 그 한쪽에 동굴 입구가 있고, 총 길이 약 200미터의 땅속에 있는 어둠의 공간이 동굴 깊은 곳에 숨겨져 있다. 동굴은 닫혀 있는 특별한 장소다. 외부에는 밝은 세계가 넓게 펼쳐져 있는가 하면, 내부는 닫힌 암흑의 세계를 끌어안고 있는 양면성이 흥미로운 대비contrast를 이룬다는 생각을 보는 이로 하여금 하게 한다.

벽화는 동굴 입구 주변이 아니라 안쪽 깊숙한 곳에서부터 시작된다. 그리고 동굴 중간에서 세 갈래 길로 나뉜 다음 계속 이어지는데, 양쪽 암벽과 천장 벽 등 도처에 동물 그림이 그려져 있다. 검정색, 빨간색, 갈색, 노란색, 보라색 등 색채의 양감量感은 힘찬 선묘線描와 선각線刻과 함께 모두 강한 암시력을 지니고 있어서 보는 사람을 압도한다. 거대한 황소나 말이 줄을 지어 질주하거나, 사슴의 무리가 수영을 하고 고양잇과 동물이 서로 뒤엉켜 있거나, 새鳥 머리를 한 왜소한 인간이 선묘로 그려져 있기도 하다. 아무튼 무수히 많은 동물들의 무리도 그렇고, 이들이 다양하게 꿈틀거리는 모습에서 전해지는 박력은 오늘날의 관점에서 보아도 영적인 기운 같은 것이 감돌고 경이롭기 이를 데 없다.

이렇게 많고 다양한 동물과 크고 작은 것이 섞여 있는 스케일의 그림을, 그것도 암흑 속에서 작은 등불 빛에만 의존하여 그렸다는 사실은 실로 믿기 어려운 위업이라고 하지 않을 수 없다. 혼자가 아니라 몇 명의 사람이 오랜 시간에 걸쳐서 그림을 그려 넣고, 그 위에 또 다른 그림을 덧그렸다. 참을성 있게 동물 윤곽을 잡거나 색깔을 입히며 벽화를 그려나가는 열정과 집념은 대체 어디에서 나온 것일까? 무엇이 그들을 이렇게까지 부추기며 예술 행위로 몰고 간 것일까?

애초에 이러한 동물 그림은 무엇을 위해 그린 것일까? 아마도 이 의문은 영원히 수수께끼로 남을 것이다. 크로마뇽인에게 물어본다 해도 확실한 대답을 들을 수는 없을 것이다. 현대인인 나에게 '왜 그림을 그리는가'라고 질문한들 명료하게 대답할 수 없다. 그건 그렇다 치고, 암흑 속의 동굴벽화 공간을 서성이다 보면 강하게 느껴지는 것이 있다. 그림은 어둠 속에 잠겨 있지만, 나 또한 어둠 속에 잠겨 그림과 함께 있다. 그림은 보는 것이 아니라 함께 있는 것이다. 그림은 많은 사람들에게 과시하기 위해 존재하는 것이 아니다. 일가족 모두가 등불로 벽을 비춘다 한들 그림 전체의 모습이 드러나는 것도 아니며, 일부가 보였다고 해도 곧바로 눈을 감고 고개를 숙였을 것 같은 기분이 든다.

크로마뇽인들에게 벽화 속의 동물은 동물이면서도 동물을 넘어선 존재였을 것이다. 이는 두려움의 무리이자 살아 있는 생명체의 상징이며, 세계의 힘, 우주의 영혼으로 충만한 그 무언가이다. 암흑 속 희미한 빛을 통해 보이는 극히 일부분의 그림은 전율을 불러일으키는 경외의 대상이다. 벽화에 둘러싸여 귀를 기울이면 동물들의 웅성거림, 울음소리, 달리는 발자국 소리, 거친 숨소리가 들려온다. 정체를 알 수 없는 것들이 환기되는 공간에서, 생명의 은혜 속에서 살아가는 힘을 기원하고, 나아가 세상의 불가해함과 죽음의 공포를 호소했던 것일까?

그림은 어둠 속에서 이쪽을 향해 소리친다. 그림 쪽에서 이쪽을 바라보는 것이다. 원래 중국의 산수화는 우주의 암시적인 모습을 표현한 것이며, 성화도 예수나 성모마리아의 암시적인 모습을 나타낸 것이다. 이는 감상용이 아니라 숭배하기 위한 그림이며, 신의 가호를 받기 위해 그려진 것이다. 달리 말하자면 이미지를 환기하고 상기하는 매개로서, 암시의 힘으로서 그림이 생겨났다는 뜻이다. 따라서 중요한 것은 그림이 정기精氣로 충만한 강한 신체성을 갖추었을 때 비로소 거대한 상상력을 불러일으킨다는 점이다. 라스코의 동굴벽화에서 느껴지는 박력이 이를 충분히 입증하고도 남는다.

나는 「라스코동굴전」을 보고 밖으로 나온 뒤 복잡한 심경에 잠겼다. 어둠의 저편에서 들려오는 소리가 귓전을 떠나지 않고 웅성거린다. 나는 작품을 어둠 속에 감추기는커녕 남들에게 보여주기 위해서 만들고 있지 않은가? 전시회나 다양한 방법으로 그림을 과시하고 좋은 평가를 기대하면서 활동하고 있다는 사실을 부인할 수 없다.

작품을 백일하에 드러내면서 뽐내고 있는 이상, 경외심은커녕 어둠을 일절 다가오지 못하게 하는 겉만 번지르르한 물건이라 말해도 좋을 것이다. 이런 그림에서 대체 어떤 웅성거림이 들려오겠는가? 예술에 영혼이 있다면 나는 이를 어떻게 다시 불러오면 좋단 말인가?

2017년 2월

스톤헨지

스톤헨지Stonehenge를 보러 갔다.

런던에서 지하철과 택시로 두 시간 정도 걸려서 현지 안내소에 도착했다. 2월 초의 계절답게 흐릿하게 구름 낀 하늘에 때때로 가랑비가 내리는 추운 날씨였다. 주변을 둘러보니 시야를 가리는 것이 거의 없는, 광활한 초원의 구릉이 펼쳐져 있었다. 관광객들이 한 줄을 이루어 흔들리면서 구릉 저편으로 사라져간다. 이 광경을 한동안 바라보고 있자니 어딘가의 성지로 향하는 순교자의 모습이 머릿속을 스쳐 지나갔다.

런던의 화랑 직원인 루트Rute와 럿시Russy, 그리고 에스라Esra와 나. 우리 네 사람은 버스가 아닌 보행자의 행렬에 끼어서 갔다. 터벅터벅 걸어서 한 20분 정도 지나자 눈앞에 불가사의한 일련의 거대한 돌기둥이 나타났다. 일행은 일제히 "우와" 하고 환성을 질렀다. 스톤헨지였다. 지금까지 여러 자료를 통해 보았지만 역시 실물의 존재감은 압도적이다.

울퉁불퉁한 발밑을 내려다보니 야트막한 도랑이 보이고, 그 건너편에 나지막하게 뭉그러진 흙벽이 있었다. 흙벽 뒤쪽에는 경사진 깊은 수로가 있는데, 이 흙벽과 수로가 70여 미터 앞의 중앙 조립 신전을 멀리서 에워싸듯이 한 바퀴 둥그렇게 감싼 모습이다. 원래의 백악토로 쌓아 올린 대로였더라면 유연한 존재감과 하얗게 빛나는 모습을 자랑했으리라. 흙벽에서 조립 신전까지의 넓게 트인 목가적인 풍광이 보는 사람들에게 마음의 여유를 가져다준다.

높이 7미터, 폭 2-3미터, 두께 1-2미터의 거석을 일정 간격으로 세우고, 그 위에 거의 같은 크기의 긴 돌을 가로로 올려놓았다. 지금은 원래 형태의 3분의 1도 남아 있지 않지만, 완성되었을 때는 지름이 약 110미터 가까이 되는 완벽하고 웅대한 원형을 이뤘던 것으로 추정된다. 신전 안쪽에도 방위를 나타내는 몇 개의 돌문과 의미 불명의 돌이 세워져 있거나 옆으로 뉘여 있다. 원래 어떤 구성이었는지에 대해서는 여러 가지 설이 있는 것 같다.

1958년에 실시된 복구 작업으로 지금의 형태로 복원되었다고 한다. 물론 그 이전에도 장기간에 걸쳐 여러 차례 수리 및 개조 작업을 해왔다고 하는데, 언제 원형이 파괴되었는지는 정확하게 밝혀지지 않았다. 이미 수천 년 전에 폐허가 된 거석의 신전 터로서 고대 로마 시대와 그 이후의 시대에도 일종의 종교의식을 거행하는 장소로 사용된 듯하다. 거대한 스케일의 돌기둥이 내뿜는 위용으로 보았을 때, 어느 시대나 사람들의 마음을 움직이게 하는 장소였을 것이다. 지금도 다양한 종교 집단의 모임, 또는 동지나 하지 등 계절 축제가 열리는 장소로 활발하게 이용되고 있다고 한다.

스톤헨지가 만들어진 것은 기원전 3000년경으로 추정된다. 그보다 훨씬 전에는 돌의 짜 세움이 아니라 거대한 장석長石을 가늘게 깎은 뒤 수직으로 세워서 늘어놓고 원형 묘지-신전을 만들었다는 추정도 있다. 멘히르menhir의 일종이었을까. 그런데 스톤헨지는 한 번에 완성된 것이 아니라 수차례의 수정을 거치며 총 800여 년에 걸쳐서 만들어졌다고 한다. 그런데도 미완성이라는 설이 있으니 정신이 아득해지는 이야기이다.

나는 스톤헨지를 보면서 스톤헨지가 무덤이자 성스러운 신전이라는 사실을 직감했다. 이는 결코 예비지식 때문이 아니다. 일상생활이나 전쟁에 쓰기 위한 용도라면 이렇게나 신비로운 공간 구성과, 광택을 지닌 존재감 있는 거석을 골라서 특수한 가공을 하고, 의미가 있을 법한 구조로 만들 필요가 없었을뿐더러 조성도 불가능하다고 느꼈기 때문이다. 청동기시대라고는 해도 그 당시 사용하던 조잡한 도구들로 미루어봤을 때 딱딱하고 거대한 돌을 이처럼 정밀하게 마무르는 것은 결코 쉽지 않은 일이었을 것이다. 애당초 무슨 힘으로 몇 톤이나 되는 돌덩이를 잘라내 이 먼 곳까지 옮겼는지, 또 어떻게 땅에 세우고 드높이 돌을 올렸는지, 아무리 설명을 읽어보아도 지금의 인간이 가진 힘으로는 상상조차 하기 힘든 일들뿐이다.

칸트는 인간의 힘이 미치기 어려운 장면이나 인간의 판단을 초월한 거대한 무언가와 만나면 숭고함을 느낀다고 말했다. 스톤헨지 앞에 서면 인간이 만든 것임에도 불구하고 그야말로 숙연해지고, 그곳에 있으면 있을수록 가슴이 떨려온다. 신전이 완벽한 모습이 아닌 폐허를 방불케 하는 파편상태인 것이 더욱더 영혼을 뒤흔든다. 때론 시간의 세례를 받은 역사의 파편이 인간의 이념을 넘어서 또 다른 차원의 무한세계의 숨결을 느끼게 할 때가 있는 것이다.

루트가 말했다.

"당시 사람들은 거인이었던 걸까?"

나는 조금 생각한 뒤 말했다.

"그럴 리는 없지. 다만 지금 사람들과는 달리 그들은 조금 더 자연의 에너지, 그 힘과 연이어 있는 존재였을 거라고 생각해."

"자연의 힘?"

"우리처럼 고립된 개인을 생각하는 것이 아니라, 삼라만상과 이어진 공동체의 힘이라고나 할까, 자연에 대한 경외심이랄까, 신에 대한 신앙에서 뿜어져 나오는 힘…….'"

에스라가 미소 지으며 말했다.

"그러니까 괴력이 작용했단 뜻이군."

"현대인은 공통된 정보와는 연결되어 있지만, 생각도 신체도 외부와 단절되어 있어서 자기 자신의 힘밖에 없는 게지."

"엄청난 힘을 잃고 말았네."

스톤헨지가 있었던 시대의 사람들은 경건하게 농경생활을 영위하면서 아마도 자연에 대한 끝없는 신뢰와 공포심 때문에 기도하는 것을 중요하게 여겼을 것이다. 스톤헨지는 동짓날 태양 빛이 정문 정면에서부터 신비하게 내리쬐도록 만들어졌다. 동지란 매서운 한 겨울이 지나가고 생명이 되돌아오는 순간이다. 가혹한 자연환경을 정확하게 숙지하고 이를 칭송하는 마음을 몸속 깊이 간직하고 있었던 것이다.

수천, 수백 명의 사람들이 스톤헨지처럼 원을 이루며 기도하고 노래하며 힘을 합쳤다. 태양이 빛나고, 천둥소리가 울리고, 눈이 쌓이고 비바람이 몰아치는 가운데 사람들은 그 안에서 신의 존재를 보고, 그 예감에 전율했다. 바람이 휘휘 소리를 내며 내 뺨을 때릴 때, 귓가에는 그들이 소리 높여 외치는 목소리, 아득히 먼 곳으로부터의 코러스가 들려오는 듯하고, 용맹스러운 사람들의 환영이 하늘에서 춤춘다.

인류는 원시시대 때부터 돌에 대한 다양한 신앙을 가지고 있었다. 고인돌이나 멘히르를 비롯해 라스코나 알타미라의 어두운 암벽, 가지각색의 자연석이나 엄청난 석조물에 이르기까지 돌은 생명과 영혼, 죽음이 깃든 집이자 그 상징으로서 숭배를 받아왔다. 돌을 과학적으로 분석하고 그 요소를 전부 안다 한들, 그곳에 있는 돌과의 만남을 설명하기란 불가능에 가깝다. 돌이 단단하고, 시간에 견디기 쉬운 성질을 가지고 있기 때문만이 아니라, 돌이 가진 정체를 알 수 없는 존재감과 무어라 형언하기 어려운 신비로움이 깊은 신앙심을 불러일으키는 것이리라. 나는 실로 40여 년을 돌의 포로가 되어 다양한 돌을 이용한 작품을 만들어가며 온 세계를 누비고 있다.

나는 세계에서 가장 고인돌이 많은 지역으로 알려진 나라에서 자랐다. 고인돌은 대부분 산기슭의 앞이 훤히 열린 언덕에 있다. 지면의 양쪽에 가로로 긴 돌을 세우고 그 위에 거대하고 넓은 덮개돌을 올린 무덤이다. 이 돌집을 지역 사람들은 산신령의 집이라고 부른다. 어렸을 때 무당이 덮개돌 밑 공간 안에 제단을 만들고 촛불에 불을 붙인 뒤 주문을 외우면서 기도하는 광경을 종종 보곤 했다. 무당이 아니더라도 사람들은 거대한 돌의 무덤에서 심상치 않은 기운을 느끼지 않을 수 없는 것이다.

어떻게 수만 년 전에 거대한 돌을 옮겨서 깎고 들어 올릴 수 있었을까? 그리고 왜 전 세계에 비슷한 모양의 돌무덤이 만들어지고 확산되었을까? 이러한 소박한 의문들은 아직까지도 수수께끼에 쌓여 있다. 확실한 것은 어떤 돌은 지구보다도 오래된 우주의 파편이자 에너지의 덩어리이며, 이것이 생명과 죽음의 상징으로 물신화되고 있다는 사실이다.

나는 스톤헨지를 걸으면서 느낀다. 아직도 신전 주위에 감도는 신비한 분위기를. 수천 년 동안 비바람을 맞으며 선 채로, 깎이고 무너지면서도 묵묵히 세상을 향해 말을 건네는 애처로우면서도 선명한 광경. "예술이란 계속 버티며 지탱하려 하고, 자연은 지워 없어지려고 한다"는 하이데거의 말처럼, 그 앙상블이 이처럼 완벽하게 보이는 장소를 나는 달리 알지 못한다. 돌아오는 길에 갑자기 형언할 수 없는 슬픔이 나를 덮쳐왔다. 나 자신밖에는 가진 것이 없는 나는 어떤 스톤헨지, 아니 나를 넘어선 조각 같은 것을 만들어낼 수 있단 말인가.

고개를 떨어뜨린 채 플라스틱 상자의 거리로 향한다.

2018년 2월 10일

이집트에서 온 소식

아프리카 각지를 돌다가 카이로의 박물관에 들렀던 친구가 내게 엽서를 보내왔다. 엽서 표면은 검은 화강암을 쪼아낸 기원전 1300년대의 커다란 남자 입상의 사진이다. 늠름하고 웅대하여 숭고함을 느끼게 한다. 뒷면을 보니 아프리카를 여행하는 동안 인류가 종말에 다가가고 있다는 예감이 들었다고 적혀 있었다. 그리고 고대 이집트의 피라미드나 조각을 보고 있으면 인간에게 성스러운 시대도 있었음을 느끼게 된다고 술회했다. 엽서를 바라보면서 친구의 가슴속에 오갔을 생각들을 곱씹어보았다.

그러고 보니 지금까지 봐왔던 이집트의 고대 조각들은 모두 다 장엄하고 성스럽다. 딱 벌어진 골격이며 단단히 살이 붙은 체격은 물론이거니와 위엄 있는 풍채에 감도는 생명감은 인간적인 냄새를 뛰어넘는다. 이집트의 검거나 붉은 화강암 또한 다듬으면 다듬을수록 고귀하고 정체를 알 수 없는 힘을 자아낸다. 조각의 포름forme이나 돌을 쪼는 방식도 이집트답다고나 할까, 당당해서 인간 이전의 뭔가 고귀한 생물을 연상케 한다. 가지각색의 조수鳥獸상도 만들었지만 이는 의인화라기보다 오히려 인간이 그들의 동료인 듯하다. 그리스의 조각이 인간의 이상적인 아름다움을 표현했다고 한다면 이집트의 조각은 인간 이상의 생명체를 지향하고 있다.

이 인간을 떠난 성격은 이집트의 고대 돌조각뿐만 아니라 아프리카 각지의 목조木彫에서도 볼 수 있는 특징이다. 많은 목조물들은 보다 프리머티브하지만, 그만큼 생명체의 다양한 이미지가 강조된다. 조각 방식이 인체의 모양을 따른다기보다 생명을 상기시키는 존재감이나 그 형태에 무게를 둔다. 인간을 이상으로 하는 것이 아니라 자연의 우주의 생물이라는 것이 중요한 것이다. 이 때문에 포름이 다이내믹해지고 역동감 넘치는 자유로운 모습이 된 것이리라.

이집트나 아프리카 조각에서 삶과 죽음의 근원, 다시 말해 커다란 생명의 흐름이나 그 힘을 느끼는 만큼 나는 자신의 현대성이 당혹스럽다. 나는 이미 그 태고적 죽음의 개념을 잃어가면서 미약한 생명력밖에 갖지 못하게 된 인공적인 오늘날의 인간이다. 이집트 석조상 엽서를 바라보며 인류는 일찍이 우주인과 같은 성스러운 조각을 만들었다는 사실에 고개를 끄덕인다. 그리고 인류는 긴 시간 속에서 발달했지만 지금 종언을 맞이하려 하고 있다는 사실을 음미해본다.

인류의 멸망, 이것도 자연법칙에 따른 거대한 섭리이리라. 레비스트로스가 말했듯이 지구는 인류 없이 시작되었고, 인류 없이 끝난다.

2019년

교토의 정원

교토의 정원을 바라보며 걷다 보면 시간이 멈춰 마치 이異차원의
세계로 빨려 들어간 것 같은 착각에 빠진다. 정원은 대체로 고요해
서 그곳에 있는 사람의 마음도 씻기는 듯한 기분이 들며, 왠지 긴장
과 해방이 어우러진 듯한 신기한 장소다. 정원은 어디나 몇백 년의
역사가 있고, 오랜 세월에 걸쳐 조금씩의 변화가 있다고는 해도 끊
임없는 흐름과 한없이 고이는 정체의 공기가 자아내는 양의적 성질
은 조금도 변하지 않는 것 같다. 예전에 이곳에서 노닐던 사람은 가
고 없지만, 지나간 일도 앞으로 다가올 일도 유구히 함께 있는 듯한
무한한 숨결이 이곳에는 있다.

정원은 시대와 함께 양식의 변화가 보이지만 일정한 규범이 있고
구성 요소도 대체로 정해져 있다고 할 수 있다. 정원은 예로부터 산
수화 이미지에 가까운 세계로서 실현화되어 변경·발전되었다고 보
는 견해가 일반적이다. 인간을 그곳에 넣은 우주의 축도縮圖, 그 이상

향을 만들고자 한 시도로 볼 수도 있을 것이다. 정원의 종류는 평지, 언덕, 산, 연못, 섬, 강, 폭포, 숲, 바위, 돌, 자갈, 이끼 같은 자연의 것과 뭍에서 섬으로 이어진 다리, 오솔길, 다실, 징검돌, 담, 등롱 등 인위적으로 만들어진 것을 조합해 산책을 하기 좋게 만들어진 정원, 원경遠景의 산, 근처의 연못, 나무들, 돌, 이끼 등으로 구성된 경치, 또는 전체를 하얀 자갈로 깔고 돌이나 이끼가 여기저기 흩어져 있는 이른바 '가레산스이(枯山水)'처럼 다실이나 사원에 앉아서 바라보는 감상 목적의 성격이 강한 정원, 혹은 산책과 좌관坐觀을 겸비한 정원 등 몇 가지 유형으로 나눌 수 있을 것이다. 어느 쪽이든 자연의 아득함과 아름다움을 연출하거나 그 본질을 현상화하거나 아니면 추상화·관념화한 세계라는 사실에 변함은 없다.

정원은 사원 경내境內인 경우가 있는가 하면 귀족의 별궁이나 산장인 경우도 있다. 1933년, 독일 건축가 브루노 타우트Bruno Taut가 방문하여 그 아름다움에 눈물을 흘렸다고 하는 가쓰라(桂)별궁. 이곳은 17세기 초부터 일왕 가문의 연고지이지만 100년 넘게 고보리 엔슈(小堀遠州) 등 유명한 문인들의 설계에 의해 인위적으로 조성된 광대한 정원이다. 언덕이나 연못, 숲, 자갈, 이끼 카펫까지 긴 세월을 걸쳐 콘셉트가 변경되거나 소재의 교체 등 몇 번이고 수정 작업을 하면서 만들어낸 정원인 것이다. 그곳에 있는 자연환경에 손을 댔다기보다는 만들어진 자연에 주거住居나 다실을 조합해서 만든 인위적으로 조성한 이상향이라 해도 될 것이다. 그런데도 정원을 걷다 보면 자연보다 더 자연스러움을 느끼게 되니 놀라운 일이다. 소나무나 단풍 등 품격과 계절감이 느껴지는 아름다운 나무, 크기와 모습, 색조 등에서 존재감이 느껴지는 돌, 청초하고 긴장감이 감도는 자갈, 맑게 비쳐 보이는 물과 짙푸른 이끼, 그것들이 복잡하게 얽히기도 하고 트이기도 하는 사이사이에 악센트처럼 세워진 다실 등 모든 것이 최상의 것이고 온갖 사치를 다하였으며 지혜의 극치를 발휘한 듯한 별세계이다. 가쓰라별궁을 걸으면 누구나가 무릇 이 세상 것이라고는 여겨지지 않는 지복감에 잠기게 되리라.

같은 별궁이라도 같은 시기에 만들어진 슈가쿠인(修学院)별궁은 자연의 지형과 생활환경을 그대로 살리면서, 산허리에 뱃놀이를 할 수 있는 넓은 연못을 만들기도 하고 경사지에 다실을 만드는 등 부분적인 조성만을 하는 데 그친 정원이다. 그러므로 만들어진 정원과 아직 손도 안 댄 산이 이어져 야취野趣를 한층 살린 형태가 되었다. (느낌은 다르지만 나는 슈가쿠인별궁을 걸으면서 인위적으로 조성된 부분과 자연 그대로인 산 부분이 근사하게 이어지는 것을 보여주는 한국의 창덕궁 후원 비원을 순간 떠올렸다.)

여하튼 어느 쪽도 순수한 자연이라고는 할 수 없으며 공간에 사람의 숨결이 느껴지는 곳이지만, 그 근원에는 역시 동양적인 자연숭배사상이 엿보인다. 물이 있고 나무가 있고 돌이 있고 그 안에 인간도 있고 다 함께 아름다운 세계를 만들어낸다는 생각인 것이다. 그러나 연못을 만들고 나무를 심고 돌을 배치하고 그것을 손질한다 해도 지극히 자연스러운 형태, 곧 그것들의 정형을 살리거나 해치지 않는 정도에 그친다. 그리고 다실을 세우는 경우도 그 지형이나 나무들과 함께 있으며 겉돌지 않고 주위와 균형을 이루려는 배려가 보인다. 거대한 조화라고나 할까. 물론 이 조화에는 단순히 자연과 잘 어울린다는 의미가 아닌, 보다 고상하고 아름다우며 인간을 정화로 이끄는 일종의 초월적인 마음이 담겨 있음을 잊어서는 안 될 것이다.

나는 서구에서 가장 대표적인 정원으로 베르사유의 정원을 떠올린다. 루이 14세가 천재적인 정원 설계가 앙드레 르 노트르에게 명해 17세기에 조성한 이 정원은 그야말로 인간 중심적인 아름다움을 뽐낸다. 왕의 시선에서 조망하는 원근법적 구성의 풍경, 즉 궁전부터 시작해서 나무, 운하, 길, 모든 것이 주인의 지배하에 다스려지는 세계로써 구성되어 있다. 거기에는 자연이 있는 것이 아니라 인간 중심의 콘셉트를 실현하기 위한 다양한 소재가 있는 것이다. 예를 들면 나무는 나무 본연의 모습이 아니라 장방형이나 피라미드형, 구球형으로 만들어져 인간의 이데아의 모사로서의 모습을 강요당한 채 그곳에 있는 식이다. 일방적으로 인간의 위대함을 보여주는 정원이라 할 수 있으리라.

이에 비하면 일본의 정원은 너무나도 비인간un-human적인 세계로 비춰진다. 정원 주인의 취향이나 마음이 전달될 때는 있어도 기본적으로는 정원을 구성하는 제반 요소가 그들 스스로를 이야기하고, 나아가서는 우주의 섭리를 찬미하도록 만들어져 있다. 정원을 구성하는 다양한 요소가 결합될 경우, 어느 것이 중심이 되는 게 아니라 좋은 앙상블을 이루는 것이 가장 중요하다. 굳이 말한다면 돌, 이끼 등으로 시간의 유구함을, 물과 나무 등으로 시공의 변화를 암시하긴

하지만, 인간 또한 그 일원이라는 사실을 깨닫게 한다. 인간 중심이라기보다는 우주의 섭리를 따르는 것을 이상으로 하고 있는 것이다.

인간이 생각해냈음에도 불구하고 자신이 중심이 아니라 먼저 세계가 있다는 이른바 '타력본원他力本願', 다시 말해 거대한 수동성 안에 인간을 두는 것은 동아시아 세계관의 특성이다. 그러한 의미로 정원은 인간 정신의 에스프리가 어디에 있는지를 너무도 잘 보여주는 장소다. 자연을 정리하고 그 풍족함을 살린 장소로 삼았던 곳이 있는가 하면, 다른 한편으로는 현상적인 자연의 모든 요소를 도려내고 최소한의 소재만으로 구성한 공간이 있다. 전자가 자연이나 그 축도를 가까이에서 느끼게 하는 정원임에 비해, 후자는 통상 '가레산스이'라고 불리며 주로 불교 사원에 만들어진 지극히 상징적이고 명상적인 정원이라 할 수 있다.

가레산스이 정원은 자갈만 있거나 몇 개의 돌이나 약간의 이끼를 더한, 철저하게 추상화되고 단순화되어 관념의 극치를 나타내는 양상을 보여준다. 이러한 정원은 전국적으로 퍼져 있지만, 다이토쿠지〔大德寺〕의 다이센인〔大仙院〕, 료겐인〔龍源院〕, 도후쿠지〔東福寺〕의 레이운인〔靈雲院〕 등 교토의 사원에 집중되어 있다. 세계적으로 가장 널리 알려진 곳은 료안지〔龍安寺〕의 석정石庭일 것이다. 동서 약 10미터, 남북 약 25미터의 장방형 상자 모양 넓이에 하얀 자갈을 빈틈없이 깔고, 거기에 열다섯 개의 크고 작은 돌을 약간의 이끼를 더해 흩어놓은 그곳은 가장 철학적이고 관념적이라 일컬어진다. 2미터 정도 높이의 사원 청마루에서 비스듬히 내려다보이는 정원은 자기 앞에서부터 중심부를 넓게 열고, 돌은 주변부에 둘러싸듯 배치되어 있다. 철저한 계산에 의한 설계라 할 수도 있고, 90년대 초 들뢰즈와 가타리가 이곳을 방문해서 말했듯이 설계라기보다 임의의 예리한 감각적 배치라고도 할 수 있는, 그야말로 수수께끼 같은 신기한 광경이다. 어찌 되었든 매우 긴장감 있는 공간임에는 변함이 없다.

그렇다고는 하지만 이곳이 주는 인상은 한 인간 자아의 표상이라기보다는, 어떤 관점에서 보더라도 보다 높은 보편적이고 우주적인 응축된 관념의 도상圖像이라는 느낌일 것이다. 이 석정과 마주하는 사람은 당혹한 나머지 아무것도 마주할 수 없는 공무空無 안에 있다는 사실에 직면할 수밖에 없다. 일본의 철학자 니시다 기타로는 인간 거처의 원점을 '무無의 장소'라는 말로 표현하였다. 인간은 장소적인 존재이며 그 본질은 무이고, 그것을 자각하기 위한 다양한 수단을 만들어낸다고 한다. 정원도 그중 하나의 메타포인 것이다.

2016년 7월 28일

조선의 백자에 대하여

목을 움츠리고 몸통을 크게 부풀린 항아리와 가장자리를 부드럽게 젖혀낸 그릇, 느긋한 자세로 때를 기다리는 듯한 연적 등. 그 절제가 가다듬어진 단순한 형태는 물론이고, 형용하기 어려운 유백색의 촉감은 도저히 인간이 만든 것이라고는 생각하기 어렵다. 그래서 일전에 야나기 무네요시는 백자를 보고 인간이 아닌 다른 어떤 자재自在로운 존재가 만들어서 하사한 것 같다고 말했다.

조선의 백자는 고려청자와 함께 도자기가 일궈낸 기적이다. 내우외환에 시달리고 혹독한 생활 상황에 허덕이는 와중에도 심금을 울리고 공간을 풍부하게 물들이는 지보至寶를 만들어낸 천재들이 존재했다는 사실은 경이로움 그 자체이다.

백자는 그 만듦새가 최량最良의 것일수록 어딘가 맑은 슬픔을 간직하고 있다. 그건 때때로 인류 최고의 예술품에서밖에 볼 수 없는 가장 근원적인 것이다. 백자를 눈앞에 보고 있으면 구원의 심오한 경지를 이야기한 석가의 '자비'가 떠오른다. 백자의 나라의 명운을 짊어진 자의 작품이기에 이런 아득한 자애慈愛스러움이 나타나는 것일까.

강한 불을 통과한 무기물인데, 어딘가 영원한 생명체와 같은 정화된 숨결이 느껴진다. 선반에 오도카니 놓여 있는데, 암시로 넘쳐나는 멋진 모습으로 다가온다. 거기(백자)에 요리나 꽃 등이 곁들여지면 주위의 것과 어우러져 공간이 선명하게 돋보인다. 자기를 과시하지 않고, 어디까지나 다소곳이 있으면서, 공간이나 보는 이에게 생기를 불러일으킨다. 이러한 양의적인 존재성을 지닌, 열린 백자가 이밖에 또 있을까.

조선의 도자기는 그 아름다움 때문에 처참하기 이를 데 없었던 임진왜란, 정유재란에 휘말리기도 하고, 이삼평李參平으로 상징되듯이 수많은 뛰어난 도공들이 납치되기도 했다. 또한 일본의 식민지 지배로 인해 이루 말할 수 없이 많은 청자, 백자가 흘러 나간 일도 있었다.

그런데 이러한 사실은 조선 도자기의 수난사를 말해줌과 동시에, 역으로 일본인이 얼마나 조선 도자기에 매료되고 그것을 높이 평가하고 애호했는지도 의미한다. 근래에 이르러서는 식민지하의 1920년대에 야나기 무네요시 등이 조선으로 건너가 도자기를 발견하고, 이를 집대성하고, 찬미하고, 새롭게 그 존재와 가치를 세상에 널리 알렸다. 그리고 조선의 목공품이나 장식화와 함께 백자는 민예의 심벌로 자리매김하게 되었다.

조선 도자기에 대한 애호의 원류는 아마도 멜랑콜리한 중세 문화까지 거슬러 올라갈 것이다. 그리고 일본의 독특한 취미인趣味人의 세계가 서서히 형성되는 와중에 이른바 '이조李朝 물물物'의 이미지가 성립되어 후에 시민 미학으로서 보편화되었다고 볼 수 있다. 오늘날 '이조'는 마치 애완동물처럼 일본 각지에 퍼져 나가 마침내 세계에 자랑할 만한 조선 도자기 컬렉션의 전당이 오사카에 세워지게 된 것이다.

그렇다면 '이조'라는 말로 애완되며 일본의 긴 역사 속에서 교양인이나 취미인을 사로잡았던 백자의 실체와 이미지는 어떤 것일까. 어떤 사항들이 '이조'라고 칭해지며, 나아가 한국과 국제사회에 영향을 주게 되었던 것인가.

일본은 다회, 꽃꽂이 모임, 골동품 모임 등 다양한 취미인이 모여 노니는 장場이 많다. 이러한 회합에서 사람들이 '이조'의 금이 잔뜩 간 자질구레한 도구나 일그러진 찻잔을 이리저리 어루만지며, '귀엽군' '좋군요'라며 넋을 잃고 엑스터시에 빠지는 광경을 접할 때가 있을 것이다. '이조'를 둘러싸고, 거기에만 은은한 빛이 비추고 있는 듯한, 미소 지으며 넋 나간 공간이 펼쳐지는 모습은 참으로 기묘한 공동체의 비의秘儀를 연상케 한다.

그건 그렇다 치고, 이곳에서 취급되고 완상되는 것은 대체로 순도가 높은 완성품이나 뛰어난 도공의 작품인 경우는 드물다. 대부분의 것들은 이가 빠지거나 촌티가 나고, 유치하고 처량해 보이는 것들이다. 당당한 백자를 들여올 때도 있지만, 취향으로서는 역시 불완전한 것을 반긴다. 고명한 문학자나 유명한 다인, 대단한 재계인들이 수

집한 '이조 물'조차, 아주 드물게 절품絶品이 포함되어 있다고는 하나 상당 부분이 이 선상에 있는 것임은 부정할 수 없다.

이리하여 언제부턴가 조선의 도자기는 본질적으로 상상력이나 완성도가 낮은, 그러나 소탈하고 소박하며 아마추어적이라는 이유 때문에 좋다는 이미지가 만들어졌다. 놀랍게도 한국에서 미술사 관련 일을 하는 사람들조차도 이러한 미의식에 농락당해, 그 의미를 역으로 이용하여 반격하기라도 하듯이 무작위의 조형, 시골스러운 순박함, 천연 자연의 맛 등의 어휘를 자랑스러운 듯이 합창하고 있는 형국이다.

물론 많은 조선의 백자에 '서투름'의 측면이 있는 것은 감출 수 없다. 그리고 때론, 뒤틀림이나 조잡함을 살린 다이내믹한 좋은 작품이 있다는 사실을 무시하는 것은 아니다. 그렇다고는 하나 이른바 '이조 물'의 대부분이 평가 대상 외의 것임은 두말할 나위도 없다. 조선을 대표하는 백자의 일품을 앞에 두고 과연 앞서 말한 것과 같은 규정의 언사가 허락될 것인가. 그 세계를 대표하는 최량의 물건만이 사물의 수준과 가치와 문제를 짊어진다고 말한 건 하이데거인데, 백자의 걸작이 이른바 '이조'적인 것과는 비슷한 것 같으면서도 전혀 다른 것임은 불을 보듯 자명한 사실이리라.

이조의 백자는 그 정점에 있어서 견고한 송나라 자기나 부드러운 모모야마(桃山) 시대 도기와는 그 성격과 완성도를 달리한다. 조선시대 유교의 에스프리가 그러하듯이, 콘셉트에 지나치게 사로잡히지 않고, 우연에 의지하지 않고, 흙이나 불에 다 맡기지도 않으며, 그렇기에 전일하지도, 뒤틀리지도, 치졸하지도 않다. 형태나 색, 밸런스, 촉감 등의 조화·순화에 있어서 장소의 정화와 고양을 불러일으키는 고도의 살아 있는 매체일 것이 요망된다. 이는 외부와의 시적詩的인 관계를 필요로 하는 것이기 때문에 자족하는 완성품보다 어렵다.

이를 입증하는 백자의 컬렉션으로 유명한 것이 오사카시립동양도자미술관이다. 여기서 최근 십수 년간 한반도의 도자기를 재검토하는 작업이 이어지고 있는데, 이중에서도 관외의 컬렉션이 더해진 분야별 '조선 도자기 시리즈'전의 시도는 국내외의 '조선'의 이미지를 바로잡는, 백자의 진정한 만듦새와 아름다움을 보여주는 획기적인 것이라 할 수 있다.

고려청자도 그렇지만, 조선시대의 제일급의 백자는 아주 한정된 것이며, 특정한 가마터에서 불과 서너 명의 천재와 그 주위 사람들에 의해 만들어졌다고 추정된다. 백자의 실물이나 자료를 비교해보면 이를 판별하는 것은 그다지 곤란한 작업이라고는 생각되지 않는다. 그런 의미에서도, 작품의 소재나 불 조절, 양식, 만듦새를 통해 동일한 작자와 가마터를 특정하는 연구가 필요하다고 하겠다.

다행히도 최근에는 국내외 연구자들의 전문적이고 실증적이며 진지한 학구 자세와 창의적인 작품성을 중요시하는 전람회의 방향이 두드러지기 시작했다. 문화 개념과는 도무지 거리가 먼, 정반대의 타성적인 말버릇이나 취미 수준의 이미지가 서서히 불식되고 있는 것이다. 한 걸음 더 나아가 조선시대 백자의 국제성이나 국내 상류사회에서의 확산, 그리고 특정한 가마터의 뛰어난 도공과 문인과의 교류 등을 구체적으로 기술하는 논고가 나오기를 기대한다. 세계 도자기의 높은 도달점으로서의 조선백자—, 그 본래 모습의 발견과 재정립이 될 날이 멀지 않다.

2002년

V

「모나리자」 송頌

무슨 일이든 때가 있고 장소가 있다. 아무리 유명한 것, 재미있는 장면이라 하더라도 전혀 흥미를 끌지 못한 채 그냥 지나치고 말 때도 있다. 그것이, 똑같은 것인데도 마치 전혀 다른 것인 양, 깜짝 놀랄 때가 있는 것이다. 그것을 인연이라 하고, 만남이라 하는 것이리라.

나는 「모나리자」(별명 「라 조콘다」)를 1971년부터 꽤나 봐왔다. 대부분 루브르에서 봤지만 한번은 도쿄의 서양미술관에 왔을 때 (1974년) 보러 간 적도 있다. 어떤 때는 아무 생각 없이, 어떤 때는 아주 꼼꼼히, 어떤 때는 약간 삐딱한 시선으로 보기도 하는 등 그때그때의 기억은 다양하다. 화집에서 이미 보았거나 르네상스 미술론이나 다빈치의 『수기』를 읽는 등 예비지식을 웬만큼은 갖고 있었다. 그 때문인지 과연 다빈치다운 그림이네, 이것이 천재의 그림인가, 하며 말끝을 흐릴 때도 있었다. 하지만 한 번도 내 마음을 뒤흔들었던 기억이 없다. 아마도 진심으로 접한 적이 없었던 것인지 모른다. 그

311

만큼 선입관에 얽매여 있었다고도 할 수 있을 것이다. 지금 와서 생각하면 「모나리자」는 너무나 유명하고, 게다가 아시아인인 내게는 어딘가 '나를 봐'라는 태도를 취하고 있는 듯한 여자의 포즈가 가까이 다가가는 것을 막았던 것 같은 기분도 든다. 어쨌든 그림으로서도, 여자로서도 관심 밖의 존재로 몰아냈던 것은 확실하다.

그런데 20여 년 전 어느 날 아침, 루브르박물관에서 미팅이 있어 끝내고 돌아오는 길에 우연히 「모나리자」 앞을 지나게 되었다. 그곳에는 아무도 없었다. 평소에는 사람들이 무리 지어 있어 가까이 가기 어려운 그림인데, 이른 시간이어서인지 텅 비어 있었다. 나는 살며시 그림 쪽으로 다가갔다. 수상쩍은 미소의 유혹에 걸려들었던 것일까. 약간 옆을 향한 포즈와 이쪽을 향한 눈길에 매혹되어선지 그림 서너 걸음 앞에서 발을 멈췄다. "역시 대단하군…… 굉장한 그림 아냐?"라며 무심결에 탄성이 나왔다. 포플러 판자에 유채로 그린 20호 (77×53cm) 정도의 그림이지만, 거의 필적을 남기지 않은 신기神技의 기법에 숨이 멈춘다. 볼수록 수수께끼와도 같은 미지로 빨려 들며 그 정교한 표현력에 말문이 막힌다. 이런 초걸작을 어떻게 지금까지 알아채지 못했는지 우둔함이 부끄럽기만 하다.

찬찬히 보고 있노라니 우선 회화로서의 존재감이 압도적이다. 몽롱한 풍경을 배경으로 화면 중심부의 대부분에 당당하고 매력적인 숙녀를 배치하고 있는 점, 인간의 솜씨로는 보기 힘든 초절한 묘사력 등. 확고한 모티프와 흔들리지 않는 구성력에 적확한 붓놀림은 너무도 완벽해서 결점을 찾기가 어렵다. 그리고 이 그림에서 흘러나

오는 정보의 질량은 헤아릴 수 없다. 화가의 거의 모든 것이 채워 넣어진 듯하다. 아니, 다빈치의 영혼이 감도는 것 같아 무서울 정도다. 내가 아시아인이기 때문인지, 이 그림의 생김새의 특이함이 눈에 들어온다. 독특한 당송시대의 심원한 산수화를 배경으로, 기품 넘치는 풋풋한 이탈리아 여인이 무슨 사연을 간직한 듯한 포즈를 취하고 있는 모습 아닌가. (현존하는 『수기』에 이렇다 할 기술은 찾아볼 수 없지만 산하의 구조나 묘사 방식으로 보아 아마도 중국 산수화를 보았다고 나는 생각한다.) 그야말로 원근법이 강조된 구도지만, 자세히 보면 비원근법적인 불가해한 점도 눈에 띈다. 다른 몇몇 그림 속에도 종종 산수화풍의 산하를 그려 넣고 있는데, 이 그림의 유구한 배경은 상상 속의 풍경인가, 이국풍의 풍경의 그림인가. 게다가 무슨 의미로 그 앞에 요염한 여자를 배치하는 짜 맞춤인가. 보면 볼수록 수수께끼이다. 이 때문인지 화면 전체는 명료한 듯하면서도 정체를 알 수 없어 그야말로 신비하다. 다빈치는 그림을 그리는 동안에 아마도 원래의 모델로부터 점점 벗어났던 모양인데 무엇에 홀려서 이와 같은 그림이 되었던 걸까. 만능의 대천재가 평생 지니고 다니면서, 죽을 때까지 그렇게 계속 붓을 댔던 집념의 정체는? 그림의 완성인가, 아니면 이상적인 여성상인가, 아니면 다른 그 무엇인가. 프로이트에 의하면, 「모나리자」는 조콘다에서 끝없는 어머니의 연모로 승화되었다고 한다. 그리고 무엇보다도 그 어떤 형용사로도 표현할 길 없는 미소에 이르면 할 말을 잃을 뿐이다. 보고 있는 동안에 입가의 뉘앙스가 점점 변하여 보는 이의 의식을 물결치게 한다. 다빈치는 피부 밑의 골격과 근육을 연구하여 이 미소에 도달하였다고 한다. 어쨌든 끝없는 기술의 연마로 꾸며낸 미소가 아니라, 그야말로 본디 지니고 있던 것과 같은 자연스러움이 놀라울 정도다. 이 미소는 어딘가 희미하게 우수를 머금은 두 눈시울과 짝을 이루고 있어 더 한층 설레고 상상력을 불러일으킨다. 게다가 얼굴에서 목, 가슴을 따라 그리고 가볍게 포갠 도톰한 손가락에 이르는 빛의 흐름은 절묘한 생명의 번득임을 칭송하는 듯하다. 이는 그림의 절묘함을 뛰어넘어 다빈치가 도달한 인간 표정의 심오함과 아름다움의 극치라고도 할 수 있을 것이다.

생각해보면 르네상스시대의 예술가는 위대했다. 신을 찬양하면서, 이는 인간의 자랑이자 광휘임을 표현했다. 예를 들면 미켈란젤로는 구약성서에 나오는 양치기 소년, 곧 신의 심부름꾼인 다비드를 자기 의지로 우뚝 서서 세계를 개조하는 현명하고 건장한 청년상으로 부각시켰다. 다빈치는 중세까지 신의 자리라 여겨졌던 공간의 중심에 아름답게 웃음 지어 보이는 지적인 여인을 군림시켰다. 이상이자 미지인 자연 앞에 인간을 세운 것이다. 그런 의미에서 「모나리자」의 미소는 그야말로 르네상스적·인간적이라고 할 수 있을 것이다. 인류 역사상 미소를 표현한 작품은 여러 가지로 각양각색이다. 그중에서도 비너스의 미소는 그리스적 혹은 인간의 이상의 상징으로 여겨진다. 이에 비해 관음상 또는 백제관음의 반가사유상이 보여주는 미소는 예컨대 인간을 떠난, 욕심 없는 웃음 그 자체를 연상케 한다. 제각각 그 지역이나 시대를 대표하고 있음에 틀림없다. 이에 비춰 보면

「모나리자」의 미소는 의미심장한 듯 수수께끼인 듯 다빈치의 의중대로인 것 같다. 그렇지만 「모나리자」의 미소만큼 사람을 매혹시키고 미칠 듯이 빠져들게 하는 것도 없으리라.

　그런데 나는 실은 30여 년 전(1980년대 중반), 어떤 연유로 다빈치의 만년의 거처였던 클로뤼세Clos Lucé에 묵었던 적이 있다. 성주의 여동생 가족과의 인연으로 다빈치의 침실 옆방에서 하룻밤을 보냈다. 그때 기묘한 꿈을 꿨던 것을 잊을 수 없다. 밤새 좀처럼 잠들지 못하고 몇 번이나 일어났고, 신경이 쓰여 다빈치의 심홍색 침대를 바라보다가 아침결에 잠이 들면서 꿈을 꿨다. 타월을 머리에 둘러 감은 다빈치가 다가와 이탈리아어로 "미칠 것 같네, 무슨 짓을 저지를지 모르겠어. 내 곁에 있으면서 도와주게"라고 속삭이며 불가해한 웃음을 지었다. 나는 너무도 놀라 잠에서 깨고 말았다. 아침 식사를 하면서 성주에게 그 이야기를 했다. 그러자 성주는 오래전 이곳에 묵었던 사람한테도 비슷한 일이 있었다며 신기해했다. 묘한 체험 때문일까, 그 후로 「모나리자」를 가만히 응시하고 있으면 기분이 점점 이상해진다. 머리가 어질어질해진다. 역시 수상한 그림이라는 생각이 든다. 아니, 아마도 「모나리자」 그 자체가 아니라 이 그림을 통해 비춰지는 다빈치의 특이한 내면 때문임에 틀림없다.

　여하튼 요즘 나는 파리에 들르면 가끔 「모나리자」를 만나러 간다. 일이 잘 풀리지 않거나 기분이 울적해지면 자극이나 기운을 얻으러 찾아간다. 한동안 「모나리자」 주변을 서성거리고 있노라면 의욕이 되돌아오고 마음이 진정된다. 평생 동안 끊임없이 우주 만물을 응시하고, 한 장의 그림에 모든 것을 쏟아부었던 다빈치의 의지와 신념에 감화될 때면 비록 미약하고 재능 없는 몸이지만 어딘가에서 힘이 솟아난다. "화가는 자신을 매혹하는 아름다움을 보고 싶다고 생각하면, 그것을 만들어내는 주인이 된다" "자연을 스승 삼고 만능에 뜻을 두며 고독할지어라"(『수기』)라는 말이 가슴을 울린다. 이는 현대의 아티스트와는 거리가 먼 사연이자 갖추기 힘든 일이지만 만고의 진리임에 틀림없다. 「모나리자」를 만난 이상, 회화의 위대함을 통감하며 제작에 정열과 집념을 불태우면서 살고 싶다.

2019년 12월

렘브란트의 자화상

거장들의 자화상은 회화의 위대함, 그 매력을 상기시키는 데에 더할 나위 없이 안성맞춤이다. 정확함, 섬세함으로서는 사진에 비할 바가 못 되지만, 자화상은 회화로서의 존재 이유를 잘 나타내고 있다.

다빈치, 뒤러, 렘브란트, 고야, 세잔, 고흐, 피카소 등등. 그들의 자화상을 보고 있으면, 그 시대의 상황, 생활, 취미, 사상, 정신상태, 인격, 감정 그 외 무릇 인간의 모든 것이 읽힌다.

다빈치, 뒤러, 고야의 자화상에서는 인간의 지혜나 용기, 사회를 알게 하는 한편 다소 자기과시적인 냄새가 나는데, 세잔의 그것에서는 어딘가 냉정한 정물화 같기도 한 사물을 바라보듯 자기를 냉소하는 화가의 눈길이 무섭기도 하고, 고흐에 와서는 제정신이고자 애쓰며 자기를 꿰뚫어 보려 만신의 정력을 쏟은 흔적이 가혹하리만큼 무참해 보인다. 어쨌거나 화가들이 스스로를 응시하고 자화상을 통해 자기와 세계를 명료하게 나타내려는 자세는 경탄스럽기 그지없다.

317

특히 렘브란트의 만년의 자화상에서 그런 것을 강하게 느낀다. 어두컴컴한 배경에 떠오르는 교묘한 차갈색과 미묘한 음영으로 여울진 얼굴의 윤곽, 수심과 체념에 찬 눈, 말도 웃음도 접은 듯한 입술 등. 그럼에도 깊은 평온함이 떠도는 초상화는 보는 자의 가슴을 때리고 혼을 흔든다.

고흐는 수많은 필촉을 붓으로 권투라도 하듯이 단시간에 쏟으며 때려 쳐서 일사분란하게 자기를 나타내려 하고 있다. 어김없이 통제가 된 여러 색채의 필촉의 폭풍은, 고흐의 실존의 진지함, 그 격렬함을 웅변 차게 나타내고 있다. 그래서인지 화면은 애써 평상심이고저 안간힘을 다한 탓이랄까 밝은 화면인데도 어쩔 수 없는 처절한 화가의 아픔이 전해져 온다. 쏘아보는 듯한 광기 어린 시선의 덩어리와 내내 마주하고 있기가 힘들어진다.

그런데 렘브란트의 그것은 볼수록 빨려들고 숙연해진다. 그는 작은 붓에 물감을 묻혀 주의 깊게 캔버스에 옮기는데, 마치 상像을 불러내듯, 이쪽에서 표상화한다기보다 그것이 저쪽으로부터 서서히 떠오른 실재實在로 보이는 것이다.

아마도 신앙심이나 고집스러움에 있어서는 고흐가 이기고 있을 터이지만 렘브란트에 있어서는 오히려 산전수전 다 겪어 세계의 저 밑바닥을 하염없이 들여다본 것 같은, 어쩔 수 없는 존재의 수동성을 잔잔히 받아들이는 것 같은 깊이와 겸허가 느껴진다. 자기의 틀에 얽매인 시각과 세계의 바닥에 달한 눈길과의 표현의 차이는 놀랍다. 나는 고흐의 자화상에서 첨예한 자기와의 응시를 배우게 되고,

렘브란트의 그것에서는 자기를 넘어선 차원이 보여 눈이 감기고 고개가 수그러진다.

앙드레 말로가 렘브란트의 회화를 '혼을 울리는 표현'이라 찬양한 말이 떠오른다. 렘브란트의 자화상에서는 그 자신을 넘어 인간의 보편적인 고뇌나 구원이 감동적으로 다가오는 것이다. 사람들은 거울 앞에서 어떠한 자기를 바라볼 수 있는지 렘브란트의 시사하는 바를 음미해봄 직하다.

2015년 4월 / 2016년 6월

셋슈이문雪舟異聞
—「추동산수도」의 「겨울 그림」과 「혜가단비도」를 둘러싸고

「추동산수도」의 「겨울 그림」에 대해서

셋슈가 그린 「추동산수도秋冬山水図」의 「겨울 그림」을 바라보고 있으면 회화라는 것의 이異차원성에 실로 감동하게 된다. 현실에서는 있을 수 없는 풍경이라도, 회화라는 요해了解사항 속에서는, 상상 공간으로서 충분히 그러할 것이라며 받아들여진다. 바위와 바위 사이에 낀 눈 내린 산길을 오르는 사람이나, 그 머리 위에 드리워진 거대한 암벽, 게다가 아득한 저편에 기복이 심한 하얀 연산連山 등 하단의 현실적인 경치에 기이한 상단의 경치가 짜 맞춰진 신기한 그림이다. 초현실주의 그림도, 희화戱畵도 아닌, 그야말로 무로마치(室町)시대(15세기)의 수묵산수화의 한 폭이다. 구도도 그렇고 붓놀림도 그렇고, 상도常道와 일탈이 복잡하게 얽힌 의외성으로 가득 찬 그림이다. 여하튼, 보면 볼수록 마음이 설레고 머릿속이 혼란스러워진다.

그림의 밑부분에서부터 보아가면 우선 눈에 띄는 건 왼쪽에서 오른쪽으로 먹물을 듬뿍 흘려 펼친 듯한 길고 굵은 띠 모양의 먹 덩어리가 두 군데, 그 사이의 우변에 거칠고 구불구불한 고목 두 그루, 그 좌변의 비탈길을 한 남자가 올라간다. 양측의 커다란 바위 사이에 낀 길은 위로, 안으로 나아간다. 그 앞 너머에 몇 채의 지붕이 보이고, 중심에 성처럼 보이는 높은 건축물이 우뚝 솟아 있고, 배후에는 후지산 형상을 한 설산이 어렴풋이 떠 있다. 사람이 걷는 길가 우변에는 눈으로 뒤덮인 쩍 갈라진 커다란 바위가 우측으로 비스듬히 위로 뻗어 있고, 몇 겹으로 포개져 화면 가장자리까지 이어진다. 가장자리에 닿을락 말락 한 바위 정상에 눈이 쌓인 고목 몇 그루가 살풍경한 모습으로 서 있다.

내가 보기에 화가는 당초 여기서 일단 붓을 놓은 것으로 생각된다. 거의 같은 구도의 「가을 그림」에서 알 수 있듯이 구도나 각 요소의 짜임이 파탄 없이 잘 정리되어 있고, 이걸로 그림은 완성되어 있다. 여기까지는 구성으로서, 묘사로서 상도常道이며, 경관으로서도 겨울다운 분위기다. 하나, 화면을 노려보던 화가는 잠깐 하고 생각했음에 틀림없다. 어딘가 뭔가 부족하다. 겨울 그림이라고는 하나 화면 상부가 너무 비어선지 공허해 보인다. 여기서 불현듯 무의식의 충동에 광기가 버텼던 걸까. 나이프로 공간을 세로로 짝 갈라 쩨는 이미지가 솟구친다. 중앙의 살짝 왼쪽으로 치우친 상부에서, 짙은 묵으로 예리한 선을 강약을 주면서 그어 내렸다. 거의 수직인 긴 선은, 화면 중부에 다다르자 멀리 왼쪽에 우뚝 솟은 건축물을 둘러싸듯이 굽어지면서 오른쪽으로 구부러져, 오른쪽 성긴 바윗덩어리 뒤로 사라진다. 이 직립의 선묘는 거대한 암벽의 경계를 나타내는 것이지만, 안쪽 하변에 약간의 터치가 가해져 거기가 암벽이라는 사실을 암시하고 있다. 그리고 왼쪽 공간 저 너머로 환영처럼 높게 발기한 하얀 산이 겹쳐진 모양이 담묵淡墨의 묘선으로 그려지고, 바깥쪽을 흐리게 처리했다. 이는 의식적으로 현실미 있는 묘사를 피하거나 생략할 뿐만 아니라, 일부러 비현실적인 이미지를 과장한 화면이라는 것을 보여준다. 마지막으로 연한 먹물로 공간의 세부를 번지게 하거나, 군데군데 점묘로 악센트를 주고는 붓을 놓았다. 이리하여 하단의 평명한 경관에 상단의 느닷없이 나온 듯한 단조롭고 부자연스러운 암벽, 그리고 하얀 괴물 같은 연산을 더하는 것으로 화면 전체는 갑작스레 기이한 박력 넘치는 그림이 되었다. 셋슈는 아마도 중국에서 현실과 너무나 동떨어진 산수화의 과장된 심원深遠함(?)에 실망했음에 틀림없다. 그는 귀국해서 산수를 좀 더 친근한 것으로, 그리고 인간의 상상이 겹쳐지게 함으로써 필치를 한층 더 표현주의적으로 거칠게 하였다고 생각된다.

이렇게 보고 있으면 이 그림이 서로 다른 두 개의 그림의 짜 맞춤으로 이루어져 있음을 알 수 있다. 하단을 차지하고 있는 현실미를 띤 길, 고목, 바위, 집의 배치나 묘사 등은 산수화에 흔히 볼 수 있는 무난한 상경常景이다. 이에 비해 상단의 거대하고 평평한 암벽이나, 오버하게 데포르메된 하얀 기괴한 산은, 그 필치까지도 포함해서 설명되지 않는 상상 속의 이경異景이다. 분석적으로 보면 하단의 상경에 상단의 이경이 얽혀 그림에 깊이가 생겨나고, 긴장감과 비약감이 감돈다. 현실과 상상이 하나의 특이한 공간으로서 열렸다. 구심성이 있는 밀도 높은 화면이다. 화면이 강한 응집력을 지니며 응축되어 보이는 것은, 구성의 중층성은 물론이거니와 좌측 하변과 상부의 대부분을 논터치non touch의 공백으로 남겼기 때문이다. 셋슈의 경우 무엇보다 눈에 띄는 것은 그 임기응변의 특이한 필법의 자재自在함에 있다고 할 수 있으리라. 봉필棒筆과 평필의 겸용, 선묘와 점묘에 선염의 응용, 거기에 일부러 암벽을 단조로우면서도 간결하게 처리하거나, 먼 산을 담묵의 선으로 희게 남겨놓는 등 몇 가지 서로 다른 묘법이 앙상블을 이룬다. 대체로 전체 붓놀림은 거칠고 치졸하지만 자못 겨울 풍경에 어울린다.

이 그림은 당초부터 주도면밀한 구상이나 치밀한 데생을 하고 나서 그리기 시작한 것과는 다르다. 대략적인 겨울 경치의 이미지에서 출발해, 도중에 터무니없는 번뜩임에 의해 예기치 못한 전개가 되었다. 예로부터 산수화는 화가의 붓끝에서 유발되어 점점 부풀려진다. 「겨울 그림」도 의지와 자의가 서로 다투고 있다. 동아시아 대부분의 산수화가 그러하듯이, 화가는 세세한 구성까지 하고 나서 그것을 덧그리듯이 그리지는 않는다. 파묵破墨 산수화에 이르러서는 거의 즉석에서 번뜩이는 대로 전개하여 스피디하게 완성시킨다. 파묵 산수가 특기인 셋슈이다 보니, 이 「겨울 그림」에도 즉흥적인 번뜩임이 솟구쳤다고 해도 이상할 것은 없다. 오히려 산수화의 확고한 구성은 선험적인 것으로, 실경實景이라 해도 그 잠재성에 따르는 것이며, 그렇기 때문에 상상력의 자의가 허용된다.

화가가 실경을 그리는 경우에도, 간단한 현장 스케치를 바탕으로 하는 일은 있어도 보이는 대로 그리라는 법은 없다. 산수화에서는 그리려고 하는 의지가 훨씬 더 아득한 곳에 있기 때문이다. 눈앞의 경치를 보면서, 거기에 없는 것을 상상한다. 후대에 와서 우라가미 교쿠도(浦上玉堂)가 그린, 스케치 방식으로 완성된 그림조차도 산수화로 보이는 것은 이 때문이다. 시대를 거슬러 올라갈수록 중요한 것은 경관이 아니라 산수의 이데idee인 것이다. 농경사회가 되어, 자연이 대치화対峙化되고, 동경의 대상으로서 이상화된 것이 산수화이다. 그것을 흉중산수胸中山水라고 한다. 이 이데도 시대와 함께 변화하여, 사회가 도시화·산업화되면서 서서히 붕괴되어 그림은 풍경화가 되었다. 산수화가 소멸한 경위다. 그런 의미에서도 셋슈의 「겨울 그림」은 화가의 상상력과 산수의 이데가 훌륭하게 융합된 보기 드문 걸작이라 하겠다.

나는 셋슈의 「겨울 그림」을 보면서, 화가라는 존재의 가늠할 수 없음에 대해 생각한다. 아마 화가 자신에게 물어보아도 이 그림에 대한 해명은 어려울 것이다. 화가의 내면에 소용돌이치는 마그마가, 오랜 경험과 무의식을 동반한 상상력이 그 장場의 공기나 역학에 튕겨져 분출한 것이기 때문이다. 오늘날의 AI가 아무리 뛰어나더라도, 아니, 그렇기 때문에 이러한 그림은 불가능할 터이다. 예술가는 때때로 자신의 지知를 뛰어넘는 표현을 불러일으킨다. 그것은 천재의 영역이라기보다, 화가가 하는 제작 행위의 특이함에 기인한다. 하얀 공간은 화가에게 불현듯 광기를 부른다. 그것은 타자이자 외부이면서 화가를 도발하기 때문이다. 그러므로 제작은 의식과 무의식의, 그리고 장의 힘이 격렬하게 대립하는 가운데 전개되고, 때로는 파탄을 일으킨다. 위대한 화가일지라도 그것이 어느 쪽에 치우치는 일 없이, 모순을 품은 표현으로서 두드러지는 일은 드물다. 실제로 셋슈의 뛰어난 작품 중에서, 게다가 「겨울 그림」에 필적할 작품을 나는 고를 수 없다. 나는 때때로 화집을 펼쳐서 이 그림과 마주한다. 그러면 나도 모르게 그림에 빨려 들어가 이경에 들어갔나 싶다가, 갑자기 머리가 미칠 것 같아지기도 한다.

「혜가단비도」에 대해서

「겨울 그림」의 대극에 있는 그림이 셋슈의 작품으로 알려진 큰 폭의 「혜가단비도慧可斷臂図」이다. 기괴한 바위 굴에 함께 있는 두 인물의 극적인 신scene을 그린 작품인데, 보면 볼수록 범상치 않은 박력에 압도된다. 달마가 눈을 부릅뜨고 살벌한 암벽을 향해 앉아 있는 곳에, 혜가가 찾아와 왼팔을 베면서까지 제자로 받아달라며 간원하는 장면이다. "인도로부터 중국에 선종을 전했다는 달마가 있는 곳에, 후계자가 될 혜가가 입문하는 순간"(시마오 아라타(島尾新))인 듯하다. 이 그림의 첫인상은, 강한 암시를 시사하며 이상한 기운의 긴장감이 감도는 것이리라. 중국에는 일찍이 비슷한 구도의 그림이 여러 장이나 전해지고 있다. 국내외의 유사한 그림 중에서 이 그림은 그 발상, 구도, 묘사에 있어서 걸출하다.

그림의 모든 요소는 잘려 떨어진 육신의 일부가 상징하듯이, 높은 정신의 차원으로 향하는 의지로 수렴된다. 눈길을 끄는 것은 이러한 은유를 암시하는 도상학圖像學이다. 두 인물을 주시하는 건지, 아니면 화면 밖으로 향하고 있는 건지, 왼쪽 상단의 두 암벽에 제각각 커다란 눈알 같은 구멍이 뻥하니 나 있다. 참으로 상징적인 표식이다. 커다란 화면은 거의 삼각형을 이루고, 보는 이의 시선은 왼쪽 하단의 혜가로부터 중앙 오른쪽의 달마를 지나 왼쪽 상부로 빠져나간다. 이들의 짜임새는 언뜻 보기에 서양 중세의 종교화 도상 그 자체라 할 수 있을 것이다. 하단을 빼듯하게 그려서 넓히고, 중앙을 하얗게 하고, 그 상부를 메우면서 깊이를 주고, 더욱 위로 향하고서는 공백으로 마무리한다. 이러한 구도는 전형적인 종교화의 도상이며, 실로 치밀하고 철저하게 계산된 것이다.

묘법은 수묵에 의한 것이나, 철저하게 데생을 밑에 깔고 덧그린 그림이다. 밑그림 위에 화선지를 올려 베꼈거나, 목탄으로 직접 화선지에 엷게 그린 그림을 덧그렸거나 둘 중 하나일 것이다. 자의성이나 우연성을 일절 용납하지 않고, 정확하게 데생을 부각시키는 방법을 취하고 있다. 달마를 돋보이게 하는 복장의 윤곽은 극도로 간략한 강약이 없는 굵은 담묵 선묘지만, 이는 봉필이 아니라 서양화나 템페라에서 사용하는 작은 평필이라 생각된다. 이와 대조되는 혜가의 복장의 윤곽도 작은 평필에 의한 간소한 선묘지만, 차분하면서도 다소 소잡하고 정체가 덜하다. 그리고 역시 화면에서 눈에 띄는 것은 두 사람의 채색된 얼굴 묘사다. 달마의 당당한 얼굴 모양이나 그 선명한 윤곽, 특히 크게 뜬 눈과 높고 긴 코, 굳게 다문 입, 새까만 수염 등은 아시아인이 아닌 중동이나 서양의 이목구비다. 혜가의 얼굴 또한 떡 벌어진 골격에 이마가 넓게 벗겨진 얼굴, 날카로운 눈매나 큰 코, 꽉 다문 입, 곱슬머리와 입가의 존재감은 역시 달마와 동류同類를 연상케 한다. 무엇보다도 이런 선묘의 치밀함이나 강한 힘은 확고한 것이지만, 부드러운 세필이 아닌, 서양풍의 억센 털로 만든 면상필面相筆에 의한 것이리라. 게다가 두 사람의 얼굴과 잘라낸 팔 부분만 살짝 붉은 기가 도는 색을 입혀 그 존재감을 두드러지게 했는데, 공들여 칠한 것이나 물감의 질감으로 보아 어쩌면 옅은 템페라식의 물감을 사용했을지도 모른다. 집중력과 끈기와 필력에 의한 묘사의 탁월함에 숨이 멎을 정도이다.

바위 굴의 이미지나 바위 모양은 자연의 모습이라기보다 지극히 건축적이며, 내면을 외재화한 정경으로 비친다. 바위 굴의 형태나 바위의 포개짐, 인물의 배치는 근사하지만 자연스러움과는 거리가 멀다. 달마의 등 뒤에서 안으로 퍼지는 하얀 공간은 일부러 추상적으로 처리하여, 중앙의 달마를 사이에 둔 우변의 중층적인 바위와 대비를 이룬다. 여기서 볼 수 있는 붓의 터치나 선묘, 그리고 담채의 사용법은 수묵법과 템페라 기법을 병용한 것이라는 생각을 금할 수 없다. 하단 앞쪽 바위를 비롯해 오른쪽 상부를 향해 젖혀지는 바위의 포개진 모습의 묘사는 언뜻 보기에 셋슈다운 부분이다. 하지만 유심히 보면 봉필이 아니라, 조금 작은 평필이나 억센 붓의 겸용이 눈에 띠며, 선 긋는 방식, 음영을 붙이는 방식에 강약이나 호흡이 거의 느껴지지 않는다. 일률적이면서 세부사항에 신경을 많이 쓰고 있고, 게다가 입체적인 효과를 노리고 있다. 이렇게 함으로써 그림은 통일감이 넘치고, 높은 이데를 나타내는 종교화가 된 것이다.

이 그림이 지닌 확고한 존재감은 각별하며, 일반적인 수묵화와는 이질적인 것이다. 그림의 도상학적 구축성이나 내면을 암시하는 깊이, 중층적인 볼륨, 황금분할적인 구성은 동아시아의 통상적인 발상과는 거리가 있다. 여기서 떠오르는 것이, 셋슈의 명작으로 알려진 「마스다 가네타카상(益田兼堯像)」이다. 확고한 데생에서 시작된 그림임에는 틀림없으나, 선묘에 속도감이나 기세가 있고, 화면이 부드러운 공기 속에 떠 있다. 다른 석가도나 달마도에서도 마찬가지로, 셋슈의 붓은 생생하며 고양감으로 넘쳐난다. 끝이 긴 붓이나 부드러운 세필에 의한 절제미를 잘 살린 선묘에는 화가의 숨결이 전해져 공간의 호흡을 느끼게 한다. 「혜가단비도」는 바위 일부의 선묘나 인물의 얼굴 윤곽 및 수염 부분을 제외하면 대부분이 공예적이면서 공들인 붓놀림에 의한 덧칠의 그림에 가깝다. 많은 산수화를 비롯해, 「마스다 가네타카상」과 그 밖의 인물화에서 볼 수 있는 셋슈의 주된 기법으로 상기되는 것은, 활달한 그리기 그림이라는 점이다. 셋슈 그림의 에스프리는, 화가의 개성적인 분방함과 자유로운 상상력에 있다. 특히 중국에서 귀국한 후인 만년에 이르러서는 특정한 이데에 얽매이는 일 없이, 그림 제작이 활달해졌음은 널리 알려진 대로다.

나는 「혜가단비도」가 과연 셋슈의 손에 의한 것일까 하고 묻는다.

그림의 인상은 물론이거니와 구성, 묘법 등 많은 점에서 셋슈의 그것과 합치하지 않는 면이 여기저기 보이기 때문이다. 내 착각일지도 모르겠지만, 이런저런 의문점 때문인지 보면 볼수록 납득이 안 된다. 이 그림을 처음 만난 건 아마 1960년대 후반이었던 것 같으나, 당초부터 줄곧 위화감 같은 것이 떠나지 않았다. 그래서 나는 이미 2006년에 셋슈를 주제로 한 심포지엄(야마구치현립미술관 주최, 「셋슈로 떠나는 여행」전 관련 기획, '셋슈를 어떻게 볼 것인가—현대미술, 미학, 미술사의 시점에서' 시마오 아라타 기획)에 참가했을 때, 상기한 바와 같은 소견을 피력한 적이 있다. 그저 웃음을 샀던 것을 기억한다. 역시 셋슈의 진필이라 한다면 실로 이색적이며 놀라울 따름이다. 어느 쪽이든 이 그림은 동서를 불문하고 종교화의 걸작 중 하나로, 감동적인 솜씨라는 데에 변함은 없다.

만약 셋슈가 아니라고 한다면 누가 이만한 그림을 그릴 수 있었을까. 떠오르는 화가는 없다. 다만 상기한 바와 같은 관점에서 보면, 이국인의 손에 의한 것이라고도 생각할 수 있다. 나는 예전에 도쿄와 상하이에서, 17세기 초경에 포르투갈과 스페인에서 온 선교사 화가의 달마도나 인물상을 몇 번 본 적이 있다. 수묵화, 템페라화 또는 수묵과 템페라를 병용한 그림 등 각양각색이었는데, 모두 다 힘이 넘치고 적확한 대상 묘사가 인상적이었던 것을 기억한다. 이에 준해서 본다면 어쩌면 중국을 경유한 선교사 화가가 그린 것은 아닌가 하고 추측해본다. 짚이는 바는 셋슈의 후원자인 오우치 마사히로(大內政弘)가 당시 스오(야마구치)에 다수의 기독교인을 보호하고 있었다는 사실이다. 그중에는 명나라를 경유한 선교사 화가도 있었을 것이다. 우연인지 모르겠는데 고바야시 히데오(小林秀雄)가 상하이에서 거의 똑같은 그림을 보았다는 사실을 전해주고 있고, 그렇다면 동일 화가가 야마구치에 와서 셋슈의 그림에 자극을 받아 한층 완성도가 높은 달마도를 그렸다고도 생각할 수 있지 않을까. 낙관은 지금까지도 논의가 있었던 모양이나, 아마도 후세에 찍힌 것일지도 모른다.

2020년 9월 / 2011년

겸재의 회화

겸재(謙齋, 1676-1759)의 그림을 보고 있으면 마음이 울렁이고 현실의 풍경이 신선하게 비친다. 「통천문암通川門岩」은 참으로 그런 그림이다. 실제로 통천문에 가본 사람은 아마도 겸재의 상상력에 놀라고 새삼 자연의 장엄함을 되새길 것이다.

바다 아득한 저쪽에서 웅대한 파도가 넘실거리며 이쪽으로 밀려오고, 앞쪽에 그것을 가로막듯 버티고 선 암벽이며 바위기둥, 그 사이를 배회하는 쪼그만 인간이며 당나귀 등, 그 대치는 실로 극적이다. 실경에서 얻은 모티프이긴 하나 결코 리얼한 대로가 아닌, 겸재의 내면과 손을 거쳐 그림으로서 재구성하고 있다.

엷은 먹물을 살짝 닦아낸 갈필로 가로로 일렁이게 그린 흰 파도가 광대하게 넘치고, 듬뿍 먹을 품은 붓으로 세차게 세로로 그어 내린 시커먼 바위, 그리고 금방이라도 삼켜질 것처럼 가냘프게 그려진 인물이나 동물들. 광활한 바다의 바닷소리가 보는 이의 심장을 뒤흔든다. 거대한 것에 의해 세계가 뒤엎일 것 같은 역원근법의 구도이며 여러 대비를 돋보이게 하는 두루뭉술한 성근 묘법이기도 하기에 회화의 경이와 그 재미가 더 한층 감동적으로 전해진다.

겸재의 그림은 외계로도 마음속으로도 열려 있다. 그래서 그림은 소위 말하는 완성으로 향하지 않고 도달된 어정쩡함으로 내면과 자연에 걸친 양의성을 띤다. 안과 밖의 교류를 느끼게 하는 화가에 세잔이 있다. 그 세잔이 모티프를 구하려 외계와 마주했다면, 겸재는 자연과의 대화에서 모티프를 얻고 있다. 그래서인지 세잔에서는 어떤 모티프에 있어서도 묘법이 동일함에 비해 겸재는 대상에 따라 묘법을 바꾼다.

어떤 그림은 바늘로 찌르듯이, 어떤 그림은 빗자루로 쓸듯이, 어떤 그림은 붓으로 먹물을 빨아들이듯이, 그리고 어떤 그림은 대상이 총기립하여 노래하고 있듯이, 어떤 그림은 모두 흥겨이 춤추고 있듯이 대상과 상황에 따라 제각기의 묘법을 고안하고 있다. 이처럼 철저하게 방법에 눈뜬 화가도 드물 것이다.

「인왕제색도仁王霽色圖」는 수묵화로서는 대단히 중후하고 양감에 넘치는 그림이다. 서울의 서북쪽에 위치한 산의 비 온 뒤의 정경을 그렸다. 붓에 듬뿍 묻힌 검은 먹으로 화면 상부의 태반을 겹겹이 덧칠하여 산의 존재감을 강조하고, 차츰 먹을 엷게 산허리로 내려오면서 산의 무거운 이미지를 줄인다. 그러면서 안개가 여울지듯 커다란 공백을 좌우로 배치하고 그 오른쪽에 농담을 뒤섞은 흔들리는 듯한 나무들, 그 사이로 가볍고 단순한 윤곽 선묘의 커다란 집채. 그 집을 역逆 디귿 자형으로 두르듯이 다시 검은 먹으로 수목의 우거짐을 힘차게 그려 마무리하고 있다.

그림의 상부를 검은 먹으로 무겁게 하고 중부를 농담의 변화로 가볍게, 하부를 약간 진하게 한 특이한 콘트라스트이다. 일반적으로는 상부는 공백을 크게 주고 가벼운 터치로 중부로 내려와 서서히 그림을 짓게 하는 것이 상식이다. 그런데 여기서는 전혀 거꾸로다. 그래서인지 먹의 시커먼 점묘며 선묘의 폭풍적인 산 덩어리가 이쪽으로 쏟아 내리는 박력을 느끼게 한다.

이 압도적인 화면과 마주하고 있으면 선연 장엄한 교향곡이 울려 퍼지는 착각에 휩싸인다. 닮은 그림에 세잔의 「생트빅투아르산」이 있는데, 유화임에도 불구하고 사중주 같은 앙상블로 여겨진다. 세잔은 좀 더 분석적이고 깨어 있는데, 겸재는 대상과 깊숙이 교섭하고 응답하고 있는 것이다.

겸재의 애틋하게 산을 동경하고 사랑을 주고 있는 듯한 정겨운 그림이 있다. 나지막한 산인 서울 남산의 우후雨後의 정경을 가벼운 터치로 단순하게 그려낸 「목멱산木覓山」이 그것이다. 먹이 적당히 묻은 붓(小筆)으로 가볍게 옆으로 가지런히 눕히며 점을 찍어나가 우후의 조용해진 산 덩어리를 나타내고 중턱을 가로지르듯 일렁이는 움직임의 선묘로 구름의 흐름을 배치하여 정情과 동動의 절묘한 콘트라스트를 자아내고 있다. 화가와 자연의 감미로운 숨결이 잔잔히 전해 오는지라 은근히 짜릿한 고양감에 젖어든다. 보기에 따라서는 에로틱한 냄새, 앳된 엑스터시가 있기 때문이다. 겸재에 강한 엑스터시를 뿜는 폭포의 그림이 많은 것도 우연이 아닐 것 같다.

　겸재의 그림을 보며 생각하는 것은 얼마나 메타포가 중요한가이다. 얼만큼 대상이 좋고 묘사가 뛰어날지언정, 그 바라보는 차원의 높이랄까 암시하는 바가 약하면 볼품이 없기 마련이다. 범속한 작품이 별로인 것은 환기시키는 메시지의 수준이 낮기 때문일 것이다. 겸재의 그림은 가까운 풍경과 마주하면서도, 그리고 새로운 시대의 표현 방법을 취하면서도 보는 이를 울렁이게 하고 발돋움시켜 탈속한 경지로 이끈다. 고래古來로 산수화의 위대함은 자연의 한없는 초월성과 흉중의 고상한 상념이 반향하여 그것이 거래하는 그림이어야 하는 데에 있다 할 것이다.

　산수화는 원래가 우주적인 자연관에서 출발한 탓인지, 당송唐宋의 걸작에서 보이는 것은 자연의 드높음, 그 숭고함이었다. 차츰 시대가 내려옴에 따라 자연에 인간의 심정을 겹치거나 그러다가 인간화된 자연을 나타내게 되고, 끝내는 자연을 그리지 않게 되었다. 그 과정에서 자연의 메타포를 둘러싸고 시대의 변천 속에 화가가 얼마나 방황하고 어지러웠는지 상상이 간다. 겸재의 산수화에 있어서는 때로는 저쪽에서 오는 것이 크고 때로는 이쪽에서 가는 것이 강하고, 언제나 일렁이는 진폭 가운데서 그림이 짜인 것으로 보인다. 이 교류의 다이너미즘이 작가를 넘어 신선하고 드높은 산수화를 탄생시켰을 것이다.

　반도성의 왕래적인 기질이라고나 할까, 고정화·양식화를 싫어하고 유동성·가변성을 좋아한 겸재의 예술관은 한국 문화를 이해하는

데 중요한 열쇠가 될 것 같다. 친화적인 자연관에 뿌리를 내린 분청사기나 목공예품의 너그러운 콘트라스트의 미, 그 어정쩡한 완성도는 겸재의 그림에 있어 집대성을 이루고 정점을 보였다고 할 수 있다.

18세기라면, 이미 북경에서 전해진 실사구시의 사상이 토착화하고 회화에 있어서도 '진경산수'의 기운이 높아진 시기였다. 하지만 진경산수가 의미하는 바는 결코 단순하지 않고, 실제의 풍경이면서 여전히 '산수'이어야 했다. 그것이 시대의 시각의 변화와 더불어 차츰 이데가 사라지고 그저 가까운 풍경의 그림으로 그려지게 된다. 겸재를 최후로 회화의 어떤 소중한 것의 매개가 끊어진 느낌이 들지 않을 수 없다. 그런 의미에서 회화란 무엇인가란 물음 앞에 겸재의 시사하는 바가 크다.

어쨌거나 회화를 그 자체의 세계로 닫는 법이 없이, 그렇다고 외계에 통째로 내던지지도 않고, 안과 밖에 걸친 상상력의 매체로서 회화를 제시한 겸재의 위대함에 나는 깊은 경의를 표한다.

2015년 4월 / 2016년 6월

카지미르 말레비치
―만화경과 같은 카타르시스

    카지미르 말레비치(Kazimir Malevich, 1878-1935)는 하얀 사각
캔버스에 하얀 사각형을 그린 작가로 알려져 있다. 외계와도, 이미지
와도 관련이 없는 순수한 '콤퍼지션'으로서의 그의 회화작품은 세계
의 미술계를 놀라게 했다. 말레비치 이전의 회화의 역사에서 화가는
외계에서 인식할 수 있는 대상을 다양하게 그리거나, 내면에서 흘러
나오는 이미지를 여러 방식으로 표현해왔다. 이와는 달리, 말레비치
의「콤퍼지션」(1917)이라고 하는 단순하고 순수한 콘셉트에 의한 쉬
프레마티즘 페인팅Suprematism Painting의 출현은, 그러므로 몹시 혁
명적인 사건으로 비쳤다. 이 작품이 회화의 역사를 바꿔 쓰고, 말레
비치의 명성을 확립시켰다고 해도 될 것이다.
    그런데 누구나 아는 바대로 말레비치는 이밖에도 여러 가지 다른
그림을 그렸다. 젊은 시절에는 민속적인 이콘icon에 흥미를 가졌고,
국제적인 미술운동을 알게 되면서 외계를 형태와 색의 앙상블로서

의 그림으로 구축하게 되었으며, 또한 '구성'이나 '쉬프림'과 같은 타이틀로 패턴화된 추상적인 색면의 기하학적 짜 맞춤도 하게 되었다. 도시계획 같은 회화조차 있었다. 말레비치의 작품은 단순한 색에 의한 단순한 형태와, 다색多色에 재현적再現的인 회화 사이를 넘나들면서 다양하고 복잡한 전개를 보였던 것이다.

역사는 살아 있는 인간에 의해 만들어진다고는 하나, 시대라고 하는 것은 어떤 흐름을 필요로 하는 것이다. 평론가들이 말레비치를 추상화의 아버지로 떠받들려고 했을 때, 그들은 이 카테고리에 들어가지 않는 그의 많은 말들이나 행동, 작품에 눈살을 찌푸렸다. 시대가, 그 이전의 역사보다 어느 특정한 시대를 정당화하려 할 때, 사고思考는 수많은 카테고리로 분단되고, 실제로 존재하는 것들은 갈라놔진다.

말레비치는 순수한 추상을 발견하기는 했지만, 이를 지속적으로 발전시키지는 않았다. 그래서 그는 불순하며 피규러티브figurative한 회화의 유혹에 굴복했던 배신자, 정치 당국에 영합한 기회주의자, 확고한 아이덴티티가 없는 조현병 환자라는 등의 경멸을 받기도 했다. 그렇지만, 그럼에도 불구하고 평론가들은 그의 정합성 없는 작업 태도나 부정적인 시점을 지적하면서도 말레비치를 위대한 파이어니어pioneer로 규정하고 싶었던 것이다. 이는 말레비치가 '회화 그 자체'라 부를 만한 회화의 자립성을 일시적이기는 하나 제시했기 때문이다. (하지만 그는 이 닫힌 「콤퍼지션」이 외부가 없는 막다른 골목이었음을 그 누구보다도 빨리 알아채고 있었다.)

이유가 어찌 되었든, 말레비치는 외계에 의해 매개된 그림, 강한 내부성을 지닌 그림, 실험적이며 절충적인 그림 등 다양한 경향의 그림을 그렸고, 이들을 그렸던 시기에 명료한 구분은 없다. 설령 작품의 어느 부분이 거부당한다고 하더라도 말레비치의 작품이라는 사실에 변함은 없고, 전부 인정받는다고 해도 말레비치의 유니크한 세계라고 말할 수밖에 없을 것이다. 부언하자면 이러한 그림 대부분에서 우유부단함이나 무언가에 걸려 넘어진 듯한 감각을 식별하기는 어렵다. 그것이 어떤 방법론이나 다양함의 결과라 하더라도, 작품으로서의 완성도에 높게 도달한 것일 경우, 보는 이는 강하게 끌리기 마련이다.

마르셀 뒤샹 또한 다양한 어프로치를 하였지만, 그의 작품은 공업화사회의 사고를 내부화하는 프로세스라 볼 수 있으며, 다른 시각 perspective의 직선적인 발전으로서 설명할 수도 있다. 이와는 대조적으로 말레비치의 작품은 뜻밖의 변절을 해, 뒤샹이 걸어간 것 같은 근대적인 아이덴티티를 발판으로 하는 레일을 똑바로 따라가는 전개를 보여주지 않는다. 말레비치는 자신의 작업 속의 다양한 경향을 고의로 통일하는 것을 피하고 있으며, 그 어느 하나도 거절하지 않는다. 닫힌, 순수한, 자율적 공간을 엿볼 수 있는 작품을 보여주면서도 말레비치는 시대의 경향을 무시하고, 내부성과 외부성을 역전시키거나 짜 맞추거나 하고 있는 것이다.

전체적으로 조망해보면 말레비치의 작품군이 몹시 혼란스럽거나 분열된 것처럼 보여도, 그는 이러한 만화경 같은 변화에 고민하거나 주저했다고 생각되지는 않는다. 그의 스탠스는 회의론자나 포스트모던론자와 어느 정도 닮기는 했지만, 동시에 다양한 작품이 보여주는 매우 강한 제각각의 차별성은 기묘할 정도로 윤리적이다. 그는 마치 아무 모순도 없는 것처럼 제각기 다른 있음새의 그림을 그리고, 그런가 싶으면 붓을 사용하는 방식에는 공통성도 볼 수 있어서 깊은 엑스터시조차 느껴진다.

아이가 한 가지 일에 만족하거나 수렴해가지 않듯이, 말레비치는 다른, 보다 큰 꿈을 좇고 있었던 것처럼 생각된다. 아마도 러시아라는 토지의 힘이나 불투명한 사회의 작용과도 어우러지면서, 말레비치는 그의 다양한 표현 전부를 관통하는 절대주의의 개념을 모색하고 있었던 것은 아닐까. 이는 그가 이콘에 흥미를 가지고 있었던 사실에서도 드러난다. 그의 작품은 근대주의로부터의 해방과 시대의 초월을 향한 공통의 욕구로서 표현되었다고도 해석할 수 있다.

가장 가능성이 높은 것은, 영원과 숭고에 대한 예술적 흥미가 말레비치로 하여금 안과 밖, 새로운 것과 낡은 것, 자신과 타자, 내부와 외부 사이를 태연히 넘나들며 그 어떤 변화조차도 가능케 했던 것이다. 말레비치의 회화의 실재성과 매력의 비밀은, 반反근대라 부를 수 있는 어떤 종류의 초월이라고도 할 수 있을 그의 판타지에 있는 것일지도 모른다. 하얀 회화 시리즈의 배후에 있는 사고는, 순수한 근대적 추상이라고 하는 문제보다도, 오히려 어느 특정한 시대가 보여주는 숭고한 세계의 모습을 뜻밖에도 반영하고 있는 것은 아닐까.

1997년 / 2003년

보는 것에 대하여
―메를로퐁티를 기리며

미술은 보는 것에서 출발한다. 하지만 보는 것은, 결국은 그것을 넘어 느끼는 것으로, 그리고 뉴트럴한 눈길의 퍼짐새로 나아간다. 일본의 철학자 니시다 기타로의 말을 빌리자면, 보는 것의 최고의 차원은 자기를 무無로 하고 보는 것이다.

여하튼 미술은 보는 것을 떼어놓고는 생각할 수 없다. 미술은 작품과 눈길을 둘러싼 드라마라 할 수 있다. 그렇다고는 하나, 미술사상 보는 것은 결코 단순한 이야기가 아니다. 눈앞에 작품이 있다고 해서 그것이 어떤 그림이든 간에 누구에게나 바로 보일 리가 없다. 보고자 하는 마음이 들었을 때 보는 것이 시작되는 것이지만, 그 다음이 어렵다. 예를 들면 서양의 경우, 근대까지는 기독교의 내용을 모르면 그림을 봐도 이해할 수 있는 부분은 많지 않았다. 동양에서도 산수화는 그 지역의 우주관이 배경에 있다는 사실을 알아야 할 필요가 있다. 미술사는, 보는 것의 카테고리나 여러 가지 전제 조건하에 발달했음을 알려주고 있다.

근대에 와서는 이러한 거대한 이야기 대신에, 아티스트의 에고에 의한 표상을 보게 되었다. 역사와도, 지역과도 무관하게 에고만의 지知로 짜 세운 대상, 저 말레비치나 몬드리안의 「콤퍼지션」을 떠올려보면 된다. 거기서는, 보는 것은 작품에 작자의 개념을 읽어내는 것 말고는 없다. 하지만 모더니즘이라는 제국주의의 붕괴와 함께, 아티스트는 차츰 콤퍼지션하는 것을 멈추고 외부exterior, 다시 말해 불투명한 현실과의 접점을 모색하기 시작했고, 거기서부터 현대미술이 시작되었다.

이때, 보는 것에 그야말로 혁명이 일어난 것이다. 보는 것의 다양한 전제 조건이나 일방통행적이며 지배적인 눈길이 무너지면서, 사람은 점잖아지고, 보다 직접성이 강한 장면을 마주하게 되었다. 이쪽의 눈길과 작품의 눈길이 일단 대등하게 교차하는 세계가 열린 것이다. 이 동시성simultaneity의 눈길의 현상을 재빨리 알아차린 철학자가 메를로퐁티라 할 수 있다.

그는 「눈과 정신」에서 세잔을 언급하며, 그리는 것은 풍경을 앞에 두고 이쪽이 저쪽을 봄과 동시에 저쪽도 이쪽을 보는 상호 교차의 양의성ambiguity 속에서 행해지는 터트림이라는 것을 지적하고 있다. 그러므로 그림을 볼 때도 마찬가지로, 이쪽의 눈길과 화면의 눈길이 상호 교섭적으로 보는 것을 형성한다. 내 표현으로 말하자면, 그림을 보는 것은 하나의 만남이며 대화인 것이다.

메를로퐁티에 따르면, 보는 것은 대상을 의식의 구성물로서 보는 데카르트나 칸트와 달리, 이쪽의 신체와 이어져 있는 세계의 직물織物

을 지각하는 것이다. 세계를 타자라고 말하지 않더라도, 동시성으로서 파악하려 하고 있다. 이쪽과 저쪽은 시간·공간적으로 떨어져 있으나 하나의 '기관器官 없는 신체'이다. 눈길을 보내거나 저쪽으로부터의 응답에 의해, 평소에는 보이지 않기도 하고, 끊어져 있다고 생각되었던 세계의 신체성이 환기되어 교차하는, 양의의 보는 것이 성립된다. 또한 그림이 보는 것인 동시에 보여지는 것이기도 하는 것은, 그것이 세계의 신체로서 그려져 있기 때문이다. 이 그려진 신체―그림을 봄으로써 바깥 세계의 신체성이 지각되는 것이다.

일찍이 자연과의 대화의 장으로서 세잔의 풍경화가 있었다면, 지금 내게 있어서는 현실과의 대화의 장으로서, 서로 겹쳐지듯 작품과 현실이 짜여 있다. 설령 캔버스를 사용했다 하더라도 그 안쪽 화면만이 문제인 게 아니라 벽과 공간, 나아가 바깥의 상황과의 관계성을 촉구하는 표현이어야 하는 것이 중요하다. 그러기 위해서는, 타블로가 올오버All-over가 아니라 그리는 것과 그리지 않은 것과의 상호작용에 의해, 또는 그리는 사항과 바깥의 사상事象과의 대응에 의해 주위의 존재나 공간과 서로 어울릴 필요가 있다. 조각의 경우, 자연에서 차용한 돌과 산업사회의 대표적인 소재인 철판을 일정한 장場에 놓아두고, 살짝 짜 맞추는 것도, 만드는 것과 만들지 않은 것, 안과 바깥과의 만남과 교류를 꾀하는 시도라 할 수 있다.

내 작품은 자족自足의 콤퍼지션도 아니지만, 방목한 그대로의 일상의 것들과도 다르다. 그림도, 조각도 안쪽의 얼굴을 지니면서, 또한 바깥쪽의 공기와도 교통하는 것인데, 그러므로 그 자체만이라고는 할 수 없다. 작품은 현실과 상상이 자극적으로 접합하고 있는 양의적인 매개항인 것이다. 이 매개항은 보는 것의 계기이자 코드다. 사람은 이 매개항을 통해 보는 것과 동시에 보이고, 보이는 것과 동시에 본다는 동시성을 체험한다.

그런데, 여기서 문제가 생긴다. 이 동시성은 한순간의 지각 형태여서 아마도 그대로의 관계가 지속되기는 어렵다. 왜냐하면 시간의 경과 속에서 이쪽의 눈길은 인식의 욕망에 강하게 사로잡히거나, 혹은 그 장의 바이브레이션에 몸을 맡기거나 둘 중 하나로 기운다. 자립성이 두드러지는 내향적인 작품의 경우는, 곧바로 인식의 눈길을 보내고 싶어진다. 바깥을 인정하면서도 안을 유지하는 긴장 관계 속에서 보는 것의 양의성을 입증하려 했던 메를로퐁티의 입장은 다분히 실존주의적이지만, 눈길을 일방통행에서 동시성으로 이끌었던 견식은 경의를 보낼 만하다. 물론 그 후에도 아티스트가 왕왕 편협한 에고이즘의 작품으로 되돌아가거나, 보는 것을 일방통행적인 인식의 눈길로 파악하는 비평가는 계속해서 나오고 있다.

그런데 내 관심은, 동시성의 다음에 일어나는 눈길의 수동성에 대해서다. 이는 결코 저쪽에서 오는 눈길에 이쪽이 따른다는 종속적인 것이 아니다. 오히려 작품의 장의 눈길과 이쪽의 눈길이 포개지면서 더욱 넓은 세계의 눈길로 이어진다는 것이다. 이때, 보는 사람은 말하자면 초월적인 눈길 안의 존재가 된다. 자신도 상대도 아닌 보는 것 자체, 눈길 그 자체라고 해야 할까. 하이데거의 말을 빌리자면, 세계가 '세계한다'. 동아시아에서는 이러한 방향으로부터 명상을 자리매김한다.

나는 그림을 시작할 때, 우선은 그리는 사상과 하얀 캔버스의 대응과 짜임새를 재확인한다. 그리고 고요히 호흡을 가다듬으면서, 신체의 에너지를 붓 끝에 모은다. 기름으로 갠 돌 안료(피그먼트)를 붓에 머금고, 아주 최소한의 단순한 스트로크를 천천히 그리지만, 이때 나는 거의 무심의 상태로 호흡을 멈추고 있다. 그렇게 함으로써 그리는 것과 그리지 않은 곳과의 만남은, 나를 넘어 더욱 미지적인 살아 있는 장을 연다. 이렇게 만들어진 타블로는 주변 공기의 바이브레이션이나 공간의 숨결을 활성화시켜, 그야말로 보이는 신체의 장이 된다. 이 장의 힘에 의해, 아주 잠깐일지라도, 보는 것이 거대하고 깊은 우주의 눈길과 통할 수 있었으면 하는 생각을 한다. 보는 것은 만남이고, 그리고 초월적인 조화로 나아가는 판 벌임인 것이다.

2008년 3월 19일
파리에서

---

* 이 글은 『Kunst Bild』(메를로퐁티 탄생 100년 기념호, 2010)에 기고한 글이다.—필자 주

뒤샹과 보이스 사이에서

뒤샹은 부르주아 인텔리에게 흔히 있을 법한 지적이고 우아한 놀이의 퍼포먼스로 사람들을 즐겁게 한다. 보이스는 마치 시골 군인 출신과 같이 올곧고 무서운 퍼포먼스를 관객들에게 들이댄다. 뒤샹과 보이스 중 어느 쪽을 좋아하냐는 질문을 받을 때가 많다. 잠시 생각해봐도 간단한 문제는 아니다. 뒤샹의 미래파 계통의 회화나 「큰 유리」, 만년의 「구멍」과 같은 것들은 매우 자극적이고 신경이 쓰이는 작품이다. 보이스의 경우 「의자 위의 지방」이나 벽에 걸린 낡아빠진 재킷과 바지같이 요해사항적인 작품은 지나치게 개인적인 체험에 기대고 있다는 느낌이 든다. 즉, 뒤샹에게도 마음에 드는 점이 있는가 하면 보이스에게도 마음에 안 드는 점이 있다. 둘을 같은 위치에서 논하는 것 자체가 무리다. 그럼에도 불구하고 나의 입장에서 지지를 표명한다고 하면 역시 보이스 쪽이 될 것이다.

마르셀 뒤샹. 골똘히 생각해보면 역시 처치 곤란한 이름이다. 현대미술계에서 뒤샹을 비방하는 것은 금기에 가까워 용기가 필요한 일이다. 뭐니 뭐니 해도 현대미술의 대부와 같은 존재이자 압도적인 지지와 영향력을 지닌 거인이기 때문이다. 게다가 그의 작품은 회화든 조각이든 철저히 신격화되어 부동의 평가를 얻고 있다. 종래의 미술 제도나 콘텍스트에 의한 신화를 해체했던 사람이 새로운 신화로서 군림하는 것 자체가 마음에 들지 않는다.

마르셀 뒤샹은 근대 산업사회에서의 사물의 출소出所에 조준을 맞춰 공장 생산품인 남성 변기에 '샘'이란 이름을 붙이고, 화장실이 아닌 전람회장으로 옮겨놓았다. 그가 했던 것은 자신의 손으로 만든 것이 아닌, 공장에서 만들어진 물건에 제목을 붙여 전람회 회장에 진열한 것으로, 이른바 근대의 물품의 성립 제도를 들고 나온 것이다. 그렇게 함으로써 예상대로 일대 스캔들을 불러일으켰다. 결과야 어쨌든 간에, 이는 주지하는 바처럼 예술의 기성 개념, 곧 수공이나 일품一品주의에 대한 야유나 비판이 담겨 있을 터이다. 그리고 새로운 사물, 새로운 예술 탄생의 구가謳歌가 들렸을 것이다. 또한 그 이상으로 본다는 것의 신화를 폭로하는 터트림이었을 것이다. 1917년 당시, 참신한 테크놀로지나 오토메이션의 등장으로 사회가 일변했던 분위기에 비춰 보았을 때, 「샘」의 출현은 그야말로 새로운 시대를 상징했다.

이 작품에 의해 예술작품의 리얼리티 환상은 일순 날아간 듯했다. 어떤 방식으로든 사물의 이름이나 그와 얽힌 잦은 생각, 그것들의 의미를 벗겨낸다면 거기에 과연 무엇이 남을 것인가. 그것은 무언의 사물이라고도, 그냥의 사물이라고도 말하기 어렵다. 뒤샹의 「샘」은 그 점을 찌르고 있다. 이 엘리트적인 지식인의 고도의 조작에 의해 변기는 농락의 대상이 되었다고 하겠다. 「샘」은 그동안 다양한 논란을 불러일으켰지만, 아이러니의 메타포로서 또는 독창성이나 리얼리티의 미망을 타파하는 혁신적인 걸작(?)으로서 이미 100년이 지난 지금도 여전히 미술의 신전에 모셔져 있다.

그런데 관점이나 입장을 바꿔서 생각하면 뒤샹의 「샘」은 역시 어딘가 이상하다. 지나치게 근대적이며 특권적이지 않은가? 현대미술의 콘텍스트를 모르는 일반인에게 「샘」은 형태, 색, 크기 그리고 항간의 상식으로는 단순한 변기로밖에 보이지 않는다. 무엇보다도 문명이 닿지 않는 깊은 산속의 사람에게는 이것이 변기인지 미술품인지도 분간되지 않을 것이다. 약간의 미술 상식이 있는 사람에게조차 '샘'이라는 제목이나 전람회장에 놓인 점을 고려하더라도, 이는 실제로 생활공간에 놓인 것과 같으며, 오랜 기간 도시문명에 익숙해진 사람의 눈으로 보았을 때 변기를 작품으로 바꾸어 보는 것은 용이하지 않다. 「샘」은 그야말로 현대미술의 제반 사정, 그 콘텍스트 위에서 성립하는 제도상의 요해사항인 것이다. 재확인해두지만, 이 요해사항은 한편으로는 그것이 제목이나 놓인 장소 등으로 본다면 미술작품이라는 표식이며, 다른 한편으로는 역시 어딘가 이상하다는 의문을 불러일으키는 기묘한 이중성을 보이는 장치라는 사실이다.

여기서 어려운 문제는, 어떤 면에서 이 작품 외에 그의 대부분의 레디메이드는 아이러니나 착시감보다도 근대적 존재론의 콘텍스트를 대변하는 것이라는 점이다. 우선 콘셉트를 설정하고, 외부를 소재로 쓰면서 구성 요소로 환원하고 대상으로서 존재화한다는 것인데, 이는 그야말로 표상화의 논리이다. 그 자체가 무엇이든, 이쪽이 주체가 되어 상대방을 책정策定한다는 존재정위存在定位의 발상이 비쳐 보인다. 사물의 용도나 배경, 장소를 바꾸어 이름을 붙이거나 변용하거나 하여 의미의 바꿔치기를 한다. 마치 식민지 경영처럼, 거기에 이미 있는 것을 이쪽이 다시 정하는 것이다. 이것이 근대적 존재론이다. 이런 관점에서 보면 「샘」의 장치는 강압적인 로고스의 작용에 의한 이미지 체인지를 꾀하는 것이며, 그 성격을 말해주는 훌륭한 증례證例라 할 수 있을 것이다.

작품의 제목이나 대상성을 분석하거나 기호화하여, 보는 것이 아니라 시선을 읽게끔 하는 것도 짜인 제도와 존재의 인식론에 유래한다. 현대미술에서는 회화든 조각이든, 또는 사진, 비디오, 그 밖에도 표현이 고도의 지적 조작으로 되어 있거나 요해사항인 경우가 많다. 즉 AI의 발상처럼 모든 것이 데이터로 처리되고 정보로서 제시된다. 그렇기 때문에 전람회는 설령 사물이나 행위를 동반한다 하더라도, 정보나 지식의 근간으로 치환되어, 그것들의 재편성이나 증폭이 실재화되는 장이 된다. 그리하여 눈은 보는 것을 그만두고, 텍스트를 읽어내는 태도를 강요받는 것이다.

그런데 어떠한 이론이든, 인간은 어차피 AI가 아니다. 생물이다. 명증하고 확정적인 데이터나 명료하고 무기적인 대상을 만드는 기계가 아니라, 유동적이며 세상과 함께하는 산 것이다. 나는 생물적

반응, 곧 인간이 신체감각을 지닌 살아 있는 생명체라는 사실에서 출발하고 싶다. 이 생각은 새로운 것도, 독자적인 것도 아니다. 그저 인간은 인간이라는 것 이전에 다른 생물과 마찬가지로 신체적 존재라는 사실에 입각하고 싶을 뿐이다. 많은 설명을 하지 않더라도 신체적 존재는 세계 속에 얽여서 그 유기적인 근골筋骨로서 살아갈 수밖에 없는 숙명을 안고 있다. 인간 또한 세상의 여러 신체 중 하나인 것이다. 설령 신체가 다른 신체들과 바꿔치기를 하거나 변용이 가능하다고 하더라도 그 존재를 지울 수는 없으며, 신체감각이 없는 삶의 방향은 상상할 수 없다. 신체야말로 삶의 현상이며, 세계와 관련되는 직접성·무한성 그 감각의 증거이다.

표현에 있어서 신체성을 생각할 때 곧바로 머리에 떠오르는 아티스트가 요제프 보이스다. 그에게도 뒤샹과 유사한 요해사항적인 작품이 없지는 않다. 하지만 그런 작품이라 하더라도 거기에는 농밀한 개인적 체험이 배어나와 오싹해지기도 한다. 그의 작품은 드로잉, 회화, 조각, 비디오, 설치, 퍼포먼스 등 모든 방면에 걸쳐 강한 신체성을 특징으로 하고 있으며, 그 어느 것을 보아도 세계와의 치열한 관계맺음에 의한 저항하기 힘든 현실감을 발한다. 그의 다양한 표현 중에서도 코요테와의 며칠간의 만남인 「나는 미국을 좋아하고 미국은 나를 좋아한다」의 퍼포먼스는 특히 강렬하고 결정적인 것이다.

보이스는 독일에서 미국으로 날아가 비행장에서 구급차로 옮겨져, 뉴욕의 어느 화랑에 도착한다. 그리고 긴 막대기를 들고 모포로 몸을 감싸고 동물원처럼 철창으로 둘러싸인 우리 속으로 조용히 들어간다. 그곳에는 커다란 코요테가 서성거리고 있다. 코요테는 침입자를 인식하자 일순 경계하는 태세를 보이며 상대를 빤히 주시한다. 보이스는 무심을 가장하며 자극적인 대면을 피하고 있는 듯하다. 물론 코요테에게 말이 통할 리는 없고, 인간과는 무엇 하나 약속된 것이 없는 동물이다. 보이스는 처음에는 관심이 없다는 듯 천천히 움직이다가 얼마 지나지 않아 뭔가 먹을 것을 그 근처에 던져 상대를 인지하는 사인을 보내면서 안심하도록 유도하는 모습이다. 그래도 코요테는 의심스러운지 보이스의 주위를 빙빙 돌고, 몸을 감싼 모포를 몇 번이고 물어뜯기도 하고 잡아당기기도 한다. 무슨 일이 벌어질지 예측할 수 없는 긴박한 상황이다. 코요테의 사나운 성질로 보았을 때 언제 엄니를 드러내 달려들지 알 수 없다. 엄청나게 긴장된 분위기는 좀처럼 풀리지 않는다. 보이스와 코요테의 이러한 예측할 수 없는 관계가 이틀이고 사흘이고 이어진다. 험악한 긴장감은 보이스와 코요테 사이뿐만 아니라 그것을 지켜보고 있는 바깥 사람들에게도 번졌던 모양이다. 보는 자도 보이는 자도 그야말로 하나의 사건 속에 있다. 그런 세계가 펼쳐지고 있는 것이다. 다들 제각각의 당사자며 관계의 현상인 것이다. 정신이 들고 보니 어느새 코요테는 보이스가 던진 먹이를 먹고 있다. 그리고 모포 안을 살짝 들여다보거나 밖으로 시선을 향하는 등 보이스를 인정하고 있는 모습을 보였다. 적어도 보이스와 코요테 사이가 적대 관계에서 벗어난 분위기로 변했다. 이리하여 벌어진 일은 끝이 났다.

　나는 현장에 있지는 않았다. 하지만 비디오를 보고 있어도 무서웠다. 이 퍼포먼스에는 설명이 필요 없다. 보는 것이 직접적이며 신체적인 리얼리티로 넘쳐났기 때문이다. 의식이나 의미도 중요하지만 이는 오히려 이차적이다. 본다는 것은 말에 앞서 신체감각으로서 시작된다. 물론 보이스에게도 말을 매개로 한 퍼포먼스나 설치가 없지는 않지만 그 경우에도 강한 신체적 응답을 느낄 수 있다. 신체적 응답이야말로 외부와 타자와의 관계의 증거이며 말의 원천이다. 이 퍼포먼스는 보는 것이 얼마나 시원적始源的인 행위인지를 웅변해주는 것이리라. 수년 후 나는 뒤셀도르프에서 보이스에게 이때의 감상을 들을 기회가 있었다. 무섭지는 않았는지, 우리 안에서 무슨 생각을 하고 있었는지 등에 대해 묻자 그는 잠시 아무 말도 하지 않은 채 나를 물끄러미 바라봤다. 그러고는 조용히 이야기하기 시작했다. "물론 무서웠다. 어떻게 될지 전혀 몰랐다. 그저, 조금이라도 통하기를 바랐다. 그런데 당신도, 다른 예술가들도, 설정 상황이나 방법이 다를 뿐이지 표현이란 타자와의 대화가 아닌가"라고 말하며 쓴웃음을 띠었던 것이 떠오른다.

나는 표현이 반드시 격렬한 퍼포먼스여야 한다고 생각하지는 않는다. 도쿄에서 보이스의 「코요테와 교신」을 가장한 퍼포먼스에 입회했지만, 그의 의도와는 반대로 격렬한 자기중심적인 외침으로 비춰져 나는 참지 못하고 비판을 가했던 적도 있다. 아티스트의 표현의 어려움과 흥미로운 부분은 당초의 의도와 어긋나버리는 경우가 있다는 점이다. 표현은 살아 있는 것이기에 때로는 아티스트를 배신하거나 뛰어넘기도 한다. 어쨌든 나는 그림을 그릴 때처럼 조용한 터트림을 오히려 선호한다. 하지만 표현에서 배어나오는 것은 세계와의 직접적인 만남이나 신체적 교류에 의한 생생한 리얼리티였으면 한다. 한창 표현 작업에 몰두해 있을 때의 행위는 외부나 무의식의 작용으로 본질이나 제도에서 밀려 나온다.

그리고 그 어떠한 표현이라 하더라도 시대적 제약을 받을 수밖에 없으며 제도나 환경을 완전히 무효화하는 것은 불가능에 가깝다. 이러한 사실 자체가 표현이 순수하다거나 전지전능할 수는 없는 것임을 말해준다. 그렇다고 해서 그것이 요해사항이 되어야 하는 이유는 될 수 없다. 또한 그것이 일방통행으로 읽어내는 텍스트가 된다면 재미없을 뿐만 아니라 결코 바람직한 모습이라고도 할 수 없다. 작품은 아티스트의 적극적인 작용으로부터 시작되는 것이라 하더라도 시대나 상황적 제약에 더해 외부나 타자와 자극적으로 관계 맺음으로써 자신의 로고스를 뛰어넘는 것이 된다. 부언하자면 자기를 한정하고 남을 받아들이는 마음가짐과 구조에 의해 작품은 내부와 외부의 양의성을 획득하는 것이다. 아티스트는 창조주가 아니라 양쪽을 끊고 잇는 매개자라 할 수 있다. 그렇기에 작품은 결코 자신의 표상이 아닌 세계와의 관계 작용에 의한 살아 있는 매개라는 것이다.

나는 생각한다. 아티스트는 이제 그만 근대의 잔재인 콜로니얼한 존재론에서 벗어나야 한다. 그것은 이미 지식인의 자존심도 보루도 아니다. 말하자면 인간의 치부다. 인간은 좀 더 다른, 좀 더 커다란 근거에 뿌리내리고 있다. 인간은 생물이다. 인류의 생물적 차원을 돌이켜 보며 자연과의 공생을 모색해야만 한다. 인간은 인간만으로는 살아갈 수 없다. 어느 철학자가 지적했던 것처럼 이미 '인간'은 죽었다. 지식의 총체를 대변하는 듯한 AI와 같은 사고를 지양하고 그리고 외부와 무의식의 신체적 매개를 통해 좀 더 아득한, 좀 더 무한한 것을 호흡하는 인간을 지향하고 싶다.

2018년 6월 24일
파리에서

카라얀의 지휘

　나는 1970년대 후반부터 파리, 베를린, 도쿄에서 카라얀이 이끄는 베를린필하모닉오케스트라의 연주를 몇 번인가 들은 적이 있다. 카라얀의 콘서트장으로 발걸음을 옮기면서, 지휘를 들었다고 해야 할지 보았다고 해야 할지 적이 갈피를 잡지 못했던 일이 떠오른다. 젊은 시절의 그의 지휘를 비디오로 본 적이 있는데, 실로 시원시원하고 늠름한 몸짓이었다. 70년대 후반까지는 신체의 움직임도, 지휘봉을 휘두르는 방식도 활달하면서도 위엄이 있었다.

　그런데 80년대 후반부터, 다리를 끄는 등 몸상태가 좋지 않아서인지 신체의 움직임이 점점 적어지고 지휘봉을 휘두르는 횟수가 급격히 줄어갔다. 만년에는 휠체어에서 겨우 일어서서 지휘봉으로 그저 몇 번 공간을 날카롭게 찌르는가 싶더니, 공중을 나는 듯이 조용히 휘두르고는 지휘봉을 쥔 손을 들어 올린 채 멈추고, 왼손을 가슴에 대고 가만히 눈을 감는다. 이것은 지휘를 한다기보다, 거기에 울리고 있는 오케스트라를 듣고 있는 모습이라 해도 좋을 것이다. 그런데도 멋지게 지휘를 하고 있는 듯이 보이니 놀랍다.

지휘자의 타입은 각양각색이다. 푸르트벵글러의 신 내린 듯한 영웅적인 몸짓, 번스타인의 연극적인 몸짓, 그 밖에 자기도취적인, 댄디하며 지적인, 어릿광대 같은, 원숭이 흉내 같은, 독재자 같은 등등. 그 몸짓들에는 음악을 로맨틱하게 순수시하는 타입, 지휘자의 해석을 전면화하는 타입, 곡과 연주와 음악 사이를 오가는 타입, 오케스트라의 비위를 맞추는 타입 등 입장도 다양하다. 그중에서 카라얀이 서 있는 위치는 독특하게 여겨진다.

카라얀의 만년의 지휘가 인상적인 것은 결코 신체의 쇠퇴에서 온 것이 아니라 하나의 경지가 엿보이기 때문이다. 자신이 마음에 그린 소리와 거기에 울리는 소리 사이에서 불협화음을 즐기고 있는 느낌이다. 그리고 때때로, 군데군데 기합을 넣으면서 전체의 통일감을 꾀하기도 하고, 생기를 끌어내는 듯하다. 카라얀은 어디선가 오케스트라는 '각양각색의 소리의 앙상블이며, 거기에 구성력을 부여하고 색깔을 입히는 게 지휘다'라는 취지의 말을 했다.

하지만 흔들림 없는 구성력과 버라이어티 넘치는 음색은 언제부턴가 카라얀을 떠나 베를린필하모닉오케스트라 음악의 몸체를 이루어 깊어져간 것으로 간주된다. 그래서 그의 지휘는, 강제나 자유와는 다른 음악의 차원을 지향하고, 연주를 뛰어넘는 보다 근원적인 울림을 암시하게 되었다. 연주의 한계를 너무도 잘 알고 있었던 자의 모습이 거기에 있는 것이리라. 나는 서툰 지휘자가 완력으로 무리하게

음악을, 오케스트라를 휘두르고 있는 광경을 보고 있으면 권력자의
무대를 보는 것 같아 참기 힘들어진다.

1996년 / 2003년

리처드 세라

제작에 한창 몰두하고 있는데 독일의 내 화랑주 알렉산더로부터 전화가 걸려왔다. "지금 파리 교외의 숲에서 세라의 작품을 세팅하고 있다. 보러 오지 않겠나. 세라가 기다리고 있다"라고 한다. 그가 지시한 대로 택시로 40분 정도 남쪽으로 달렸다. 그리고 깊은 숲속에 다다랐을 때 나는 눈앞의 광경에 어안이 벙벙해졌다.

숲속에 잔디밭으로 예쁘게 뒤덮인 큰 공간이 있다. 거기에 거대한 직사각형 블록 같은 철판이 즐비하게 일정한 간격으로 세워져 있다. 한 장의 크기는 대략 150×400×20센티미터 정도일까. 이러한 철판이 몇 겹이나 공간을 가로막고, 마치 데몬스트레이션이라도 하는 것처럼 죽 늘어서 있고, 그 사이에 검은 옷을 입은 세라가 서 있었다. 그는 나를 알아보자마자 조용히 손을 흔들며 엷은 미소를 지었는데, 다가가 악수를 하니 감촉은 그야말로 철에 닿는 느낌이었다.

이 철판군의 작품은 세팅된 지 오래된 듯하다. 숲의 수목에 둘러싸여 철판이 겹겹이 서 있는 것 자체가 이상하지 않은가. 마치 숲과 철이 어떤 연유에서인지 사이를 두고 나뉜 채 버티며 겨루고 있는 양상인 것이다. 철판의 집합 형태나 규칙적으로 늘어선 방식으로 인해 주위의 가지런하지 않은 잡목림과 인간의 의지가 그야말로 대비를 이룬다. 오늘날의 산업도시와 이를 에워싼 자연과의 대항이나 그 빼도 박도 못하는 관계를 생각하지 않을 수 없다.

알렉산더와 그의 부인은 나를 더 깊은 숲속으로 안내했다. 한동안 걷다 보니 좁은 길이 교차하는 지점에 우악스럽게 큰 정육면체 쇳덩어리를 세팅 중이었다. 둔중한 검은빛이 나는 거대한 쇳덩어리 하나를 잡목림에 끼워 넣는 셈이다. 변별도 조화도 아닌, 다른 것끼리 서로 쏘아보고 있는 것 같아 뭐라 형언하기 힘든 분위기가 주변에 감돈다. 뭔가 이상하다. 잡목림과 쇳덩어리와……. 나는 들어가서는 안 되는 구역에 잘못 들어가기라도 한 듯 마음이 진정되지 않고, 발밑이 흔들리는 착각이 들었다.

내가 세라의 원통형 쇳덩어리를 처음 본 건 아마도 1990년경 크뢸러뮐러미술관이었을 것이다. 하지만 가장 기억에 남았던 것은 1998년 뮌스터 교외에서 본 정육면체다. 누군가의 오래된 저택으로 인도하는 좁은 길 입구에 움직이기 힘든 무겁고 불투명한 물체가 던져져 있었다. 위치 표식? 영토 표시? 아니면 점거나 거부의 표명? 10톤 정도 될까 싶은, 의미가 불분명한 쇳덩어리가 비스듬히 기울어진 채 거기에 있었다. 딱히 위험한 느낌도 없고 압도적이지도 않았지만, 어딘가 여분의 이물異物 같은 느낌이었다. 그걸 본다기보다, 주위와의 위화감에 당혹하여 어디에 시선을 두어야 할지 몰랐다.

별로 특별할 것도 없지만, 그 엉거주춤한 기울어짐새가 으스스함을 한층 더 부추긴다. 눈 매김이 어려울 뿐만 아니라 말이 떠오르지 않는다. 시간도 공간도 얼어붙기라도 한 듯 술렁거림이 없다. 그 자리에 있으면 있을수록 백일하의 사물이 명백하지 않게 되고, 동일물도, 이물도 다 수수께끼 같은 상황처럼 비치기 시작한다. 일상의 버추얼한 정보세계에서 갑자기 낯선 미지로 밀쳐진 느낌이다. 최근에는 이런 작품들을 길목이나 언덕, 숲속에 분포시키는 경우가 눈에 잦아진다. 철공장에서 발주한 정육면체 쇳덩어리를 정해진 장소에 배치(?)하고 있는 것이다.

예전에는 거대하고 길쭉한 철판을 드높이 짜 맞추거나, 활 모양으로 굽힌 길고 두꺼운 철판을 한 쌍으로 해서 지면에 세우는 작업이 많았다. 거기서는 철판의 소재성과 형태가, 위태로움과 불안감과 함께 미적인 우아함과 대지를 향한 신뢰감을 부각시키고 있었다. 사랑과 폭력이 양의성을 이루어 하나의 언어가 보였다. 대상으로서 자족하면서 당장이라도 무너질 듯한 그 임장적인 모습과 형태는 보는 이를 두근두근하게 하고, 생생하게 말을 건넬 것 같은 느낌을 주었던 것이다.

그런데 다양한 경로를 거치는 동안 세라는 하나의 비약을 이룬 것으로 생각된다. 앞서 말했듯이 그는 철공장에서 주조한 이렇다 할 특징이 없는 쇳덩어리를 여기저기 정해놓은 장소에 두었을 뿐이다.

그것은 자족하고 있다고 해도, 다른 것에 기대는 것도 아니고, 주위와 융합하는 것도, 서로 거부하는 것도 아니다. 서로 섞이면서 길항하는 듯한 관계. 이는 타자와 마주하는 일이 아닌가. 한 작가의 생각이자 하나의 쇳덩이라는 것은 누구나가 요해하고 있다고는 해도, 그곳의 광경이나 분위기는 정체를 알 수 없다.

여기에는 저 위태로운 모습과 형태의 아름다움이나 공간 변용의 에스프리는 없고, 또 하나의 현실—무언의 타자의 세계가 형성되어 있다. 그러므로 마주하는 자는 강한 위화감과 견고한 침묵에 사로잡히는 것이리라. 보는 것은 마침내 수수께끼 같은 '물物자체'와 만나는 것이 되는 것일까.

나는 파리로 돌아가는 택시 안에서 세라의 쓴웃음을 자꾸만 떠올렸다. 철이 웃은 것만 같은 그의 헤아리기 힘든 모습은 지극히 암시적이다. 피하기 힘든 장소, 말로 할 수 없는 것을 들이대는 듯한 그의 작품은 내게 표현의 내일을 예감하지 않을 수 없게 한다.

1999년
파리에서

어떤 우정
─김창열과 정창섭의 경우

올해도 초여름을 유럽에서 보내게 되었다. 밀라노에서 전시회를 열고 파리의 호텔로 돌아오니 김창열 선배로부터 전화가 왔다. "내일 정창섭이 오는데 함께 아스파라거스라도 먹으러 오지 않겠나"라고 한다. "정 선생님이 파리에 오셨군요. 가겠습니다. 아스파라거스도 먹고 싶고요." 그러고 보니 작년 이맘땐 팔레조 근교에서 김 선배가 아르바이트를 하고 있던 밭의 파릇파릇한 아스파라거스를 바라다보고 있었다. 그리고 그날 저녁, 그의 아틀리에에서 미술 논의에 열을 올리며 아스파라거스를 삶기도 하고, 구워 먹기도 했던 기억이 난다.

다음 날 아침 열 시경, 값싼 와인 두 병을 사 들고 뤽상부르역에서 전철을 타고 교외의 팔레조로 향했다. 정창섭. 다소의 면식은 있었지만, 그가 어떤 그림을 그리고 있는지는 떠오르지 않는다. 서울대(미대) 교수로, 위세 등등하고 따르는 제자가 많은 사람이라고 한다. 김 선배와는 대학 동기일 터이고, 내가 입학했을 때는 아직 교수는 아니었다. 학생 때는 색채감각이 뛰어난 그림을 그렸고, 노래 실력이 뛰어나고 인심도 좋아서 여학생들에게 인기가 있었다는 등의 이야기를 김 선배에게서 들은 적이 있다. 대학이 아직 방학에 들어가기 전이라 아마도 몰래 파리에 놀러 나온 모양이었다.

한 시간도 채 안 돼 팔레조역에서 내려 한동안 걸어서 김 선배의 작업실에 도착했다. 아틀리에라고는 하나 말 그대로 마구간이다. 말똥 냄새가 코를 찌르는 지금은 말 대신 사람이 사는 살벌한 공간. 입구에 커다란 떡갈나무가 있고, 그 옆의 철문을 들어서면 스무 평 정도의 공터 너머로 벽돌과 흙으로 쌓은 살풍경한 오두막이 펼쳐진다. 삼면이 벽면이고, 높은 천장에 열 평 정도의 넓이인데, 정면은 문도 벽도 없어 비바람이 그대로 공간 안까지 몰아치는 곳이다. 말도 아닌 인간이 어떻게 혹독한 풍설의 겨울을 여기서 보내는지 생각만 해도 몸이 오싹해진다.

오두막 안으로 들어서니 오른쪽 안쪽에 채소를 담는 나무상자 다섯 개가 나란히 놓여 있다. 그 위에 담요를 깔고 김 선배는 취침을 하는 것이다. 그리고 오두막 안쪽의 왼쪽 벽에서 입구까지 100호대에서 150호 크기의 캔버스가 빽빽이 포개진 채 세워져 있었다. 아마도 50-60장은 될 것 같다. 안쪽 바닥에도 뉴욕에서 운반해 온, 틀에서 벗겨낸 그림 뭉치의 말이가 몇 개나 굴러다닌다. 이밖에 붓, 물감 그리고 간소한 가재도구와 몇 안 되는 옷가지, 수십 권의 책과 와인 여러 병이 눈에 띈다.

나는 2년 전, 이곳을 처음 방문했을 때 너무도 놀란 나머지 "여긴 화가의 궁전이네요"라고 말했다. "그거 빈정대는 건가? 그래도 괜찮지 뭐. 난 쉬르레알리스트라서 여기가 멋져 보인다네"라며 그는 득의에 찬 모습으로 웃었다. 파리에 앞서 그는 3년가량 뉴욕에서 작업을 했는데, 대부분 쉬르한 느낌의 그림들이었다. 액션페인팅, 그리고 팝아트가 한창일 때였던 걸로 아는데, 뉴욕 체류 중에는 시류와 어긋나 마음이 편치 못했을 터이다. 무슨 연유에서인지 벽돌로 쌓은 것 같은 벽 그림이 많다. 벽돌과 벽돌 사이의 여기저기에서 정체 모를 액체 형태가 둔탁하게 흘러나온다. 그런데 파리로 거처를 옮기면서 스며 나온 액체 형태가 한층 흥건해지고, 근작이 될수록 배경의 벽이 어렴풋이 밝은 느낌이 된 것 같다. 최근에 그린 것 중에는 액체가 비교적 투명하게 부풀어 오르거나, 하나의 풍선으로 된 것도 있다. 체질에 맞는 공기에 접한 탓일까, 아니면 제작 환경이 좋아진 것일까.

그는 원래 시를 쓰는 문학청년 기질이었지만 젊어서부터 쉬르레알리슴에 관심이 많았고, 그래서인지 사회적인 사상事象을 쉬르한 방법으로 여과하는 표현을 선호하는 것 같다. 액체상태의 부풀림은 마침내 물방울이 되는데, 당시는 그 일보 직전의 단계였던 것으로 보인다. 그런데 파리를 서성거리면서도 당시 유행하던 쉬포르쉬르파스에는 역시 무관심했던 것 같으니 어디를 가든 자신의 길을 갔던 것일까? 언젠가 그는 내게 중얼거렸다. "난 어디를 가도 낙오자인 것 같아."

내가 김 선배의 아틀리에에 도착했을 때 그곳엔 아무도 없었다. "선배는 어디로 간 걸까?" 하며 그 안을 서성거렸다. 그가 그리고 있던 캔버스를 들여다보니 거친 삼베에서 커다란 물방울이 흘러내리는 듯한 모양의 그림이었다. 그야말로 쉬르하면서 신비롭다. "과연, 이렇게 되는 거군" 하며 나도 모르게 탄성을 지르고 있는데, 한국말소리와 함께 일행이 들어왔다. 김 선배, 정창섭 선생 그리고 진유영이다. 진유영은 정 선생의 제자로 이전부터 김 선배와 나도 잘 알고 있던, 지금은 파리에 거주하는 젊은 여성 화가다. 이번에 정 선생을 안내하면서 돌고 있는 모양이었다.

나는 문가에 멈춰 서 있는 키가 큰 정 선생에게 빠른 걸음으로 다가가 "정 선생님, 잘 오셨습니다"라고 인사했다. 그는 "이 선생도 파리에 있었군" 하며 반가운 듯 한마디 하고는 다시 앞을 바라다보았다. 아틀리에로 들어간 김 선배가 "부끄럽지만 여기가 내 집이야, 자 들어오지"라며 정 선생에게 말을 건넸다. 그러나 정 선생은 멍한 얼굴로 우뚝 선 채 움직일 생각을 하지 않는다. "그렇게 놀라지 말게. 이 선생은 이곳을 화가의 궁전이라고 하는걸." "창열아, 이건 사람이 사는 집이 아니야." "근사한 아틀리에가 아닌, 똥 냄새 나는 마구간이라 미안하네. 하지만 내게 어울리는 아틀리에야. 유영아, 정 선생을 안내해드려." 움츠러든 김 선배의 목소리가 떨렸다. 나는 무슨 말을 해야 할지 몰라 당혹스러웠다. 이에 유영이 "여긴 공기도 좋고 에스프리가 있는 마을이에요. 이따가 산책해요"라며 밝은 소리로 말했다.

정 선생은 한숨을 내쉬었다. 그리고 마침내 고개를 저으며 유영의 뒤를 따라 들어왔다. 그리고 슬픈 기색으로 말했다. "고생하고 있다고는 들었지만, 설마 이럴 거라고는 상상도 못 했네. 이건 너무하군." "그래, 난 거지니까." "서울로 돌아와! 빨리 다 접고 들어와, 이건 정말 아니라구!" "그렇게 처량해 보이나." "서울엔 친구도 있고, 어떻게든 되잖아." "그건 고맙군. 나도 대학교수가 될 수 있을까?" "이런 생활이 알려지면 될 것도 안 돼. 아무 말 말고 돌아와. 그런데 지금까지 참 용케도 살아왔네." 그러자 김 선배는 결심한 듯 태연자약하게 "난 제대로 살고 있어"라며 강한 어조로 말을 이어갔다. "자, 앉아봐. 이왕 왔으니 와인 한잔하자. 이 선생이 와인을 가져온 것 같네. 유영아, 풍롯불 좀 피워주지 않겠나? 고기나 아스파라거스라도 굽자구."

이렇게 우리 넷은 풍로를 둘러싸고 신문지를 깐 토방에 앉아 아스파라거스와 고기를 구우며 와인을 마셨다. 김 선배가 물었다. "창섭아, 대학은 재미있어?" "천국은 아니지만 좋지." "뭐가 좋은데?" "동료들과 바둑을 두기도 하고, 가끔 교실을 돌면서 학생들과 잡담을 하기도 하고. 아무튼 아무것도 안 해도 월급은 꼬박꼬박 나오고 말이야." "그림은 안 그리나" 하고 김 선배가 묻자 정 선생은 잠시 입을 다물었다. 그러고는 "그림 같은 것 그려봤자 무슨 소용이야. 군사정권하라 그런지 내 주위엔 그림을 그리는 사람이 거의 없어." "문학하는 사람들은 군정을 반대하며 격렬한 저항운동을 하고 있다고 하던데 미술하는 사람들은 어때?" "학생들은 떠들썩한데 교수들은 묵인이라고나 할까…… 어쩔 수 없지." "그렇게 무기력해서 어쩌려

고?" "무기력하다고 해야 할까, 방법이 없지 않은가." "박서보 편지에
는 화가 치밀어 캔버스 위에서 싸우고 있다고 적혀 있던데." "캔버스
위에서?" "그림이든 뭐든지 간에 닥치는 대로 하고 있다는 거겠지."
"그러고 보니 최근 그는 긁어대거나 덧칠해버리거나, 그리거나 지우
거나 하는 바보 같은 짓을 하고 있는 것 같던데." "재미있어 보이네."
"어디가?" "그걸 모르겠어?" "뭐가?" 여기서 김 선배는 잠시 사이를
둔 후 생각난 듯 정 선생을 향해 말했다. "아무튼, 그건 됐고, 멀리 여
기까지 왔으니 내 작품이라도 보지 않겠나?" 유영이 곧바로 거들었
다. "선생님, 보여주세요."

　정 선생이 일어서며 물었다. "이거 전부 다 그린 거야?" 김 선배
대신 내가 대답했다. "물론이죠, 저 말아놓은 것도 전부 그림인 것
같습니다." "뉴욕에서 운반해 왔는데 그림을 붙일 나무틀이 없어서
그냥 내던져져 있지"라고 김 선배가 덧붙였다. "이야, 많이도 그려두
었네." "필사적이니까." "지겹지 않나?" "화가가 그리는 것이 지겨우
면 어쩌나?" "이 선생도 이렇게 많이 그리나?" 그러자 김 선배가 나
를 손가락으로 가리키며 정 선생에게 말했다. "이 친구는 나보다도
더 일을 많이 하고 있어. 이미 유럽에서 이름이 알려져 바쁘지." 그
러자 정 선생이 내게 물었다. "이 선생, 그림 그리는 거 재밌어?" "아
뇨, 고통스럽죠. 그래서 더 그리는 거죠." "그렇게 해서 그림이 팔리
기는 하나?" "전혀. 김 선배님은 팔린 적이 있나요?" "없어." "팔리지
도 않는 걸 무얼 하려고." 그러자 유영이 "그게 화가 병이라는 거죠"
라고 한다. 김 선배가 "이 선생의 화가 병도 불치 수준이라고 할 수

있겠지"라고 하기에 나는 "이 병을 고치려고 하기는커녕 더 심해지기를 바라고 있답니다"라며 웃었다. 정 선생이 어이없다는 듯 내뱉었다. "그거 마조히즘이잖아." "그렇지 않아요. 그리다 보면 앞에서 계속해서 부릅니다. 그래서 더 앞으로, 더, 더 나아가게 되죠." "그리지 않는 인간은 알 수 없지. 고통스러우면서도 맛있는 이 병을." "그런 병이라면 걸려보고 싶군." "저도 걸려보고 싶네요"라며 유영이 웃었다.

"그럼 이제 시작해볼까요?" 하고 내가 김 선배에게 말을 건넸다. "그래, 병자의 그림을 건강한 창섭에게 보여주자." 김 선배와 내가 양쪽에서 그림을 들어 정면이 보이도록 한 후 반대쪽 벽으로 옮기기 시작했다. 정 선생은 공간 입구에 서서 헛기침을 하며 줄곧 그림을 보아갔다. 보다 보면 지겨워지려니 하고 생각했지만 그는 점점 입을 다물어버리고 얼굴색이 차츰 붉어졌다. 30여 장쯤 왔을 때 김 선배가 "이 정도 봤으면 됐지"라고 내게 말했다. 그러자 정 선생이 머뭇머뭇 하다가 웃옷을 벗어던지고 김 선배에게 다가가 "나와 이 선생이 운반할 테니까 조금만 더 보지"라고 한다. 김 선배가 "그림을 들면 잘 안 보일 텐데"라고 하자 정 선생은 "안 보여도 나도 들어보고 싶으니까"라고 한다. 이리하여 나와 정 선생이 그림을 들어서 정면이 보이도록 하면서 옮기게 되었다. "캔버스가 의외로 무겁네"라고 정 선생이 말하자 옆에 있던 유영이 "아니에요, 정 선생님. 그림이 무거운 거죠. 정 선생님은 양반이라 지금까지 그림 따위 들어본 적이 없으시죠"라며 농담을 한다. "뭐, 별로 없었지. 그래도 그림이 무겁다니 좋은 말이네." "창섭아." "뭐?" "교수도 좋지만, 너도 그림을 그리지." "나도 병자가 되란 말이야?" "넌 그릴 수 있어." "딱히 그리고 싶은 것도 없고." "일을 안 하기 때문이야. 어쨌든 캔버스 앞에 서면 유혹이 있을 거야." "자네들이 무서워졌어." "창섭아, 서울에 돌아가면 박서보를 만나봐." "만나서 뭐 하게." "만나면 돼."

정 선생이 휘청거리다가 유영과 내게 그림 옮기는 것을 맡기고 다시 입구에 서서 마지막까지 그림을 바라보았다. 그리고 흥분된 어조로 말했다. "창열이는 부자다." "무슨 말이지?" "오두막에는 그림의 영靈이 있어." "그거, 데몬이라고 하는 거야." "악마?" 내가 "아니요. 지금 정 선생님이 말한 그림의 영"이라고 말했다. 정 선생이 "그게 그림을 그리게 하는 거야?"라고 하자, "요컨대 그림에 홀렸다는 거라고나 할까"라는 김 선배. "그럼 그림은 마물인가?" "너무 신들린 것으로 생각해도 곤란하지만, 나도 모르는 사이에 필사적이 되지." "그렇다 해도 이 정도의 방대한 작업의 힘은 어디서 솟아 나오는 거지? 뭔가가 있나?" "뭔가가 있다고 생각해?" "그게 느껴져." 유영이 끼어들었다. "정 선생님은 오늘 그림의 영을 만난 거네요." "뭔가에 얻어맞은 느낌." "그림의 영이 때린 건가?" "머리가 혼란스러워졌어. 빨리 서울로 돌아가야겠어." 갑자기 정 선생의 모습이 이상해졌다. 안절부절 몸놀림이 흐트러지고 이리저리 왔다 갔다 하며 허둥대기 시작했다. 그러곤 어색한 손놀림으로 주섬주섬 상의를 걸쳐 입고 구두를 신었다. "왜 그래? 아직 포도주도 남았고, 출발하기에는 시간이 이르잖아." "창열, 오늘 난 깨달았어. 좋은 거 보여줘서 고맙네." 한껏 움츠러든 정 선생은 어찌할 바를 모르는 양 김 선배에게 고개를 숙였다.

김 선배의 만류에도 불구하고 그는 마치 도망치기라도 하듯 아틀리에를 나섰다. 나도 유영과 함께 정 선생을 따라 역으로 향했다. 그리고 파리행 전차를 탔다. 한동안은 아무도 말을 하지 않았다. 왠지 무거운 공기가 흘렀다. 차창 밖을 내다보던 정 선생이 중얼거렸다. "내가 부끄럽네. 그동안 난 뭘 했을까? 자신의 어리석음도 모른 채 큰 소리로 떠들기나 하고." 정 선생은 물기를 머금은 눈으로 나와 유영을 바라보며 말했다. "창열이나 이 선생이 눈부시네. 부러워. 난 바보야." 유영이 "선생님, 힘내세요"라며 위로하려고 했다. 그러자 정 선생이 작정한 듯 "나 서울에 돌아가면 그림 그릴 거야, 그림 그릴 거야" 하며 떨리는 목소리로 말했다. 그 말에 나도 유영도 순간 눈물이 왈칵 났다. "역시 저의 선생님이십니다. 그림을 그리셔야죠!" "창열이는 살아 있었는데 나는 죽어 있었어. 그림을 그리며 나도 살고 싶네." 나는 엉겁결에 정 선생의 손을 잡았다. "정 선생님은 오늘 멋진 만남을 가졌습니다. 힘내세요, 선배님" 하고 외쳤다. 두 사람의 악수를 보며 유영은 엉엉 울었다.

나는 파리의 호텔로 돌아와 오늘 있었던 일을 되새겨보았다. 두 사람의 친구끼리, 서로가 서 있던 위치가 변전變轉하는 것이 마치 생생한 연극을 보는 듯한 착각을 불러일으켰다. 움츠러들고 당황해하던 자에게, 당당하고 위세 좋던 자가, 그림을 보는 시간의 흐름 속에서 어느샌가 입장이나 존재감이 뒤바뀌고 만 것이다. 이 극적인 터트림의 시간은 정말 감동적이었다. 이 자리는 내 생애 잊지 못할 경험으로서 언제까지나 기억될 것이다.

1973년 6월
파리에서

사족. 파리에서 서울로 돌아온 정창섭 선생은 곧바로 박서보 씨를 만나 격려를 받은 모양이었다. 그리고 마치 사람이 변한 것처럼 일에 열중했다. 그는 어느샌가 닥종이광狂 작가로 불리게 되었다. 닥종이에 먹을 스며들게 한다든지, 물에 적신 닥종이를 펴거나, 너덜너덜한 채로 펴면서 만들어낸 망양한 필드는 미술계를 놀라게 했다. 이리하여 그는 단색화에서 독특한 위치를 차지하는 중요한 작가로 군림하게 되었다.

2021년 5월

아트의 경이
─애니시 카푸어에 대하여

대지는 우리들의 발밑에서 이제금 불안에 떨고 있는 것이다.

─미셸 푸코,『언어와 사물Les mots et les choses』

2011년 5월 파리의 어느 날, 어슬렁거리며 그랑 팔레에 들어선 순간, "우와!" 하고 놀라고 말았다. 초대형의 텅 빈 공간에, 짙은 붉은색 커브 세 개가 포개진 구형의 거대한 물체가 눈의 착각인지 미세하게 숨 쉬고 있었다. 우주에서 정체를 알 수 없는 괴물이 출현한 느낌이었는데,「Leviathan」이라는 애니시 카푸어의 작품이다.

폴리비닐 시트로 세 개의 구형을 만들고, 그것을 커다란 통로로 맞붙여서, 거기에 공기를 주입하여 빵빵하게 부풀린 것이다. 높이 37미터, 총 부피 7만 2천 세제곱미터. 핏빛으로 신축성을 느끼게 하는 물체의 양상은 말로 설명하기 어려운 생물과 같다. 밖에서 바라보거나 안으로 들어가서 볼 수 있다고는 하나, 어느 쪽에서든 한눈에 전체를 파악하는 것은 불가능하게 되어 있다. 밖에서 보는 경관도 압도적이지만, 내부에 들어가면 거대한 생명체의 위장胃腸인지, 미지의 우주 공간에 잘못 섞여 들어선 것처럼 생각된다. 그랑 팔레의 천장 유리에서 투영된 태양광에 의해 한층 더 장엄하고 신비하다.

일견 카프카의『변신』이나 마그리트의 어느 그림 하나가 떠오르지만, 이는 결코 상상 속의 괴물이나 초현실주의의 오브제가 아니다. 어딘가 이상하고 불온하지만, 틀림없는 현실의 제작물이며, 또한 이異차원의 이미지이며, 이곳이 그대로 우주라는 것을 실감할 수 있는 아트이다. 이 작품은, 뉴욕 구겐하임미술관에서 본「Memory」(2009)—전시실의 벽을 뚫어 양쪽 방에 걸쳐 만들어진 내부를 들여다볼 수 있는 방향과, 맞은편으로 돌아 바깥에서 부풀어 오른 형태를 바라볼 수 있는 거대한 박 형태의 작품의 발전된 버전임에 틀림없다. 고대 인도의 신화나 카푸어 자신이 보았던 꿈에서 얻은 힌트도 있다는데, 대단히 심원하고 풍요로운 만듦새다. 여하튼 카푸어 작품의 집대성인 동시에 21세기 아트의 위용을 보여주는 획기적인 터트림이라 할 수 있을 것이다. 사람들은 현대미술이 보드리야르가 말했던 "무의미한 현실의 재생산" 또는 "쓰레기"(『아트의 음모Le Complot de l'Art』)만이 아니라는 것을, 이것이야말로 아트의 긍정과 희망과 감동의 증거라는 것을 여기서 확인하는 것이리라.

극도로 황폐해진 현대미술의 선단先端에, 몇 명 되지 않는 위대한 아티스트와 함께 애니시 카푸어가 우뚝 서 있는 것은 하나의 구원이다. 시각의 초월적인 기능, 아트의 건전한 엘리먼트의 구사, 풍부한 표현 방법, 긍정적인 미지의 암시 등으로 인한 그 환기력의 유효성을 정면에서 입증해주는 작가이기 때문이다. 「Leviathan」과 같은 거대한 볼륨의 작품만이 아니라 작은 오브제나 바닥, 벽, 금속판, 왁스 작품에 이르기까지 색채, 형태, 소재, 공간의 사용 방식에서 그는 끊임없이 신선한 아트의 모습을 보여주며, 아트의 마인드로 상상력을 강하게 불러일으킨다. 덧붙이자면, 그것은 신체나 세계에 잠든 미지적이며 원초적인 감각—우주감宇宙感을 아트의 힘으로 일깨워주는 것이다.

피라미드, 계단, 사원의 벽 모퉁이, 원형 지붕, 탑의 일부, 어딘가에서 본 듯한 원형적인 물物이나 형태를 연상케 하는 소형의 오브제와, 그 주변의 바닥이 생경한 안료 가루로 뒤덮여 있는 「1000Names」(1979-1980), 또는 농후한 청색으로 물들여진 다양한 모습의 돌판이 흩어져 있는 「Angel」(1990). 기이한 정적감이 감도는 이러한 인스톨레이션을 바라보고 있노라면 거기에 오랜 시간의 침전이 생겼는지, 이異차원으로부터 수수께끼 같은 물체가 날아와 그곳에 있는 것만 같다. 물과 장소가 타임 터널이라도 빠져나간 듯이 비물질의 광경으로 비치고, 언저리의 공기가 쥐 죽은 듯이 조용해져서 어딘가 고대나 미래의 무음無音의 광야에 불려온 듯한 착각이 든다. 특히 인도 컬러라고밖에는 말할 수 없는 그 특이한 색채 구사는 시각에 초현실감을 불러일으킨다. 그리고 늘 그렇듯이 카푸어의 모티프 근저에는 인도나 그리스, 중동 등의 종교나 신화의 자취가 아른거리는데, 주요한 것은 그것이 시공을 넘어 보편적인 세계의 있음새와, 그 터트림의 징조나 예감으로서 감지된다는 사실이다.

　독특한 안료 가루와 오브제를 연계시키는 작업은, 초시간성이나 표면과 주위에 대한 시각의 상상력을 펼치는 것이었다. 그것이 점차 벽이나 바닥, 돌에 구멍을 뚫거나, 밑바닥이 깊은 볼 형태의 용기를 사용하게 되고, 시각이 공간 안쪽의 깊은 곳으로 향한다. 바위에 가는 구멍을 뚫어 안쪽을 검게 칠하고, 헤아리기 힘든 깊은 어둠을 내장시킨 작품, 동아시아의 절에 흔히 있는 거대한 종과 같은 형태로 된 파이버글라스제의 내부 공간을 새까맣게 칠해, 어둠을 가득 채워 공중에 매단 「At the Edge of the World」(1998), 또는 넓은 폭의 벽 구멍이 안쪽을 향해 오므라들어서 그 끝이 보이지 않게 되는 작품 등. 이러한 칠흑 같은 공간은 그 내부의 깊은 어둠, 빨려 들어갈 것 같은 있음새 때문인지 으스스한 공허를 호흡하고 있는 듯하기도 하고, 침묵의 울림 같은 이상한 카오스의 에너지가 감돈다. 이들이 그대로 외부의 일상 공간과 서로 이어져 있음으로써 오싹함이 한층 더한다.

　그런데 짙은 붉은색과 움푹 파인 구멍으로 이쪽을 빨아들일 것만 같은 「My Body Your Body」(1993)는 한없이 에로틱하다. 여성의 풍만한 가슴이 붉은색을 띠고 벽에 무수히 모여 있는 듯한 「1000Names」(1982)나, 하얀 벽면의 일부를 임산부마냥 통통하게 부풀린 「When I am Pregnant」(1992) 등, 에로스나 생성을 암시하는 신체적인 비유가 두드러진 작품도 많다. 카푸어의 많은 작품에서 볼 수 있는 에로스나 생성의 모티프는 '아르테미스'나 다양한 여신의

신화를 배경으로 삼고 있지만, 결코 욕망을 생산으로 바꾸는 이미지
는 아니다. 그것은 오히려 천지 음양의 발현, 우주 에너지의 생동과
조화의 암시라 해도 좋을 것이다. 그리고 암시적인 부풀림이나 움푹
팬 주변은 희한한 성적 매력이나 유현감幽玄感이 감돌아 숭고하기까
지 하다.

카푸어는 때로는 하루하루의 되풀이나 폭력적인 행위를 되새김으
로써 근원적인 생성의 이미지를 선명하게 끄집어내 보인다. 갤러리
공간에 핏덩어리 같은 붉은 왁스를 수북이 놓고, 그 위를 금속 막대
기 끝에 네모난 물체를 붙여 시계의 운행인 양 계속 회전시켜 자기
생성적인 운동의 흔적을 남긴 「My Red Homeland」(2003)나, 또 다
른 갤러리 공간에는 대포를 설치하고 핏빛 왁스 진흙 폭탄을 계속해
서 발사하여 바닥과 벽을 붉은 진흙으로 메우는 퍼포먼스(「Shooting
into the Corner」, 2008-2009)가 있는데, 생성이란 다름 아닌 창조
와 파괴의 흔적인 것이다. 대포를 쏘는 것조차 전쟁 개념과는 다른
무위無爲의 행위, 우주 창생의 터트림으로 삼고 있는 것이다.

카푸어의 생성 개념이 주목을 끄는 것은, 그것이 산업자본주의의
생산 개념과는 달리 자연계가 보여주는 순환적인 자기운동을 시사
하는 것이기 때문이리라. 거시적으로 보면, 인류의 영위는 제아무리
발버둥 친다 한들 우주의 터트림을 넘어서는 것이 아니다. 사람들은
카푸어의 생성의 작품을 마주하며, 오늘날의 욕망의 증식과 확대의
생산주의·호전주의의 무모함, 어리석음에 강한 반성과 경고의 메시
지를 읽어낸 것임에 틀림없다.

카푸어는 사회 상황이나 정치적 이슈, 문명의 동향을 너무 직재적
直裁的으로 작품화하는 것을 좋아하지 않는다. 그의 방법은 끊임없이
근원적·예술적인 것을 추구하는 것으로, 보는 것의 비판적인 초월
성이나 아트의 다이너미즘을 체득시켜준다. 어느 시대, 어떤 상황에
서도 공통적으로 볼 수 있는 모티프와 방법으로 일상성을 타파하고,
세계의 무한성, 그 숭고함을 보여주고 있는 것이다. 여기에 카푸어의
세계관이나 신념을 엿볼 수 있다. 애초에 보는 것은 미지적인 만남이
며, 세계는 경이로 가득 차 있다는 것이다. 이 경이를 불러일으키는
광경에서 사람은 초월적인 것, 그 숭고함을 보거나 느끼거나 한다.

숭고라 하면 칸트가 제시하는 것 같은 자연의 초절이나 불가지한
세계, 인지人智가 다다르기 어려운 대상을 상정하는 경우가 많다. 하
지만 카푸어에게 있어서는 자연이나 인공, 스케일의 대소에 상관없
이 그것은 거기에 있음으로써 신비나 유현감을 자아내 놀라움과 광
채를 발하고, 무한성의 친근한 표출로서 신체감각의 선상에 있는 것
이다. 인도식으로 말한다면 그것은 온갖 시간·공간이 교차하여 융
화된 0(제로)의 차원, 또는 하이브리드의 환각 경험을 우러르는 말
이 되는 것이라고나 할까.

베니스의 옛 사원에서 행한 「Ascension」(2011)이라는 인스톨레이
션은 사라지는 것, 공(空, Void)의 이미지를 멋지게 보여주고 있다.
수증기가 창문의 빛에 비추어지면서 어늘어늘 조용히 피어오르는
광경은 가깝게 느껴지면서도 부드럽게 물질감을 넘어서서 숭고하게
비친다. 이 작품을 접하고 있으면 기독교인이 아니더라도 사라지는

것, 승천하는 것의 신비함, 그것을 보는 것의 엑스터시에 빠져들게 되는 것이다.

공무空無로 환원되는 듯한 이미지, 그것을 환기시키는 작품 경향은 최근의 작품으로 갈수록 두드러진다. 거울 표면이나 그 휘어짐, 빛의 반사에 착목해서 물질감을 지우고, 보는 것의 환각성, 상호 교환성을 보여주는 작품이 많아지고 있다. 활모양으로 굽은 금속 거울 표면으로 인해 투영과 반사, 공간의 일그러짐, 언저리의 공기의 바이브레이션이 일어나 이異차원적인 터트림이 벌어진다. 경면鏡面의 스테인리스로 만들어진 거대한 도넛 형태의 「Cloud Gate」(2004-2006)나 거대한 휘어진 스테인리스 판의 경면인 「Vertigo」(2012)는 그 전형이라 할 수 있다.

이쪽이 맞은편의 물을 보는 게 아니라, 맞은편과 이쪽이 서로 섞이고 사라지거나 하면서 주변의 공간 전체가 되살아나는 것. 이는 작가가 만들고 있는 것은 작품이지만, 이로 인해 만들어지지 않은 주변의 공간을 되살아나게 하는 것이다. 만든 것과 만들지 않은 것이 서로 자극하여 바이브레이션을 일으켜 언저리에 선명한 여백이 퍼지는 표현이라고도 할 수 있다. 근대미술에서는 작가의 이데를 대상화하여 그것을 보는 것이었지만, 카푸어에 이르러 만드는 것과 보는 것의 의미는 변했다. 메를로퐁티식으로 말하자면, 작가는 거기에 있는 세계를 보이게 하기 위해서 공간에 근육을 부여하듯이 만드는 것이다.

스테인리스로 만든 커다란 나팔 형태의 물이 대지 밑을 향해 점차 오므라들고 가늘어지나 싶더니, 역으로 그것이 공중을 향해 오므라들면서 서서히 가늘고 날카로워져가는, 그런 요철이 쌍을 이루고 있는 작품이 있다. 일상에서는 땅 밑의 공간도, 공중의 공간도 의식하지 않으며, 그 모양새에 대해 무관심한데, 카푸어는 그것을 또렷하게 부각시켜 보인다. 불가시不可視라 여겨지는 공간의 성립을 요철을 표시하는 방식으로 생생하게 지각시켜준다. 공간은 끊임없이 거기에 있으면서 없는 것 같으며, 작가의 서제스트(작품)에 의해 드러나게 된다는 것이다.

통상적으로 대지는 흔들림이 없는 것으로 믿겨왔고, 무의식 속에 있으며, 이를 알아차리지도 못하며 보지도 못한다. 카푸어는 이 대지 자체에 착목하여 자연현상과 같은 지각변동의 메타포를 보여준다. 마치 대지진이라도 일어난 것처럼, 그곳의 지면에 커다란 땅 갈라짐을 만들고, 그 갈라진 곳을 새까맣게 칠한 것이다. 이 인위적인 행위는 지진에 의해 초래된 터트림보다도 불온하며 강렬하다. 하지만 이 사고accident와 같은 으스스한 틈새도 무엇인가에 순식간에 들러붙어 사라질지도 모르고, 끊임없이 있는 것과 없는 것의 0차원적인 반전이 환기된다. 작품이나 인스톨레이션을 그곳의 세계에 삽입하는 것으로 인해 공중의 공허, 땅 밑의 어둠, 대지의 존재 등의 모양새가 보일 뿐만 아니라, 삼라만상의 한정되지 않는 무한성이 드러나는 것이다.

카푸어의 작품은 이상과 같은 독특한 시각의 각성을 촉구하는 것이지만, 이는 또한 청각을 날카롭게 하고, 예민하게 해주는 것이기도 하다. 요컨대 눈으로 작품을 접하자마자 이를 보는 사람의 입을 다물게 하고, 정적을 듣는 것처럼 귀를 기울이게 한다. 안료 가루의 산포로 인한 장場과 물物의 선명함, 공간의 느슨한 부풀림이나 어둠에 잠기는 오므라듦, 또는 일그러진 거울 표면의 확산에는, 그 어느 쪽도 고요해 보이는 듯한 무음의 울림이 있다. 저 질척질척한 왁스 작품이나 점토를 튜브에서 짜내 쌓아 올린 최근의 조각조차도, 어째서인지 그 밑에는 그 표정과는 반대의 이루 표현하기 힘든 침묵이 퍼진다. 카푸어 작업의 저음低音은 일관되게 입을 다무는 것, 그리고 명상성인 것이다. 지식이나 말이 떠들어대는 시끄러운 표현이 많은 현대미술 속에서, 그의 작품은 대체로 무음이며 무언이다. 그런데도 소리나 말을 뛰어넘는 강한 음파의 바이브레이션으로 명상을 느끼게 한다. 보는 것이 이異차원성·우주성을 불러일으키는 것도 이러한 시각과 청각의 공명이나 그 정화와 상관없지는 않을 것이다. 이 무음을 듣는 듯한 반응은 그야말로 신체감각이다. 청각에 한정하지 않고 근원적으로 보는 것의 신체감각이 시각을 언어에서 해방시켰다.

시각을 언어에서 해방시킴으로써 미술은 근대의 올가미에서 해방되었다. 다시 말하면 보는 것에 있어서의 신체성의 회복은 언어화되어 있던 대상을 해체하고, 세계의 눈부신 반짝임과 직접 마주하게 한다. 세계와 서로 어울리는 신체의 감응 작용의 활성화야말로 표현의 새로운 차원을 여는 것을 가능케 했던 것이다. 이 신체감각이 미술을 보다 열린 것으로 만들었고, 외부의 시공간이나 정신의 진폭을 넓혔다 해도 될 것이다.

그의 작품에서, 아트적으로 만든 것이면서 현실과 이어지고, 신체적이면서 초월적이며, 그리고 신화를 힌트로 삼으면서 현대의 보편적인 판 벌림이라는 양의적인 이중성을 볼 수 있게 된 것이다. 이는, 아트는 결코 의식의 구경거리나 인식의 대상이 아니라, 세계의 신체적 공명에 의해 그 외부성이나 초월성을 감지하는 제작물이라고 생각하는 입장이다. 이러한 자세이기에 작품을 보는 데 있어서 이론이나 설명은 필요 없다. 설령 신화, 꿈, 철학, 지역성 등이 작품의 발상에 자극을 주어 표현의 풍요로움을 이끌어내는 것이라 하더라도, 이는 작가가 제작하는 과정에서 이미 끝난 일이며, 사람들은 허심하게 눈앞의 작품을 접하는 것으로 충분한 것이다.

카푸어의 작품은 거리를 인정하지 않는다. 작품과 만나는 순간, 보는 이도 세계의 일부가 되어 신선한 만남을 경험한다. 그리고 이 세상이 얼마나 경이로 가득 찬 세계인지를 알게 되고 마음이 설레게 된다.

2012년 삼성미술관 Leeum 「아니쉬 카푸어」전 카탈로그에서

세키네 노부오를 기리며
―「위상-대지」 또는 세키네 노부오의 출현

1968년 가을, 스마리큐(須磨離宮) 공원 광장에 거대한 원통형 요철이 생겼다. 어처구니없이 큰 거인이 대지의 일부를 뽑아내어 지상에 둔 듯한 신기한 광경이었다. 올려다보니 구름 하나 없는 파란 하늘이 펼쳐져 있다. 주변을 잠시 서성거리고 있자 뭔가 말도 안 되는 신화적인 사건을 만난 것 같아 가슴이 설렌다. 나는 불현듯 깨달았다. 이것이 대지의 있음새라고. 이 얼마나 근사한 있음새인가. 바라볼수록 세계는 터트림으로 가득 차 있다는 것을 알 수 있다. 언젠가 원통은 무너지고, 아무 일도 없었다는 듯이 평평해지고, 머지않아 다시 움푹 꺼지기도 하고 솟아오르기도 하고. 그리하여 모든 것은 일상의 파도에 뒤덮여 아무도 알아채지 못하는 세계가 된다―. 지금, 눈앞에 한 명의 예술가의 짓거리로 인해 대지가 대지하고 있다. 이것이 세키네 노부오의 「위상-대지」이다.

세키네는 친구들과 함께 대지를 파거나 쌓아 올려서 요철 원통으로 만들었다. 움푹 꺼지기도 하고 솟아오르기도 하는 있음새에 하나의 형태를 부여하고 있다. 자연현상의 일부를 어떤 절차와 프로세스와 행위를 통해서, 있다고도 없다고도 할 수 없는 양의의 상相으로 만든 것이다. 대지미술earthwork이라고 불리는 마이클 하이저Michael Heizer나 월터 디 마리아Walter De Maria, 로버트 스미슨Robert Smithson의 작품들도 있지만, 이들은 모두 예술가의 콘셉트의 존재를 대지에 실현시킨 것이었다. 하지만 세키네는 대지의 현상으로부터 콘셉트를 얻었다. 아니, 그렇다기보다 대지가 불러내서 콘셉트가 만들어졌다. 외부와 내부가 만난 것이다. 이것은 타력본원他力本願적인 발상이지만, 자연의 섭리를 받아들였다는 의미에서 만드는 것의 코페르니쿠스적 전회轉回라고 할 수 있다. 그러므로 여기에는 예술가의 내면적인 '작품 콤퍼지션'과는 달리, 그것들의 있는 그대로를 '있는 그대로'로 한 듯한, 재再제작적인 세계가 펼쳐져 있다. 전지전능을 뽐내는 창조가 아닌, 안과 바깥의 대화의 몸짓이 이룬 광경이다.

내가 세키네 노부오를 처음 만난 것은 1968년 봄이었다. 도쿄 긴자 니초메 뒷골목의 작은 빌딩 2층의 시로타화랑이었던 것 같다. (훗날 세키네에 의하면, 이미 그전에 도쿄화랑인가 어딘가에서 만났다고 하는데 기억이 나지 않는다.) 그와 알게 되면서 언제부턴가 연인이라도 되는 양 거의 매일같이 만나게 되었다. 그는 위상기하학이나 밀교에 관심이 많았고, 나는 물리학이나 현상학 이야기를 자주 했다. 언젠가 그는 내가 지참하고 있던 레비스트로스의 『슬픈 열대』를 보고, "그 책 읽었어, 레비스트로스는 흥미롭지"라고 득의양양하게 말했다. 머지않아 그의 소개로 다마(多摩)미대 동창인 요시다 가쓰로와 고시미즈 스스무를 알게 되고, 얼마 후 스가 기시오, 나리타 가쓰히코(成田克彦) 그리고 에노쿠라 고우지, 다카야마 노보루(高山登), 하라구치 노리유키와도 빈번히 만나서, 술을 마시거나 의견을 교환하게 되었다. 그 전에 나는 1967년 여름, 이시코 쥰조(石子順造)와 아카세가와 겐페이(赤瀬川原平)에게 이끌려 다카마쓰 지로(高松次郎) 댁을 방문한 적이 있었다. 그때 다카마쓰로부터 다마미대에 세키네라는 아주 난 녀석이 있는데 머지않아 미술계를 마구 휘저을지도 모른다는 말을 들었다. 당시 다카마쓰의 아틀리에에서 조수 일을 하고 있던 사람이 세키네의 동창인 나리타 가쓰히코다.

1968년이라 하면 프랑스에서는 5월혁명이 일어나고, 일본에서는 전공투(全共鬪, 전학공투회의)가 시작되고, 미국에서는 히피가 한창이던 시대다. 국제적인 냉전 구도 속에서 일본은 급격한 고도성장기를 맞이하였다. 풍요로움을 달성했다는 노래와 함께 역설적이게도 학생·지식인들의 자기반란—지知의 해체를 외치는 소리가 높아졌고, 역사라고 하는 이야기가 소리를 내며 무너져 내리는 조짐이 있었다. 푸코의 풀이에 의하면 로고스에 사로잡혀 있었던 '물物'이 말과 물로 분리되기 시작했던 것이다. 곧 근대의 이데올로기에 커다란 균열이 생기고, 세계는 불투명한 터트림의 상相을 드러내기 시작했다. 미술계에서는 보는 것에 대해 의문이 일고, 착시현상인 오프 아트나 속임수 같은 트릭의 표현이 유행했다.

이러한 상황 속에서 세키네는 출현했다. 하지만 그의 등장이 무엇을 의미하는지 아는 사람은 없었다. 그래도 그는 물론 신데렐라처럼 치켜세워졌으며 인기가 있었다. 1968년부터 1969년까지의 얼마 되지 않는 기간 동안 그는 현대일본미술전을 비롯해 많은 중요한 미술전의 상을 휩쓸기도 했다. 그만큼 그는 인정받았고 단숨에 존재감을 높였던 것은 사실일 것이다. 논평을 읽어보면, 색채의 착시적인 조형, 기발한 착상, 불가사의한 존재감, 흥미로운 포름 등의 지적이 드문드문 보인다. 이러한 지적들은 그의 작품을 평가하는 찬사의 말이기는 하나 세키네가 하려고 했던 작업을 이해했다고는 생각할 수 없다. 내게는 오해로밖에 비치지 않았다. 다양한 해석을 유발하는 작품이야말로 훌륭하다고도 받아들일 수 있으리라. 하지만 그의 출현 이후 눈 깜박할 사이 일본 전역에 세키네 현상이라고도 할 터트림이 확산되자 논자들은 당혹감을 숨기지 않았고, 점점 부정적인 분위기로 변하지 않았던가? 그 유행이 '모노파'라고 불리는 경향이지만, 이를 옹호하거나 긍정적으로 받아들인 비평가를 나는 한 명도 모른다. 그렇기는커녕 차츰 비판과 비난 일색이 되었던 것은 다들 주지하는 바이리라. 물체에 지나치게 의존하는 경향이라는 비판이 가장 많았다. 그리고 만드는 것을 부정했다느니, 작품에 자기自己가 없다느니, 신비주의라느니, 심지어 미술사를 파괴했다는 지적도 받았다. 요컨대 저놈들은 만드는 것도, 그리는 것도 못 하면서 그저 물체를 냅다 던져둘 뿐이라는 거센 야유를 뒤집어썼다.

그도 그럴 것이 이들의 행위는 전혀 생산적이지 않고, 제시물은 거의 만들었다고 보기 힘들며, 물체의 성질과 전조前兆와 상태성이 그대로 드러난 임시적·임장적인 것으로, 미술용어로 도저히 정의하기가 어려웠기 때문이다. 세키네가 도쿄화랑에서 행했던 퍼포먼스—유토油土를 모아서 굳히거나 떼어 흩트려서 공간을 열었던 「공상-유토」(1969)는 걸작 중의 걸작이라 할 수 있을 것이다. 세키네의 작업이 종래의 표현과 크게 다른 점은, 이념의 세계화가 아니라 내외內外가 만나는 터트림이라는 사실이다. 다시 말하자면 세계와의 만남을 행위를 통해 새롭게 바라보는 되새김이었다. 물체와 공간과 상황의 변전이 키워드가 되어, 세계의 현상의 재제시가 된 것이다. 예술가의 매개로 인해 모든 가변성이 부각되어 작품은 무명성의 터트림으로 빛났다. 이 부분이 외부성을 내면화하거나 내러티브로 표현하는 대지미술이나 아르테포베라와 다른 점이다. 이 점은 세키네에 한정되지 않고, 나무를 숯이게 한 나리타, 벽에 기름이 배어 번지게 한 에노쿠라, 철판의 일부를 마멸시킨 고시미즈, 유리판을 가는 각목으로 가까스로 받쳐둔 스가, 그리고 유리판에 돌을 떨어뜨려 균열이 가게 한 이우환—외의 모노파 예술가에게서 볼 수 있는 것도, 자기가 아니라 매개자이며 존재가 아닌 현상이고, 끊임없이 유동적이고 불온하며 외부성이 살아 있는 표현이 되고 있다. 자기표상의 재현적 생산에 제동을 걸고, 세계의 터트림을 만드는 것에 대면시켰던 모노파의 출현은 그야말로 문명사적 사건이라 할 수 있으리라. 곧 세키네나 그의 친구들은 근대적 존재론을 넘어, 세계의 터트림을 되새기는 진정으로 아방가르드한 표현을 행했던 것이다.

나는 1971년 파리청년비엔날레 참가를 위해 파리로 가는 도중 밀라노에 체류하고 있던 세키네를 찾아갔다. 세키네는 전년 베니스비엔날레 출품을 계기로 밀라노를 거점 삼아 이미 제노바, 코펜하겐 등 유럽 각지의 화랑에서 활약하고 있었다. 밀라노에 재주하던 나가사와 히데토시(長澤英俊)의 안내로 루치아노 파블로 댁에 식사를 초대받았을 때 그의 세키네 해석에 깜짝 놀랐던 것을 기억한다. 세키네의 작품은 형이상학을 모르는 형이상학적 표현이라고 하는 것이었다. 그게 어떤 의미냐고 묻자 바닥이 나가버려 받침이 없는데도 뭔가 신기한 것이 넘치고 있다는 것이다. 알 듯 말 듯한 묘한 기분이었지만, 그야말로 이탈리아인인 파블로답다고는 생각했다. 그런데 밀라노에서 세키네와 헤어질 때 그는 일본에 돌아가면 환경과 관련된 작업을 하고 싶다고 말을 꺼냈다. 옆에 있던 나가사와가 어번디자인Urban Design을 말하는 것이냐고 묻자 그럴지도 모르겠다고 답했다. 그 말에 나는 그러면 현대미술에서 벗어나는 것이 되지는 않겠냐 되물었고, 그는 현대미술이 아니라도 괜찮지 않으냐며 단호한 태도였다. 그때 나는 그리 마음에 두지 않았지만 사실 그는 일본에 돌아오고 나서 '환경미술연구소'라는 회사를 세우고, 환경 조성적인 작업을 펼쳐갔다는 것은 알려진 바대로다.

그로부터 세키네는 현대미술의 일선에서 거의 모습을 감추는 꼴이 되었다. 내 기억으로는 국내외에서 현재진행형인 전람회에 초대된 적은 없었다고 생각된다. 그런데 나는 그 후, 유럽의 미술관에서 세키네와 같이 두 번 개인전을 열었다. 1978년 여름, 뒤셀도르프의 쿤스트할레와 같은 해 가을 덴마크의 루이지애나근대미술관에서였다. 나는 「점으로부터」 「선으로부터」 시리즈의 회화로, 세키네는 폴리에스테르로 만든 「공상-흑黑」 시리즈의 조각으로, 제각각 개인전을 열었다. 쿤스트할레 부관장이자 기획자였던 카타리나 슈미트는 세키네가 제출한 자료와 다른 작품을 가지고 왔다며 불평을 했다. 루이지애나의 크누드 옌센 관장도 이건 평범한 조각이나 오브제이지 세키네 이미지의 작품이 아니라고 내게 털어놓았다. 두 사람 다 60년대 말부터 70년대 초반의 작품 같은 것이 나올 것으로 예상했던 모양이다. 세키네의 반응에는 당혹감과 함께 현재의 작업을 알아주지 않는 것에 대한 불만 같은 것이 배어 있었다.

그 후 몇 번인가 대규모 '모노파전'이 국내외에서 열리고 일부 근작이 전시되는 일이 있어도 세키네의 신작을 본 적은 없다. 최근에 대규모 모노파전을 열기도 했고, 세키네를 도와 그가 로스앤젤레스에서 살 수 있는 계기를 만들어주었던 블럼앤드포갤러리의 팀이 내 집에 들렀을 때 그로부터 "세키네는 어째서 새로운 작품을 만들지 않는 건지 다들 의아해하고 있는데 어떻게 생각하나"라는 질문을 받았다. 실은 나도 모르겠다고 답할 수밖에 없었다. 그가 돌아가고 나서 여러모로 생각했지만 아무것도 떠오르지 않고, 왠지 가슴이 답답해져 한숨이 나올 뿐이었다. 아방가르드 세키네를 이제는 두 번 다시 볼 수 없게 되었다. 어째서 그리되었는지, 지금으로서는 점점 더 알 도리가 없다.

단, 세키네뿐만 아니라 모노파의 몇 명인가는 70년대 중반에 모노파적 발상으로부터 철퇴했다. 나리타나 요시다가 그렇고 다른 예술가들도 부분적으로는 종래의 조형 사고로 돌아간 작업이 눈에 띈다. 나 자신을 되돌아보아도 작업은 각양각색으로 전개되고 다양화되어 그대로 모노파를 계속하고 있는 것만은 아니다. 명백한 것은 지금은 70년대가 아니라는 것이리라. 70년대 초, 전공투는 공중분해되었는 데 이와는 관계가 없어도 희한한 인연을 느낀다. 그건 그렇다 치더라도 시대의 분위기는 무섭다. 세계적으로 문학이나 연극, 음악에서도 예술가들은 점차 아방가르드적이지 않게 되었다. 그리고 경향이나 모임도 없어지고 모두 제각기 고독한 작업에 몰두하고 있는 바이다.

세키네는 시대의 종말을 재빨리 알아차렸던 것이었을까. 어쩌면 어디에선가 생각에 차질이 생겼던 걸까, 막히고 말았던 걸까, 아니면 세계가 더 이상 불러내는 것을 멈추었던 걸까. 어느 쪽이든 간에 어쩔 수 없는 일이다. 무작정 오래 계속하거나 다소의 전개가 있었다 하더라도 저 「위상-대지」를 뛰어넘는 지평이 보이지 않는다면 일직선으로 뛰어야 할 의미는 없다고 여겼던 것인지도 모른다. 모노파의 막내, 하라구치 노리유키는 후년 "아무리 생각해도 내게는 그 이상 뛰어넘을 수 없는 작품(1971년 작 「물심物心」)이 있다"는 말을 입버릇처럼 했다. 예술가는 누구나 대표작이 어떤 작품인가 하는 질문을 받으리라. 이슈(쟁점)가 보이지 않는 많은 범용한 작품을 남긴다 한들 예술가의 존재 이유는 되지 않을 것이다. 세키네가 빛났던 것은 불과 3년여뿐이었다. 하지만 그가 남겼던 초기의 「위상」「공상」 시리즈의 몇몇 작품은 현대미술사에 길이 빛나리라고 나는 확신한다.

특히 「위상-대지」는 그의 대표작일 뿐만 아니라 모노파의 상징으

로서 자랑스럽다. 여하튼 모노파의 길을 열고 떠난 세키네에게 깊이
고개를 숙인다.

2019년 11월 5일
파리에서

안자이 시게오
—70년대 또는 외부성의 시좌

　1969년 5월 현대일본미술전에 안자이 시게오(安齊重男) 씨는 100호 크기의 흑백의 기하학적인 추상화 두 장을 출품하여 입선했다. 일견 바자렐리풍의 일루전과 트릭키한 그림이 너무 재미있고 인상 깊었기 때문일까, 지금도 눈에 선하다. 이 전시회에 나도 커다란 화지和紙를 세 장, 방바닥 가득하게 나란히 깐 작품으로 입선. 그리고 미술관 현관 앞에서 바람에 날리는 화지 세 장을 가지고 노는 퍼포먼스를 했다. 같은 해 출품자로는 이미 친구이거나 지인이었던 세키네 노부오, 고시미즈 스스무, 나리타 가쓰히코, 가와구치 다쓰오(河口龍夫), 이누마키 겐지(狗巻賢二) (스가 기시오, 요시다 가쓰로는 낙선), 그리고 인기 작가였던 다카마쓰 지로와 다나카 신타로(田中信太郎)가 있어 말을 건네기도 하고 서로 격려했던 것이 지금도 그립다.
　그해 크리스마스를 앞둔 며칠 동안 나는 다무라화랑에서 철과 솜, 돌과 솜에 의한 임장적이며 트릭키한 작품을 인스톨레이션하고 있었다. 거기에 안자이 씨가 번쩍번쩍하는 새 카메라를 손에 들고 나타나 전시를 찍어주었다. 그러고는 같이 근처 우동 가게 2층에서 점심을 먹었는데, 안자이 씨는, 이제 더 이상 그림은 그리기 싫고 어떻게 해야 좋을지 모르겠다며 말을 꺼냈다. 이에 나는 무심코, 안자이 씨는 신품 카메라도 손에 넣었고, 최근에는 퍼포먼스나 전람회만으로 부숴버리는 작업이 많으니까, 이러한 경향을 촬영으로 적극적으로 받아들이면 새로운 작가 일이 되지 않겠느냐며 권했다.

그 때문인지는 모르겠는데 그는 마침내 세계의 미술계에서 없어서는 안 되는 파수꾼과 같은 존재―카메라로 작업하는 근사한 작가가 되었다. 전람회가 끝나면 대부분 사라져버리는 작업의 시대가, 그 연명을 향한 갈망이 안자이를 낳았다고도 할 수 있다. 여하튼 주위의 친구·지인들의 작업 촬영을 연습 삼다가, 70년의 도쿄비엔날레(일본국제미술전)를 카메라에 담고, 이를 계기로 구미로 나가 무수히 많은 전람회―작가들을 정력적으로 찍으며 돌아다녀 오늘에 이르게 된 것이다.

이리하여 일본과 구미의, 특히 70년대의 이른바 모노파적인 미술 동향이나 작가들의 생생한 현장과 그 공기가 후세에 전해져 언제라도 떠올려보는 것이 가능해진 것을 나는 감사하지 않을 수 없다.

70년대의 사진을 바라보고 있으면 당시의 미술 사고思考가 얼마나 파격적으로 열린 것이었는지, 그리고 만드는 것이나 작품주의를 넘어 신체를 매개로 물物과 물, 물과 공간의 직접적인 연관에 관심이 쏟아졌는지를 통감한다. 거대한 돌을 두 쪽으로 깨놓은 작품(고시미즈 스스무)을 찍은 사진에서도, 오브제와 마주 보게 하는 것이 아닌, 그곳의 장場의 터트림의 있음새를 직접 접하고 있는 느낌을 준다. 각 재에 전선을 둘러 감고 그 끝에 전기를 켜놓은 작품(요시다 가쓰로), 로프로 기둥에 침목을 둘러 감은 작품(이우환) 등 어딘가 묘한 광경이기는 하나 작가를 의식하게 하지 않는 자극적인 현실감이 감돈다.

30여 년 전, 리처드 세라는 안자이 씨가 찍은 자신의 작품 사진(70년 도쿄비엔날레, 도쿄도미술관 앞 지면에 철 고리를 박아 넣은 그 주위를 찍은 것)을 바라보면서 내게 말했다. "이건 누구 작품이지? 안자이? 세라? 아니, 희한한 상황이 극명하게 드러났어." 안자이 씨의 안자이인 이유가 여기에 있다. 그의 사진은 촬영자의 내면을 억지로 내밀거나, 엄밀하게는 피사체인 작가의 의도를 온전히 비춰주는 것과도 다르다. 물론 사진은 작품에 의거하고 있다. 하지만 사진에 의해 작품은 작가를 능가하고, 비동일한 세계를 암시한다. 그의 사진이 무명성을 띠고, 외부성을 환기하는 성격으로 일관하고 있는 증거다. 이것은 그의 사진이 단순히 누구의 작품 사진이라서가 아닌, 근대주의를 넘은 시점의 획득에 의한 것이라는 사실을 이야기하고 있는 것이리라.

그의 사진은 초기의 것일수록 초점이 애매하고 망양하다. 대상을 클로즈업하거나, 너무 짜 조이지 않는다. 바로 정면이나 중심을 살짝 비켜서, 셔터를 비교적 가볍게, 스피디하게 누르는 것 같다. 대상 이외의 것을 숨기거나, 이미지로 뒤덮는 촬영 방식이 아니다. 나중에 수정도 가하지 않는다. 오히려 피사체의 상황으로 하여금 말하게 하는 방식, 아니 저쪽과 이쪽의 눈길의 교류를 꾀하는 태도라 할 수 있다.

표현을 둘러싸고, 역사성이라든가 자기투영이라는 닫힌 작품을 추구해온 근대주의적인 창조신앙과, 안과 밖의 열린 매개항의 제시로 타자와 만나고, 미지의 세계를 환기하고 싶어 하는 양의적인 생각이 길항하던 시대다. 안자이 씨의 작업은 앞서 말했듯이 의미나 이미지에 의한 존재론적인 사진이 아니라, 때나 장소, 인간과의 연관을 중시하는 관계론적인 사진이라 할 수 있다. 그 당시 이미 카메라의 세계에서 폭넓게 활약하고 있었던 나카히라 다쿠마(中平卓馬)의 저 아나키하고, 망양하고 강렬한 시좌視座가 좀 더 쉬운 느낌으로 공유되고 있는 것이다.

안자이 씨의 사진은 지금에야 높은 평가를 받고 있으나, 존재론적이 아닌 무명성과 외부성이 농후한 작품이 곧바로 환영받았을 리가 없다. 당시, 잡지사에 그의 사진을 건네면 망설이는 편집자가 많았던 것이 잊히지 않는다. 선명하며, 의미가 깊은 듯 페티시한 사진을 원하는데, 각도가 어긋나고 대상이 애매하거나, 쓸데없는 것이 섞여 이미지가 흐리거나, 요컨대 자기주장이나 완성도라고 하는 것이 약하다는 불평을 들었다. 만드는 것이나 역사성을 부정한 엉터리 같은 놈들이라고 야유를 받았던 모노파 입장에서 보면, 안자이 씨의 평가는 또한 시간이 지나서야 이루어지는 것으로 받아들여야 할까?

그로부터 눈 깜짝할 사이에 40여 년이 흘렀다. 시대도 변하고, 많은 작가들이나 안자이 씨의 작업도 중후하게 연륜을 쌓았다. 지금

나는 안자이 씨의 70년대를 앞에 두고, 해체 구축에 정열을 불태웠던 그때의 공기, 그 아나키한 현상을 마음속 깊이 음미하지 않을 수 없다.

1983년 / 2009년 6월

저자 후기

『여백의 예술』 간행 후 20여 년의 세월이 흘렀다. 그동안 내 일의
근간을 이루는 회화나 조각 제작과 전람회가 구미 각지에서 폭발적
으로 늘어나면서 상대적으로 글은 줄고 말았다. 그래도 내게 글을
쓰는 것은 끊임없이 발상을 발굴하고, 생각을 심화하거나 정리하는
것이므로 한시도 펜을 멀리한 적은 없다.

펜 끝은 언제나 미지未知의 샘이다. 글을 쓰는 행위에 의해 그것은
샘솟는다. 이번에 최근까지 모아둔 것을 중심으로 잡다한 메모에서
부풀린 것, 외국에서의 강연 초고에 손을 댄 것, 60년대 말부터의 미
발표 원고 등을 고쳐 쓰기도 하면서 한 권의 책으로 정리하였다.

제1장은 작업의 주변이나 일상생활에서 자극받은 것의 문장 공
간. 제2장은 주로 나의 제작 입장을 둘러싼 논술. 제3장은 미술가의
상념이나 예술에 관한 나의 견해. 제4장은 나의 미술운동과의 관계
나 원시시대로부터 현대에 이르기까지의 미술의 있음새에 대한 조

망. 제5장은 다양한 아티스트와 그들의 작업을 통해 알게 된 것에 대한 탐색 등이다. 내용은 다방면에 걸쳐 있으며 편의상 구분해보았을 뿐이다.

다시 읽어보니 같은 내용의 반복이 여기저기 보이나 때와 장소에 맞춰서 써가는 가운데 강조되고 중복되기도 한 것이기에 굳이 손보지 않고 그대로 실었다.

그동안 내가 해온 작업의 긴 궤적을 되돌아보니, 문필 활동은 쓰는 행위의 자발성에 입각하면서도 일부는 미술 활동의 언어화, 해설의 느낌이 강하다. 이는 나의 미술 표현의 주장과 그 특이성에 대한 이해를 구하고자 하는 나의 강한 의지와 무관치 않아 보인다. 그렇다고는 해도 나는 결코 미술이나 문필 어느 한쪽을 편들 생각은 없다. 애당초 나는 미리 생각한 결론을 다른 표현으로 가져오는 타입과는 다르다. 오히려 미술과 문필이 서로에게 좋은 자극을 주며 저마다 독특한 전개를 보이고 있다고 생각한다. 문장 표현에서 시각적 색채감이, 미술 표현에 탐독의 여운 같은 것이 느껴진다는 지적을 받기도 하는 것은 그 때문일 것이다.

글의 순서 정립의 시간적 구조는 산문적·전개적인데 비해, 화면의 확산성의 공간적 구조는 보다 시적·즉물적이다. 그 어느 쪽도 시각의 매개에 의한 것이지만, 한쪽이 읽어가는 경과의 시차 속의 펼쳐짐을 경험하는 반면, 다른 한쪽은 단숨에, 동시에 밀려드는 거의 무매개의 펼쳐짐에 직면하게 된다. 여기에 문장 공간과 미술 공간의 차이가 있다.

어쨌든 나는 표현의 결과물보다는 글 쓰는 일 자체, 만드는 일 자체의 터트림을 중요하게 생각한다. 이것이 삶의 영위의 빛나는 현장성이기 때문이다. 쓰인 것이 세계인 것이 아니라, 그것은 쓰이지 않은 것을 향한 호소이다. 그리고 이 대응의 펼쳐짐이 살아 있는 여백 현상을 불러오기를 바란다. 이 스탠스가 표현을 끊임없이 미지로 이끌며, 보다 열린 것으로 만들어줄 것이라는 생각이 든다.

오랜만에 책을 내면서 감개보다는 나의 지知가 닿지 않는 곳, 스칠 수 없는 외계의 깊이와 넓이를 더욱더 통감하게 된다. 황혼에 접어들어 미지와의 만남이나 대화가 얼마나 더 있을는지, 마음을 가다듬고 탐색과 제작 일에 더욱 힘쓰고 싶다.

여기 실린 글들은 수년 동안 『현대문학』에 연재했던 것인데, 책으로 엮으면서 다시 편집했다. 실은 원본이 일본어라 일본에서 먼저 책이 나왔다. 이 후기의 전반은 일본어판에 실린 대로이고 후반은 고쳐 썼다.

일본어를 성혜경 선생이 참으로 적절하고 성실하게 번역해주셨다. 때때로 내가 번역문에 손을 대어 말을 바꾼 부분도 없지 않다. 그래서 오히려 한글 문장으로서는 어색하게 된 점도 눈에 띈다. 이 매끄럽지 못한 언저리는 일본어와 우리 글 사이에서 생긴 위화감이라기보다 번역의 문제를 넘어 나의 발상의 특이함에서 발생한 꼬투리다. 말에 닿기 힘든 생각에 원인이 있다.

어쨌거나 옮기기 힘든 글을 고심하여 번역해주신 성혜경 선생에게 깊이 감사드린다. 또한 나의 글은 순수한 문학작품도 아닌데 긴 시간 동안 잡지에 연재하고 책으로 펴내준 현대문학사와 편집을 담당한 주진형 씨에게 심심한 사의를 표한다.

2022년 초봄

이우환

역자 후기

　이우환 선생님의 첫 시집 『멈춰 서서』를 번역한 것은 2004년의 일
이었다. 오랜 일본 생활을 마무리하고 한국에 귀국한 후 맡은 첫 번
역이다 보니 각별한 애착이 가는 작품이다. 이때의 작업이 인연이
되어 이번에는 산문집 『양의의 표현』을 번역하게 되었다. 이 책은
2018년 10월부터 2021년 9월까지 『현대문학』에 '여백 천리'라는 제
목으로 연재된 글을 모은 것으로, 『여백의 예술』에 이은 이우환 화백
의 두 번째 예술 단상집이다. 『양의의 표현』은 2021년 5월 일본의 미
스즈서방(みすず書房)에서 같은 제목으로 발간되어 잔잔한 반향을 불
러일으킨 바 있다. 한국어판에는 여기에 「거인이 있었다」와 「어떤 우
정―김창열과 정창섭의 경우」 두 편이 새로 추가되었다.
　「거인이 있었다」는 2020년 작고한 이건희 삼성 회장을 기리는 글
이다. 이건희 회장의 부음 소식을 접하고 집필한 「거인이 있었다」에
는 예술에 대해 남다른 열정과 식견이 있었던 이건희 회장의 어딘가

광기를 품은 예술가의 면모가 그려져 있어 눈길을 끈다. 이 글을 쓰지 않을 수 없었던 저자의 심경 또한 고스란히 전해진다. 이처럼 『양의의 표현』에는 잘 알려지지 않은 예술계 에피소드나 숨겨진 사연들이 다수 소개되어 있다. 물방울 화가 김창열, 닥종이 화가로 이름을 알린 정창섭과 함께 파리 근교에서 보낸 하루를 그린 「어떤 우정─김창열과 정창섭의 경우」도 그중 하나이다. 예술가의 마음속 심연에 들끓는 억누를 수 없는 마그마, 광기, 영적인 그 무엇인가는 『양의의 표현』을 관통하는 하나의 라이트 모티프라고도 할 수 있는데, 이 책을 읽다 보면 "예술가는 마계魔界에서 살아가는 존재"라고 한 일본의 소설가 가와바타 야스나리의 말에 절로 고개를 끄덕이게 된다.

이우환을 위시해 독보적인 세계를 구축한 예술가들 내부의 심연을 펼쳐 보이는 일련의 작품들은 예술작품이 잉태되는 시원始源으로 독자를 이끌어줄 뿐 아니라, 그 생생한 묘사와 극적인 구성으로 그 자체가 한 편의 문학작품을 방불케 한다. 고요하고 순화된 공간과 여백의 울림이 감도는 이우환의 회화와 조각 작품 이면에, 우리의 상상을 뛰어넘는 처절하고 섬뜩한 심연이 똬리를 틀고 있었다는 사실이 놀랍기도 하고, 또 한편으로는 관객의 영혼을 뒤흔드는 그의 예술의 힘이 어디서 나오는지, 그 신비와 비밀에 조금은 다가선 느낌이 들기도 한다.

『양의의 표현』이 일본에서 출간되었을 때 이 책을 소개하는 글에 "저자는 가슴속의 정열을 언어화할 줄 아는 특출 난 능력의 소유자"라며 "진정한 예술가의 감각 그 자체를 체감할 수 있는 귀중한 책"이라고 쓰여 있었던 것이 생각난다. 이우환의 작품세계는 물론이고, 예술가 이우환을 만나는 것은 이 책을 읽는 묘미 중 하나라 하겠다. 서울대 미대 입시에서 혹평을 받았던 일화 소개로부터 시작해 "데생의 원초성은 더 깊숙이 들어가면 의외로 표현의 근원성"에 다다른다는 사실을 일깨워주는 「데생에 부쳐」는 미술을 전공하지 않은 사람에게도 많은 생각거리를 제공해준다. 「조부의 기억」 등 유년 시절을 그린 작품들은 당시의 시대상을 엿볼 수 있어 흥미롭다. 소년기, 청년기를 거쳐 세계적인 예술가로 발돋움하는 도정道程에서 조우한 수많은 걸출한 예술가들—그들의 작품들, 기이하면서도 열정적인 제작과정, 전시장의 풍경들이 마치 현장에 가 있는 듯한 착각이 들 정도로 구체적이면서 생생한 필치로 그려지고 있다. 여행지에서의 단상을 적어 내려간 「라스코동굴」과 「스톤헨지」를 읽고 있노라면 암흑의 동굴 속 광경이, 광활한 초원의 구릉 위에 펼쳐진 거대한 돌기둥들이 눈앞에 선연하게 떠오르는 감동을 맛보게 된다. 화가가 되기 전까지는 문학을 꿈꾸었다는 이우환의 문학가적 면모를 여실히 보여주는 『양의의 표현』은 미술 전공자가 아니더라도 흥미롭게 읽을 수 있는 내용을 다수 포함하고 있다.

이우환의 회화나 조각 작품은 단순하면서도 어려운데, 이 책을 읽다 보면 그의 예술세계를 여는 열쇠를 손에 쥐고 이 방 저 방을 거니는 듯한 느낌이 든다. 작품 하나하나가 어떻게 잉태되고 숙성되고 완성되어가는지, 그 비밀을 푸는 열쇠 말이다. 2014년에 프랑스 베르사유궁전에서 열린 개인전에서 선보인 거대한 아치는 그의 철학적·미학적 사유의 결과를 단순하지만 심오한 표현 방식으로 보여준 작품이라는 찬사를 받았는데, 「무한의 문—베르사유 프로젝트」는 이 기념비적인 작품이 어떻게 탄생하게 되었는지를 알려준다. 수십 년 전, 일본의 한 작은 마을에서 본 무지개의 기억이 베르사유궁전 앞마당의 저 경이로운 아치로 결실되었다는 사실이 사뭇 감동적이다. 「파편의 창」「나의 작은 책상」 등 시간을 소재로 한 일련의 작품들을 읽다 보면, 붓에서 물감이 없어질 때까지 한 호흡으로 그려낸 선들이 '탄생'과 '소멸'의 과정을 보여주는 「선으로부터」 시리즈나, 한 번의 붓질로 이어지고 또 흐려지는 점들의 반복을 통해 무한의 시간을 상기시키는 「점으로부터」 시리즈가 떠오른다. 이처럼 『양의의 표현』에는 이우환 회화의 근간을 이루는 무한에 대한 끝없는 호기심과 탐구, 여백의 미, 존재와 삶, 그리고 죽음에 대한 생각들이 언어를 통해 구현되고 있는 것을 볼 수 있다.

『양의의 표현』의 본령은 동서양을 아우르는 예술론, 작가론, 미술평론에 있다. 일본어판 후기에서 알 수 있듯이 이 책은 이우환의 미술 활동을 언어화하는 동시에 그에 대한 해설을 겸하고 있다. 일본 현대미술에 큰 영향을 준 '모노파' 운동, 그리고 한국 미술계의 주류로 각광받고 있는 단색화의 전개에 이우환의 이름은 빠질 수 없는데, 그 탄생의 배경과 이론적 토대, 다양한 작가들에 대해 여기서 상세히 해설하고 있다. 나아가 '예술이란 무엇인가'에 대한 근원적인 성찰에서부터 최근의 AI나 코로나 팬데믹에 대한 단상에 이르기까지 『양의의 표현』에는 이우환의 폭넓은 경험과 지성, 깊은 철학적·인문학적

사유에서 나온 혜안을 엿볼 수 있다.

　이우환의 일본어는 일본의 국어 교과서에도 수록될 정도로 정평이 나 있다. 퇴고에 퇴고를 거듭한 일본어 원문은 더할 나위 없이 정교하며 특유의 리듬이 있다. 이를 한국어로 옮기기란 쉽지 않은 일로, 번역가로서는 가능한 한 의미와 내용을 전달하는 데 충실할 수밖에 없었다. 이우환 선생님은 세계를 무대로 한 바쁜 일정 속에서도 한국어 번역을 일일이 검토하며 한국어와 일본어의 미묘한 뉘앙스 차이를 메우기 위해 단어와 표현을 바꾸기도 하고, 새로운 내용을 추가하기도 하셨다. 일반 독자에게는 다소 생소한 어휘나 표현은 두 언어의 간극을 메우기 위한 저자의 고투의 흔적이라 하겠다. 3년 가까이 『현대문학』에 연재를 하면서, 단어 하나도 소홀히 하지 않고 문장을 다듬고 또 다듬으시는 이우환 선생님의 세심함, 철저함과 글에 대한 애정에는 경의를 표하지 않을 수 없었다. 미술계의 거장, 세계적인 예술가라는 타이틀이 거저 주어지는 것이 아님을 다시 한 번 확인하는 귀중한 배움의 시간이었다.

2022년 봄
성혜경

양의의 표현

지은이 이우환
옮긴이 성혜경
펴낸이 김영정

초판 1쇄 펴낸날 2022년 3월 10일
초판 3쇄 펴낸날 2024년 2월 13일

펴낸곳 ㈜현대문학
등록번호 제1-452호
주소 06532 서울시 서초구 신반포로 321(잠원동, 미래엔)
전화 02-2017-0280
팩스 02-516-5433
홈페이지 www.hdmh.co.kr

© 2022, 이우환

ISBN 979-11-6790-094-4 03830